任務外作戦　上

ロイス・マクマスター・ビジョルド

皇帝グレゴールの結婚式を前にバラヤーに戻ったマイルズは悩んでいた。コマールで出会った魅力的な女性エカテリンに求婚したい。だが相手は夫を亡くしたばかり，あまりに早すぎるのではないか。とりあえず搦め手から攻めようと，屋敷の庭園デザインを彼女に依頼することにした。そうすれば打ち合わせと称して会うことができるし，警戒されることもない。そして彼女が落ち着いたころに申し込めばいい。計画は完璧なはずだった。ところが，いつのまにか求婚者たちが，彼女のまわりをうろつきはじめたではないか。果たしてマイルズの恋の行方は？

登場人物

任務外作戦

マイルズ・ヴォルコシガン……………………バラヤー帝国の国守の跡取り息子。皇帝直属聴聞卿
アラール・ヴォルコシガン……………………マイルズの父。セルギアール総督
コーデリア・ヴォルコシガン…………………マイルズの母
エカテリン・ヴォルソワソン…………………庭園デザイナー。未亡人
ニコライ（ニッキ）・ヴォルソワソン………エカテリンの息子
エティエンヌ（ティエン）・ヴォルソワソン……エカテリンの夫。故人
ゲオルグ・ヴォルシス…………………………エカテリンの伯父。皇帝直属聴聞卿
ヘレン・ヴォルシス……………………………ゲオルグの妻。女教授
イワン・ヴォルパトリル大尉…………………マイルズの従兄弟
アリス・ヴォルパトリル………………………イワンの母。グレゴール帝の典礼顧問
シモン・イリヤン………………………………元バラヤー帝国機密保安庁長官
ピム……………………………………………ヴォルコシガン家の親衛兵士

マ・コスティ……………………ヴォルコシガン家のコック
ツィッピス………………………ヴォルコシガン家の事業顧問
マーク・ヴォルコシガン………マイルズのクローン
エンリーク・ボルゴス…………マークの友人。エスコバールの遺伝子昆虫学者
カリーン・コウデルカ…………マークの恋人。コウデルカ家の四女
コウデルカ（コウ）准将………カリーンの父。アラールの元秘書
ドロウシュナコヴィ（ドロウ）・コウデルカ……カリーンの母。コーデリアの元警護担当
デリア・コウデルカ……………コウデルカ家の長女
マーチャ・コウデルカ…………コウデルカ家の二女
オリヴィア・コウデルカ………コウデルカ家の三女
ダヴ・ガレーニ…………………デリアの婚約者。コマール人
レネ・ヴォルブレットン………マイルズの友人
ピエール・ヴォルラトイエル…ヴォルラトイェル領の国守。故人
ドンナ（ドノ）・ヴォルラトイエル……ピエールの妹。ヴォルラトイェル領の副国守
リチャーズ・ヴォルラトイエル……ピエールとドンナの従兄弟

バイアリー（バイ）・ヴォルラトイェル……エカテリンの求婚者
アレクシ・ヴォルモンクリーフ中尉……エカテリンの求婚者
ザモリ少佐……エカテリンの求婚者
グレゴール・ヴォルバーラ帝……バラヤー帝国の青年皇帝
ライザ・トスカーネ博士……グレゴール帝の婚約者。コマール人

任務外作戦 上

ロイス・マクマスター・ビジョルド
小木曽絢子 訳

創元ＳＦ文庫

A CIVIL CAMPAIGN

by

Lois McMaster Bujold

This book is published in Japan
by TOKYO SOGENSHA Co., Ltd.
arrangement with Spectrum Literary Agency
through Japan UNI Agency, Inc., Tokyo

目次

任務外作戦　上

任務外作戦

1

大型地上車は前の車の数センチ手前で急停止した。運転していたピム親衛兵士が小さく悪態をついた。隣に乗っているマイルズはゆっくり座り直し、ピムの反射神経のおかげで回避したすさまじい場面を想像して顔をしかめた。前の車の軽率な平民に、後ろにいるのは皇帝直属の聴聞卿で大事にされてしかるべきなのだといったほうがいいのだろうか。それはまずいだろう。急停止した原因は大通りを矢のように横切っていったヴォルバール・サルターナ帝国大学の学生で、振り返りもせずに渋滞した車を縫って逃げてしまっている。地上車の列はふたたび動きはじめた。

「都市交通管制システムがまもなく稼動しはじめるかどうか、お聞きになっていますか」今週ニアミスはこれで三回目だなとマイルズが思ったとき、ピムがタイミングよく尋ねた。

「いや。開発はさらに遅れていると、弟のほうのヴォルボーン卿が報告していたよ。ライトフライヤーの死亡事故がふえているから、先に自動エア・システムの開発に力を注いでいるらしい」

ピムはうなずいて、混雑した道路に注意を戻した。この親衛兵士はいつもふさわしい体調を保っていて、こめかみの白髪も茶色と銀色の制服を引き立てる単なるアクセントのように見える。ピムはマイルズが士官学校生だったころから臣下の誓いを立てた警備兵としてヴォルコシガン家に勤めていて、本人が年取って死ぬかヴォルコシガンの家族全員が事故に遭って死にでもしないかぎり、間違いなく将来も勤め続けるはずだ。

近道はもうたくさんだ。この次は、キャンパスはさけることにしよう。マイルズが、大学の新しい高層の建物が背後に通り過ぎていくのをキャノピーから見ているうちに、車はスパイクのついた鉄の門を通り抜けて、年配の教授や職員の家族に愛されている気持ちのいい古い住宅街に入っていった。このあたりの独特の建築様式は〈孤立時代〉末期のもので、電気が通った時点よりも十年遡る。この地域では過去の世代の老朽化した建物を再生させて木陰を作る地球の緑の木々を植え、背が高く間口の狭い家の細窓の下には明るいフラワー・ボックスを並べている。マイルズは足のあいだで倒れかけているフラワー・アレンジメントを置き直した。この花は意中の人に、余計もの扱いされないだろうか。

ピムはマイルズのわずかな動きを横目で捉えて、マイルズの視線を追って床に置いた植物を見た。「コマールで会われたご婦人は、ずいぶん印象深かったようですね、マイロード……」返事を促《うなが》すように言葉を切る。

「ああ、そうさ」マイルズも相手の言葉を促すようにいう。

「お母上は、閣下が以前連れていらしたあの魅力的なミス・クイン大佐に望みをかけていらっしゃいましたね」なんだか残念そうな声じゃないか。

「いまは、ミス・クイン提督だ」マイルズはため息をついて訂正した。「ぼくも望みをかけていたさ。だけどクインは自分にとって正しい選択をしたんだ」しかめ面をキャノピーの外に向けて、「もう銀河人の女に恋したりバラヤーに移住しろと説得するのはやめたよ。すでにバラヤーを受け入れている女を見つけてぼくを好きになってもらう以外望みはない、というのがぼくの結論だ」

「それでマダム・ヴォルソワソンはバラヤーがお好きなんですか」

「ぼくと同程度にはね」マイルズはふくみのある笑みを浮かべた。

「それで、あの……もうひとつのほうは？」

「見ていればわかるさ、ピム」〈わからないかもな、場合によっては〉とにかく哀れな三十男が生まれてはじめて真面目に求婚しようと——少なくともバラヤー式でははじめて——しているんだから、興味津々の部下には数時間のお楽しみになるのは確かだ。

ピムがヴォルシス聴聞卿の家の玄関近くに駐車できる場所を見つけて、磨き上げた古い装甲地上車にふさわしいとはいえない場所に無理やり押し込んでいるあいだに、マイルズは苛立ちを呼気とともに鼻からゆっくりと押し出した。ピムがぽんとキャノピーを上げた。マイルズは車から出て、同僚聴聞卿の家の三階建てのタイル張りの正面を見上げた。

ゲオルグ・ヴォルシスは、ヴォルバール・サルターナ帝国大学の不良解析工学の教授を務めて三十年になる。彼は妻とともに結婚生活の大部分をこの家で過ごし、三人の子を育て夫妻それぞれ学問的成果をあげたのちに、グレゴール帝自らの指名で皇帝直属の聴聞卿に任命されたのだ。ともに教授である夫妻はどちらも、引退した技術者に皇帝の声という恐るべき権力が与えられたというだけのことで、快適なライフスタイルを変える理由はさらさらないと思ったらしい。マダム・ヴォルシス博士はいまだに毎日、家から大学まで歩いて講義をしに通っている。〈まあ、とんでもない、マイルズ！〉以前マイルズが、社会的地位を誇示するせっかくの機会なのに、と疑問を呈したとき女教授はこういった。〈ここの本をみんな運ぶことなんて想像できる？〉地下を占める実験室やワークショップはいうまでもないだろう。

陽気な二人がものぐさだったおかげで、喜ばしい機会に恵まれた。先日寡婦《かふ》になったばかりの彼らの姪とその息子に、姪が自分の勉強をするあいだここへ来ていっしょに住むように勧めたのだ。部屋はたくさんあるわよ、と女教授は景気よくいった。子どもたちがうちを出てから、最上階は空いたままなの。大学に行くにも近いしね、と女教授は実際面も指摘した。〈それにヴォルコシガン館から六キロ足らずだ！〉マイルズは心のなかで叫んでから、その計画を礼儀正しくあとおしした。そしてエカテリン・ナイル・ヴォルヴェイン・ヴォルソワソンはやってきたのだ。〈あの人が来たぞ、来たぞ！〉もしかしたらいまも、階上のどこかの窓の陰から、こっちを見下ろしているのではないだろうか。

マイルズは心配になって、あまりにも低い自分の身長を見下ろした。自分の短軀が気にいらないとしても、エカテリンはそんな様子はこれっぽっちも見せていない。まあいいさ。外見のよしあしならなんとか自分で気をつけられる。グレーの上着に食べ滓《かす》などはついていないし、磨き上げた半ブーツに運悪く街路の石のかけらがついたりもしていない。マイルズは地上車の後部キャノピーに映った自分のゆがんだ映像を点検した。凸《とつ》面鏡になっているキャノピーで、多少背は丸いものの痩せぎすのからだが横に広がって、太ったクローン兄弟のマークにどことなく似て見えた。マイルズは澄ました顔でその比較を無視した。マークはありがたいことにここにはいない。ためしに微笑を浮かべてみる。キャノピーに映った笑みは、ゆがんでいて感じが悪かった。まあとにかく、黒髪が変な向きにぴんと立っていたりはしない。

「とても立派なご様子ですよ、マイロード」ピムが前部席から元気づけるようにいった。マイルズは頬が熱くなって映像から顔をそむけた。それからやっと気を取り直して、相手が我慢できる程度の愛想のいい表情になったつもりで、ピムが差し出したフラワー・アレンジメントと巻いた薄葉紙を受け取った。そして両手で抱え直すと、玄関のほうに顔を向け深呼吸をひとつした。

少し間をおいて、ピムが背後から親切に尋ねた。「何かお持ちしましょうか」

「いやいい。ありがとう」マイルズは踏み段を駆け上がり、指をくねくねさせてからチャイムを押した。ピムは読書器《ビューアー》を引っ張り出して、主人のお楽しみを待つあいだ地上車にゆったり落ち着いた。

足音が聞こえてドアがさっと開くと、女教授の血色のいい顔が笑っていた。灰色の髪をいつものように結い上げている。くすんだ薔薇色のドレスの上に、故郷の領地の風習の緑色の蔓《つる》を刺繍《ししゅう》した明るい薔薇《ばら》色のボレロを重ねている。外出していたかこれから出かけるところかと思わせるいかにもヴォルらしいよそゆきは、履いている柔らかな編み上げ靴には多少そぐわなかった。「こんにちは、マイルズ。まあ、お早いこと」

「こんにちは、女教授」マイルズはこくんと会釈《えしゃく》をして微笑み返した。「あの人はいらっしゃいますか。なかにいらっしゃるんですか。お元気ですか。このくらいの時間ならいいっておっしゃってましたね。早すぎはしないでしょう？　遅れるかと思ったんです。道路がひどく混んでいて。これからお出かけじゃありませんよね。こんなものを持ってきたんですが、あの人は気にいってくれるでしょうか」巻いた薄葉紙を片手に持ったままその贈り物を見せようとして持ち上げると、突き出た赤い花が鼻をくすぐった。手をゆるめると薄葉紙がたちまちほどけそうになるのだ。

「お入り下さいな、ええ、ええ、みんなだいじょうぶよ。あの子はいますよ、元気ですとも、そのお花はとてもきれいね――」女教授は花を受け取って足でドアをばんと閉めると、タイル張りの廊下を案内した。春の陽光があふれる戸外とは対照的に屋内は薄暗くひんやりしていて、木地用ワックスと古い本の匂いに、学究らしい積もった埃《ほこり》の高雅な香りがほんの少しまじっていた。

「ティエンの葬儀のときには、あの人は相当に疲れた青白い顔でしたね。たくさんの親戚に囲まれて。ふた言三言交わす時間しかありませんでした」正確にいうと、〈御愁傷《ごしゅうしょう》様です〉と〈ありがとうございます〉だけだ。死んだティエン・ヴォルソワソンの一族とたっぷり話をしたかったわけではないのだが。

「あの子には大変なストレスだったと思います」女教授は思慮深くいった。「あんな恐ろしいことを切り抜けてきたのに、ゲオルグとわたしの他には――それにあなたと――ほんとうのことを話せる人が誰もいなかったんですもの。もちろん、一番心配していたのはニッキを無事にやり過ごさせることでした。でも終始少しのほころびもなくやり遂げました。ほんとに立派だったと思います」

「まったくです。それであの人は……？」マイルズは首を伸ばして玄関の間の奥を覗きこんだ。本棚の並ぶ散らかった書斎と、本棚の並ぶ散らかった居間が見える。若い寡婦の姿は見えない。

「こちらへどうぞ」女教授は廊下の先の台所を通り抜けて、小さな都会風の裏庭にマイルズを案内した。二、三本の喬木《きょうぼく》と煉瓦《れんが》の壁で囲われた、秘密の避難所といった感じだった。小さな丸い芝生の奥にある木陰のテーブルに、薄葉紙とビューアーを前にして一人の女が座っていた。尖筆の尖端を軽く嚙んで、黒い眉を伏せて没頭している。女教授の服装と似かよってはいるが、エカテリンのは黒一色の襟の詰まったふくらはぎ丈のドレスだ。ボレロは黒い縁取りをした単純なグレーのものだ。濃い茶色の髪はひっつめて編み、うなじのところでまとめている。ドアが開く音に彼女は顔を上げた。眉がさっと上がり唇が開いて微笑がひらめくと、マイルズは思わず瞬《まばた》きした。〈エカテリン〉

「マイル――マイロード。聴聞卿閣下！」エカテリンはスカートを翻《ひるがえ》して立ち上がった。マイルズは彼女の手を取って軽く頭を下げた。

「マダム・ヴォルソワソン。お元気そうですね」彼女はまだかなり青白いが素敵に見えた。素敵に見えるのは簡素な黒服のせいもあるのだろう。黒に映《は》えて青い目も輝いて見える。「ヴォルバール・サルターナにようこそ。あれを持ってきたんですが……」とマイルズが花を手で示すと、女教授はそれをテーブルの上に置いた。「ここではこんなものあまり必要ありませんね」

「きれいですね」エカテリンはうっとり匂いを嗅ぎながら安心させるようにいった。「あとで自分の部屋に持っていきましょう。あそこだと映えるでしょうから。気候がよくなったので、気がつくと本物の空の下でばかり過ごしています」

エカテリンはほぼ一年間、コマールのドームに閉じ込められて過ごしたのだ。「それはよくわかりますよ」とマイルズ。そこで会話がふっと途切れ、二人は顔を見合わせて微笑した。

エカテリンのほうが先に口を開いた。「ティエンのお葬式にご参列下さってありがとうございました。身に余ることでしたわ」

「あのときは、そんなことしかできなくて。もっと何かしてさしあげられなかったのを、残念に思っています」

「でもわたしとニッキのために、すでにいろいろやって下さって――」困ったように打ち消すマイルズの手ぶりを見てエカテリンは話題を変えた。「それはともかく、おかけになりませんか？　ヴォルシス伯母さまは――？」そしてきゃしゃな庭園用の椅子をひとつ引き出した。

女教授は首を振った。「わたしはなかですることがあるから。お話を続けて」そしてやや謎めいた口調でいいたした。「お相手できそうね」

女教授は家のなかに戻った。マイルズはエカテリンと向かい合って座り、戦術的にころあいを計って薄葉紙をテーブルの上に置いた。薄葉紙はすぐにほぐれて開いてきた。

「事件はすっかり片づきましたの？」エカテリンが訊いた。

「あと数年は芋蔓式にいろいろ出てくるだろうけど、ぼくのほうはとりあえず終わりました」とマイルズは答えた。「昨日最終報告を提出したところです。でなければもっと早くここへ伺《うかが》って、おかえりなさいがいえたんですけどね」まあそれもあるが、おしかける前に、この気の毒な女性に少なくとも荷物を開く余裕ぐらいは与えるべきだという、常識のかけらはマイルズにもあったのだ。

「また別の任務でお出かけになるんですか」

「グレゴールの婚礼までは、ぼくがよそに行きっきりになるのはまずいんじゃないかな。あと二、三カ月は、社交的な仕事ばかりになりそうですよ」

「そんなお仕事でも、きっといつものように手際よくこなすんでしょうね」

〈ええっ、とんでもない〉「いや、ヴォルパトリル叔母が――この叔母が皇帝の婚礼の準備を仕切っているんだけど――叔母がぼくに望んでいるのは、手際のよさじゃないと思いますよ。むしろ、黙っていわれたとおりにしなさい、マイルズ、ってところかな。ところで事務処理っていえば、あなたのほうはどうなんです？　ティエンの財産の処理は片づきましたか。ニッキの親権はティエンの従兄弟かなんかから取り戻せたんですか」

「ヴァシリー・ヴォルソワソンのこと？　ええ、ありがたいことに、その点は問題ありませんでした」

「それじゃ、そこにあるのはなんなんですか」マイルズはテーブルの上に散らかっているものを顎でさした。

「大学の次の学期に受講する科目を計画しているところなんです。夏からはじめるのは間に合わなかったので、秋からにしました。選択科目がたくさんありすぎて。自分はなんて無知なんだろうって感じています」

「教育は学校を出るときに身についていればいいんで、入るときはなくていいんですよ」

「そうでしょうね」

「それで何を選ぶんですか」

「ああ、まず基礎からはじめて――生物工学とか化学とか……」といって彼女はにっこりした。

「実用的な園芸学のコースですわ」薄葉紙を指さして、「それまでのうちに、わたしは収入のある仕事を見つけようと思っています。全面的に親戚のお慈悲にすがっているんだとは思いたくないんです。たとえお小遣い程度の収入でも」

この言葉はマイルズが探していた糸口のように思われたが、そのときふと盛り土の花壇の縁取りになっている木製の厚板の上に置かれた、赤い素焼きの植木鉢がマイルズの目を捉えた。その鉢の真ん中の赤茶色のしみから、土を押し上げて雄鳥の鶏冠《とさか》のようなみょうなひらひらが伸びていた。もしかしたらあれじゃないか……。彼はその鉢を指さした。「それはもしかしたら、あの古いスケリタムの盆栽じゃないんですか。生き返りそうですか」

エカテリンは微笑んだ。「そうです、少なくとも新しいスケリタムのはじまりですわ。古いかけらはほとんどコマールから帰る途中で死んでしまいましたけど、これだけはついたんです」

「そういうあなたの才能を——バラヤーの土着の植物だと、〈緑の指〉と呼ぶわけにはいかないでしょうね」

「植物がかなり深刻な病気にでもかからなければ緑にはなりませんね」

「庭園といえば」さあいまだぞ、おかしなことを口走らずに、どう切り出せばいいだろう。「いろいろな騒ぎに紛れていいそびれていたけど、コマールのあなたの通信コンソールで見た庭のデザインにはとても感心していたんです」

「あら」微笑を消してエカテリンは肩をすくめた。「あんなのたいしたことありません。ただの手慰みですわ」

そうそう。どうしても必要な場合以外は、最近の出来事は記憶の刃先が鈍るだけの時が過ぎるまで、持ち出さないほうがいい。「あれは土着の種類だけ使ったバラヤー庭園でしたね、そこに目を引かれたんです。ああいうものは他で見たことがなかったので」

「いくらでもそこいらにありますわ。いくつかの領地大学で、生物専攻の学生のための生きた教材として使っています。ほんとうにわたしだけのアイディアじゃないんですよ」

「そうでしょうね」マイルズは流れに逆らって上流に向かって泳いでいる魚のような気分でぐっとこらえた。「あれはとても立派だったから、ホロビッドのなかの幽霊庭園のままにしておくのは惜しいと思ったんですよ。じつはぼくは、こんなけちな地所を持っているんですけど……」

マイルズが広げてみせた薄葉紙は、ヴォルコシガン館がある街区の図面だった。彼はその端にある空き地を指で叩いた。「以前は隣接した大きな屋敷があったんですが、摂政政治のころに崩壊しました。この土地には機密保安庁が何も建てさせようとしないんです——保安帯にしたいわけですよ。いまは雑草が生い茂ったなかに木が二、三本あるだけで、建物は何もありません。その木も防火帯にするため、機密保安庁が盛んに伐採したがったんだけどなんとか生き延びました。ここには近道をする人々が踏み固めた歩道が縦横にできていて、これは保安庁でも諦《あきら》めて小石を敷いてあります。なんの変哲もない土地なんですよ」なんの変哲もないから、いままではまるっきり無視してきたのだ。

エカテリンは首を傾げて、図面上でその土地の概略の計画を示すマイルズの手を目で追った。そして自分の指で繊細なカーブを宙に描いたが、恥ずかしそうに引っ込めてしまった。その目にはいま、そこのどんな可能性が映ったのだろうか。

「そこでです」マイルズは勇気を奮《ふる》って先を続けた。「あそこをバラヤー風の庭園にしたら、素晴らしいんじゃないかと思ったんです。すべて土着の種類で——一般に公開したら。ヴォルコシガン一族からのヴォルバール・サルターナ市への贈り物といったところでしょうか。あなたの設計にあった小川も入れて、歩道とかベンチとか人工的なものも多少加えてね。それに人人が昔の植生などを勉強できるように、目立たない小さな名札を植物につけて」そうら、芸術、公共サービス、教育——まだ他にも釣り針につける餌があったかな。ああ、そうそう金だ。「しかも、あなたが探しておいでの夏のあいだの仕事が手に入るチャンスですよ」〈チャンスさ、まあ見ててごらん、ぼくならなんだってチャンスにする〉「というのは、あなたはこの仕事にとって理想的な人だと思うからです。設計したあと配置を監督して下さい。それにもちろん無制限の、あー、じゅうぶんな予算と俸給を提供できます。作業員を雇って、必要なものはなんでも持ち込んで下さい」

そのうえエカテリンはほとんど毎日ヴォルコシガン館を訪れることになるし、屋敷の主としょっちゅう相談しなければならないだろう。そして夫を亡くしたショックが薄れて近づきがたい喪服を脱ぐ気になり、首都じゅうの独身のヴォル卿たちが彼女の家に押し寄せるころには、マイルズは彼女の愛情の鍵を手に入れていて、どれほど輝かしい競争相手でも受け流せるはずだ。でも、いまはまだ早すぎる、まるっきり早すぎる。傷ついたエカテリンの心に向かって愛情を告白するなんてことは。たとえマイルズ自身の心があせって叫んでいても、頭のなかではそれははっきりわかっていた。とはいえ率直で実務的な友情なら、警戒心をくぐり抜けられるかも……。

エカテリンの眉が上がった。そして口紅をつけていない淡い色の美しい唇に、戸惑うように指を触れた。「それはわたしがやってみたいと思っていることにぴったりですわ。まだどうすればいいのかわかりませんけど」

「実務訓練ですよ」マイルズは即座に答えた。「見習い期間の。実際にやって覚えるんです。いつかははじめなきゃならない。いますぐにはじめられますよ」

「でも、とんでもない失敗をしてしまったらどうしましょう」

「これは進化してゆくプロジェクトのつもりなんです。庭造りに熱心な人々は、しょっちゅう庭園を造り変えているらしいですよ。いつも同じ眺めだと飽きるんでしょうね。だからあとでいいアイディアが浮かんだら、いつでも計画を変えてかまいません。変化が出ていいでしょう」

「あなたのお金を無駄遣いしたくありませんわ」

レディ・ヴォルコシガンになったらそういう口癖はやめてもらわなきゃな、とマイルズは断固として思った。

「いまこの場で決めなくたっていいんですよ」マイルズはのどを鳴らしそうな声でいってから、咳払いした。口調に気をつけろ。実務だぞ。「明日にでもヴォルコシガン館に来て自分でその空き地を歩いてみて、どんなアイディアが浮かぶか試したらどうです？　薄葉紙を見てるだけじゃなんともいえませんよ。そのあと昼食でもとりながら、問題点だの可能性だのあなたが思いついたことを話し合えばいい。論理的でしょう？」

彼女は瞬きした。「ええ、とても」そして興味深げに片手をそろりと薄葉紙のほうに伸ばした。

「何時に迎えに来ればいいですか」

「何時でもご都合のいい時間にどうぞ、ヴォルコシガン卿。あ、ちょっと待って下さい。一二〇〇時よりもあとでしたら、伯母が午前中の講義から戻ってきますから、ニッキといっしょにいてもらえます」

「それはいい！」そうだな、エカテリンの息子のことは結構好きだけど、このデリケートなダンスには九歳児の手助けはなくていい。「では一二〇〇時に。これは契約だと考えて下さい」いささかあとまわしになったが、そうつけ加えた。「ところで、ニッキはこれまでのところ、ヴォルバール・サルターナが気にいってますか」

「この家や自分の部屋は気にいったようです。早く学校があの年齢の男子クラスをはじめてくれないと、退屈しそうですけど」

とするとニコライ・ヴォルソワソンをこの計画のかやの外におくわけにはいかないだろう。

「それでは逆行遺伝子が効いて、もうニッキには〈ヴォルゾーン筋萎縮症《ジストロフィー》〉が進行する心配がなくなったわけですか」

すっかり安堵したような母親らしい微笑が浮かびエカテリンの顔は和らいだ。「そうなんです。ほんとに嬉しくって。ヴォルバール・サルターナのクリニックのお医者さまたちから、逆行遺伝子の取り込みは完璧で、ニッキの細胞はとてもきれいになったっていわれました。成長するにしたがって、突然変異などはなから遺伝しなかったみたいになるだろうって」エカテリンはちらりとマイルズを見た。「まるで五百キロも体重が減ったみたいで。空でも飛べそうな気がします」

そうだろうとも。

このときニッキ本人が、大事そうにクッキーを載せた皿を抱えて家から出てきた。そのあとを女教授がお茶を盆に載せてついてくる。マイルズとエカテリンは急いでテーブルの上を片づけた。

「こんにちは、ニッキ」とマイルズ。

「こんちは、ヴォルコシガン卿。うちの前にあるのはあなたの地上車なの？」

「そうさ」

「まるで遊覧船だね」笑い物にする口調ではなく、興味深げな感想だった。

「わかってるよ。あれは父が摂政だったときの遺物なんだ。じつは装甲されていて――ものすごく馬力がある」

「へえ、ほんと」ニッキの興味は高まった。「いままでに銃撃されたことある？」

「この車はないと思うな、ないはずだ」

「ふうん」

このまえ会ったときには、ニッキは父親の葬儀の供物に火をつけるための蠟燭を手に持って、緊張のためか無表情で青白い顔をしていた。明らかに自分も葬儀の役割が欲しいとねだったのだ。いまは遙かに明るい顔で、茶色の瞳もよく動きいきいきした表情が戻っている。女教授は腰を下ろしてお茶を注ぎ、会話はしばらくありきたりなものになった。

じきにニッキの興味が母の客よりも食べ物にあったことがはっきりした。お茶を勧める大人たちの優しい言葉を振り切って、ニッキは大伯母の許しを得るとクッキーをいくつかつかみ、さきほどまでやっていたことの続きをするために屋内に駆け戻っていった。マイルズは子どものころ、家具の一部としか思えなかった両親の友人たちに興味を持ちはじめたのはいったい何歳ごろからだっただろう、と思い返していた。そう、父の仲間の軍隊関係者はもちろん別だ。

彼らからはいつだって目を離せなかった。といってもマイルズの場合は、ものごころついて以来ずっと軍隊マニアだった。ニッキはジャンプ船マニアだから、たぶんジャンプ・パイロットには目を輝かせることだろう。ニッキを喜ばせるために、そのうち一人連れてくるとしよう。幸せな結婚をしているやつがいいな、とマイルズは思い直した。

マイルズは餌をテーブルに載せて、エカテリンはそれに食いついた。うまくいっているあいだに立ち去るべきだろう。けれども、エカテリンがまったく思いがけない方面から申し込まれた早すぎる再婚話をすでに断ったことは知っている。ヴォルバール・サルターナにうようよいるヴォル貴族からはまだ目をつけられていないだろうか。首都には若いヴォル貴族とか上昇志向の官吏とか野心的な事業家といった、帝国の中心に引き寄せられてくる野心や富や階級のある男たちがひしめいている。ところがその五人のうち三人まで姉妹がいないのだ。彼らの両親にあたる一世代前の連中が、男子の継承者が欲しいという馬鹿げた熱意から銀河宇宙の性選択テクノロジーにのめりこみ、目のなかに入れても痛くない息子たち——マイルズの同世代——に配偶者の不足という結果を遺産として残してしまったのだ。最近はヴォルバール・サルターナの公式パーティに出かけると、あたりにはいまいましいテストステロンの匂いがぷんぷん漂っている。アルコールによって発散されているのはいうまでもない。

「ところで、あの……もう誰か訪ねてきましたか、エカテリン」

「わたし、ここに来てまだ一週間ですのよ」

その返事はイエスでもノーでもない。「あなたなら、いい寄る独身男たちを即座に追い払うだろうとは思うけど」待てよ、こんなことをいうつもりじゃなかった……。

「とうぜんですわ」彼女は黒いドレスを手でさした。「この服が遠ざけてくれます。相手が多少なりと礼儀作法を心得た人なら」

「うーん、それはどうかな。社交の場がいまはかなり情熱的だから」

エカテリンはかぶりを振って寒々とした笑みを浮かべた。「わたしにとっては同じことです。わたしは十年間……結婚していました。その経験をまた繰り返す必要はないんです。他の女の方たちが独身の男性を歓迎するでしょう。きっとわたしの分まで」その確信に満ちた表情は、抑揚のない鋼《はがね》のような声で裏打ちされていた。「それだけは二度と繰り返したくない過ちです。わたしは絶対にもう結婚はしません」

マイルズはひるむ気持ちを抑えて、なんとか興味深そうに、彼女の決心に同情するような笑みを浮かべた。〈ぼくらはただの友達なんだ。ぼくはきみを急《せ》かしてなんかいない。いないよ、いないとも。防御を固める必要はないんだよ、マイレディ、ぼくにはね〉

押しを強くしてもこれ以上二人の仲を進めることはできない。かえって事態を悪くするだけのことだ。一日分の進歩で満足しなければならないのだ。マイルズはお茶を飲み終わり、二人の女性と二、三の冗談を交わしてから別れを告げた。

マイルズが石段の最後の三段を跳び降りると、ピムが急いで地上車のドアを開いた。そして主人が助手席にどさりと乗りこむあいだに、ピムも運転席にするりと身を滑りこませてキャノピーを閉めた。マイルズはもったいぶって手を振った。「うちにやってくれ、ピム」

ピムは地上車をゆるやかに街路に運びながら穏やかな声で尋ねた。「うまくいきましたか、マイロード」

「計画どおりさ。彼女は明日ヴォルコシガン館の昼食にやってくる。うちに着いたら、植木屋に通話を入れてくれ――今夜のうちに職人を集めて特別に点検をさせるんだ。そしてマ・コスティにいって――いやぼくがいおう。昼食は……極上じゃなきゃいけないってね。女性は食い物が好きだって、いつもイワンがいっている。でもあまりしつこいのはだめだな。ワインは――彼女は昼間っからワインを飲むかな。とにかく勧めてみよう。うちの屋敷の産物をどれか。ワインを飲まなければお茶だ。お茶を飲むことはわかってる。うん、ワインは取り消しだ。それから家に清掃業者を入れて、一階の家具のカバーは全部はずし――いや、うちじゅうの家具のカバーをはずそう。さりげなくうちのなかをひとまわり案内して歩いて……いや、待てよ、そうだな……家のなかが、独身者らしく散らかっていたら、哀れをもよおすかもしれないな。たぶんいま以上に散らかして、使用済みのグラスをわざと積み上げ、変な果物の皮なんかを椅子の下に落としておいたら――無言の訴えになるか。〈助けてくれ！　こっちに来てこの哀れな男の生活を正常にしてくれ――〉って。それともそんなことしたら、いよいよ彼女を怯えさせるかな。どう思うかい、ピム？」

賢明にもピムは、主人の街頭演劇の趣味に釘をさすのが親衛兵士の義務かどうか考えているかのように、口を閉ざしていた。そしてしばらくしてから、用心深い口調でいった。「お屋敷のことに口をはさんでもよろしいのでしたら、わたしはいまのお屋敷なり、できるだけいい印象を与えるように準備するのがよろしいかと思います」

「ああ。わかった」

それから二、三秒マイルズは黙りこくって、混雑した首都の通りを縫うように走る車の窓の外を見つめていた。すでに車は大学地区を通り抜けて旧市街の迷路のような一隅を横切り、向きを変えてヴォルコシガン館に向かっているところだ。ふたたび口を開いたマイルズの声からはさきほどまでの躁病めいたユーモアの気配が薄れて、もっと冷静でもの悲しげな口調になっていた。

「明日一二〇〇時に彼女を迎えにいく予定だ。きみが運転してくれ。マダム・ヴォルソワソンやあの人の息子を乗せるときにはいつもきみに運転してもらいたい。今後はそれをきみの仕事のひとつだと考えて欲しい」

「はい、マイロード」といったあとピムは注意深く簡潔にいいたした。「喜んで」

発作という障害は、マイルズ・ヴォルコシガン機密保安庁大尉が十年にわたる軍務から持ち帰った最後の土産だった。幸運にも低温保管器からは精神に傷を残さずに生還できた。こんなふうにうまくいかない者が多いのをマイルズは知っている。帝国軍からは医療退役になったといっても、輝かしい軍歴を飾る最後の名誉とともに埋葬されたわけでもなく、動物的あるいは植物的存在に陥ることもなかったのは幸運だった。帝国軍病院の医師たちが痙攣《けいれん》を放出するために寄越した発作誘導装置は治療とはほど遠いものだったが、発作がむやみに起こるのは防げるようになった。マイルズは運転もするしライトフライヤーも飛ばす——自分一人のときだけは。人を乗せることはもはやしない。当番兵としてのピムの任務は医療上の手助けにまで広がった。だから困惑するようなマイルズの発作を何回となく目にしていて、いまマイルズの冷静な殻がいつになくはじけたことを喜んでいるのだった。

マイルズは口の片端をきゅっと上げた。そして一瞬おいて尋ねた。「それできみは、昔どうやってマ・ピムを捉まえたんだい、ピム？　できるだけいい印象を与えるようにしたわけかい」

「十八年も前のことですよ。細かいことは忘れました」ピムはかすかに微笑した。「一等曹長のころでした。わたしは機密保安庁の上級講習を受けて、ヴォルハータング城の護衛任務を命じられました。妻はそこの公文書保管所で事務員をしていました。わたしはもう子どもではない、結婚を真面目に考える時期だと思ったんですが……それが、妻がわたしの頭に忍びこませた考えだったのかどうかはよくわかりません。妻は自分のほうが先に見初めたんだっていってますけど」

「ああ、軍服姿のハンサムな男だからね。たいていそんなものさ。それできみはなぜ帝国軍をやめて、ぼくの父の国守に仕える決心をしたんだい？」

「えーと、それが進むべきまっとうな道だと思われたもんですから。そのころには幼い娘がいましたし、二十年勤続期間を終えるところで軍務を続けるかどうかの判断に直面しました。妻はここの出身で家族もこっちにいますし、特に子どもたちにまで軍旗を継がせる夢は持っていませんでした。わたしがヴォルコシガン領の生まれなのを知っていたイリヤン長官が、閣下の父上の親衛兵士枠に空きがあると、ご親切にこっそり知らせて下さったのです。そしてわたしが申し込むことに決めると、推薦状を下さいました。家族持ちには国守の親衛兵士は軍務よりも落ち着ける仕事だと思ったのです」

地上車がヴォルコシガン館に到着した。当直の機密保安庁伍長が門を開き、ピムは中庭の出入り口のほうに車をまわしてぽんとキャノピーを上げた。

「ありがとう、ピム」といったあとマイルズはちょっとためらった。「ひと言耳に入れておきたいんだ。ふた言かな」

ピムは緊張した顔になった。

「よその館の親衛兵士とつきあう機会があっても……マダム・ヴォルソワソンのことは黙っていてくれるとありがたい。あの人をうるさいゴシップの種にはしたくないし、あの……誰にとっても、そいつの弟だろうと、あの人は何も関係ないんだからね」

「忠実な親衛兵士はゴシップの種になどしません、マイロード」ピムはむっとした口調でいった。

「ああ、むろんそうだね。すまない、そういうつもりじゃ……いや、すまない。まあそういうことだ。それからもうひとつ。ぼく自身が少々余計なことをいいすぎたのかもしれない。じゃないかな？　実際のところは、ぼくはマダム・ヴォルソワソンに求婚しているわけじゃないんだよ」

ピムは行儀よく表情を変えないように努めたが、当惑したような色がちらりと顔をかすめた。マイルズは急いでいいたした。「つまりね、正式にはってことさ。まだいまは。あの人は……

最近辛い思いをしていて、ちょっと……用心深くなってる。ぼくのほうから早すぎる愛の告白をしたら、台無しになるんじゃないかと心配なんだ。これはタイミングの問題なんだ。慎重ってのが合言葉だよ、いってる意味はわかるね?」

ピムは慎重に支持します、という微笑を浮かべようとした。

「あの人とぼくはただのいい友達なんだ」マイルズはさらにいった。「とにかく、そうなろうとしているところさ」

「はい、マイロード。わかっております」

「じゃあ。よし。ありがとう」マイルズは地上車から出て、うちのほうに向かいながらさらに一言つけ加えた。「車を置いてきたら、厨房に来てくれたまえ」

エカテリンは頭のなかに庭園のプランをほとばしらせながら、何もない原っぱの真ん中に佇《たたず》んでいた。

「そっちを掘り下げて」とエカテリンは指さした。「土砂をあっちの側に積めば、水の流れる斜面ができます。そこにちょっとした塀も作れば、通りの騒音を遮《さえぎ》って効果がさらにあがりますわ。そして遊歩道がカーブして下りてきて——」といってくるりと振り向くと、グレーのズボンのポケットに両手を突っ込んで、微笑を浮かべてこちらを見ているヴォルコシガン卿と目が合った。「それとももっと幾何学的な庭のほうがお好きですか」

「なんですって?」彼は瞬きした。

「美意識について伺《うかが》ったんです」

「ぼくは、あー……美意識ってのはあまり得意分野じゃありません」ヴォルコシガン卿は、いままでエカテリンはそれに気づかなかったのかというように、悲しい告白でもするような口調でいった。

エカテリンは計画している仕事の骨格を、手ぶりで宙に描こうとした。「都会のなかに田園を切り取ってきたように、バラヤーに人の手が入っていなかったころの岩山とか渓谷とかに似た、水が流れる自然な感じの場所がお望みですか――それとも、こういう力強い人工的なものの隙間に生えたバラヤーの植物を――たぶんコンクリートのなかにでも配置して、自然をもっと象徴的に扱った造形がよろしいでしょうか。水とコンクリートでもほんとうに素晴らしいものができますけど」

「どっちがいいでしょう?」

「どっちがいいかって問題じゃないんです。何を伝えたいかってことなんです」

「政治的な声明にすることは考えてませんよ。贈り物として考えていたんです」

「これはヴォルコシガン家の庭園ですから、ご自分でどう思っていらしても、政治的な声明だと見なされるでしょう」

これを聞くと彼は口許をゆがめた。「それは考えてみないとね。でも、あなたの心のなかには、この場所ならこうできるという案があるのは確かですね?」

「あら、何も」平らな地面に気ままに立っているように見える二本の地球産の木は、抜かねばならないだろう。砂糖楓《かえで》のほうは心材が燃えやすいものだから惜しくないけど、若い樫《かし》のほうは元気だし——たぶんどこかに移せるだろう。地勢形成で入れた上土も取らねばならない。エカテリンはいますぐにも土を掘り返したくなって、手がむずむずした。「ヴォルバール・サルターナの真ん中にこんな土地が残っていたなんて、とても貴重ですわ」通りの向かい側には、十二階建てのオフィス・ビルが聳《そび》えている。さいわいそちらは北側なので、それほど日光が遮られるわけではない。このブロックの端が接している混み合った公道では、地上車の巻き起こす騒音や風による多声音楽がひっきりなしに奏でられていて、そこには塀をつくろうとエカテリンは考えている。公園の反対側には、上に鉄のスパイクをつけた灰色の石塀がすでに立っている。その上から覗く木の梢が、このブロックの中心を占める大きな屋敷を半ば隠していた。

「ぼくが考えているあいだ座ってもらいたいけど」とヴォルコシガン卿。「機密保安庁は絶対にベンチを置かせようとしなかったもんでね——摂政邸のまわりでぶらぶらされるのがいやだったんですよ。いまおっしゃった両極端のデザインを通信コンソールで出して、見せていただくわけにはいきませんか。それはそうと、そろそろうちまで歩いていきませんか。うちのコックはじきに昼食を用意できると思います」

「まあ……結構ですけど……」うっとりするような可能性に満ちた土地にもう一度ちらりと目を向けてから、エカテリンは彼についていった。

二人は公園を斜めに横切った。灰色の塀の角をぐるりとまわったヴォルコシガン館の正面入り口には、機密保安庁の通常軍服を着た警備兵のいるコンクリートの詰め所があった。警備兵は小柄な聴聞卿と客人のためにコードを入力して鉄の門を開き、二人が通り過ぎるのを見守った。そしてヴォルコシガン卿の軽い敬礼に対しては短い格式張った会釈を返し、エカテリンには気持ちのいい微笑を向けた。

目の前に暗い色合いの石の館が聳えていた。四階建てで大きな翼がふたつついている。そこから何十という窓が顔をしかめて見下ろしている。輝くばかりに生き生きとした緑色の芝生をまわって短い車寄せが円を描くように庇《ポーチコ》の下まで続き、その奥には脇に狭い窓のついた、彫りのある両開き扉が見える。

「ヴォルコシガン館はかれこれ二百年になるんですよ。ぼくの曾曾曾祖父にあたる七代目の国守が、歴史的に見て特筆すべき一族の繁栄が終わるころに建てたものです。他にもいろいろあるけど、このヴォルコシガン館の建設も繁栄を終わらせる原因のひとつでした」とヴォルコシガン卿は陽気な口調で語った。「没落した種族の砦が古いキャラバンスライ地区に入れ替わったのと同じ頃で、それ以前ではないと思うな」

ヴォルコシガン卿が掌紋《しょうもん》ロックに手を当てようとしたとき、ドアは触る前に音もなくするりと開いた。彼は眉をぴくりと上げて、促すようにエカテリンに一礼した。

ヴォルコシガン家の茶色と銀色のお仕着せを着た護衛が二人、黒と白の石を敷きつめた玄関広間の入り口の両側に気をつけの姿勢で立っていた。そして三人目のピムが、保安コントロール・パネルから離れるところだった。この背の高い運転手は、さきほどヴォルコシガン卿が迎えに来てくれたときに会っている。彼も主人を見てしゃちこばった。エカテリンはたじろいだ。

コマールで会ったときの印象では、ヴォルコシガン家がここまで古いヴォルの格式を維持しているとは思えなかった。といっても徹底的に格式張っているわけではない——大柄な護衛たちは厳格に無表情を保っているわけではなく、微笑を浮かべて二人を見下ろしており、親しげな歓迎の気持ちがあふれていた。

「ありがとう、ピム」ヴォルコシガン卿は無意識にいって立ち止まった。それからふっと怪訝《けげん》そうに眉根を寄せていいたした。「きみは夜のシフトだと思ったけどね、ロイック。寝ないでいいのか」

一番大柄で最も若い護衛がぎごちなく気をつけをしてつぶやいた。「マイロード」

「マイロードじゃ、返事になってないよ」ヴォルコシガン卿は叱るというよりは様子を窺《うかが》うような口調でいった。護衛は抑えた微笑を浮かべた。ヴォルコシガン卿はため息をついて彼に背を向けた。「マダム・ヴォルソワソン、いまわたしについている他の親衛兵士も紹介させて下さい——ジャンコフスキー親衛兵士とロイック親衛兵士です。諸君、こちらがマダム・ヴォルソワソンだ」

彼女がぴょこんと頭を下げると、彼らも「はじめましてマダム・ヴォルソワソン」とつぶやきながら会釈を返した。

「ピム、マ・コスティにぼくらが来たことを知らせていいよ。ありがとう、諸君、もう結構だ」ヴォルコシガン卿はみょうに力をこめていいたした。

また抑えたような微笑を浮かべて、護衛たちは廊下のほうに消えていった。ピムの声が遠くから聞こえた。「ほら、いったとおりだろ――」仲間に何やら説明するその先の言葉は、遠ざかるにつれてすぐにくぐもって意味のとれないつぶやきになった。

ヴォルコシガン卿は唇を舐めると主人役の丁重さを取り戻し、エカテリンのほうに向き直った。「昼食の前に館のなかをひとまわり歩きませんか。この館に歴史的な興味を持つ人は多いんですよ」

エカテリンは魅力的な誘いだと思って気持ちは惹かれたが、きょろきょろ眺める田舎の観客のような印象は与えたくなかった。「ご面倒をかけたくありませんわ、ヴォルコシガン卿」

彼は失望したように唇をぱくぱく動かし、それからまた熱心に誘った。「面倒だなんて。じつは、楽しみなんですよ」エカテリンを見つめる瞳がいやに真剣になった。

はいといって欲しいのだろうか。たぶん自分の館をとても誇りに思っているのだろう。「ありがとうございます。では、ぜひお願いいたします」

それが正しい返事だったようだ。ヴォルコシガン卿は元気を取り戻し、すぐに左手のほうにエカテリンを招き入れた。格式のある控えの間を通り抜けると、建物の翼の奥まで続く素晴らしい図書室に出た。エカテリンは革綴《かわとじ》の古い印刷の本に手を出したくなるのを、ポケットに両手を突っ込んで我慢した。この部屋には、そんな本が床から天井まで並んでいるのだ。彼は図書室の端のガラス戸のところでエカテリンに一礼して外の裏庭に導いたが、その庭にはもう改良の余地がほとんどないほど数世代の召使たちの手が入っていた。エカテリンは宿根草の花壇の土に肘まで突っ込みたくなった。でも、どうやらここは通り抜けるだけに決めていたらしく、ヴォルコシガン卿は先に立って交差した翼に入り、領内のさまざまな農園の産物を蓄えた巨大なワイン・セラーに降りていった。それから地下二階のガレージを通り抜けた。そこにはぴかぴかの装甲地上車が鎮座しており、赤いエナメル塗りのライトフライヤーが隅に押し込まれていた。

「あれはあなたのですか」エカテリンはライトフライヤーを顎でさして明るくいった。

ヴォルコシガンの返事は珍しく短かった。「ええ。でもいまは、あまり飛ばしていません」

〈ああ。そうよ。発作ね〉エカテリンは自分を蹴飛ばしたいような気持ちになった。とはいえもたもた謝ったりしたら余計に気まずくなる気がしたので、近道するためおいしそうな匂いのしている巨大な厨房を通っていく彼にそのままついていった。調理場でヴォルコシガンは、巷の評判になっているコックに正式に紹介してくれた。コックはマ・コスティという太った中年の婦人だった。マ・コスティはエカテリンににっこり笑いかけて、準備中の昼食の味見をしようとする主人の手を押さえた。この広々とした調理場はもっと活用しなきゃいけないと思いますよ、とマ・コスティは率直にいった——といっても、小柄なご主人一人が召し上がる量なんかたかが知れていますよ。だからもっとお客さまを連れてくる気になって下さらないと困ります。マダム・ヴォルソワソン、またすぐに来て下さいますね、これからはしょっちゅう。

マ・コスティは優しく二人を追い出して先に進ませた。ヴォルコシガンは、当惑するほどいくつも続く公式の謁見室をエカテリンに見せてから、石畳の広間に戻った。「いままでお見せしたのは公《おおやけ》の場所です」とヴォルコシガン卿はいった。「二階は全部ぼくが自分用に使っています」熱に浮かされているような勢いで、ヴォルコシガン卿はエカテリンを急かして湾曲した階段を上がらせ、かつては高名なピョートル将軍国守の居室であり、いまは自分が使っている続き部屋に案内した。そしてその続き部屋の居間から見える裏庭の素晴らしい眺めについて指摘するのも忘れなかった。

「この上にあと二階あって、さらに屋根裏部屋もあります。ヴォルコシガン館の屋根裏部屋は一見の価値がありますよ。ごらんになりたいですか？　それともごらんになりたいところが他にありますか」

「わかりません」少々圧倒された気分でエカテリンはいった。「この部屋でお育ちになったんですか」エカテリンは設備の調った居間を見回して、この部屋にいる子ども時代のマイルズを想像しようとした。ヴォルコシガン卿はそこで急に足を止めて、奥のドアの向こうに少し見えている寝室までは連れていこうとしなかったが、それはありがたいことなのだというべきだろうとエカテリンは考えていた。

「じつは五、六歳になるまでは、皇宮でグレゴールといっしょに暮らしていました」と彼は答えた。「摂政政治のはじめの数年間は、両親と祖父が少しばかり、まあ、意見の一致しないところがあったんです。でもやがて和解して、グレゴールも幼年学校に行くようになりました。そこで両親はこの館に戻ってきました。そしてぼくが二階を自分の部屋と決めているように、両親は三階を居室に決めました。これは跡継ぎの特権です。大邸宅だと数世代がいっしょに住んでもうまくいくんです。祖父は、ぼくが十七歳のときに死ぬまで、この部屋で暮らしていました。当時のぼくの部屋は、両親と同じ階の別の翼にありました。そこをぼくに選んだのは、イリヤンがその角度が一番狙撃されにくいといったから——いや、庭の眺めもよかったんですけどね。もしよければ……」といって彼は背後を振り返って手で示しながら微笑した。そして先に立ってもう一階上がり、角を曲がってから長い廊下を進んだ。

そして二人が入った部屋には言葉どおりに眺めのいい窓があったが、少年時代のマイルズがいた痕跡は何も残っていなかった。いまは落ち着いた客用寝室に調えられていて、素晴らしい屋敷そのものかもしだす独特の雰囲気はあっても、ほとんど人間味が感じられなかった。

「何年ぐらい、この部屋にいらしたんですか」眺めまわしながら、エカテリンは尋ねた。

「じつは去年の冬までいたんですよ。医療退役になってから、下の階に移ったんです」彼の顎がいつもの神経チックでぐいと上がった。「十年間、ぼくは機密保安庁の仕事をしていました。うちに戻ることはめったになかったから、この部屋でじゅうぶんだったんです」

「でも専用の浴室ぐらいはあったのでしょう。〈孤立時代〉からあるこういう館はときとして——」といって何気なくエカテリンがあけた扉のなかは、浴室ではなくクローゼットだった。その隣の扉が浴室に続くものに違いない。柔らかな明かりが自動的に灯った。

クローゼットのなかには制服が詰まっていた——それがヴォルコシガン卿の古い軍服なのは、サイズと入念な仕立てからわかった。やはり、彼は標準給付の身のまわり品は使えなかったのだろう。黒い作業服、帝国軍の礼装軍服に通常軍服、まぶしく輝く赤と青の観兵式用フォーマル。床には端から端まで、ブーツが歩哨のように一列に立っている。どれもみなきれいに手入れされているが、閉め切ってあったクローゼットの暖かく乾いた空気には凝縮された男の匂いがまだしみこんでいて、それが頰ずりのようにエカテリンの顔をくすぐった。ふうっと息を吸うと、軍人特有のパチョリの香りにくらっとした。香りは脳を通らず、鼻から直接からだに働きかけたように思われた。地上車のなかでも気づいたが、彼が身につけている香りは、清潔な男性の体臭を強調するようなさわやかな柑橘《かんきつ》系だったが、近寄ってきたのでそれがきゅうに強く感じられた。〈あら、いいえ、ティエンが死んでから、自然な性欲を感じるのはこれがはじめてだった。ヴォルコシガン卿は心配そうに脇に立ってエカテリンの顔を覗きこんだ。〈あら、いいえ、ティエンが死ぬ何年も前からよ〉当惑するようなことだったが、どこかでほっとするところもあった。〈結局、わたしは首から下も生きていたのね〉エカテリンは唐突にここが寝室であることを意識した。

「これは?」エカテリンは声がうわずるのを抑えながら、ハンガーにかかっていた見慣れない灰色の制服に手を伸ばした。白いトリミングのある、肩章とたくさんのポケットがついたずっしり重い短い上着。それに合わせたズボン。同じ階級を示すらしい袖についた筋といくつかの襟章がなにを意味するのかまったくわからなかったが、同じものが何着もあるようだった。布地は野戦用品でしか見られない、一風変わった、非常に高価な防火繊維のようだった。

ヴォルコシガン卿の微笑が和らいだ。「そう、それはね」彼はエカテリンがつかんだハンガーから服をはずして、ちょっと掲げてみせた。「ネイスミス提督には会ったことがないですよね。提督はぼくのお気に入りの秘密作戦の人格《ペルソナ》でした。彼——つまりぼくは、何年ものあいだ、機密保安庁のために、デンダリィ自由傭兵艦隊を指揮していたんです」

「あなたは銀河宇宙の提督のふりをしていたんですか」

「――ヴォルコシガン中尉なのに？」ヴォルコシガン卿は顔をしかめていった。「最初はふりをしていたんだけど、自分で本物にしたんです」口の片端をきゅっと上げて、〈とうぜんだ〉というつぶやきを洩らす。そしてその上着をドアノブに引っかけると、着ていた灰色のチュニックを脱いだ。上等な白いシャツが現れる。思いがけないことに彼はホルスターを身につけていて、小型の武器を左脇腹にぴたりと装着していた。〈こんなところでも武装しているの？〉頑丈なスタナーにすぎなかったが、彼はそれをシャツを着るように無意識に身につけているように思われた。〈ヴォルコシガン家の人間だったら、毎日そういうふうに服を着るのね〉

ヴォルコシガン卿はチュニックの代わりに、その上着の袖に手を通して着込んだ。今着ているスーツのズボンは色合いが近く、わざわざ制服のズボンを着なくても合っていた。というか演出としてはそれで効果はじゅうぶんだった。ヴォルコシガン卿は伸びをひとつした。とたんに、これまで見たことのないまったく別人の雰囲気になった。のびのびとリラックスしていて、小柄なからだ以上の場所を占めているような感じだ。片腕を伸ばして何気なくドア枠でからだを支えると、首を傾げた顔にさっと微笑が広がった。そして彼は、ヴォル階級の既成概念では想像もできないような、抑揚《よくよう》のない完璧なベータ訛《なま》りでこういった。「よお、退屈な泥食いバラヤー人のせいで落ち込むことなんかないよ。ぼくについておいで、レディ、宇宙を見せてあげるから」

エカテリンはぎょっとして、一歩下がった。

ヴォルコシガン卿はぐいと顎を上げて、まだ呆けたようなにやにや笑いを浮かべたまま、留め金を留めはじめた。上着のウエストに手をまわし、ベルトを直そうとして手が止まった。ベルトの端は中央で数センチ短く、留め金は予備のホックで留めてもうまく留まらないようだ。この裏切り行為を彼がいかにもがっかりしたように見下ろしているので、エカテリンは息を詰まらせてくすくす笑った。

ヴォルコシガン卿は顔を上げてこちらを見ると、エカテリンの目尻の皺《しわ》に合わせたように悲しげな微笑を目に浮かべた。そしてバラヤー風の普通の声でいった。「一年以上着たことがなかったんです。過去からの成長ってのはいろんな形があるらしいですね」といって制服の上着を引きむしるように脱いだ。「うーむ。そうそう、さっきうちの料理人に会いましたね。あの人にとっては料理は仕事というよりは、神聖なる天職なんですよ」

「洗濯で縮んだのかもしれませんわ」慰めようと思って、エカテリンはいってみた。

「ありがとう。でも、違います」彼はため息をついた。「提督の分厚い化けの皮は、彼が殺される以前から相当にすり切れていたんです。とにかく、ネイスミスの余命はいくばくもなかったんですよ」

それは失われたのはたいしたものじゃないといいたげな口調だったが、エカテリンは彼の胸に残るニードル手榴弾の傷を見たことがあるのだ。さらに、コマールの自分とティエンの狭苦しいアパートメントの一室で彼の発作を目撃したときのことが、まざまざと脳裏に蘇《よみがえ》った。

その痙攣の嵐がおさまったあと彼の目に浮かんでいた表情を、エカテリンは忘れられない――気持ちの乱れ、恥、どうしようもない怒り。この人はどうやら、裏打ちがなくても意志があればなんでもできるという信念のもとに、自分の限界を超えて肉体を酷使したらしい。〈できることはできるのよ。一時はね〉そのあと時間はなくなる――いいえ。時間は続いている。時間に終わりはない。〈でも自分自身の終わりに来てしまって、時間は続き、置き去りにされるんだわ〉他のことはともかく、ティエンとの時間でエカテリンが学んだのはそういうことだった。

「これはニッキの遊び道具にするのがよさそうですね」彼は並んだ制服の列に軽く手を振っていった。とはいえ、その手は丁寧《ていねい》に上着をハンガーにかけ直して、見えない糸くずを払い、並んでいたもとの位置にそれを引っかけた。「まだ着られる大きさで、着たがるような年齢のうちにね。あと一、二年したら、もっと背が伸びると思いますよ」

エカテリンは言葉を呑んだ。〈それは胸の悪くなるようなことだと思うわ〉これらの遺物は明らかに、彼にとっては生死に繋《つな》がっている。子どもの玩具と思うなんて、なぜそんな気になったのだろう。このぞっとするような考えを、どういったらとがめ立てる口調にならずに断れるか、エカテリンには適当な言葉が思いつかなかった。思わず黙りこんだあと、沈黙が耐えられないほど続くのを恐れて、エカテリンはだしぬけにいった。「もう向こうへ戻りませんか、よろしければ」

彼は遠い眼差しになっていった。「そうですね、いまは……いまでは、それはこの上なく奇妙な感じです。きっと命のない脱け殻のなかに戻ろうとする蛇《へび》のような感じだろうな。いつだって忘れたことはないのに、もう戻ろうとはまったく思わない」ヴォルコシガン卿は顔を上げて、きらりと目を光らせた。「ニードル手榴弾は、そういう教育的効果のある経験でしたよ」

どうやらこれは彼にとってはジョークらしかった。エカテリンは相手にキスして慰めたいのか、悲鳴を上げて逃げ出したいのか、自分の気持ちがよくわからなかった。そこでかろうじて微笑を浮かべた。

ヴォルコシガン卿は民間人の地味な服をまた身につけて肩をすくめた。肩からかけた不吉なホルスターはふたたび見えなくなっている。クローゼットの扉をしっかり閉めると、三階の残りの部屋をそそくさと案内し留守中の両親の続き部屋も教えてくれたが、エカテリンが密かにほっとしたことにそのなかまで連れ込まれることはなかった。高名なヴォルコシガン国守と国守夫人の私的な場所にふらふら入っていったら、ひどく変な気分になりそうだ。覗き趣味がないわけではないけれど。

そして二人は最終的に〈彼の〉二階に戻って、主翼の端にある〈黄色の客間〉と呼ばれている明るい部屋に落ち着いた。どうやら食堂として使われている場所らしい。小ぶりなテーブルに二人分の昼食の用意が優雅に調えられていた。よかった。階下の、広げれば四十八人座れるというテーブルのある、精巧な作りの板壁で囲まれた洞窟のようなところで食事しなくていいらしい——羽目板の後ろにうまく隠してある第二テーブルも並べて出せば、九十六人も詰め込めるのだそうだ。何も合図しないのに、マ・コスティが昼食を載せたカートを押して姿を現した。スープにお茶、養殖海老と果物や木の実の入っている上品なサラダ。麗々《れいれい》しく最初の給仕を終えるとマ・コスティは主人と客を残してすっと立ち去ったが、ヴォルコシガン卿の脇に彼女が残していったカートの上には丸いカバーのついた銀の盆が載っていて、もっとお楽しみがあることをほのめかしていた。

「大きな家ですが」口に食べ物を運びながらヴォルコシガン卿はいった。「夜はすっかり静まり返ってしまってね。寂しいもんですよ。もともとは、こんなにがらんとした家じゃなかったんだけど。父の最盛期のような、生活感にあふれた場所にする必要があります」その口調は陰《いん》鬱《うつ》ともいえるくらいだった。

「総督ご夫妻は皇帝の婚礼にはお帰りになる予定でしょう？　真夏にはまた満員になりますわ」彼女はなだめるように指摘した。

「ええ、そうです。随行員もみんな引き連れてね。婚礼には、誰もかれも帰ってきますよ」といって彼はためらった。「そういえば、ぼくの弟のマークもね。マークのことは注意しておくべきかな」

「いつだったか伯父から、あなたにはクローンがいることを聞きました。それが彼、あの……それなんですか」

「それっていうのは、両性者に対して使うベータの形容詞です。絶対に彼ですよ。そう、彼のことです」

「ヴォルシス伯父はなぜあなたが——でなければご両親が——クローンを作ったのか、話してくれませんでした。複雑な事情でなければ、伺っていいですか」

すぐ頭にひらめいたのは、ヴォルコシガン国守がソルトキシンの障害のある後継者に代わる障害のない代わりの者を欲しがったのだという理由だったが、この場合は明らかにそうではない。

「そこんとこが複雑なんです。ぼくや両親が作ったんじゃないんですよ。地球に逃亡したコマールの反逆者の一人が、父に対してまことに奇怪なシナリオを書き、その一環として作ったのです。連中は軍事革命を起こすのに失敗したので、限られた予算でバイオ戦争をしかけようと考えたんだと思いますね。あるスパイにぼくの組織標本を盗ませて——これはそう難しいことじゃなかった、ぼくは子どものころに、何百回も医療処置や生体テストを受けてるから——ジャクソン統一惑星でそれを培養して、あまり健全とはいえないヴォル卿を作ったんです」

「おやまあ。でもヴォルシス伯父は、あなたのクローンはあなたに似てないっていってましたが」

——それでは彼はあなたのような、あの、胎児期の障害がなく育ったんですか」エカテリンは軽く顎をしゃくったが、礼儀として相手の顔からは目をそらさなかった。彼が生まれつきの欠陥に対して示すとっぴともいえる過敏な反応には、すでにお目にかかっている。〈後天的なもので、遺伝ではありません〉としつこく念を押されたっけ。

「そんな単純なことならよかったんだけど……実際は障害がなく育ちはじめたはずですから、連中は肉体彫刻をほどこしてぼくの大きさに合わせなきゃならなかったんです。それに体型もね。かなりぞっとする話です。ぼくの代替品として綿密な検査にも通るようにしたかったので、こっちが足の骨を折って人工骨に置換すると、あっちも骨の手術をして置換されたんです。だからどれほど傷つけられたか、ぼくには正確にわかっています。おまけに連中は、彼がぼくとして通用するための勉強をさせました。何年ものあいだ、ぼくは一人っ子だとばかり思っていたのに、マークのほうではめったにないほど強烈な兄弟への敵愾心《てきがいしん》を育てていたんです。つまり、考えてもごらんなさい。常に自分自身であることを許されず――実際には、拷問に怯えながら――兄と比較される……。その企てが潰《つい》えたときには、彼は狂気にかられる一歩手前でした」

「とうぜんだと思いますわ！　でも……どうやってそのコマール人の手から彼を救い出したんですか」

少し黙っていたあとでヴォルコシガンはいった。「マークは最後の最後で、いわば自分自身に戻ったんです。そしてベータ人である母の保護下に入ると――そう、想像できるでしょう。ベータ人ってのはクローンに対する親の責任については、非常に厳格で明白な信念を持ってます。彼はそれに仰天したんだと思うな。マークは兄弟がいることは重々承知していたけど――どれほどその事実に虐《しいた》げられたかは神のみぞ知るってとこだ――両親のことはまったく考えていなかったんです。コーデリア・ヴォルコシガンという人を予期していなかったのは確かですね。ヴォルコシガン家ではマークを養子にしました。それが考えうる一番単純な方法だったんだと思います。彼はしばらくバラヤーにいましたが、去年からベータの祖母の監督のもとで大学に通いながら治療を受けるため、母がベータ植民惑星に送り出しました」

「それはよさそうですわね」エカテリンは奇想天外な物語のハッピーエンドが嬉しかった。ヴォルコシガン家には独自の考え方があるようだ。

「うむ、たぶんね。でも、祖母から送られてくる報告では、結構困難な道らしいですよ。いいですか、マークはある強迫観念にとらわれています――ぼくには完全に理解できるけど――二度とぼくらが取り違えられたりしないように、完全にぼくとは別の人間に見られたいってね。ぼくにとってもそれはいいことで、悪い点は何もない。すごい思いつきだと思いますよ。でも……顔に化粧するとか、肉体彫刻するとか、成長ホルモンの利用とか、目の色を変えたり髪の色を抜くというような方法もあるのに……そのかわりに彼が思いついたのは、体重をものすごく増やすことだったんです。ぼくと同じ身長でそれですから、ぎょっとするような恰好ですよ。それが自分では気にいっているんだと思うけど。わざと太ったんです」ヴォルコシガン卿は考えこむように皿の上を見つめた。「ベータの療法で肥満も改善されるかと思ったのに、どうにもならなかったみたいですね」

テーブルクロスの端を引っ掻く音にエカテリンは驚いた。やや大きめの黒白ぶちの子猫が真剣な目つきで、小さな爪をハーケンのように刺してテーブルクロスの横を攀じ登り、ヴォルコシガンの皿に首を伸ばした。彼は無意識に笑みを浮かべて、残っていたサラダの海老をつまんで小さな動物の前に置いた。子猫はがつがつ食べながら、喉を鳴らしたり甘え声で鳴いたりした。「門衛の猫がこういう子猫を次々に生むんですよ」と彼は説明した。「こいつらの生活力には感心するけど、じつはうんざりでね……」といってヴォルコシガン卿は盆の大きなカバーを取り、それを猫にかぶせて捕獲した。まるで小さな機械の歯車を剝きだしにしたような、臆した様子もない甘え声が銀色の半球のなかで反響した。「デザートはいかが」

銀の盆には種類の異なる八個の焼き菓子が入っていて、それがあまりにも美しいので、食べる前にまず後世に伝えるホロビッド記録を取らなければ美に対する犯罪行為だとエカテリンには思われた。「まあ、すごい」しばらくためらったすえに、エカテリンは厚くクリームを塗りつけ宝石のようにゼラチンで艶《つや》出ししたフルーツをのせたケーキを指さした。ヴォルコシガン卿はそれを用意された皿の上に載せて手渡した。彼も食べたそうな顔で並んだ菓子を眺めたが、自分の分は選ばなかった。あなたはぜんぜん太ってなんかいないじゃないの、とエカテリンは腹立たしく思った。ネイスミス提督を演じていたころには、ほとんどがりがりだったに違いない。菓子はみかけどおりにおいしくて、エカテリンの会話はしばらく途切れた。ヴォルコシガン卿は彼女の喜びを自分のこととして楽しんでいるのか、微笑を浮かべて見つめていた。

エカテリンがフォークでクリームの最後の分子まで皿からこそぎ取っているとき、廊下に足音と男たちの声が聞こえた。大声で話しているのはピムの声だとわかる……。「……いえ、閣下は新任の庭園デザイナーとご相談中です。ほんとうに邪魔されるのはおいやだと思いますよ」

のんびりしたバリトンの声が答えた。「わかった、わかった、ピム。ぼくだって邪魔したくない。母からことづかった、仕事の用なんだ」

ヴォルコシガン卿は一瞬ひどく迷惑そうな表情を浮かべて、口から出かけた悪態を嚙み殺した。だが、黄色い客間の入り口に客が姿を現すと、表情は非常に愛想よくなった。

ピムが防ぎきれなかった男は若い士官だった。通常軍服姿の、驚くほどハンサムな背の高い大尉だった。黒い髪、笑っているような茶色の瞳、そしてゆったりした微笑。彼は立ち止まると、からかうようなお辞儀をしていった。「やあやあ、従兄弟の聴聞卿閣下。おやあ、見つけたぞ、それはマ・コスティの昼食だな。まだ間に合うといってくれ。何か残っているかい。パンくずでも嘗めていいかい」一歩なかに入ると、彼の目がさっとエカテリンに向いた。「おっ、ほう！　きみの庭園デザイナーを紹介しろよ、マイルズ！」

ヴォルコシガン卿は歯を食いしばってでもいるような声でいった。「マダム・ヴォルソワソン、ぼくの従兄弟で、無責任男のイワン・ヴォルパトリル大尉をご紹介していいでしょうか。イワン、マダム・ヴォルソワソンだ」

この非難めいた紹介にひるむ様子もなくヴォルパトリル大尉はにやりとして、深々と頭を下げてエカテリンの手にキスした。その唇はもう一度味わうようにキスして手の上からなかなか離れなかったが、唇は乾いていて温かかった。やっと手を離してくれたとき、エカテリンは手をスカートで拭きたいような失礼な衝動を感じたが我慢した。「それで手数料を取っていらっしゃるんですか、マダム・ヴォルソワソン」

この男の陽気な流し目を面白がるべきか腹を立てるべきか決めかねたが、面白がるのが無難なところだろう。エカテリンは薄く微笑を浮かべた。「まだはじめたばかりなんです」

ヴォルコシガン卿が口をはさんだ。「イワンはアパートメントに住んでいるんです。バルコニーには確か植木鉢があったけど、このまえ見たときは植物は枯れていましたよ」

「冬だったろ、マイルズ」肘の横の銀色のドームのなかからかすかな猫の鳴き声がするのに、ヴォルパトリルは注意を引かれた。彼はカバーを見つめ、片側を上げて覗いた。「ああ。きみんとこのやつか」そして蓋を下ろした。それからテーブルをひとまわりして使われていないデザート皿を見つけると、嬉しそうな笑顔になって焼き菓子を二個載せ、従兄弟の使わなかったフォークを手に取った。そして反対側の空いた場所に戻ると戦利品をそこに置き、椅子を引き寄せてヴォルコシガン卿とエカテリンのあいだに座った。それから彼はドームのなかで大きくなってきた猫の抗議の声に少しためらったあと、ため息をついて捕虜の猫を出してやった。そして上等のナプキンを置いた膝の上に乗せて、爪にも顔にもたっぷりクリームをつけた猫を抱えこんだ。「ぼくにかまわず話を進めていいよ」彼は一口頰ばりながらいった。

「もう話は終わるところだったんだ」とヴォルコシガン卿。「何しに来たんだ、イワン」そして小声でいいたした。「しかもなぜ、三人もボディガードがいるのになかに入れたんだ？　撃ち殺せという命令でも出さなきゃだめなのか」

「正当な理由だったから強引にいえたのさ」ヴォルパトリル大尉はいった。「うちのおふくろから、腕の長さぐらいもある雑用のリストをきみに持っていけといわれたんだよ。脚注つきのね」ヴォルパトリル大尉はチュニックの懐から、折り畳んで巻いた薄葉紙を取り出して、従兄弟に振ってみせた。子猫はごろりと上向きにころがって薄葉紙を叩いた。ヴォルパトリル大尉は面白がって叩き返した。「かた、かた、かた」

「何がなんでも入ろうと思ったのは、うちの警備兵よりもお母さんのほうが怖いからだろう」

「きみだってあのおふくろは怖いだろ。お宅の警備兵だって同じさ」ヴォルパトリル大尉は、デザートをもう一口呑み下しながらいった。

ヴォルコシガン卿はぷっと吹き出しそうになったが、それを呑みこんでまた真面目な顔に戻った。「あー……マダム・ヴォルソワソン、こっちの用件を片づけなきゃなりません。今日のところは、ここまでにしたほうがよさそうです」彼はすまなそうな微笑を浮かべて、椅子を後ろに引いた。

ヴォルコシガン卿がこの若い士官と重要な内密の話があるのは確かだった。「もちろんですわ。あの、お目にかかれてさいわいでした、ヴォルパトリル大尉」

猫に居すわられているので大尉は立ち上がらなかったが、非常に丁寧に別れの会釈をした。「こちらこそ、マダム・ヴォルソワソン。ぜひ近いうちに、またお目にかかりたいですね」

ヴォルコシガン卿の微笑が薄れた。エカテリンは彼といっしょに立ち上がると、廊下に出た。彼は腕通信機《リストコム》を口に寄せて小声でいった。「ピム、車を正面にまわしてもらえないだろうか」そしてエカテリンを促し、廊下を歩きはじめた。「イワンのことはすみません」

なぜ謝らなければならないのかよくわからなかったが、エカテリンは肩をすくめて戸惑いを隠した。

「それで、契約は成立ですか」そしてさらに念を押すようにいう。「ぼくの計画に乗って下さいますか」

「たぶん先にデザインをいくつかごらんになったほうがいいんじゃありません？」

「ええ、もちろんです。明日……あるいはいつでも用意ができたときに連絡して下さっていいです。ぼくの番号はお持ちですね」

「ええ、コマールでいくつも教えていただきましたわ。まだ持っています」

「ああ。よかった」大きな階段をぐるりとまわって降りていきながら、何かを思い出しているような顔で彼はいった。下に着くとエカテリンを見上げていいたす。「それではあの小さな記念品もまだお持ちですか」

ヴォルコシガン卿がいっているのは、公の場では決して口にできない不愉快な出来事の記念ともいえる、鎖につけたバラヤーのレプリカのペンダントのことだ。「ええ、持ってますわ」

ヴォルコシガン卿は期待するように立ち止まったが、エカテリンはその場で喪服のブラウスの下からその宝石を取り出してみせることができないのに気づいた。そんな貴重品を毎日身につけているのはどうかと思われたので、はずして丁寧に包み、伯母の家の引き出しにしまってあるのだ。そのあとすぐに地上車の音が中庭の車出口のほうから聞こえてくると、ヴォルコシガン卿は二重ドアからエカテリンを連れ出した。

「ではさようなら、マダム・ヴォルソワソン」といって彼はエカテリンと握手した。しっかり握りはしたが必要以上に長々と握りはしなかった。そして地上車の後部コンパートメントにエカテリンが乗りこむのを見送った。「イワンの出入りは制限したほうがよさそうだな」キャノピーが閉まって車が動き出すと、彼は大股に屋内に引き返した。車がゲートをなめらかにくぐるころには、その姿はもう見えなかった。

イワンは使用済みのサラダの皿を床に置いて、子猫をその横に下ろした。どんな動物の子どもでも女性とつきあう上で素晴らしく役に立つことは認めねばならない。自分がこの毛むくじゃらの小さな虫けらをあやしているとき、マダム・ヴォルソワソンの冷静な表情が和らいだのに気づいたのだ。あんなすごい寡婦を、いったいマイルズはどこで見つけたのだろう。イワンはゆったり椅子に腰を落ち着けて、子猫のピンクの舌がソースの上で動くのを眺めた。そしてむっつりと昨夜の外出のことを思い出していた。

昨夜のデートの相手はけっこう脈がありそうな若い女だった。はじめて家を離れた大学生で、とうぜん帝国軍士官のヴォルには感銘を受けるはずだった。それなのになんの恥じらいもなく大胆に見つめてきた。彼女が彼をライトフライヤーに拾い上げたのだ。ライトフライヤーで心理的なバリアを崩して適当なムードに持っていくというのは、イワンの得意技だった。二、三回軽く急降下すれば、たいていの若い娘は可愛い小さな悲鳴を上げてかじりついてくる。胸は上下に揺れ、息づかいは早くなり、開いた唇にはキスがしやすくなるのだ。ところがこの女ときたら……ライトフライヤーに乗って食べた食事を無駄にするなんて、きちがいじみた気分のマイルズに捉まってハサダー上空で上昇気流の証明につきあったとき以来だ。イワンがシートベルトを固く握りしめ歯を食いしばって、仕方なく微笑を浮かべているあいだ、女は悪鬼のように笑い続けていた。

そして彼女が決めたレストランで、おや、よく会うね、とむっつり顔でいう青二才の大学院生と出会ったところから、小芝居がはじまった。ちくしょう、あの女は自分の主義主張に青二才がどこまで傾倒しているかを試すために、ぼくを利用したのだ。しかもこの駄犬はごろりところがるといいころあいで唸《うな》りはじめた。〈はじめまして。おーや、この人はきみが軍隊にいるとかいった叔父さんじゃないのかい？　え、なんですって……〉青二才は大げさにうやうやしく席をさし示すふりをしながら、手慣れた感じでイワンの一番ちびの親戚の言葉としてふさわしいような陰険な侮辱《ぶじょく》をしたのだ。イワンはそういうことなら勝手に二人で楽しんでいろと思って、何もいわずに席を立った。こういう犯罪には罰をくれてやるべきだ。最近バラヤーの若い娘たちに何が起こったのかよくわからない。まるで……まるで銀河人になってしまっている。マイルズの恐るべき友人のクインから手ほどきでも受けたかのようだ。自分と同じ年ごろの同じ階級の女にくっついていればいいのよ、という母の辛辣《しんらつ》な勧めが、なんとなく納得できるような気がしはじめている。

　軽い足音が廊下に響いて従兄弟が入り口に顔を見せた。イワンは昨夜の失態を面白おかしくマイルズに話したい衝動にかられたが、考え直してやめた。口をぎゅっと引き結んで尻の毛を逆立てたブルドッグのような怖い顔つきのマイルズでは、とうてい同情してくれそうもない。

「最悪のタイミングだぜ、イワン」マイルズは吐き捨てるようにいった。

「どうした、〈二人でお茶を《テテ・オ・テテ》〉ってのを台無しにしたのかい。あれは庭園デザイナーなんだろう？　ぼくだってああいう人の造園なら、きゅうに興味を持つかもしれないぜ。おおまかにいって、どんな図面なんだ？」

「見事なものさ」マイルズはとっさに頭に浮かんだ映像に気を取られて、ささやくようにいった。

「それに彼女は顔も悪くない」イワンはマイルズを眺めながらいいたした。

マイルズはその餌にすぐかかりそうになったが、顔をしかめていいかけた言葉をもごもご呑みこんだ。「欲張るんじゃないよ。きみはマダム・ヴォルなんとかっていう恋人がいるっていってなかったっけ」マイルズは椅子を引き寄せてくつろいだ。腕を組み足も組んで、薄目でイワンを窺っている。

「ああ。そうだったね。まあね。あれはだめになったみたいだ」

「きみには驚くな。おとなしい亭主だっていってたのに、結局おとなしくなかったのか」

「何もかもまるっきり理屈に合わない話だったんだ。つまりさぁ、その夫婦は人工子宮のなかで子どもを調理中だったんだって。最近は、どこかの私生児を家系図に接ぎ木することさえできないらしい。それはともかく、その亭主は植民地の行政機関の職を手に入れたんだ。で、女房を引っつかんでセルギアールに行っちまった。満足にさよならもいわせてもらえなかったんだぜ」じつは、殺人をほのめかす言葉で脅されるという不愉快な場面があったのだ。相手の女が多少なりとも残念そうな気配を見せるか、イワンの健康や安全を気づかう様子を見せたら気持ちはなごんだだろうに、むしろ話し合いのあいだべったり夫の腕にぶら下がっていて、なわばりを護る夫の遠吠えに感激している様子だった。そして次にその失恋の痛手をなだめようとした、ライトフライヤー持ちの若い平民のテロリストのことは……イワンは身震いを抑えた。

いやな思い出は肩をすくめて振り払い、イワンは話を続けた。「だけどあれは寡婦だろ、本物の手つかずの若い寡婦だ！　このごろじゃ、そういうのを見つけるのは、すごく難しいんだぜ、わかってるのか。司令部にいる知り合いなんか、寡婦と仲良くなれるのなら右手をやってもいいっていってるぜ。それなのに連中は、長いあいだ夜の寂しさをかこたなきゃならないのさ。いったいきみは、どうやって蜜の壺に出くわす幸運をつかんだんだ？」

従兄弟は答えてくれなかった。そして一瞬間をおいて、イワンの空の皿の横に丸まっている薄葉紙を指さした。「それで、そもそもなんの用なんだ」

「ああ」イワンは薄葉紙を伸ばし、テーブルの上に差し出した。「それは近く行われる、きみと皇帝と、未来の皇后と、うちの母との会議の予定表だ。母は目下グレゴールを追い詰めて、最終的な婚礼の詳細を決めようとしてる。きみはグレゴールの介添えだから、その会議に出席することが要求要請されている」

「そうか」マイルズは内容に目を通した。それからもう一度顔を上げて、怪訝そうな皺を眉のあいだに寄せてイワンを見た。「これが重要でないわけじゃないけど、きみはいま司令部で勤務中のはずだろう」

「ふん」イワンは憂鬱《ゆううつ》そうにいった。「あのけしからん連中がぼくに何をしたか知らないんだな」

マイルズは問いかけるように眉を上げてかぶりを振った。

「ぼくは公式に母の補佐役になった――自分のおふくろのだぜ。婚礼が終わるまでおふくろの副官だ。おふくろから逃げるために軍隊に入ったんだぞ、くそっ。それがいまじゃ、突然ぼくの上官になっちまってる」

にやっとしたマイルズの顔には、同情のかけらも見えなかった。「ライザが無事にグレゴールに釣り上げられて、政治的にも女主人としての義務が果たせるようになるまで、きみのお母さんはヴォルバール・サルターナじゅうで最も重要な人物といえるかもしれない。お母さんを過小評価するなよ。この皇帝の婚礼のために小突きまわされている計画に比べたら、遙かに単純な惑星侵略計画だって見たことがあるぞ。これはアリス叔母さんの統帥力のありったけを駆使して、はじめて達成できることなんだ」

イワンはかぶりを振った。「自分に可能なうちに、惑星外の任務につくべきだったとつくづく思ってるよ。コマールとかセルギアールとか、どこかの気味の悪い星の大使館とか、とにかくヴォルバール・サルターナでないところにね」

マイルズは真面目な顔になった。「さあどうかな、イワン。奇襲はないといっても、これは政治的に最大の出来事だ――今年じゅうでっていうつもりだったけど、じつはぼくらの生涯で一番重要だと思ってる。グレゴールとライザが、きみやぼくと帝位とのあいだに小さな継承者を大勢作れば作るほど、ぼくらは安全になる。ぼくらも、ぼくらの家族もね」

「まだ家族なんかいないじゃないか」イワンは指摘した。〈ではマイルズは、あのきれいな寡婦についてそこまで考えているんだな。おっ、ほう〉

「考えちゃいけないか。ぼくはいつだって、女の人に近づくたびにその問題を考えるけど……

いや、気にするな。とにかくこの婚礼は軌道に乗せる必要があるんだよ、イワン」

「べつに反対してるわけじゃないさ」イワンは心からそういった。そしてきれいに皿を舐め終わって、今度はイワンの磨き上げたブーツに爪を立てようとしている子猫を、手を伸ばして押さえた。そしてしばらく手で撫でてやると子猫はブーツに興味を失って、喉を鳴らして座りこみ、食べ物の消化と、帝国軍の制服にもっと毛をこすりつける仕事に勤しみはじめた。「それできみの庭園デザイナーの名前はなんていうんだい、もう一度教えてくれよ」じつをいうと、まだマイルズから教えてもらっていない。

「エカテリン」マイルズはため息をつくようにいった。マイルズはその五つの文字と別れがたく抱きしめているような口の恰好をしていた。

〈ああ、これだ〉イワンは自分の数知れない恋愛に、マイルズが投げつけた冷やかしの言葉を思い出した。〈きみはぼくを、自分のウイットを磨く砥石《といし》だとでも思っていただろう〉長い日照りのあとに地平線に浮かんだ雨雲のような、めったにない好機だ。「彼女は悲しみに打ちひしがれている、とかいってたね。元気になるには、ユーモアのセンスのある人物を利用したらいいと思うけどな。きみはだめだ、明らかにまた鬱になってるからね。たぶんぼくが街の案内役を買って出るべきじゃないかな」

　マイルズは自分でもう一杯お茶を注いで、隣の椅子に両足を乗せかけたところだった。この言葉を聞くとどすんと足を下ろした。「ちらとでもそんなことは思うな。あの人はぼくのものだ」

「ほんとうかい。すでに密かに求婚しているのか。手が早いな、マイルズ」

「いや」とマイルズはしぶしぶ認めた。

「何らかの了解を得てでもいるのか」

「まだだ」

「それでは彼女は、事実上、自分以外の誰のものでもない。いまのところはね」

マイルズは何気なくお茶を一口飲んでから答えた。「つまりそれを変えるつもりなんだよ。時が熟したらね。絶対にまだその時ではない」

「おい、恋愛と戦争ではあらゆることがフェアなんだぜ。なぜぼくがやってみちゃいけないんだ」

マイルズはぴしりといい返した。「きみがここに足を踏み入れたら、戦争になるぞ」

「新しく手に入れた高貴な身分なんか論外だぞ、マイルズ。たとえ皇帝直属の聴聞卿でも、女に自分と寝ろと命令することはできないぜ」

「〝自分と結婚しろ〟だ」マイルズは冷やかな声で訂正した。

イワンは首を傾げて、にやにや笑いを広げた。「こりゃ驚いた、すっかりそこまでのぼせてるのか。思いもよらなかったよ」

マイルズは歯を剝きだした。「きみと違って、ぼくは一度も、結婚というゴールに興味がないふりなんかしていない。勇敢な独身宣言なんかぼくの口には合わないんだ。種馬という地元の評判を取る気もない。もしそんな風評が立ったら、汚名をそそぐつもりだ」

「おやおや、今日はなんだかぎすぎすしてきたね」

マイルズは深呼吸をひとつした。そして口を開く前にイワンは遮った。「なあ、そういうふうに頭を下げて好戦的な構えをすると、余計背中が曲がって見えるぜ。気をつけたほうがいいぞ」

しばらく冷やかな顔で黙りこんでいたあと、マイルズは穏やかにいった。「きみはぼくとウィットの豊かさを張り合う気なのか……イワン」

「あー……」正しい答えを探り出すのに時間はかからなかった。「いいや」

「よし」マイルズは椅子にもたれてふうっと息を吐いた。「それならよし……」そのあとまたも苛立ちのつのるような長い沈黙が続き、そのあいだ従兄弟はイワンを薄目で眺めていた。そしてやっと、ひとつの決意に達したようだった。「イワン、きみからヴォルパトリルとしての約束の言葉を貰いたい――きみとぼくの二人だけの約束だ――エカテリンには手を出さないといってくれ」

イワンはきゅっと眉を上げた。「そりゃちょっとずうずうしくないか。つまりさ、彼女に投票権はないのか」

マイルズは鼻孔を膨らませた。「きみはほんとは彼女に興味ないんだろ」

「そんなことどうしてわかるんだ。ぼくにだってわからんさ。きみが急いで連れ出してしまったから、こんにちはをいう暇しかなかったんだぜ」

「きみをよく知ってるからさ。きみにとっては、彼女はこれから出会う女十人の誰とでも取り替えがきく。ところが、ぼくには取り替えはきかないんだ。じゃ、こんな約束ではどうだ。きみは宇宙じゅうの他の女をすべて自分のものにしていい。ぼくはこの人だけだ。これなら公平だろう」

これはいつものマイルズ流の議論で、結果は常に、まったく論理的に欲しいものをマイルズが手に入れるということになる。イワンはそのいつものパターンに気づいた。これは五歳のときから変わっていないのだ。中身が進化しただけだ。「問題は、宇宙じゅうの他の女たちだって、きみの自由にはならないってことだ」イワンは勝ち誇ったように指摘した。二十年もこういう議論で訓練されているから、対応は早くなってきている。「自分が持ってもいないもので取引しようとするな——持ってもいないのにさ」

旗色が悪くなったマイルズは椅子に深々と座ってイワンを睨《にら》んだ。

「真面目な話」とイワン。「きみの情熱はちょっと性急すぎないかい。冬の市にあの畏敬すべきクインと別れたばかりの男にしてはね。このカットとやらはいままでどこに隠していたんだ?」

「エカテリンだ。コマールで出会った」マイルズは言葉少なく答えた。

「事件の調査のあいだにか? それじゃ最近のことだな。おい、そういえば、きみの最初の事件のことをまだすっかり聞かせてもらってないぞ、従兄弟の聴聞卿。あんなにミラー衛星について大騒ぎしていたのに、いつのまにか鳴りをひそめてしまったようだな」イワンは反応を期待して待ったが、マイルズは誘いに乗らなかった。今日はいつものしゃべりまくる気分ではないらしい。〈スイッチを入れられなければ、スイッチを切ることもできない〉選択の余地がないのなら、無邪気な傍観者としてはバネを巻くよりは口を慎むほうがよさそうだ。しばらくしてイワンはいいたした。「それで彼女には姉妹があるかい?」

「いいや」

「みんないないんだよな」イワンは大きなため息をついた。「真面目な話、あの人はどういう人なんだ? どこに住んでいる?」

「あの人はヴォルシス聴聞卿の姪で、ほんの二カ月前に夫がむごい形で死んだばかりなんだ。きみの冗談に乗るような気分じゃないと思うね」

冗談に乗る気がないのは彼女だけではなさそうだ。くそう、それにしても今日は、マイルズはさっきからずっととげとげしい気分のようだ。「へえ、その男はきみの事件に関係があったんだな。そいつにはいい教訓だね」イワンは椅子の背にもたれて、にやりと苦笑いした。「それは寡婦の不足を補うひとつの方法だね、きっと。自分で作れってことだ」

内心面白がってイワンのからかいを受け流しているように見えた表情が、突然マイルズの顔から拭き消したように消えた。可能なかぎり背筋を伸ばしたマイルズは、椅子のアームをつかんで身を乗り出した。そして声を極限まで下げた。「その中傷を二度と口にしないよう気をつけてもらえるとありがたいんだがね、ヴォルパトリル卿。二度と決して」

驚きのあまりイワンの胃はぐらっと揺れた。マイルズが皇帝直属の聴聞卿の厳《いか》めしさを見せるのを二、三回見たことはあったが、自分に向かって見せたことはない。凍りつくような灰色の両眼が、突如ふたつの銃眼のように見えてきた。イワンはぽかんと口を開き、それから注意深く閉じた。いったいぜんたいこれは何事なのだろう。いったいどうやれば、わずかな時間でこれほどの威嚇《いかく》を相手に与えることができるのだろうか。何年もの鍛練《たんれん》の賜物《たまもの》だろう、とイワンは思った。〈それに条件づけだ〉「冗談だよ、マイルズ」

「そんな冗談、ぜんぜん面白いとは思わないね」マイルズは手首をこすりながら二人のあいだの宙を睨みつけた。下顎の筋肉がぴくぴく動き、顎先が上がった。そのあと間をおいて、マイルズは悲しげな口調でいいたした。「イワン、コマールの事件のことはきみに話す気はない。それは〈よく読みもしないで咽をかき切る〉ようなことで、たわごととは無縁なんだ。これだけはいっとくけど、これ以上立ち入らないで欲しい。エティエンヌ・ヴォルソワソンの死は失策であるとともに殺人には違いないが、ぼくが防ぎそこねたのも事実だ。だけどぼくが原因ではない」

「お願いだよマイルズ、ぼくが本気でそんなことを思うなんて——」

「といっても」従兄弟は声を上げてイワンの言葉を遮った。「そのことを証明するあらゆる証拠が、いまでは可能なかぎり極秘ということになった。だから、そういう告発をされたら、それに反論するため事実を公表して証明することができないんだ。ちょっとでもいいから、その結果について考えてみてくれないか。特にもし……ぼくの求婚がうまくいくようなら」

イワンは口をぎゅっと閉じて気持ちを静めた。それからにっこりした。「でも……グレゴールがいう手があるぜ。グレゴールと議論するやつなんかいないだろう？　グレゴールが、きみは無罪だと宣言してくれるさ」

「ぼくの乳兄弟みたいなグレゴールがかい？　しかも父への配慮で、ぼくを聴聞卿に任命したんだと、みんなで噂しているのに？」

イワンは居心地悪そうにもじもじした。それじゃ、マイルズはそれを耳にしているのか。

「肝心な人たちは、みんなちゃんとわかってるさ。その噂はどこで聞いたんだ、マイルズ？」

この問いに対しては、マイルズは肩をすくめ軽く手を開いてみせただけだった。最近マイルズは苛立たしいほど政治的になってきている。イワンはどっちかというと、帝国の政治に関わるくらいなら、自分の頭にプラズマ銃を当てて引き金を引くほうがましだと思う。といっても、そういう含みのある話題が出てきたら常に悲鳴を上げて逃げ出す、ということではない。それでは人目を引きすぎる。ゆっくりのんびりと立ち去る、それが大切だ。マイルズ……偏執的なマイルズは、政治と関わりのある職業にふさわしいずぶとさを持っているのかもしれない。このちびはいつだって、そういう自殺的傾向を持っていた。〈ぼくよりはきみのほうが合ってるな〉

さきほどから半ブーツを食い入るように見つめていたマイルズが、また顔を上げた。「こんな馬鹿げたことをきみに要求する権利がないのはわかっているんだ。それにきみには……去年の秋の事件で世話になった借りがある。それにこれまで十何回も、きみはぼくの命を助けてくれたし、助けようともしてくれた。だからお願いするしかない。頼むよ。ぼくにはあまりチャンスがないんだし、これはぼくにはかけがえのないものなんだ」ゆがんだ微笑。

〈あの微笑には参るな〉自分が五体満足で生まれたのに、従兄弟が障害を負って生まれたのは、イワンの罪なのだろうか。まさか、ばかばかしい。マイルズが障害を負ったのはとんでもない政治的不手際のせいだから、普通はそれが教訓になったはずだと思うのに、そんなことはない。この活動過多のちびの馬鹿者が狙撃手に撃たれてもまだこりなかったのは実証ずみだ。素手で首を締めてやりたいような気持ちにさせられる一方で、叫び出したいほど彼を自慢したい気持ちにもさせられる。去年の冬の市にバラヤーじゅうの人々が勢ぞろいした前で、マイルズがおそろしく真剣な表情で聴聞卿の誓いを立てたとき、評議員席でそれを眺めていたイワンは、少なくとも誰にも顔を見られないように気をつけたものだった。こんな小さなからだで、これほどの障害があって、まったく気に障るやつなのに。それでもあんなに光り輝いていた。〈人々には光を与えよ。どこへでも光についていくだろう〉マイルズは自分がどれほど危険な人間かわかっているのだろうか。

一方でこの偏執症のちびは、女をどんなに遠ざけておいてもぼくが魔法で誘い出してしまうと、ほんとうに信じこんでいる。マイルズの恐れはこれまでになくイワンを嬉しがらせた。といってもマイルズが謙遜するのはめったにないことだから、この女をマイルズから取り上げるのは罪な気がする。自分の魂にとってもよくないことだ。

「わかったよ」イワンはため息をついた。「でもきみにやるのは最初の機会だけだぞ、覚えておけ。彼女がきみに一人で散歩でもしてこいっていったら、他の連中と同じようにぼくにも順番がまわってきたと思うからな」

マイルズは少し肩の力を抜いた。「ぼくが頼んでいるのはそういうことだよ」それからまた力が入った。「ヴォルパトリルの名にかけて誓えよ、いいね」

「ヴォルパトリルの名にかけて誓う」イワンはかなりためらってからしぶしぶ認めた。

マイルズはすっかり肩の力を抜いて、元気を取り戻した。そして二、三分、レディ・アリスが計画している会議の予定についてとりとめのない会話を交わしたあとは、すぐにマダム・ヴォルソワソンの多岐にわたる美点を数え上げはじめた。マイルズの先走った嫉妬よりももっと我慢ならないものがあるとすれば、それは従兄弟のひとりよがりなロマンスのたわごとにつきあうことだ、とイワンは思った。明らかにこの午後は、ヴォルコシガン館はレディ・アリスから避難するのに適当な場所ではなかった。しかもこれからはいつもそうなりそうだ。マイルズは気晴らしに飲む店にも興味がない。マイルズが庭園の新しい計画をいくつか説明しはじめると、イワンは仕事があるからといって逃げ出した。

正面の大階段を降りながら、ようやくイワンはまたしてもマイルズにしてやられたことに気づいた。マイルズはまさに自分の欲しいものを手に入れたのだ。そしてイワンはなぜそうなったのかさえよくわからなかった。こんなことにヴォルパトリルの名をかけて誓う気などまったくなかったのに。正しい角度から眺めれば、マイルズの提案はまさしく無礼きわまることだ。イワンは苛立って顔をしかめた。

何もかも間違っている。エカテリンという女がほんとうにそれほど素晴らしいのなら、積極的に働きかける価値があるはずだ。そしてその寡婦のマイルズへの愛を試す予定なら、絶対に早いほうがいいはずだ。マイルズは釣り合いという点でも、慎みという点でも……自己保存という点でも分別が欠けている。彼女がマイルズを追い返す気になったら、どれほど悲惨なことになるだろう。あの冷水治療を繰り返すようなものだろう。〈この次は、もっと長く頭を水のなかに浸けてやるからな。すぐ頭を上げさせてやったのが、ぼくの間違いだった……〉

これまでマイルズが他の者にしてきたようにあの寡婦の心をくるりと変えてしまわないうちに、他の選択肢を彼女にちらつかせるのは社会奉仕のようなものだ。ところが……マイルズはイワンの誓いの言葉を、まったく情け容赦なく決然と引き出したのだ。無理強いされたといってもいい。無理強いされた誓いは、まるっきり誓いなんかじゃないぞ。

このジレンマの解決法が、わずか一、二歩足を運ぶあいだにイワンの頭に浮かんだ。イワンは口をすぼめていきなりぴゅっと口笛を吹いた。この計略は……まさにマイルズ風だ。ちびに自分のソースで食事をさせるための、宇宙的正義だ。ピムに正面玄関から送り出されるころには、イワンの顔にはふたたび微笑が浮かんでいた。

2

軌道シャトルの窓際の席に滑りこんだカリーン・コウデルカは、舷窓《げんそう》に鼻を押しつけ熱心に覗きこんだ。いま見えるのは乗り換えステーションとその背後の星空だけだ。出発までの数分が果てしない時間のように思われたが、シャトルはいつもどおりドックを離れる音と揺れのあと、旋回してステーションを離れた。そして上昇するにつれて、わくわくするような色彩のバラヤー明暗境界線の弧が視野を通り過ぎていく。北大陸の西側の四分の三はまだ午後の輝きに包まれていた。海が見える。一年ぶりのふるさと。カリーンは座席にもたれて、単純には計れない自分の気持ちをまさぐっていた。

マークがここにいっしょにいて、感想をいいあえればいいのに。それにしても、マイルズのように五十回も惑星を離れたことのある人たちって、こういう認知の不調和をどうやり過ごしているのかしら。マイルズも、いまのわたしよりもっと若いころに、ベータ植民惑星の学校で一年間学んだことがある。いまはベータについて、マイルズに訊きたいことが前より増えたのにカリーンは気づいていた。訊く勇気があればだけど。

なにしろマイルズ・ヴォルコシガンはいまでは皇帝直属の聴聞卿なのだ。そういう堅苦しい朴念仁《ぼくねんじん》の一人として、マイルズを思い描くのは難しい。マークはこの知らせを受けたとき、呑みこむまでにかなりの神経を消耗した。それからやっと高速ビーム通信でお祝いの言葉を送ったのだけど、それでもまだ、マークはマイルズに対してわだかまる〈もの〉を抱えている。カリーンは、〈もの〉というのは精神科学の用語では受け入れられない、と目を輝かせた療法士に教えてもらったが、いいかえようと思っても、他にはそういう幅と柔軟性を持った言葉は、その複雑な……〈もの〉を表すのに思いあたらない。

カリーンは無意識に手を下ろして着ているものを点検した。シャツを引っ張りズボンの皺《しわ》を伸ばす。この折衷《せっちゅう》の服装――コマール風のズボンとバラヤー風のボレロ、エスコバールから輸入された人工絹のシャツ――なら家族にショックを与えたりしないだろう。それから薄い色の金髪を一筋下に引っ張って、寄り目になって眺めた。髪はふるさとを出たときと同じような長さと形に戻っていた。そうよ、大事な変化はみんな自分にしかわからない内面的なものだ。一人でいるときまっとうだとか安全だとか思えたら、それを外に出してもいいかもしれない。〈安全?〉カリーンは戸惑って自分に問い返した。マークからつけられた偏執的なところは払い落とそうとしているんだけど、まだ……。

カリーンは顔をしかめて、しぶしぶベータのイヤリングを耳からはずし、ボレロのポケットに押し込んだ。ママはヴォルコシガン国守夫人とつきあいが長いから、このイヤリングのベータでの意味がわかってしまうかもしれない。イヤリングの形はこういうことを表しているのだ――ええ、わたしは避妊器具で護られている同意のできる成人ですけど、いまのところ占有関係の人がいるから、わたしたち二人にはちょっかいを出さないで下さい。金属の曲げ方をほんの少し変えるだけでかなり多くの符号が作れるので、ベータ人はひとつひとつ違うニュアンスを表明する形のものを十個以上持っている。カリーンもそのいくつかは卒業した。イヤリングで表明している避妊インプラントのことは、バラヤーでは内緒のままにできるだろう。人には関係ない。わたしだけの問題だもの。

カリーンはしばらく、他の世界の文化が持つ似たような社会的サインと、ベータのイヤリングとを比較検討してみた。結婚指輪。服装、帽子、ヴェール、眉毛、入れ墨などの様式。といっても、こういうサインはすべて一夫一婦主義を他人に表明するものなのに、不実な配偶者が裏切り行為をすれば無意味になってしまう。それに対して、ベータ人は自分たちのサインどおりの生活を続けるという点で、とても誠実に思われる。もちろん選択肢はたくさんある。けれども偽りの合図を身につけるのは、絶対に認められない社会なのだ。〈それは他の人たちを傷つけることになる〉とベータ人があるとき説明してくれた。〈肝心なのはいらぬ推測をしないですむってことなんだから〉ベータ人が正直なのには感心する。あの人たちが科学に秀でているのももっともだわ。カリーンは、ときには仰天するほど賢い、ベータ生まれのヴォルコシガン国守夫人のことも、いまではあらゆる面で以前より深く理解できるようになったと思っている。だけどコーデリア小母さんは、夏至の日の皇帝の婚礼が近づくまで帰ってこないから、とうぶん話はできないんだわ。がっかり。

そのときヴォルバール・サルターナが眼下に迫ってきたのに気づいたので、カリーンはふいに肉体のあいまいさについての考えを横に置いた。あたりはすでに暮れかかっており、日没の輝きに雲が赤く染まるなかでシャトルは最後の降下にかかっていた。夕闇に光る街の明かりが地上の景色を幻想的に見せていた。目印として見慣れた、なつかしい蛇行する川が目に飛び込んできた。ベータ人が地下の世界に作ったちっぽけな泉なんかとはまるで違う、一年ぶりで見る本物の川。それに有名な橋——四つの言語で歌われている橋の民謡が頭をかすめる——数本の主要なモノレール線……と思ううちに滑走路が迫り、いままさにシャトルポートに止まる最後の轟音《ごうおん》が響いた。〈着いたわ、うちよ、うちに帰ってきたわ！〉それなのに、目の前でもたもたする老人たちを踏みつぶさないように、身をよけることしかできない。そしてやっと、伸縮チューブの斜路と最後のチューブの迷路と通路を通り抜けた。〈迎えに来ているかしら。みんな来ているかしら〉

家族はカリーンをがっかりさせたりはしなかった。みんなそこに来ていた。家族全員が、出口に近い柱の脇の一番いい場所で、小さな隊列になって佇《たたず》んでいた。ママは大きな花束を握りしめ、オリヴィアはひらひらする虹色のリボンで飾った**おかえりなさい、カリーン**と書いた大きな看板を高く掲げ、マーチャはカリーンに気づくとぴょんぴょん飛び跳ね、デリアはとても冷静な大人の表情で澄ましている。そしてパパは、司令部で一日働いていたままの通常軍服姿で、杖に寄り掛かってにんまりしている。その群れとの抱擁は、ホームシックのカリーンでさえ想像しなかったくらいにすごかった。看板は曲がり、花束はくしゃくしゃになった。オリヴィアはくすくす笑い、マーチャは金切り声を出し、パパでさえ目頭を拭《ぬぐ》っていた。通りすがりの人々が見つめている。男性の通行人が羨《うらや》ましそうに見つめて壁にぶつかりそうになった。司令部の若い士官たちは、姉妹をコウデルカ准将の金髪ずくめの突撃隊、と戯《たわむ》れに呼んでいる。マーチャとオリヴィアは、まだその人たちをわざとじらしているのかしら。気の毒な若者たちは盛んに降伏したがっているのに、まだいまのところ、姉妹たちはデリアを除いて誰も捕虜を捕らえていない。デリアは冬の市のころに、マイルズの友人のコマール人を征服したらしい——機密保安庁の准将だったわね、確か。カリーンは早く家に帰って、婚約の詳しい話を聞きたくてうずうずしていた。

パパを除いて全員が一斉にしゃべりながら、みんないっしょにカリーンの荷物を受け取り地上車のあるところに向かった。パパは数年前から諦《あきら》めておとなしく聞くだけだ。パパとママは今日のために大きな地上車をヴォルコシガン卿から借りたらしかった。ピム親衛兵士もついでに借りて運転してもらうので、全員後部席に乗ることになる。ピムは主人からの心のこもった歓迎の挨拶をカリーンに伝え、自分の挨拶もつけ加えると、そういくつもないカリーンの旅行鞄を自分の横に積んで出発した。

「ベータのトップレスのサロンでも着て帰ってくるのかと思ってたわよ」地上車がシャトルポートから街に向かって走り出すと、マーチャがからかうようにいった。

「それも考えたのよ」カリーンはにやりとした顔を、腕の花束で隠した。「でもそれだと、こっちでは寒いでしょ」

「まさか、向こうではほんとにそんな恰好してたわけじゃないでしょ！」

さいわいカリーンが答えるか返答を避けるか、どっちか選ばねばならなくなる前に、オリヴィアがいいはじめた。「ヴォルコシガン卿の車を見たときには、結局マーク卿もいっしょに帰っていらしたのかと思ったけど、そうじゃないってママに聞いたの。マーク卿は婚礼のためにバラヤーに帰っていらっしゃらないの？」

「あら、帰ってらっしゃるわよ。じつはわたしよりも先にベータ植民惑星を発ったんだけど、途中でエスコバールに寄って……」ちょっと口ごもり、「何かお仕事の用があるそうよ」じつをいうとマークは、自分が投資している、ジャクソン統一惑星から亡命した医師のクリニックに、ベータの療法士が処方するよりももっと効果のあるヤセ薬をせびりにいったのだ。とうぜん同時にそのクリニックの経済状態のチェックもするだろうから、この説明はあながち嘘ともいえない。

このうさんくさい薬を選ぶことを聞いたとき、はじめてマークと本格的な口げんかになりかけたが、じつは彼にはこれを選ぶしかないことがカリーンにもわかっていた。肉体のコントロールの問題は、マークの抱えるいくつもの深刻な悩みのなかでも、中心のものだといっていい。カリーンのうぬぼれでなく本当の理解に近づいているのだとすると、どんなときに彼の長所を呼び出せばいいのか、だんだん本能的にわかるようになってきている。そしてどういうときには傍観して、マークにマーク自身と闘わせるほかないのか。この一年間マークの療法士が指導しているとき、それを眺めたり聞いたりするのは、特権とはいえかなり恐ろしいことだった。そして療法士に監督されながら、マークが到達した治癒の一部に参加するという経験は、じつに爽快《そうかい》だった。そして愛には、性急に関係を求めるよりも重要な面がある、ということも学んだ。心を明かしあうのもそのひとつだし、我慢するのもそうだ。そして逆説的なようだが、マークの場合に友人としてまず求められるのは、ある種の冷静でよそよそしい自主性だ。それを思いつくのにカリーンは数カ月かかった。そんなことを、地上車の後部席で、この騒々しいからかい気分と愛情にあふれた家族に説明する気にはならない。

「仲のいい友達になったんでしょ……」母が先を促《うなが》すように言葉を濁した。

「彼には友達が必要だったのよ」しゃにむにね。

「そう、でもあなたは彼とつきあってるの?」マーチャはほのめかすぐらいでは我慢できず、はっきり聞きたがった。

「去年ここにいたころは、カリーンに夢中に見えたわ」デリアが意見をいった。「そしてベータ植民惑星で、一年じゅう彼といっしょにいたんでしょ。あの人、手を出すのが遅いの?」

オリヴィアがさらにいった。「頭がいいから面白い人だろうとは思うけど——だってマイルズの双子だから、とうぜんよね——でも、ちょっぴり気味悪いわ」

カリーンの顔がこわばった。〈奴隷用のクローンで、しかもテロリストから殺し屋としての教育を受けて、肉体的心理的な拷問ともいえるような方法で訓練され、そこから逃げるために人を殺さなきゃならなかったら、誰だって少しは気味悪くなるわよ。よっぽど頭のおかしいねじくれたやつでなければ〉マークは頭がおかしいわけじゃない、彼にはもっと力がある。マークは全力をあげて新しい自分を創っているところなのだ。それは外から見てもかなりのところまでわかるけど、実は外見以上に英雄的な努力をしているのだ。それをオリヴィアやマーチャに説明する自分を想像してみて、たちまち諦めた。デリアなら……いえ、デリアだってだめ。マークの、それぞれに名前もある、半ば自立した四つの副人格のことをまず話す必要があるけれど、それだけで会話は際限なく転がり落ち続けることだろう。その四つがいっしょに働いてマークの人格の不安定な秩序を保っているのだと説明したら、義理の弟として受け入れるかどうかテストしたがっているバラヤー人の家族を、ぞっとさせるのは明らかだ。

「みんな、落ち着きなさい」地上車の薄暗いなかで微笑を浮かべてパパが口をはさんだので、カリーンは感謝の目を向けた。ところがパパはこういいたした。「といってもね、ヴォルコシガン家から仲人が来るようなら、その前にショックに備えるための警告が欲しいね。マイルズのことは生まれたときから知っているよ。でもマークは……ちょっと違うんだ」

みんなマークに対して、夫になる可能性という以外の役割は考えられないの？ 彼が夫になる可能性があるのかどうか、カリーンにはまだ皆目わからない。マークはいまだに人間になる可能性を、懸命に模索しているところなのだ。ベータ植民惑星では、そんなことはわかりきっている気がしていた。いまは周囲からもやもやと立ち昇る暗い疑惑が肌身に感じられる。イヤリングをはずしておいてよかった、とカリーンは思った。「わたしはそんなことないと思うけど」彼女は正直にいった。

「そうか」明らかにほっとした様子で、パパは椅子の背に寄り掛かった。

「ベータ植民惑星に行ってから、彼がものすごく太ったって、ほんとう？」オリヴィアが明るい声で訊いた。「ベータの療法士はそんなことさせるべきじゃなかったと思うわ。それを治療してくれるのかと思っていたの。つまり、ここを発ったときだって太っていたでしょ」

カリーンは自分の髪を引きむしりたい、さもなければオリヴィアの髪を引きむしりたい衝動にかられたが、なんとか抑えた。「どこでそんなことを聞いたの?」

「レディ・コーデリアがベータ人のお母さんから聞いたって、ママに聞いたのよ」オリヴィアはその噂の連鎖をぺらぺらしゃべった。「グレゴールの婚約式で冬の市に帰っていらしたときに」

マークの祖母はこの一年間、戸惑うことの多い二人のバラヤー人留学生のいい母親代わりだった。この祖母が、奇妙なクローンの息子の進歩の状態を心配している母親に、ベータ人同士でなければ考えられないような率直な情報を流していることは、カリーンも知っていた。ネイスミス大おばさんは、送ったり受け取ったりした手紙について、しょっちゅう話題にして情報を流したり挨拶を伝えたりしてくれた。けれどもコーデリア小母さんがママに話すという可能性を考えもしなかったことに、カリーンは気づいた。だってコーデリア小母さんはセルギアールにいるし、ママはここにいるんだから……。いつのまにかカリーンはふたつの惑星のカレンダーを頭のなかで比べながら、夢中で過去の月日を計算していた。ヴォルコシガン家の人々がまだふるさとにいた冬の市のころには、わたしとマークはもう恋人になっていたかしら。違うわね、ふうっ。コーデリア小母さんがいま何を知っているにしても、そのころは知らなかったはずだ。

「ベータ人って、思いどおりに脳の化学組織を改造できるって思っていたの」とマーチャ。「簡単に彼を正常にできるんじゃないの、ピピッて感じで。どうしてそんなに時間がかかるの?」

「そこが問題なのよ」カリーンはいった。「マークは生まれてからほとんどずっと、他の人たちにからだや心をいじりまわされてきたのよ。他人に外からいろいろ詰め込まれないところで、自分が何者なのか考える時間が必要なの。基準線を確立する時間だって、療法士はいってたわ。薬に対しても、抵抗する〈もの〉があるのよ」といっても、マークが自分で亡命ジャクソン人から手に入れる薬は別らしい。「彼の用意ができたら――まあ、心配ないわ」

「それじゃ治療は進んでいるの?」ママは疑わしげに訊いた。

「ええ、そうですとも、かなりね」やっとマークのことではっきりと肯定的なことがいえて、カリーンは嬉しかった。

「どういう進歩?」母が戸惑ったように訊いた。

べらべらしゃべってしまおうかと、カリーンは思った。〈そうねえ、拷問の後遺症だった不能症は完全に治ったし、優しい思いやりのある恋人らしい態度も訓練されたわ。療法士が彼のことを自慢できるっていったとき、グラントは嬉しくてぼうっとしてた。ゴージはハウルに協力してもらわなくても、ハウルの要求に合わせて理性的な美食家になりそう。そういうことが御馳走パーティの実情だと思いついたのは、このわたしなのよ。マークの療法士はわたしの観察と洞察を褒めてくれて、ベータの五人の療法士の訓練プログラムをダウンロードしてくれたわ。そして興味があれば学位を取る手伝いをしてくれるといったのよ。療法士はまだ、キラーをどうすべきか迷っているけど、わたしはキラーのことは気にならない。扱いにくいのはハウルよ。そういうことがこの一年の進歩なの。それにそうそう、マークはこんな緊張やストレスを抱えながら、高倍率の財政専門学校の首席を維持しているのよ、そのことは誰も気にしないの?〉考えたすえに、「ちょっと複雑すぎて説明しにくいわ」とカリーンはいった。

話題を変えるころあいだった。他の人の恋愛の興味を解剖台に上げればいいのだ。「デリア! あなたのコマール人の准将は、グレゴールのコマール人の婚約者と知り合いなの? あなたはもう、その方と会った?」

デリアはぴんと背筋を伸ばした。「ええ、ダヴはライザをコマールにいるころから知っているの。同じ学問分野に興味を持っているのよ」

マーチャが話に割り込んだ。「ライザはね、可愛くて、小柄でぽっちゃりしてるの。はっとするような青緑色の目なのよ。彼女のせいでパッドの入ったブラがはやりそう。あなたもきっとすぐにつけるようになるわ。カリーン、この一年で体重が増えたんじゃない?」

「わたしたちはみんな、ライザにお目にかかったのよ」やりとりがとげとげしくなる前に、ママがあいだに入った。「とてもよさそうな方よ。たいそう知的で」

「そうよ」デリアはマーチャに非難の眼差しを向けながらいった。「ダヴとわたしは、ライザが両惑星のあいだで消耗しないことを願ってるんだけど、もちろん多少はそういうことをしないといけないでしょう。ライザはコマールで経済を学んでいるの。任せられれば閣議だって取り仕切れる、ってダヴはいってる。少なくとも、古いヴォルたちも牝馬扱いしてライザを締め出すことはできないわ。グレゴールとライザはすでにそれとなく、赤ちゃんには人工子宮を使う計画を発表しているわ」

「硬派の伝統主義者から反対の声は出ていないの？」カリーンは訊いた。

「そんな人がいたら、レディ・コーデリアのところに送りこんで議論してもらう、ってグレゴールはいってる」マーチャがくすくす笑った。「そんな勇気があればね」

「そんなやつがいたら、彼女はそいつの首を皿に乗せて送り返すさ」パパが陽気にいった。

「それにみんな、レディ・コーデリアならそれができることを知っている。それはともかく、わたしたちは人工子宮が素晴らしい結果を生む確証として、いつでもカリーンとオリヴィアを指摘できるんだからね」

カリーンはにっと笑った。オリヴィアの微笑はもう少しひかえめだった。この家族の人口統計は、銀河系テクノロジーがバラヤーに到着したのがいつかをはっきり示している。コウデルカ夫妻は新しい妊娠方法を取り入れた一般のバラヤー人の先がけとして、下の二人の娘を儲けた。それからとうぶんのあいだは、領地の農業祭の入選農産物のようにさまざまな人々に取り沙汰されるのにうんざりしたが、それは社会奉仕だとカリーンは思っていた。最近は、少なくとも都市の経済力のある層ではテクノロジーが広く受け入れられたので、そういうこともあまりなくなった。このときはじめてカリーンは、産児制限をしていた時代に生まれたデリアとマーチャは、どう感じていたのだろうと思った。

「皇帝の結婚のことをコマール人はどう思っているの、ダヴはなんていってる?」カリーンはデリアに尋ねた。

「反応はいろいろだけど、征服された世界の反応なんてそんなものでしょ。もちろん皇室では、できるだけ肯定的な宣伝活動を展開するつもりでいるわ。コマールでもう一度コマール様式の婚礼をやるくらいに徹底してるのよ。グレゴールとライザは気の毒に。機密保安官の休暇はこれから二つ目の婚礼が終わるまで一切なくなるから、ダヴとわたしの結婚の計画はそれまでお預けなの」といってデリアは大きなため息をついた。「最終的に手に入れるまで、彼の気持ちがそれないようにしないとね。ダヴは新しい仕事を完璧に達成しようともがいているのよ。それにはじめてのコマール人のコマール業務部長ということで、帝国じゅうが注目しているのがわかってるから。何か不祥事でも起こらないかと心配だわ」と顔をしかめて、「特に首を皿に乗せるなんて話してると」

デリアはこの一年で変わった。このまえ皇室のイベントが話題になったときには、姉妹の会話は何を着るかということで盛り上がった。コウデルカ家の色彩を統一するのは、そう難しいことではなかったけれど。そのダヴ・ガレーニという人を好きになれるかもしれない、とカリーンは思いはじめていた。義理の兄さんってことね。その概念に慣れないといけない。

地上車は最後の角をまわり、わが家が大きく近づいてきた。コウデルカ屋敷はそのブロックの端を占める大きな三階建てで、三日月形の公園を見下ろす窓が欲張ってたくさんついている。首都のど真ん中にあり、肝心のヴォルコシガン館からも六ブロックほどしか離れていない。二十五年前、パパが摂政殿下の個人秘書的な副官を務めていたころに若い夫婦はここを買い入れた。それまでママはグレゴール帝と、幼帝の母親代わりのレディ・コーデリアのボディーガードとして機密保安庁に勤めていたが、デリアを生むためにやめた。この屋敷はそのときからどれほどか高い評価をされてきたに違いない。カリーンには計算できないがマークならきっと査定できるだろう。あくまで経済の勉強の演習として――いくら建物がきしんでいても、大事な古い家を売ろうなんて誰も思ってはいない。カリーンは家に帰ったのが嬉しくてたまらず、はずむような足どりで車を降りた。

夜になってやっと、カリーンは両親と三人だけで話す時間を持てた。家に着くとまず荷物をほどくことからはじめて、お土産をみんなに配ったり、留守のあいだに姉妹が勝手に物置に使っていた自分の部屋を空けてもらったりしなければならなかったのだ。それから一番仲のいい女友だちを三人招いて、拡大家族夕食会を開いた。誰もかれもしゃべりまくった。といってももちろんパパは別で、ワインを口に運びながら、にこにこ顔で八人の女性との夕食の席に座っていた。いろいろなおしゃべりでごまかしているうちに、カリーンは自分にとって一番気になることにはこっそり口をつぐんで包みこんでしまえることが、だんだんにわかってきた。それはとても変な気分だった。

いまカリーンは寝る用意をすませた両親の部屋で、ベッドの隅にちょこんと腰掛けていた。ママは一連の等尺運動《アイソメトリックス》をしているところで、これはカリーンの記憶にあるかぎり毎晩欠かさずやってきたものだ。肉体出産も二度経験しこれだけの月日を重ねていても、ママはまだアスリートの筋肉を維持している。パパは部屋の向こう側で、ベッドの脇に仕込み杖をたてかけだらりとだらしなく座って、かすかに微笑を浮かべてママを見ている。父の髪がすっかり白くなっているのにカリーンは気づいた。ママの編んだ長い髪は化粧品の助けを借りなくてもいまだに黄褐色を保っているが、銀色の光がそこに加わっている。パパはぎごちない手つきで半ブーツを脱ぎはじめた。カリーンは見ていて、それを置き直したくなった。五十代半ばのバラヤー人はベータ人の七十代半ばか八十代半ばと同じくらいに老けて見えるし、しかも自分の両親は若いとき戦争があったり軍務についていたりして苦労しているのだ。カリーンは咳払いした。

「来年度の学校のことだけど」彼女は明るい笑顔を浮かべて切り出した。

「領地大学で学ぶ計画だったわね」天井のつなぎ目から吊るした横棒で軽々と懸垂しながらママはいった。両足を水平に跳ね上げて、頭のなかで二十数えながらその姿勢を保っている。

「銀河宇宙留学の資金が貯まるほど家計を切りつめられなくて、途中でやめさせることになるわね。とても残念だわ」

「ええ、そのことなの、わたしは続けたいのよ。またベータ植民惑星に行きたいんです」さあ、いったわ。

短い沈黙。それからパパが悲しそうにいった。「でも、さっき帰ってきたばかりじゃないか」

「もちろん、うちに帰りたかったわ」カリーンは父に請け合った。「みんなに会いたかったたし。でも思ったの……次の計画を立てはじめるのに早すぎはしないって。大事なことだってわかってるから」

「事前運動かい」パパは眉を上げた。

カリーンは苛立ちを抑えた。ポニーに乗りはじめようとする幼い少女ではないのだ。これからの自分の人生がここにかかっている。「計画を立てているんです。真面目に」

ママは考えているからか、逆さにぶら下がっているからか、ゆっくりした口調でいった。「今度は何を勉強したいか自分でわかっているの？　去年あなたが選んだ勉強は、ちょっとばかり……どっちつかずだったけど」

「わたし、どの授業でもいい成績だったわよ」カリーンはいいわけした。

「ぜんぜん関連のない十四の分野すべてでね」パパがぼそりといった。「それは事実だ」

「選ぶ学科がたくさんありすぎたんですもの」

「ヴォルバール・サルターナ領内でも、選ぶものはたくさんあるわよ」ママが指摘した。「人生を二、三回やり直しても足らないくらいに。ベータの人生で計算してもね。それに交通費がずっと安くつくわ」

〈でもマークはヴォルバール・サルターナにはいない。彼はまたベータに行ってしまうわ〉

「マークの療法士が自分の専門分野の学位を取るように勧めてくれたの」

「それがこのごろ興味を持っていることなのか」パパが訊いた。「精神分析の技術かい」

「よくわからないわ」正直にいう。「面白いのよ、ベータでやっている方法は」といっても自分が夢中になっているのは心理学全般なのだろうか、それともマークの心理なのだろうか。じつのところなんともいえない。いえ……いおうとすればいえる。ただ、その答えがどう聞こえるかを思うと気が進まないのだ。

「もちろん」とママ。「銀河宇宙のどんな実用医学や技術訓練でも、ここでは歓迎されるわ。ある程度のあいだ、ひとつのことを集中してできればね。問題はお金ね。レディ・コーデリアの奨学金がなければ、あなたを外世界に送り出すなんて思いもよらなかったわ。それにわたしの知るかぎり、来年の奨学金はもう他の女の子に決まっているのよ」

「これ以上のことをお願いしようなんて思ってないわ。もうじゅうぶんにしていただいたんですもの。でもベータの奨学金を貰える可能性があるの。それに夏のあいだに働けるし。それに、どっちみち領地大学でかかる経費を足したら……お金のような小さなことで、たとえばマイルズを止められると思う？」

「プラズマ・アークだってマイルズを止められるとは思わないね」パパはにやっとした。「といっても、彼は、いうなれば、特別なんだよ」

カリーンはちょっとのあいだ、有名なマイルズの突進力に火をつけるのはなんなんだろうと考えた。いま自分の決意を燃え立たせているような、苛立たしい怒りなのかしら。どれくらいの怒りなの？　マークは、元親で双子のマイルズのことをものすごく気にしているから、マイルズがどうやって母親の目を逃れているのか気づいているだろうか。「かならず何か解決する方法があるはずよ。やってみれば」

ママとパパは顔を見合わせた。パパがいった。「いまはちょっと問題があって手をつけられないと思うな。おまえたちみんなの教育と、亡くなったコウデルカのおばあさんの病気のことで……二年前海辺の家は抵当に入れたんだよ」

ママが口をはさんだ。「今年の夏は、一週間をのぞいてずっとあそこを人に貸す予定なの。真夏のいろいろな行事のことを考えると、どうせ首都から出るのは難しそうだから」

「それにママは政府職員相手に、護身術と警備の授業をしている」とパパがつけ加えた。「つまりママはできることはなんでもやっているんだ。もう用途の決まっている金を除いたら、あまり残りはないと思うよ」

「わたしは教えるのが楽しいのよ」ママはいった。パパを安心させるために？　そしてさらにカリーンにいった。「借金を解消するために夏の家を売るよりはそのほうがいいでしょ。一時はそうしなきゃならないかと心配したんだけど」

子どものころの思い出の詰まった夏の家をなくすなんて。カリーンはぞっとした。東の海岸にあるその家は、ずっと以前にレディ・アリス・ヴォルパトリルからコウデルカ夫妻に結婚祝いとして贈られたものだった。なんでもレディ・アリスと赤ん坊のイワン卿の命を、ヴォルダリアンの帝位簒奪の内戦の際に救ったお礼だとかいうことだ。家計がそんなに逼迫しているとはカリーンはいままで知らなかった。姉妹の数にその必要経費をかけて見れば……うーん。

「もっと大変だったかもしれないんだぞ」パパは陽気にいった。「昔のような、新婦の持参金が必要な時代にこんなハーレムを抱えていたらね！」

カリーンは愛想笑いを浮かべて退却した――このジョークは少なくとも十五年は聞き続けて

いるのだ。別の解決法を見つけなければならないだろう。自分の手で。

皇宮の緑の間の室内装飾は、マイルズがこれまでに使ったどんな会議室よりも素晴らしい。時代物の絹の壁紙や重いカーテンの襞や厚い絨毯《じゅうたん》がこの部屋に重厚な静寂と深海のようなたたずまいを与えていて、象嵌《ぞうがん》の食器台に載せて丁重に配られる優雅なお茶は、普通の軍隊の会議で突き出されるプラスチックに入った食事なんかとは比べものにならない。窓から流れ込む春の光が、床に温かい金色の縞を落としている。マイルズがその縞が動いていくのを催眠術にかかったように眺めているうちに、朝の時間は過ぎていった。

軍服の男が三人列席しているので、会議の進行はどうしても軍隊調に陥りがちだった。皇帝の婚礼の警備責任者に任命されている機密保安庁起動部隊長の、弟のほうのヴォルターラ卿大佐。軍司令部の会議で指揮官の副官を務めていたときと同様に、レディ・アリスのため忠実に記録を取っているイワン・ヴォルパトリル大尉。そしてあらゆる儀式がコマールで再度行われるときのために備えている、機密保安庁コマール業務部長のダヴ・ガレーニ准将。むっつりした四十男のガレーニは、ここでデリア・コウデルカと自分の婚礼のプランのヒントをつかもうとでも思っているのだろうか。それとも婚礼のことは、独断的ではあるが、有能なコウデルカ家の女たちにすべて任せて、引っ込んでいるだけの自己保存感覚を持っているだろうか。合わせて五人の女。マイルズはいつでもヴォルコシガン館を避難所としてダヴに提供するつもりだったが、きっとこの隠れ場所は女たちに突き止められるだろう。

グレゴールとライザはいまのところうまくいっているようだった。三十代半ばのグレゴール帝は背が高く細身で、色は浅黒く生真面目な感じだ。明るいブロンドの髪のライザ・トスカーネ博士は背が低く、しょっちゅう面白そうに青緑色の目を細めている。いうなれば彼女は、冬場なら上に乗っかるかもぐりこみたくなるような体型だ。もちろんそんな謀叛の気持ちはない――マイルズは、グレゴールの幸運を羨んでいるわけではなかった。じつは、数カ月にわたる公式行事があってグレゴールがなかなか結婚生活に入れないことを、残酷というほどではないが虐待《ぎゃくたい》だと思っている。もちろん二人が、それまで我慢すると仮定して……。

話し声はものうげに続き、マイルズのもの思いはさらに漂っていった。夢見心地で、自分とエカテリンの未来の婚礼はどこで挙げることになるのだろう、という考えを追っていく。帝国全体に見守られて、ヴォルコシガン館の舞踏室でだろうか。あそこは大勢の群衆を入れるには狭いかもしれない。この結婚には証人が欲しいのだ。それとも国守の父の継承者としての政治的な義務を考慮して、ヴォルコシガンの領都であるハサダーを舞台にすべきだろうか。ハサダーにある近代的な国守公邸は、都市の中心部に並ぶ領地の庁舎と隣接していて、家というよりはホテルのようなたたずまいだ。一番ロマンチックな場所は、長湖《ちょうこ》を見下ろす庭園のなかにあるヴォルコシガン・サールーの家だろう。屋外での婚礼、そう、エカテリンは気にいるに違いない。そうすればボサリ軍曹やピョートル将軍にも参列する機会を与えることになる。〈おじいさま、ぼくにもそんな日が来るなんて信じていましたか〉この場所でのアトラクションが式の時期によるのはもちろんだ――夏の盛りなら豪華にできるだろうが、真冬のみぞれの嵐のなかではロマンチックとはいえそうもない。とはいえ秋までに結婚という障壁にエカテリンを近づけることができるかどうかまったく自信がないし、婚礼を来年の春まで延ばすのは、グレゴールの我慢と同じように苦痛だ……。

会議室のテーブルのマイルズの向かい側で、ライザは薄葉紙の束の次のページをぱらりと開いて二、三秒黙読したあと口を開いた。「こんなこと本当にやるはずないわ！」隣に腰掛けているグレゴールは心配そうに彼女を眺め、身を寄せて覗きこんだ。

〈ああ、十二ページは先にすませておく必要があったんだ〉マイルズは急いで自分の予定表のそのページをもう一度開き、背筋を伸ばして思いやりのある表情を浮かべようとした。

レディ・アリスはマイルズに皮肉な視線を流してから、ライザに顔を向けた。去年の冬の市の婚約式から今年の夏至の日に予定している婚礼までの半年の試練は、グレゴールの公式の女主人を務めてきたレディ・アリスの仕事の総仕上げだった。彼女は、〈すべてのことをふさわしく行う〉と言明している。

その〈ふさわしく〉という言葉の定義に問題があるのだ。統治中の皇帝の婚礼で一番最近のものは、狂人皇帝ユーリの妹とグレゴールの祖父のエザール帝の結婚だが、内戦中のいわばどさくさ紛れの結びつきで、ユーリはその後すぐにこの世を去っている。というわけで、アリスはまっとうな歴史観や審美的な理由からそれを模範にするのを毛嫌いしていた。他の皇帝はたいてい王冠にたどりつく数年前に何事もなく結婚していた。エザールより前となると、ヴラド・ヴォルバーラ・ル・サヴァンテとレディ・ヴォルライトリーの婚礼まで二百年も遡らねばならず、それは〈孤立時代〉という華々しく古めかしい時代のことだった。

「まさかほんとうにかわいそうな花嫁を、婚礼の列席者の前で素っ裸にしたわけじゃないでしょう?」ライザは史実を引用した腹立たしい文章を指さしてグレゴールに尋ねた。

「いや、ヴラドだって裸にならなきゃならなかったんだ」グレゴールは真面目に請け合った。「姻戚になる者たちがそのことに固執したんだ。それは認可のための査察の範疇《はんちゅう》だった。もし万一未来の子孫に突然変異が現れた場合には、どちらの側も自分たちの血族には落ち度がないと主張できるようにしたかったんだよ」

「近ごろは、その風習は一般的ではなくなっています」レディ・アリスがいった。「特別な言語を使っている田舎の領地を除いて」

「つまり古代語を使う田舎者ってことですよ」イワンが外世界生まれのライザのために、母の言葉を翻訳した。このむくつけないい方に、母親は顔をしかめた。

マイルズは咳払いした。「皇帝の婚礼に古い風習を麗々《れいれい》しく採用したら、息を吹き返す可能性があるかもしれませんね。ぼく個人としては、入れて欲しくないけど」

「それじゃ興を削ぐじゃないか」とイワン。「それを実行したら婚礼のパーティに興奮の嵐を巻き起こすと思うよ。決闘競争より人寄せにいいかもしれない」

「そのあとの夜には嘔吐《おうと》競争が続くのさ」マイルズは小声でいった。「ヴォルの這いつくばり競争が、常軌《じょうき》を逸しているかどうかはともかくぞっとするのはいうまでもないぜ。イワン、きみは前に嘔吐競争で勝ったことがあると思うけど」

「それを覚えているなんて、驚きだね。きみはたいてい真っ先に意識不明になるじゃないか」

「お静かに」レディ・アリスが冷やかにいった。「この会合で片づけなければならないことは山ほどあるんですよ。そして二人とも、会合が終わらなければ帰れないんですからね」アリスは抑えるようにその手をしばらく宙にかざしたあと、言葉を続けた。「ライザ、そんな古い風習を再現することは考えていませんけど、保守的なバラヤー人たちには大切な文化の象徴なのでリストに載せたんです。心情的に同じような目的にかなう新しい形式を見つけられたらと思うんです」

ダヴ・ガレーニは黒い眉をひそめて考えていた。「二人の遺伝子スキャンを公表したらどうでしょうか」と彼は提案した。

グレゴールは苦い顔で婚約者の片手を取って握り、彼女に笑いかけた。「ライザがぜんぜん問題ないのはわかってる」

「そうねえ、もちろんそうよ」ライザはいいはじめた。「両親はわたしが人工子宮に入る前に検査を受けていて――」

グレゴールは彼女の掌《てのひら》にキスした。「そうとも、きっと可愛い胞胚《ほうはい》だったに違いないね」

ライザは目の眩《くら》むような笑みをグレゴールに向けた。アリスはこのくらいは大目に見ようというようにかすかに微笑み、イワンはへどの出そうな顔をした。機密保安官として訓練を積みヴォルバール・サルターナ勤めを数年経験しているヴォルターラは、気持ちのいい無関心を装っていた。ガレーニもほんの少し顔をこわばらせたが、ほとんど同じようにうまくかわした。

マイルズはこの隙をついてガレーニに顔を寄せて低い声で訊いた。「カリーンが帰ってきているのを、デリアから聞いたかい」

ガレーニはにっこりした。「ああ。今夜会えるだろうと思うよ」

「帰郷祝いに何かしたいんだけどな。コウデルカ一族を晩餐に呼ぼうと思っているんだ。興味あるかい？」

「とうぜん――」

グレゴールはぼうっとした眼差しをライザから離すと、椅子に深く寄り掛かって穏やかにいった。「ありがとう、ダグ。他に何かいい考えはないかい」

グレゴールは明らかに自分の遺伝子スキャンを公表するのは気が進まないのだ。マイルズは古い習慣に近いヴァリエーションをいくつか考えてみた。「接見のような形でもできますよ。それぞれの親族と、陛下が権利や発言力があると思われる人々、それに双方の選んだ医者が、婚礼の朝に相手方を訪問して簡単な身体検査を行うんです。そして双方の代表が儀式の適当な時点で、満足な結果だったと公表します。検査は内密に行い、保証は公表する。慎ましさにも名誉にも偏執的な危惧にも、すべてに合致します」

「ついでに、医者から安定剤も貰えますよ」イワンがぞっとするような陽気な声で指摘した。

「婚礼には絶対に安定剤が必要でしょう」

「ありがとう、イワン」グレゴールはぼそっといった。「よく気がつくね」ライザは面白そうにうなずいただけだった。

レディ・アリスは目を細めて考えていた。「グレゴール、ライザ。いまの案はお互いに受け入れられますか」

「わたしはそれでいい」とグレゴール。

「そういうことなら両親も我慢すると思います」とライザ。「あの……あなたのご両親の代理はどなたがなさるんですか、グレゴール」

「結婚の輪の定位置には、もちろんヴォルコシガン国守夫妻に着いていただくつもりだよ」グレゴールはいった。「そうなると思うけど……どうかな、マイルズ？」

「母は身体検査には驚きもしないでしょう」マイルズはいった。「もっともバラヤー人についてはどんな失礼なことをいうか、保証できませんけどね。父は……」

それまでよりは政治的な心遣いのある沈黙がテーブルを取り囲んだ。ダヴ・ガレーニに視線を流した者は一人ならずいた。ガレーニはかすかに口許を引き締めた。

「ダヴ、ライザ」レディ・アリスが完璧にマニキュアをほどこした指先で、ぴかぴかのテーブルを叩いた。「そのことについてコマール社会の政治的反応はどうでしょうか。どうぞ忌憚なくいって下さい」

「わたしはヴォルコシガン国守に対して個人的な反感は持っていません」ライザがいった。

ガレーニはため息をついた。「どんな……あいまいな感情でも、避けられるものなら避けるべきだと思っています」

〈うまい受け答えだね、ダヴ。すでに政治家らしくなってきている〉「いいかえれば、〈コマールの殺し屋〉を送りこんで犠牲になる裸の乙女をじろじろ眺めさせるなんて、コマールの田舎者には疫病と同じぐらいひどいことだろうってことですよ」他の者にはいえそうもないのでマイルズが口をはさんだ。いや、イワンならいえるかもしれないが。レディ・アリスがそれについてもっと丁寧《ていねい》ないいまわしを思いつくまでには、もうちょっと時間がかかるはずだ。ガレーニは半ば感謝するような目つきでマイルズを睨《にら》んだ。「完全に理解できますね」マイルズは言葉を続けた。「釣り合いが欠けているのが見え透いていなければ、母とアリス叔母さまをグレゴール側の代表にして、グレゴールの母方のカリーン太后の従姉妹を加えてもいいでしょう。バラヤーの保守政党にはぼくから説明しますよ。ゲノムの保護はいつだって女性の仕事なんですからね」

席についているバラヤー人たちは、同意の言葉をぶつぶつつぶやいた。レディ・アリスはちらりと笑みを浮かべて、その項目にチェックした。

カップルがバラヤーの四つの言語すべてで誓いの言葉をいうべきかどうかに関しては、複雑な討論が長々と続いた。そのあと惑星内および銀河系へニュースを流す件について三十分ほど議論を重ねたが、マイルズは抜け目なく、それ以上は自分の手を煩わす必要のある仕事を引き受けるのは避けた。ガレーニも強力にそれを支持してくれた。次のページをめくったレディ・アリスが顔をしかめた。「ところでグレゴール、ヴォルブレットン事件をどうするかもうお決めになったんですか」

グレゴールはかぶりを振った。「いまのところは、声明を出すのは避けるつもりです。少なくとも国守評議会の踏みつぶしが終わるまでは。結論がどう出ても、どっちみち負けたほうの訴えは、その決定の直後から皇帝の裁量に任せられるんだし」

マイルズはわけがわからずに、予定表に目を落とした。次の項目は〈食事の予定〉となっている。「ヴォルブレットン事件って？」

「あのスキャンダルは聞いているはず――」レディ・アリスはいいかけて気づいた。「ああ、そりゃそうだわ、あなたはあの事件のときコマールにいたわね。イワンに聞いていないの？　気の毒なレネ。一族じゅう大騒ぎよ」

「レネ・ヴォルブレットンに何か起きたんですか」不安になってマイルズは尋ねた。レネは士官学校の二年先輩で、輝かしい父の足跡を踏襲しているように見えたのだ。ヴォルブレットン卿准将は、十年前へーゲン・ハブにおける対セタガンダ戦争で銃撃されて時ならぬ英雄的な死を迎えるまで、マイルズの父の総司令部でもぴかいちの側近だった。その後一年もたたないうちに老ヴォルブレットン国守は死んだ。可愛がっていた長男を亡くした心痛からだという人もいる。レネは将来を嘱望されていた軍歴を捨てて、一族の領地の国守の仕事を引き継いだ。三年後、ヴォルバール・サルターナ雀を喜ばすあわただしいロマンスが流れ、レネは裕福なヴォルケレス卿のあでやかな十八歳の娘と結婚した。田舎でよくいう、〈持ってる者はなんでも手に入る〉というやつだ。

「そうだね……」とグレゴール。「そうだとも、そうでないともいえるな。あの……」

「あの、なんですか」

レディ・アリスはため息をついた。「ヴォルブレットン国守夫妻は、一族への務めを果たすころあいだと考えたの。そしてものわかりよく、長男の誕生には人工子宮を使って欠陥が検出されれば結合子で修正してもらおうと決めたんですよ。そのために、もちろん、二人とも完全な遺伝子スキャンを受けたわけです」

「レネが、ミューティーだとわかったんですか」マイルズはびっくりして訊いた。背が高くハンサムなアスリートのレネが？　四つの言語を抑揚豊かなバリトンで操って、女の心を溶かし男の反撥を抑えるレネ。三種類の楽器をうっとりするように弾きこなし、おまけに歌わせれば音階も完璧なレネ。その肉体的魅力だけで、歯ぎしりするほどイワンの嫉妬をかきたてるレネ。まさか彼が？

「というわけでもないの」とレディ・アリス。「セタガンダのゲムの血が八分の一入っているのを欠陥だと思わなければね」

マイルズはゆったり座り直した。「へえーえ」そしてその意味を理解した。「いつそういうことになったんですか」

「もちろん計算すりゃわかるだろ」イワンがつぶやいた。

「どっちの血筋から来たのかによりますね」

「男性側です」とレディ・アリス。「残念なことに」

わかった。レネの祖父の七代目のヴォルブレットン国守は、実際にセタガンダの占領時代に生まれている。ヴォルブレットン一族も、たいていのバラヤー人と同じように、生き残るのに必要なことはなんでもしたのだ……。「ではレネの曾祖母は協力者だったんですね。それとも……もっとひどい事情があったのかな」

「実際はわからないけど」とグレゴール。「機密保安庁が発見した古い簡単な書類によると、それはおそらく、その領地を占領していた階級の高いゲム士官との——あるいは複数の士官との——自発的でむしろ積極的な密通だったらしいね。この書類だけでは、それが愛情からなのか、個人的な関心からなのか、自分の持っている唯一のコインで家族を護ろうとしたのか、何も断言はできない」

「その三つ全部だったかもしれないわ」とレディ・アリス。「戦争地域の生活は単純ではないのよ」

「どちらにしても」グレゴールはいった。「レイプといったような問題ではなさそうだね」

「驚いたな。それで、あー、どのゲム卿がレネの先祖かわかっているんですか」

「理論的には遺伝子スキャンをセタガンダに送ればわかることだけど、わたしの知るかぎりでは、まだそういう決定には至っていない。かなり学問的な問題だ。それとは別に……学問的でないのは、七代目のヴォルブレットン国守が六代目の国守の息子でないという明らかな事実だね」

「先週司令部では、レネ・ゲムブレットンなんて呼んでいましたよ」訊かれもしないのにイワンがいった。グレゴールは眉をひそめた。

「ヴォルブレットン家がそれを洩らしたのに、仰天しましたよ」マイルズはいった。「それとも裏切ったのは医者かメドテクですか」

「うーん、それほど単純でもない」グレゴールはいった。「彼らは外に洩らすつもりはなかった。だけどレネは、兄弟や姉妹は知る権利があると思って話をしたし、若い国守夫人は両親に話した。そしてその先は、そう、誰にもわからない。ところがまわりまわって噂がシガー・ヴォルブレットンの耳に入った。この男は六代目国守の弟の直系の子孫で、ちなみにボリッツ・ヴォルモンクリーフ国守の女婿だ。シガーはどういう手を使ったのか、レネの遺伝子スキャンのコピーを手に入れた——その方法について逆訴訟も係争中なんだがね。そしてヴォルモンクリーフ国守は、義理の息子に代わって、ヴォルブレットンの子孫であるシガーに領地を渡せと国守評議会に提訴したんだよ。というわけでいま係争中だ」

「おーやおや。それで……レネはまだ国守なんですか、国守じゃないんですか。レネは国守評議会で、あらゆる正式な書類を揃えて披露され認証されてますね——あれ、そういえば、ぼくはその場にいましたよ。国守は前の国守の息子である必要はない——甥でも従兄弟でも、他の血筋に飛んでもいいんだし、反逆や戦争によって完全に途切れることだってある。まだ誰の口からも、五代目のヴォルターラ国守の馬だったミッドナイト卿の話は出ていませんか。馬が国守の地位を継げるのなら、セタガンダ人に対してもなんらの理論的異議は認められませんね。部分的セタガンダ人でも」

「ミッドナイト卿の父親は母親と結婚していたかどうか疑問だね」イワンが嬉しそうにいった。

「双方がその事件が先例になると主張しているってとこまで聞いています」彼自身が、その悪名高い五代目国守の子孫であるヴォルターラ卿が口をはさんだ。「馬が跡継ぎとして認められたのが一方の理由で、その認証があとで覆ったのが他方の理由なんです」

興味深そうに聞いていたガレーニが、疑問に思ったのかどうかかぶりを振った。ライザは椅子に深く腰掛けて指の関節を軽く齧《かじ》っていたが、口許はまっすぐなままだった。目元にだけかすかに皺を寄せている。

「レネはどう受け止めているんでしょう」マイルズは訊いた。

「最近はどうやら引きこもりがちのようですよ」アリスが心配そうな口調でいった。

「では……ぼくが訪ねてみようかな」

「それはよさそうだね」グレゴールが真面目な顔でいった。「シガーの訴訟はレネが相続したものをすべて差し押さえようとしているけど、国守の地位とそれに伴うものだけに甘んじるべきだとわからせないといけない。それに、相続した財産のいくらかは女系のもので問題外なんだよ」

「そうこうするうちに」とアリス。「シガーがわたしの事務所に、婚礼の列の正当な位置とヴォルブレットン国守としての誓いを要求するメモを寄越したんです。一方レネのほうでも、まだ自分のほうに有利な判決が下りていなくても、シガーは儀式から締め出すようにといってきているの。どうなんでしょう、グレゴール。そのときまでに国守評議会の議決がなかったら、ライザが皇后として認証されるとき、彼女の手のあいだに両手を入れるのはどっちになるのかしら」

グレゴールはしばらく目をぎゅっと閉じて鼻梁《びりょう》をこすった。「わかりません。両方とやらねばならないかもしれない。条件つきで」

「いっしょに?」レディ・アリスは不満そうに口の端を下げていった。「世間では嫌悪感が強まっていると聞いていますよ」そしてイワンを睨んでいった。「実際にはとても気の毒な状況なのに、冗談の種にしたがる心ない人たちのせいで」

イワンは笑みを浮かべかけたが、やめたほうがいいと判断したようだった。

「彼らが厳粛《げんしゅく》な婚礼の場を損ねるような行動は取らないと信じている」とグレゴールはいった。「わたしへの訴えがまだ係争中であればなおのこと。それを穏やかに双方に知らせる方法を探すべきだと思うんだよ。わたしはいまのところ、彼らを避けねばならないから……」彼の目がマイルズに向いた。「あー、ヴォルコシガン聴聞卿。これはきみの仕事の範疇のようだね。できれば、二人に自分たちの立場の微妙さを思い出させてはもらえないだろうか。事態が手に負えないような状況になったときには」

皇帝の聴聞卿として正式に仕事として申し渡されたのでは、仰せのとおりに陛下、というしかなく、マイルズにはほとんど何も反論できない。とはいっても、もっとまずいことになっていたかもしれないのだ。この会合に顔を出さないようなドジを踏んでいたら、いまごろどれほどの雑用を押しつけられていたかを思って、マイルズは身震いした。「はい、陛下」とマイルズはため息まじりにいった。「できるだけのことをします」

「正式な招待状の発送がまもなくはじまります」レディ・アリスがいった。「何か変化がありましたら、わたしにお知らせ下さい」そして最後のページをめくった。「そうそうマイルズ、あなたのご両親は、正確なところいつこちらにお着きになるか聞いてますか」

「ぼくより陛下のほうが先にお聞きになってるだろうと思いますよ。いかがですか」

「帝国船を二隻、ヴォルコシガン総督のご意向に添うように指定してある」とグレゴール。「総督を引き止めるような事態がセルギアールで起こらなければ、去年の冬の市よりは余裕を持ってこちらに来たいというご意向だった」

「二人いっしょに来るんですか。母はまた早めに来てアリス叔母さまの手伝いをするのかと思ったんですけど」

「あなたのお母さまはほんとに大好きよ、マイルズ」ため息まじりにレディ・アリスはいった。「でも婚約式のあと、この準備を手伝うために帰国して下さるようにお願いしたら、グレゴールとライザは駆け落ちすべきだなんていわれたの」

グレゴールとライザはともにその考えに乗り気の顔つきで、テーブルの下で手を握っていた。レディ・アリスはこの危険な無言の反応に、不愉快そうに顔をしかめた。

マイルズはにやりとした。「まあ、とうぜんですね。それが母のしたことですからね。結局、それでうまくいったんです」

「真面目にいったんじゃないと思うけど、コーデリアのことだからなんともいえませんね。ただこういう儀式のすべてに、コーデリアのなかのベータ人がどう反応するかを思うと、ぞっとするけれど。いまセルギアールにいらっしゃることに感謝するほかないわね」そしてレディ・

アリスは薄葉紙を睨みつけ、ひと言いいたした。「花火」

マイルズは瞬《まばた》きしてから気がついた。この言葉は、ベータ人の母とバラヤー人の叔母とのあいだの社交上の意見が激突した結果火花が散るということではなく、単に、今日の最後の——ありがたいことに——議題なのだ。

「そうそう！」グレゴールが笑みを浮かべて熱心にいった。テーブルを囲んでいるすべてのバラヤー人が、レディ・アリスも含めてしゃきっとした。たぶん景気のいい音に対する文化的な情熱が全員に遺伝しているのだろう。

「どういう予定にしますか」レディ・アリスが訊いた。「もちろん夏至の日の、観兵式のあとの夜には花火を揚げる習わしですね。その日から婚礼までの三日間も、婚礼の夜と同じように毎晩打ち上げをなさりたいですか」

「予算を見せてくれたまえ」グレゴールはイワンにいった。イワンは予算を呼び出して彼に見せた。「ふむ。人々が慣れっこになってもよくないね。そのあいまの夜はヴォルバール・サルターナ市とか国守評議会といった他の組織に、揚げさせることにしよう。そして婚礼のあとの打ち上げ花火の予算を五十パーセント上げて、そのぶんはわたしのヴォルバーラ国守としての個人的な財布から出すことにしよう」

「ほう」イワンは感心したようにいって、その変更を打ち込んだ。「素敵です」

マイルズは伸びをした。やっと終わりだ。

「ああ、そうそう、忘れるところだったわ」レディ・アリスがいいたした。「ここにあなたの食事の予定があるわ、マイルズ」

「ぼくの何ですって?」何も考えずにマイルズは薄葉紙を受け取った。

「グレゴールとライザは、観兵式から婚礼までのあいだに、いろいろな組織から何十回もの招待を受けているんです。帝国退役軍人会から都市パン製造業者の名誉部隊まで、お二人に敬意を表したい、あるいは自分たちの名誉が欲しい人たちなんだけど。銀行家《バンカー》の団体。醸造業者《ブルーワー》の団体。弁護士《バリスター》の団体も。いうまでもないでしょうけど、B以外の他の文字ではじまるものもね。もちろん二人が受けられる範囲を超えているんですよ。気の合う人たちの招待と同時に一番批判的な人たちのは受けるけど、そのほかの団体は、あなたがグレゴールの介添えとして引き受けることになるわね」

「その人たちは実際にぼくを、ぼく個人として招待しているんですか」リストをざっと見ながら、マイルズは尋ねた。その三日間に、少なくとも十三の宴会や儀式がひしめいている。「それとも彼らはぼくが代理で現れたらぎょっとするわけですか。ぼくはこんなに食べられませんよ!」

「爆薬が入ったままのデザートの上に身を投げ出すわけさ!」イワンがにやりとした。「皇帝を消化不良から救うのがきみの義務だ」

「もちろん向こうには知らせますとも。あなたはその都度、いろいろな立場にふさわしいお礼の挨拶をするために名を呼び上げられるだけですよ。それからこれは」イワンの母親は、今度はイワンに顔を向けていった。「あなたの予定表よ、イワン」

自分のリストをじっくり眺めると、イワンの笑みは消えてげんなりした顔になった。「この街にこれほどたくさんのギルドがあるとは知らなかったな……」

マイルズの頭に素晴らしいアイディアがひらめいた――このなかから穏健な団体を選べば、エカテリンを同伴することができるかもしれない。そうだ、彼女に任務を遂行中のヴォルコシガン聴聞卿を見せることにしよう。それに彼女の真面目で落ち着いた優雅な態度は、ぼくの社会的重要性を少しも損ねることはないだろう。彼はきゅうに気持ちがなごんで、まっすぐ座り直すとその薄葉紙を畳んでチュニックの懐に滑りこませた。

「このなかのいくつかは、マークを行かせられませんか」イワンが不満そうにいった。「こんな御馳走を食べられるんなら、こっちに帰ってきますよ。それに彼だってヴォルコシガンなんだから。ヴォルパトリルより階級が上なのは確かだ。それにあいつにできることは食べることだけだろ」

ガレーニの眉が最後の評価に賛成するようにしぶしぶ上がったが、その苦虫を噛みつぶしたような厳《いか》めしい顔は見物だった。ガレーニは、食べること以外でマークが傑出しているのが暗殺であることを思い出したのだろうか、とマイルズは思った。〈少なくともマークは、自分が殺したものを食べたりはしないけど〉

マイルズはイワンを睨《にら》もうとしたが、アリス叔母さんに先を越された。「ウイットは控えめにお願いしますよ、イワン。マーク卿は陛下の介添えとか帝国聴聞卿とかではないし、そういう微妙な社交の場の経験もあまり積んでいませんね。しかも昨年の夏、あれだけアラールとコ

―デリアが手を尽くしたのに、いまだにたいていの人が、彼が一族のなかに入るかどうかあいまいだと見ているんです。それに、わたしの聞いたところでは、公《おおやけ》の会場でストレスをきちんと抑えられるほどまだ安定してないようですね。治療を受けていても」

「冗談ですよ」イワンはいいわけのようにつぶやいた。「みんなにユーモア感覚がなかったら、どうやってこんなことをやり過ごせると思ってるんですか」

「精一杯努力しなさい」イワンの母は冷酷に助言した。

このきつい言葉を最後に会議はお開きになった。

3

ヴォルシス家の玄関の庇《ひさし》の下に入るあいだに、春の冷たい小糠雨《こぬかあめ》がマイルズの髪を湿らせた。薄暗いせいで家の正面の派手なタイルもくすみ、地味な模様に見える。エカテリンはマイルズに提案する庭園デザインを通信コンソールで送ってきて、理由もいわずに約束の時間を遅らせた。さいわいそのレイアウトはふたつとも立派なものだったので、マイルズは選べなくて困っているようなふりをする必要はなかった。この午後は間違いなく、ホロビッド盤の上に頭を寄せあって、両方の長所を比較検討しながら数時間過ごせるはずだ。

ふと今朝目覚めたときの官能的な夢が頭をかすめて顔が熱くなった。夢はヴォルシス家の庭で久しぶりにエカテリンと会ったときのことを再現したものだったが、エカテリンの顔には思いがけない出会いの興奮があのときよりも色濃くにじみ出ていた。それなのになぜか馬鹿げた無意識が、ズボンの膝についた証拠の草のしみばかり心配していた。そのあいだに、もっと豊かな信じられないような夢の時間を作り出せたかもしれないのに。しかも悔しいことに目覚めるのが早すぎた……。

女教授がドアを開けて、歓迎の微笑を浮かべた。「お入りになって、マイルズ」そしてマイルズがホールに入るといいたした。「おいでになる前にご連絡下さるのがありがたいって、前にも申し上げたかしら」

今日はこの家には、図書館のようないつもの静けさがなかった。パーティでもやっているような気配がある。びっくりしたマイルズは、首をまわして左手のアーチ通路を覗いた。客間のなかからは、皿やガラス器の触れ合う音がして、お茶やアプリコット菓子の香りが漂ってくる。礼儀正しい微笑を浮かべてはいるが、緊張のせいか眉のあいだに縦皺《たてじわ》を二本寄せたエカテリンが、片隅にある伯父のどっしりした椅子に、ティーカップを手にして女王のように座っていた。それを取り囲むようにもっと装飾的な椅子が三つ置かれていて、そこに男が三人腰掛けていた。二人は帝国軍の通常軍服姿で、一人は民間人の服を身につけている。

詰め襟に作戦司令部のピンとともに少佐の襟章をつけているがっしりした男には、マイルズは面識がなかった。もう一人の士官はアレクシ・ヴォルモンクリーフ中尉で、マイルズもいちおうは顔見知りだ。三人目の仕立てのいい民間人の服を身にまとっているのは、マイルズの知るかぎり、あらゆる種類の仕事をじつに巧みに避けているやつ——バイアリー・ヴォルラトイエルだった。この男は軍にも籍を置いたことがない。知り合ったころから今日まで、ずうっと遊民暮らしを続けている。バイアリーは、悪習は別にして、どんなことにも非のうちどころのない趣味を持っている。マイルズがたとえ首尾よくエカテリンと婚約したあとでも、絶対に紹介したくないタイプだった。

「あの連中はどこから現れたんですか」マイルズは低い声で女教授に尋ねた。

「ザモリ少佐は十五年前に、わたしが大学院で教えたのよ」女教授も小声で答えた。「わたしが気にいりそうだと思ったといって、本を持ってきて下さったの。それは間違いではないわ。わたしが持っている本ですもの。ヴォルモンクリーフの息子さんは、エカテリンと家系図を比べるためにいらしたんですって。祖母がヴォルベインだから、遠い親戚じゃないかと思うって。おばあさまってのは、現職の重工業大臣の伯母さまにあたる方よ、ご存じでしょ」

「ええ、その家系は知ってます」

「小一時間かけて関連を確認しようとしているんだけど、ヴォルヴェインとヴォルベインがほんとうに同じ起源を持っているとしても、一族が枝分かれしたのは少なくとも五世代は前らしいわ。それからバイ・ヴォルラトイエルは、何をしに見えたのか知りませんよ。わたしにいいわけするのをはしょってしまったから」

「バイにはいいわけなんかないでしょう」もっともマイルズには、いいわけがあろうとなかろうと、三人がここにいる理由は火を見るよりも明らかだった。おまけに彼女はティーカップを手にして、罠にはまったような顔をしている。そんな見え透いたいいわけよりましなことは考えられないのだろうか。「ぼくの従兄弟のイワンは来てないでしょうね」マイルズは不安になって訊いた。そういえば、イワンは司令部で働いているのだ。一度はたまたまにしても、二度目は偶然の一致……。

「イワン・ヴォルパトリル？　いいえ。あらまあ、あの方も見えるはずなの？　お菓子が足らないわ。今夜の教授のデザート用に買っておいたのに……」

「いや、来やしませんよ」マイルズはつぶやいた。そして礼儀正しく笑みを顔に張り付けて、教授の家の客間に入っていった。女教授もあとに続いた。

エカテリンの顔が上がり、笑みを浮かべてカップの楯を下ろした。「あら、ヴォルコシガン卿！　お見えになってとても嬉しいですわ。あの……こちらの紳士のみなさんはご存じでいらっしゃいますか」

「お二人とは知り合いです。おはよう、ヴォルモンクリーフ。やあ、バイアリー」

顔見知りの三人は警戒しながら会釈《えしやく》を交わした。ヴォルモンクリーフは丁寧《ていねい》な口調でいった。

「おはようございます、聴聞卿閣下」

「ザモリ少佐、こちらはマイルズ・ヴォルコシガン聴聞卿ですよ」女教授が口を添えた。

「ごきげんよう」とザモリ。「お噂はかねがね伺《うかが》っています」これだけヴォル卿が揃っていても、そのまっすぐな凝視には恐れの気配はなかった。といっても、ヴォルモンクリーフは単なる青二才の中尉だし、バイアリーはまったくの無冠だ。「ヴォルシス聴聞卿に会いにいらしたのですか。さきほど出かけられましたよ」

エカテリンがうなずいた。「散歩に出かけました」

「雨のなかを?」

女教授が目をくるりとまわすのを見て、マイルズは教授が姪の介添えは妻に任せて逃げ出したのだろうと察した。

「かまいません」マイルズは話を続けた。「じつは、マダム・ヴォルソワソンとちょっとした仕事の話がありましてね」その仕事をヴォルコシガン卿の個人的な仕事ではなく、帝国聴聞卿の仕事だと解釈されても訂正する必要なんかない。

「そうなんです」エカテリンはうなずいてその言葉を認めた。

「みなさんのお邪魔をして申し訳ありませんね」マイルズはほのめかすようにいいたした。そして席にはつかずに、アーチ入り口の枠に寄り掛かって腕を組んだ。だが誰も動かない。

「いま家系図について話し合っていたところです」ヴォルモンクリーフが説明した。

「ある程度までは」とエカテリンはつぶやいた。

「意外な血縁という話なら、アレクシ、ヴォルコシガン卿とぼくはきみたちのつながりよりもずっと近い血縁関係なんだよ」バイアリーがいった。「ほんとうに同族の親しみを感じているんだ」

「ほんとうですか?」ヴォルモンクリーフは戸惑い顔でいった。

「ああ、そうとも。ヴォルラトイエル系の伯母の一人が、マイルズの父親と結婚していたことがあるんだよ。だからアラール・ヴォルコシガンは、高潔《ヴァーチュアス》でないにしても、実質的《ヴァーチャル》にぼくの伯父になる。もっともその伯母は残念ながら若いころに死んで——家系図から情け容赦なく切り取られてしまった——将来ぼくがマイルズから遺産をかすめ取る従兄弟として生まれる前にね」バイアリーはマイルズに向かって眉をぴくつかせた。「その伯母のことが、お宅の夕食会のなつかしい話題になることがあるかい?」

「ヴォルラトイエル一族のことはめったに話題にしないな」とマイルズ。

「変だね。ぼくらも、ヴォルコシガン一族のことはめったに話題にしない。というよりじつは、まったく話題にしない。両家のあいだには針の落ちる音でもわかるような静寂を感じるよ」

マイルズは微笑んだものの、そういう静寂をそのまま続けたらどっちが先にひるむのか知りたい気持ちだった。何か思いついたのかバイの目が輝きはじめたが、最初に我慢できなくなったのは無邪気な第三者だった。

ザモリ少佐が咳払いした。「ところで、ヴォルコシガン聴聞卿閣下。コマール事件の最終的な判決はどうなりましたか。あれは破壊工作だったのですか」

マイルズは肩をすくめて、バイのいつもながら毒のあるいいまわしを頭から振り払った。

「六週間かけて、ヴォルシス聴聞卿と二人で資料に目を通した結果、パイロットの操作ミスという、もっともらしい原因に帰結したんですよ。パイロットの自殺の可能性も話し合いましたが、最終的にはその考えは捨てました」

「それであなたのご意見は？」ザモリは興味の感じられる声で尋ねた。「事故ですか、自殺ですか」

「うむ。自殺だとしたら、衝突の際の肉体の状態の説明にはなりますね」マイルズは心のなかで、名誉毀損されたパイロットの魂に謝罪の祈りを捧げながら答えた。「でも死んだパイロットは証拠になるようなもの、たとえばメモとか遺書とか治療記録とかを残してくれなかったので、公式の答申にはできませんでした。いまいったことはよそではいわないで下さい」真実に聞こえるように、マイルズはいいたした。

エカテリンは伯父の椅子にすっぽり隠れるように座ったまま、表向きの嘘ですねというようにうなずいた。おそらく自分が話をそらすときのレパートリーに加えているのだろう。

「ところでまもなく皇帝がコマール人と結婚することについては、どう思われますか」ヴォルモンクリーフが脇からいった。「賛成に違いないとは思うけど——あなたも一枚嚙んでいるみたいだから」

マイルズはその奥歯にもののはさまったようないい方に引っかかった。ああそうか、ヴォルモンクリーフの伯父のボリッツ・ヴォルモンクリーフ国守はヴォルトリフラニ国守が失脚したとき、唾のかからない程度の位置にいて、縮小しつつある保守党の党首を引き継いでいるのだ。未来の皇后ライザに対する保守党の反応は、控えめにいってもあまり乗り気でないといったところだが、用心深くあからさまな敵意を公《おおやけ》の立場で洩らすようなことはしていない。誰か——たとえば機密保安官とか——に目をつけられるかもしれないから。

とはいえ親戚だからといって、伯父と甥が同じ政治的な見解を持っているとはかぎらない。

「ぼくは素敵なことだと思いますよ」とマイルズはいった。「トスカーネ博士は聡明で美しく、グレゴールは、そうですね、世継ぎを作る潮時でしょう。それにたとえ他に利点がなくても、ぼくらにバラヤー人の女性を一人は残してくれたことも考慮しないとね」

「そうかな、バラヤー人の女性を一人残してくれたのは、ぼくらのうちのたった一人にだよ」バイアリー・ヴォルラトイエルが優しげな声で訂正した。「きみが奇想天外な面白いものにプロポーズしようっていうんでなければね」

バイアリーの言葉の意味を考えるうちにマイルズの微笑は薄れた。イワンのウイットは、ときにはうんざりすることもあるが、無邪気なので不愉快になるほどのことはない。イワンと違ってバイアリーの侮辱《ぶじょく》には、かならず意図が含まれている。

「きみたち紳士諸君はぜひコマールに行くべきですよ」マイルズはにこやかに勧めた。「あそこのドームには美女がぎっしり詰まっていますからね。みんな遺伝子スキャンを通り、銀河教育を受けた美女でね。それに跡継ぎの娘を外に出すのはトスカーネだけじゃない。コマール人のレディには金持ちがたくさんいるんだよ――バイアリー」とはいったもののここにいる全員に、マダム・ヴォルソワソンに無責任な夫が残したのは貧困だけだったと説明するような無駄口は慎んだ。ひとつにはエカテリンがここにいて眉をひそめてこっちを見ているからだったが、同時にバイがすでにそれを知っているかどうか予測できなかったからだ。

バイアリーは薄く微笑した。「世間では金《かね》がすべてではないというね」

注意。「といっても、試しにやってみれば、いい思いができるのは請け合いだよ」

バイは口許を曲げた。「きみの好意には感動するよ、ヴォルコシガン」

アレクシ・ヴォルモンクリーフは頑固な口調でいった。「せっかくだが、ぼくにはヴォルの娘でじゅうぶんです。外世界に対する異国趣味も必要性もないのでね」

この言葉がベータ人の母を意図的に中傷するものなのかどうか、マイルズが考えあぐねているうちに――バイならはっきりしているが、ヴォルモンクリーフには陰険な表現をしそうな印象はない――エカテリンが明るい声でいった。「ちょっと自分の部屋へ行って、例のデータ・

ディスクを取ってきますわ、いいでしょうか」

「よろしければどうぞ、マダム」マイルズは、まだバイはエカテリンをゲリラ的会話術の対象にはしていないな、と思った。もし対象にしていたら、マイルズはこの偽者の従兄弟に内々で伝えることがある。それとも古きよき時代のように、親衛兵士を送っていわせたほうがいいかも……。

エカテリンは立ち上がり廊下に出て階段を上がっていった。そしてそれきり戻ってこなかった。ヴォルモンクリーフとザモリはやがて失望した顔を見合わせて、そろそろ失礼したほうが、といったことをつぶやきながら立ち上がった。ヴォルモンクリーフが羽織った軍用レインコートがすっかり乾いて時間の経過を示しているのが、マイルズには面白くなかった。二人の紳士は、ほんとうの女主人のはずの女教授に別れを告げた。

「ニッキのためにできるだけ早くジャンプ船の設計の本を持ってくると、マダム・ヴォルソワソンにお伝え下さい」ザモリ少佐が階段のほうを窺《うかが》いながら念を押した。

〈ザモリはニッキと知り合いになるほど、すでに何度も来ているのだろうか〉マイルズは彼の整った横顔を眺めた。ヴォルモンクリーフほどではないが、この男も背が高いようだ。ひどく大きく感じるのは恰幅がいいせいだろう。バイアリーはかなり細身なので、身長が目立たない。

三人はタイルを張ったホールでぶつかりあいながらぐずぐずしていたが、エカテリンがいっこうに降りてこないので、やっと諦《あきら》めて羊の群れのようにおとなしく玄関を出た。さきほどよりも雨がひどくなっているのを、マイルズは満足げに眺めた。ザモリは頭を下げて雨のなかに突っ込んでいった。女教授はその背後で、ほっとしたような苦笑いを浮かべてドアを閉めた。

「エカテリンといっしょにわたしの書斎の通信コンソールを使っていいですよ」とマイルズにいってから、女教授は客間に残された皿やカップを片づけはじめた。

マイルズは軽い足どりでホールを横切ると、女教授のオフィス兼用の書斎に入って見回した。そうだな、ここは気持ちがよくて相談にはなかなかよさそうだ。正面の窓は開いて支えで止められていて、新鮮な風が入ってくる。その湿った空気に乗って玄関ポーチでの話し声が、間の悪いことにはっきり聞こえてきた。

「バイ、ヴォルコシガンはマダム・ヴォルソワワソンにつきまとっているんだとは思わないか」これはヴォルモンクリーフだ。

バイアリー・ヴォルラトイエルはどうでもよさそうに答えた。「どうせそうさ」

「それなら彼女がいやがるはずだろう。違うな、単なる事件の事後処理だろう」

「それはどうだかね。おれは女をよく知ってるんだ。女ってやつは、国守の後継者ならたとえ緑色の毛皮のやつでも鼻をつまんで結婚するよ」

マイルズは拳《こぶし》を握り、それからそうっと開いた。〈ほう、そうかい。それじゃなぜいままで、そういう女どもの名簿をくれなかったんだ、バイ〉いまはマイルズにその気がないにしても……。

「おれは女がわかっているなんていう気はないが、これがイワンならぴったりの代役になりそうだがね」とヴォルモンクリーフ。「昔の暗殺者がもっと有能だったら、イワンがヴォルコシガンの領地を継いでいたかもしれないんだぜ。気の毒に。うちの伯父は、イワンがけしからん進歩党のアラール・ヴォルコシガンと親戚関係でなければ、うちの党のいい飾りになるのにっていってる」

「イワン・ヴォルパトリルが？」バイアリーは鼻を鳴らした。「それはお門違いだよ、アレクシ。あいつはワインがふんだんに流れている場所にしか行かないんだ」

エカテリンがアーチ通路に現れて、口元をゆがめマイルズに笑いかけた。彼は窓をぴしゃっと閉めようかと思った。だが技術的な問題があった。曲がった掛け金がついている。エカテリンも話し声を耳に入れたのだ――いつから？　彼女はふらりと入ってくると、頭をつんとそらして、問いかけるように頑固そうな眉を上げた。〈またやってるんですか〉とでもいうように。マイルズはかろうじて、当惑の笑みをちらりと浮かべた。

「ああ、やっときみの運転手が来たよ」そしてバイアリーはいいたした。「きみのコートを貸してくれ、アレクシ。きれいな新しいスーツを濡らしたくないんだ。このスーツをどう思う？　おれの肌によく映る色じゃないか」

「肌の色なんかくそくらえさ、バイ」

「なに、おれの仕立屋がそう請け合ったんだ。うん、ありがとう。よかったな、運転手がキャノピーを上げているぞ。さあ、雨のなかを走っていけ。そうさ、きみなら走れるだろ。おれはこのみっともない軍仕様の完全防水服で、威厳を保ってぶらぶらいくよ。さあ出かけよう……」

二人の足音が小雨のなかに消えていった。

「あの方変な人ですわね」笑い声をまじえてエカテリンはいった。

「誰が？　バイアリーのこと？」

「そうです。ひどい洒落者《しゃれもの》だわ。彼が口にすることはほとんど信じられません。真面目に受け取れないんですよ」

「ぼくもバイのいうことはほとんど信じられない」とだけマイルズはいった。そして通信コンソールの正面に椅子をもう一脚思い切ってぴったり引き寄せ、そこに彼女を座らせた。「あの連中はみんなどこから現れたんですか」帝国軍の作戦司令部から来たらしいことはわかるけれど。〈イワンのやつ、汚いことしやがって。仕事場でどんなゴシップを撒き散らしているのか、話し合いが必要だな……〉

「ザモリ少佐は先週伯母を訪ねてみえたんです。あの方はとても気持ちのいい方なんですよ。ニッキと長いあいだおしゃべりをして下さって——我慢強いのに感心しました」

マイルズは彼の頭のよさに感心した。けしからんやつだ、ニッキがエカテリンの鎧《よろい》の小さな裂け目なのに気づくとは。

「ヴォルモンクリーフは数日前にはじめていらっしゃいました。あの方はちょっと退屈なつまらない方みたいです。そしてヴォルラトイエルは今朝はじめて、連れだってお見えになりました。ヴォルモンクリーフに、誘われたのかどうかはっきりしませんけど」

「バイは食い物にする新しい獲物を見つけたところなんでしょうよ」マイルズはいった。ヴォルラトイエル一族は派手好きと隠遁者というふたつの傾向に分かれるようだ。前の世代の末子だったバイの父親は後者に分類される人間嫌いの小心者で、やむをえない場合以外は首都には近寄ろうともしなかった。「バイは生計を何で立てているのかさっぱり見えない、という評判なんです」

「だとすると、体面をとりつくろっていらっしゃるんですわね」エカテリンは思慮深げにいった。

上流階級の貧困はエカテリンにも共通した悩みだったと、マイルズは気づいた。バイアリー・ヴォルラトイエルへの同情をかきたてる気はさらさらなかったのに。ちくしょう。

「ザモリ少佐は、訪問中にお二人が見えたので、ちょっと気を悪くなさったように思います」といったあとエカテリンは、苛立った口調でつけ加えた。「みなさん、なんのためにいらっしゃってるのかさっぱりわからないわ」

〈鏡を見てごらんよ〉と助言するのはやめておいた。そしてマイルズは眉を上げて訊いた。

「ほんとうに？」

エカテリンは肩をすくめて、ちらっと苦笑いを浮かべた。「ご親切のつもりなんでしょうね。きっとわたし、単純に考えすぎていたんですわ。これがあれば」といって喪服を手で示し、「くだらないことに関わらずにすむと思ったんですけど。わたしのために、あの方たちをコマールに送りこもうとして下さってありがとう。効いたかどうかわかりませんけど。わたしのほのめかしは効かなかったようです。失礼なことはいいたくないし」

「いえばいいんですよ」マイルズはその線を勧めたいと思った。もっともバイにはそれでも通じそうもない。興奮して競争に加わるだけだろう。今週この家の玄関には、マイルズが知らないあいだに他の紳士たちも現れたのか、それともあれで持ち札は全部なのかと訊きたかったが、そんな気分の悪い質問は控えることにした。「でもあなたのいうとおり、まさにくだらないことです。ぼくの庭園の話をしましょう」

「ええ、そうしましょう」エカテリンは感謝するようにいって、田舎風庭園と都市風庭園をダビングしたふたつのホロビッド・モデルを、伯母の通信コンソールで立ち上げた。マイルズが空想していたように、二人の頭はくっついた。彼女の髪の暗い香りが鼻をくすぐった。

田舎風庭園は自然を模したもので、土着の植物がみっしり植え込まれた土手が境界線になり、そのあいだを樹皮を敷いた歩道がうねうねと走り、うねる小川もあるし木製のベンチも散在している。都市風庭園にはプラスチック・コンクリートを塗りこんだ頑丈な四角いテラスがあって、そこに歩道やベンチや水路がいっしょに組みこまれている。いくつか技術的に突っ込んだ質問をすることで、エカテリンはマイルズの心の奥にひそむ好みは田舎風庭園だが、プラスチック・コンクリートの噴水に目が引きつけられていることを上手に引き出した。そこで田舎風庭園の設計を修正して地面の斜度を大きくし、小川が目立つように岩の滝ではじまり最後は小さな洞窟に流れ込むS字曲線の流れに変えた。マイルズは感心して見つめていた。歩道が交差する中央の円形は伝統的な模様の煉瓦《れんが》に変わり、薄い色の煉瓦でコントラストを出してヴォルコシガンの紋章を組みこんだ。紋章は山脈を示す三つの重なりあう三角を背景にして、様式化された砂糖楓《かえで》の葉が描かれている。全体が表通りの高さよりも沈みこんでいるので、土手を高くする余裕があり都市の騒音を包みこむことができる。

「そうそう」最終的にかなり満足してマイルズはいった。「そのプランです。それでいきましょう。まず請け負い業者や入札者を集めるところからはじめればいいでしょう」

「ほんとうにこの計画を進めるお気持ちがあるんですね」とエカテリン。「いまはまだ、わたしには何も経験がありません。いままでのわたしの設計は、すべて仮想のものでしたから」

「ああ」最後になってこういう煮え切らないことをいわれるのを予測していたマイルズはいった。「いまこそぼくの事業顧問のツィッピスをご紹介するときですね。過去三十年間、あらゆる種類のヴォルコシガン家所有地の維持管理や建設の仕事を切りまわしてきた男です。ツィッピスなら評判のいい信頼できる業者を知っているし、ヴォルコシガン領のどこで労働力や材料を得られるかもわかっているんです。ツィッピスは喜んであなたの計画の一から十まで手引きしてくれるでしょう」〈じつは、いつも喜んで教えるのでなかったらぼくは容赦しない、ということを昔納得させたのさ〉べつにそれほど頼りきる必要があったわけではないが、ツィッピスは事業経営のあらゆる面にすっかり魅せられていて、しゃべりはじめたら何時間も止まらない男だった。宇宙傭兵隊の指揮をしていたときに、機密保安庁の訓練ではなく若いころに受けたツィッピスの厳しい授業を利用することで何度急場をしのいだかに気づき、マイルズは失笑した。「生徒になる気さえあったら、彼はあなたの思いのままですよ」

ぬかりなく事前に知らされていたツィッピスは、ハサダーのオフィスにいて通信コンソールに自分で応答したので、マイルズは必要なことを説明した。新しく知り合った二人はうまくいっていた。ツィッピスはかなりの年配で結婚歴も古く、今回の計画に本気で興味を持っていた。彼はたちまちエカテリンを用心深い含羞《がんしゅう》から引き出した。最初の長い話し合いが一段落するころには、エカテリンは〈きっとできないわ〉の気分から抜け出して、作業工程の照合表と、うまくいけば次の週にはさっそく地面の掘削を開始できる首尾一貫した計画を手に入れていた。ああ、これでいい。これならうまくいきそうだ。ツィッピスが一番高く評価するのは、もの覚えの早さである。エカテリンは、傭兵隊時代にマイルズが緊急備蓄品のなかの思いがけない酸素よりも貴重だと思っていた、〈一を聞いて十を知る〉人々の一人なのだ。それなのに彼女は、自分が特別であることを知りもしない。

「おやまあ」ツィッピスが通信を切ったあと、メモを整理しながらエカテリンはいった。「なんて素晴らしい教育でしょう。授業料をあなたにお払いすべきだと思うわ」

「代金といえば」マイルズは思い出していった。「そうだ」彼は小切手カードをポケットから取り出した。「あなたに必要なあらゆる経費を支払うための口座は、ツィッピスが設けてくれています。これはあなたご自身の、ぼくがいただいた設計に対する料金です」

彼女はそれを通信コンソールで確かめた。「ヴォルコシガン卿、これは多すぎます！」

「いや、そんなことはない。異なる三カ所の専門の会社で、似たような場合の設計料をツィッピスに調べさせました」それはたまたまこの事業の上位三社だったが、ヴォルコシガン館でそれ以下のものを雇うことなどあるだろうか。「これが、それらの会社のいい値の標準なんです。ツィッピスが見せてくれますよ」

「でもわたしは素人です」

「そういつまでも素人じゃない」

まったく驚くべきことに、こんな言葉で自信が出てきたらしく、エカテリンは微笑した。

「わたしがやったのは、標準的な設計の要素を寄せ集めただけのことですわ」

「ですから、料金の一割は設計の要素を集めたことへの報酬です。残りの九割はそれをどう組み合わせればいいかの知識に対してですよ」

ふん、これなら反論できないだろう。いくら世間に対して卑屈な態度を取るように抑圧されてきても、これだけいいものができるのは、頭の奥底にそういう知識があったからだろう。

これは、話を終わらせる気のきいたいいまわしだったらしい、とマイルズは気づいた。ヴォルモンクリーフはエカテリンをうんざりさせたらしいが、マイルズは相手がうんざりするほどぐずぐず話を長引かせる気はなかった。まだ早すぎるだろうか……いや、試してみよう。「ところで、ぼくは古い友人たち――コウデルカ一家のために夕食会を計画しているところなんです。ぼくの母のいわば子飼いのカリーン・コウデルカが、つい先日ベータ植民惑星の一年間の留学から帰ってきました。帰ってきたとたんに駆けずりまわっているようだけど、みんなの都合のつく日が決まりしだい、あなたにも来ていただいてコウデルカ家の人たちを引き合わせたいんです」

「お邪魔したくは――」

「四人姉妹でね」マイルズはなめらかに相手を遮《さえぎ》った。「カリーンはその末っ子です。それに母親のドロウ。それからもちろんコウデルカ准将。この家族は、ぼくが子どものころからの知り合いなんですよ。それからデリアの婚約者のダヴ・ガレーニ」

「一家族のなかに女の人が五人もいるんですか。一ぺんに五人も?」その声には羨《うらや》ましそうな響きがにじみ出ていた。

「コウデルカ家の人たちと会ったら楽しいだろうと思いますよ。向こうも喜ぶでしょう」

「ヴォルバール・サルターナに帰ってから、女の人にはあまり会っていません……みなさんお忙しいらしくて……」彼女は黒いスカートに目を落とした。「ほんとうは、まだパーティには出るべきじゃないと思ってるんです」

「家族だけの内輪のパーティですよ」と手際よくこの風をつかんでマイルズは強調した。「もちろん教授と女教授もお招きするつもりです」とうぜんだろう。なにしろ、席は九十六もあるのだ。

「たぶんそれなら……だいじょうぶそうですね」

「よかった! 詳しいことはまたお知らせします。ああ、そうそう、職人の予定が決まったらピムに連絡して、館の警備兵に知らせて下さい。警備予定表に加えられるように」

「かしこまりました」

という温かみはあるがあまり親しすぎない、バランスに気をつけたいいまわしで別れを告げて、マイルズは引き揚げた。

それでは、いまや彼女の門口には敵が殺到しているのだ。〈なに、うろたえることはない〉

夕食会までには、皇帝の結婚の週の公務に協力してもらえそうなところまで持っていけるかもしれない。そうなれば、ぼくらは公然たるカップルとして、そう、まだよくわからないが、五ないし六の、業界の人々の前に姿を見せることになる。

〈残念ながら、ぼくにもまだわからない〉

マイルズはため息をついて、待っている車に向かって雨のなかを駆け出した。


エカテリンは、洗い物の手伝いが必要かどうか確かめにキッチンに行った。遅すぎるだろうと申し訳なく思いながら入っていくと、案の定女教授はお茶のカップを片手に腰を下ろし、困惑した表情から察して大学院生のレポートらしいものをどっさりキッチンのテーブルの上に抱えこんでいた。

伯母はひどく顔をしかめて尖筆で何か走り書きしたあと、顔を上げて微笑んだ。「すっかりすんだの？」

「というより、はじまったばかりよ。ヴォルコシガン卿は田舎風庭園を選ばれたわ。本気でわたしに仕事を進めさせたがっているみたいよ」

「もちろんそうだと思ってましたよ。彼は決断力のある人ですもの」

「今朝はいろいろ邪魔が入って申し訳なかったわ」エカテリンは客間のほうを手でさしながらいった。

「あなたが謝ることなんかないでしょ。こっちが招《よ》んだわけじゃないんだから」

「まったくね、招んでないのに」エカテリンは新しい小切手カードをかざして笑みを浮かべた。「だけどヴォルコシガン卿は、早々と設計料を下さったのよ！　これでニッキとわたしの下宿代をお払いできるわ」

「なにいってるの、下宿代なんかいりませんよ。空いた部屋を使ってもらうのに、何もお金はかかってないんですからね」

エカテリンは口ごもった。「食費もかからないわけではないでしょう」

「食料品を買いたいのなら、好きにして。でも秋からの授業料のために貯めてくれるほうがずっと嬉しいわ」

「それもちゃんとやります」エカテリンはしっかりうなずいた。この小切手カードを大事に使っていけば、このあと数カ月間の生活費を父に無心しなくてすみそうだ。父は吝嗇《りんしょく》なわけではないけど、こっちの暮らし方について欲しくもない助言や勧めをいろいろいう権利があると思われては困る。父からはティエンの葬式の際に、後家なら後家らしく実家に戻るとか亡夫の母親と暮らすとかすべきなのに不愉快だと、はっきりいわれていた。もっとも姑のヴォルソワソン夫人は、うちに来ないかと声をかけてはくれなかった。

それに、父が引退して引きこもった南大陸の小さな町のささやかな住まいに、エカテリンとニッキがどう納まって、どんな教育の機会を見つけられると、父は思っているのだろう。シャッシャ・ヴォルヴェインは不思議と人生に挫折《ざせつ》することの多い人間らしかった。父はいつも保守的な選択をする。母は思い切りのいい人だったけど、官吏の妻として自分を生かすにはごく小さな隙間しかなかった。終わりのころには、挫折が伝染してしまったのだろうか。エカテリンはときどき、両親の結婚にも自分と同じような人にはいえない不一致があったのではないかと思うことがあった。

白髪の頭が窓の外を通った。かたかた音がして裏口が開きヴォルシス伯父がニッキを連れて姿を現した。教授は頭をなかに入れて芝居がかった小声で訊いた。「みんな帰ったか？　もう入ってもだいじょうぶかい」

「片づいたわ」妻が報告すると、教授はキッチンにふらりと入ってきた。

そして持っていた大きな袋をどさっとテーブルの上に置いた。どうやらさきほど食べられてしまった菓子の代わりの品が、数倍の量で入っているようだった。

「それでじゅうぶんだと思う？」女教授は皮肉っぽく訊いた。

「いちおうの不足はない」と夫は大声でいった。「若い娘たちが通り過ぎるのを見て思い出したんだ。四六時中若い男が身のまわりをうろうろするようだと、一日の終わりにはうちのなかにパン屑ひとつ落ちてはおるまい。きみの大盤振る舞いは絶対に理解できないね」といってから、教授は横を向いてエカテリンに説明した。「連中の数を減らすために、傷物の野菜を出したり、雑用を頼んだりしたいんだがね。それでもまた来るようなら、本気だとわかるわけだよ。そうだろ、ニッキ。ところがどういうわけか、女どもはそれをやらせてくれない」

「腐った野菜でも、思いつくかぎりの雑用でも、お好きになさって」エカテリンは教授にいった。〈そのかわりに、玄関に鍵をかけて誰もいないふりをしてもいいけど……〉エカテリンは憂鬱《ゆううつ》そうな顔で伯母の横に腰を下ろし、菓子に手を伸ばした。「伯父さまとニッキもやっと自分の分にありついたのね」

「パン屋でコーヒーとクッキーとミルクを腹に収めてきたよ」伯父はそれを認めた。

ニッキは満足そうに口を舐めながらうなずいた。「ヴォルシス伯父さまはね、あの人たちは全員ママと結婚したがってるっていったよ」さらにあからさまな不信顔で、ニッキはいいたした。「それ、ほんとのことなの？」

〈伯父さまったら余計なことを〉エカテリンは苦い顔で思った。九歳児にどう説明したらいいのだろう。ところがニッキはエカテリンのように、それがぞっとする考えだとは思っていないらしい。「全員となんて法律違反だわ」とエカテリンはぽつりといった。「むしろ、奇想天外よ」エカテリンはバイ・ヴォルラトイエルの嘲《あざけ》りの言葉を思い出して、薄い微笑を浮かべた。

ニッキはそのジョークに腹を立てた。「ぼくのいう意味わかってるでしょ！　あのなかの一人を選ぶの？」

「いいえ、ニッキ」エカテリンは請け合った。

「よかった」ニッキはちょっと考えてからつけ加えた。「でもするんなら、中尉より少佐のほうがいいよ」

「へえ……なぜ？」

エカテリンは、〈ヴォルモンクリーフは押しつけがましい退屈なヴォルだよ〉とでもいいたそうな顔で口ごもっているニッキを興味深く見守ったが、ほっとしたことに、そういう語彙《ごい》は思い浮かばないようだった。結局ニッキは簡単な返事でごまかした。「少佐のほうが収入がいいでしょう」

「それはまことに実際的な見方だな」ヴォルシス伯父が評した。そしておそらくまだ妻の大盤振る舞いに不安があるのだろう、買ってきた菓子の半分ほどを地下の実験室に隠すために包み直して出ていき、ニッキもそれについていった。

エカテリンはキッチンのテーブルに頬づえをついてふっと息を吐いた。「ヴォルシス伯父さまの作戦も悪くなさそうだわ。雑用で脅かしたらヴォルモンクリーフを追い払えるかもしれないし、ヴォルラトイエルなんか確実に撃退できるわ。でも、ザモリ少佐に効くかどうかは疑問ね。傷物の野菜は全員に効果がありそうだけど」

ヴォルシス伯母は椅子の背に寄り掛かり、問いただすような目でエカテリンを見た。「それではわたしにどうして欲しいの、エカテリン。手始めに、求婚しそうな人たちには訪ねてきても会えませんといいましょうか」

「そうしていただけますか。庭園の仕事もはじまるし、ほんとに会ってる暇はないんですもの」仕事のことを考えながらエカテリンはいった。

「かわいそうな若者たち。気の毒な気がするわ」

エカテリンは微笑しかけたがすぐに引っ込めた。そんな同情は自分を捉えて暗闇のなかに引き戻す手のように感じられたのだ。そう思うと鳥肌が立った。

毎晩ティエンのいないベッドに一人で横になるたび、孤独の天国にいるような気がする。手足をベッドの端々に伸ばして、引っかかりのない空間を楽しむことができる。妥協や狼狽《ろうばい》や圧迫感もないし、交渉も防御も服従も懐柔もしないでいい。ティエンから解放されたのだ。結婚していた長い年月のあいだに、エカテリンは夫に縛りつけられていることにほとんど無感覚になり、約束や恐れにも、やみくもに要求されることにも、夫の秘密や嘘にも麻痺《まひ》してしまっていた。夫の死によってついに誓いの締めつけがゆるんだとき、魂が隅々まで目覚めたかのように、血液の循環を取り戻した手足のような痛痒さを感じた。〈自由になるまで、どんな牢獄に自分がとらわれていたか気づかなかったのよ〉あんな囚人の独房に自分の意志で戻り、ふたたび誓いを立てて扉に錠を下ろすことを思うと、悲鳴を上げて逃げ出したい気持ちにかられる。

エカテリンはかぶりを振った。「いまさら別の隷属関係なんか欲しくないわ」

伯母は眉をひそめた。「別のティエンがいらないのは確かね。でもすべての男性がティエンのようではないわ」

エカテリンは拳をぎゅっと握って考えた。「でもわたしはやっぱりわたしよ。誰かと親しくなったら、以前のようなやり方に陥らないとはかぎらない。また底まで自分を落としておいて、自分がからっぽだと不平をいうようなことにならないかしら。思い返してみて一番ぞっとするのは、全部がティエンのせいじゃなかったってことなの。わたしが、彼をどんどん悪くしていったのよ。ティエンの結婚相手が、彼に立ち向かえるような人だったら、ちゃんと主張していたのよ……」

「あなたの理屈を聞いてると頭が痛くなるわ」伯母は穏やかにいった。

エカテリンは肩をすくめた。「何をいってもいまでは無意味ね」

しばらく黙っていたあとで、女教授は不思議そうに訊いた。「それじゃマイルズ・ヴォルコシガンのことはどう思っているの」

「あの人はだいじょうぶ。わたしを怖がらせたりしないわ」

「コマールにいたとき——あの人はあなたに興味があるように見えたんだけど」

「あら、あれはただのジョークよ」エカテリンは頑としていった。たぶん、ジョークにしては少々度がすぎていたのかもしれないけど、あのときは二人とも疲れていたし、あの恐ろしい緊迫した時間の日々から逃れてぼうっとしていたのだ……彼のきらめくような微笑や疲れた顔のなかで輝く瞳は、エカテリンの記憶に焼きついている。あれはジョークでなければならない。だってもしジョークでなかったら……悲鳴を上げて逃げ出さなければならないだろうから。いまは疲れすぎていて立ち上がれない。「でも本気で庭園に興味を持つ人がいたのは嬉しいわ」

「ふうーん」と伯母はいって、別のレポートを手に取った。

マークの雇った地上車がヴォルコシガン館の車寄せに入っていくとき、ヴォルバール・サルターナの春の午後の日差しは暖かく、館の灰色の石壁さえ穏やかに見えた。ゲートの詰め所にいた機密保安庁の警備兵は、マークが昨年会った兵士ではなかった。警備兵の点検は丁重ではあるが綿密で、マークの掌紋《しょうもん》と網膜スキャンまで調べてからやっと手を振って通してくれた。何かもごもごいったようだが、恐縮して「マイロード」とつぶやいたのかもしれない。正面玄関に向かって車寄せをまわっていくあいだ、マークはキャノピーから建物を見上げていた。

さあヴォルコシガン館に戻った。ここがうちだろうか。ベータ植民惑星で住んでいた学生用のこぢんまりしたアパートメントのほうが、いまではこの石の山よりずっと自分のうちだという気がする。といっても今回は、腹が減って興奮し、疲れて緊張しており、ジャンプ船の時差ぼけもしているが、少なくとも恐怖の予感で発作的に吐き気をもよおしたりはしていない。ここはただのヴォルコシガン館だ。自分には対処できる。それになかに入ればじきにカリーンに会えるのだ、そうとも！　車が舗装路にすっと止まったとたんに、マークはキャノピーを上げて、エンリークが荷物を下ろすのを手伝おうと振り向いた。

マークの足が舗装路につくかつかないうちに、ピム親衛兵士が正面玄関から飛び出してきて、いくぶん非難めいてはいるが素早い敬礼をした。「マーク卿！　シャトルポートからご連絡なさるべきですよ、マイロード。お迎えにあがりましたのに」

「かまわないんだよ、ピム。どっちみち、ぼくの荷物が全部装甲車に載るとは思えなかったんだ。心配するなよ、他にもやってもらうことはたくさんあるから」シャトルポートからついてきた貨物ヴァンが門衛のところを通過して、車寄せをがたがた上がってくるとぜいぜいいいながら背後に止まった。

「たまげたな」エンリークは、マークが駆け寄って地上車ではエンリークと自分の足のあいだに置いていた〈壊れ物〉の容器を地面に下ろすのを手伝おうとすると、ぼそりといった。「あんたはほんとうにヴォルコシガン卿なんだな。いまのいままで、まったく信じていなかったよ」

「実際にはマーク卿だ」マークは訂正した。「ちゃんといえよ。ここではそれが問題になる。おれはいまのところ国守領の跡継ぎじゃないし、なりたいとも思っていない」といってマークは、館の彫りのある二重扉からちょうど出てきたもうひとつの短軀を顎でさした。いまその扉は歓迎するように開け放たれていた。「あれがヴォルコシガン卿だ」

マイルズの体調についてはみょうな噂がベータ植民惑星まで流れてきたが、それにしては半病人のようには見えなかった。身につけているきりっとしたグレーのスーツから判断して、病的に痩せたのがわからないようにからだに合わせて衣裳に手を入れさせたのだろう。ほぼ一年前に会ったときと同じように見える。マイルズは笑顔で片手を差し出しながら、マークのほうに突進してきた。そして二人は、しっかりと兄弟らしい握手をした。マークは抱きつきたくてたまらなかったが、マイルズにその気配はなかった。

「マーク、なんだい、驚かすなよ。惑星軌道に入ったら連絡を寄越すのが普通だろ。ピムが出迎えにいったはずだ」

「そういわれていたけどね」

マイルズが一歩下がってマークを見つめると、マークは照れて赤くなった。リリー・デュローナがくれた薬は正常な排尿間隔よりずっと早く余分の脂肪を排出させるものだったし、マークはその体を蝕《むしば》む副作用と闘うために食事と飲み物の厳重な制限を忠実に守ってきた。この複合薬には習慣性はないとリリーがいうのでマークはそれを信じた。忌まわしい体重が減るのをのんべんだらりと待ってはいられなかったのだ。現在の体重は計画どおりに、前回バラヤーに足を踏み入れたときと比べて、ほんのわずかの差しかない。キラーはいま肉体の檻から解き放たれて、どうしても必要なら防衛ができるようになっている……。とはいえ、まるで日差しで溶けて縮んだ蠟燭のように、自分がこれほどたるんでみすぼらしくなるとはマークは予想していなかった。

そして案の定、そのあと兄の口から出た言葉はこうだった。「気分は悪くないか。具合が悪そうに見えるぞ」

「ジャンプの時差ぼけだよ。すぐよくなるさ」マークは硬い笑みを浮かべた。神経過敏になっているのが薬のせいか、バラヤーのせいか、それともカリーンがいないせいかわからないが、そのうちよくなるのは確かだ。「カリーンから何か聞いているかい。無事に着いたのかな」

「ああ、ちゃんと先週帰ってきたよ。そっちの、層になった変わった容器はいったいなんだい」

マークは何よりもまずカリーンに会いたかったが、最初にすべきことは他にある。彼は、目を丸くしてマークの元親の双子を見つめているエンリーク・ボルゴス博士を振り返った。「客を連れてきたんだ。マイルズ、紹介するよ、こちらはエンリーク・ボルゴス博士だ。エンリーク、ぼくの兄のマイルズ・ヴォルコシガン卿だよ」

「ヴォルコシガン館にようこそ、ボルゴス博士」といってマイルズは、自然に身についている丁重な態度で握手した。「エスコバールのお名前のようですが、そうですか」

「ええと、そうです、ええと、ヴォルコシガン卿」

驚いたことに、エンリークは今度は正しく名前を呼んだ。バラヤー風の礼儀について十日ほど手ほどきしただけなのだが……。

「それで、なんの博士《ドクター》でいらっしゃいますか」といってマイルズは、もう一度心配そうにマークを窺った。クローン兄弟の健康について気になりはじめているのだろう、とマークは思った。

「医学のほうじゃないよ」とマークはマイルズを安心させた。「ボルゴス博士は生物化学者で遺伝子昆虫学者《エントモロジスト》なんだ」

「言葉の……？　いや、あれは語源学者《エテイモロジスト》ですね。虫の学者、そうそう、そうだ」マイルズの目はふたたび、彼らの足元にある鋼《はがね》で縛った衝撃吸収容器に落ちた。「マーク、この容器にはなぜ空気穴があるんだい」

「わたしはマーク卿といっしょに仕事をする予定なんです」ひょろりとした科学者は熱のこもった口調でマイルズにいった。

「彼に場所を提供するくらいの余裕はあると思ったんだけど」とマーク。

「ほう、いいですとも、ご自由にどうぞ、お使い下さい。ぼくは去年の冬に東の翼の二階の続き部屋に引っ越したから、北の翼は一階以外はすっかり空いていますよ。ロイック親衛兵士が使っている四階は別だけど。ロイックは昼間眠るから、その分は空けといてやりたいけどね。もちろん父上と母上が夏至のころに帰ってくればいつもの警備兵の一団を引き連れているだろうけど、そのときに必要なら調整すればいい」

「かまわなければ、エンリークは小さな臨時の実験室を備えたいと思っているんだ」マークがいった。

「もちろん爆発物じゃないですね。毒物でもない？」

「違います、違います、ヴォルコシガン卿」エンリークは請け合った。「ぜんぜんそんなものじゃありません」

「それじゃ、だめなわけがないでしょう」そして目をちらりと下に向け、やや小声になっていいたした。「マーク……あの空気穴にはなぜ網が張ってあるんだい」

「すっかり説明するからさ」マークは軽い口調で請け合った。「荷物を全部下ろして、雇った運転手に支払いをすませて帰したらね」そのときジャンコフスキー親衛兵士が、雑に詰めた実験用ガラス器だとマークにはわかっていた荷物を抱えてよろけ、敷石と紛らわしい白黒ぶちの子猫を踏んだために非常事態を招いた。怒った子猫は耳がおかしくなりそうな声を上げて唸《うな》り、エンリークの足元をかすめて猛烈な勢いで逃げ出した。おかげで非常に高価な分子分析器を抱えてバランスを取っていたエスコバール人は、転びそうになった。分析器はあやういところでピムがつかんだ。

この分析器を取りに戻るとエンリークがいい張ったときには、二人であらゆる重要なメモやかけがえのない仕様書などの散らばっている鍵のかかったラボに侵入して、あやうく捕まるところだった。いまエンリークが分析器を落としていたら、マークは〈だからいったじゃないか〉という全宇宙共通の気分になっていたはずだ。マークはこのエスコバール人科学者に、〈バラヤーに着いたらなんでも揃った新しい実験室を用意するからね〉といい続けてきたのだ。エンリークは、バラヤーがいまだに〈孤立時代〉のままで、蒸留器とか静画写真とか穿孔《せんこう》用の鑿《のみ》ぐらいしか、文明の利器は手に入らないと思い込んでいるらしい。

下宿に落ち着くまでにはさらに数時間かかった。エンリークが自分の新しいラボに理想的だといって真っ先に選んだのは、近代的設備を備えていて、照明が明るく動力も豊富なマンモス厨房だった。ピムのご注進で、マイルズは急いでシェフの領域を護りに飛んできた。この威厳のある女シェフを、マイルズは館を滞りなく運営するのに欠かせないだけでなく、新しい政治的な仕事にも不可欠だと見なしているようだ。エンリークは、マークから小声で〈ご自由にお使い下さい〉という言葉は単なる儀礼的な慣用語法にすぎず、文字どおりの意味ではないという説明を受けると納得して、北の翼にある地下の第二洗濯室に落ち着くことになった。ここは厨房ほどの広さはないが、水が使えてごみ処理設備もある。マークは、玩具、道具、実験台、覆い、照明器具など、エンリークの望むものはなんでもできるだけ早く買いにいこうと約束して、宝物の片づけに余念のない科学者のもとを離れた。エンリークは寝室選びにはなんの興味も示さなかった。おそらく簡易寝台をラボに運びこんで、巣を護る雌鳥のようにそこに居すわることになるだろう。

マークは去年使っていたのと同じ部屋に旅行鞄をほうりこんでから、自分の提案を兄に伝えるため下準備をしようと洗濯室に戻った。エスコバールでは素晴らしい思いつきに思われたのだが、そのころはマークはエンリークをあまりよく知らなかった。この男は天才だが、呆れたことに管理する者が必要なのだった。現在では、マークは破産申告手続きや詐欺《さぎ》訴訟も含めてエンリークのあらゆる不始末を完全に理解しているつもりだった。「話はぼくがつけてやる、いいね」マークはエンリークに断言した。「マイルズはここでは重要な人物だ。皇帝直属の聴聞卿といって、皇帝自身の耳の代わりをしている。彼が支援してくれれば、大きな後押しになるぞ」さらに重要なのは、彼の反対はこの企てには致命的だということだ。たった一言で潰《つぶ》すことができる。「ぼくは彼をどう動かせばいいか知っているんだ。いいかい、ぼくのいうことにはすべて賛成して、自分勝手な潤色《じゅんしょく》を加えようとするなよ」

エンリークはうんうんとうなずいて、育ちすぎた小犬のようにあとについてきた。二人は薄暗い館のなかを歩きまわって、やっとマイルズを大図書室で捉まえた。ちょうどピムがお茶と、コーヒーと、ヴォルコシガン・ワインと、二種類の領地産のビールと、さまざまなオードブルの盆を並べ終わったところで、それらの飲食物はまるでステンドグラスの窓のように色彩豊かだった。親衛兵士はマークにおかえりなさいという気持ちのこもった会釈をして、兄弟二人の再会の場から引き下がった。

「ちょうどよかった」マークは椅子を低いテーブルの横に引き寄せながらいった。「おやつの時間だね。たまたまぼくも味見してもらいたい新しい産物を持っているんだよ、マイルズ。これはいい商売になるんじゃないかと思うんだ」

マイルズは面白そうにちらっと眉を上げて、人目を引く赤い銀紙を剝いで軟らかな白い四角の固形物を取り出しているマークの手元を覗きこんだ。「チーズの一種かい」

「ではないけれど、動物性の産物には違いないな。これは香料を入れていない基本型のものなんだ。香料と色は工夫して加えられるから、混合する時間の余裕ができたらまたそういうのを見せるよ。それはとにかく、これにはすごい栄養価があるんだ――炭水化物と蛋白質と脂肪が完全なバランスで融合していて、あらゆる必須ビタミン類がふさわしい割合で含まれている。必要なら、これと水だけの食事で生きていけるほどだ」

「わたしは三カ月それだけで暮らしましたよ！」エンリークが誇らしげに口をはさんだ。マークがかすかに顔をしかめると、彼は口をつぐんだ。

マークは盆の上にあった銀のナイフを一本手に取って、固形物を四つに切りわけ、そのひとつをぽんと自分の口に入れた。「食べてみてよ」口を動かしながらマークはいった。これ見よがしのくちゃくちゃや押しつけがましい効果音はすぐに終わった。エンリークもひとかけらを手に取った。二人よりはおそるおそるマイルズもそれに倣《なら》った。口まで持っていって、その匂いにためらったマイルズは、二人が自分の動きに注目しているのに気づいた。マイルズは眉をぴくりと上げてからそれに噛みついた。息を殺した静寂。マイルズは呑み下した。

エンリークが抑えきれずにいった。「いかがですか」

マイルズは肩をすくめた。「まあ……悪くないですね。口あたりがいいけど、香料は入れてないといったね。これまでに食べたことのある、軍用の糧食よりは遙かにましだ」

「ああ、軍用の糧食ね」とエンリーク。「そうか、そういう実用性があるとは思いつかなかったけど――」

「そっちの方面にはあとで行き着くだろうね」とマーク。

「それじゃ利益が上がりそうだというのは、どういうことなんだい」不思議そうにマイルズが尋ねた。

「最近のバイオ工学の奇跡によって、ほとんどただで作れるってことなんだ。つまり顧客は最初に供給品を一度だけ買うか、あるいはたぶん免許を取得すればいいだろうね——そのバター虫の」

わずかだがはっきりわかる間があいた。「なんのだって？」

マークは上着のポケットから小さな箱を取り出して、注意深く蓋を持ち上げた。エンリークは期待して背筋を伸ばした。「これが」といってマークは、兄に向かって箱を差し出した。「バター虫だ」

マイルズは箱のなかを覗きこんでたじろいだ。「げっ。こんな気分の悪いものを見るのは生まれてはじめてだ」

箱のなかでは、親指ぐらいの大きさの働きバター虫が狂ったように触角を振りながら短い六本足で壁を引っ掻いて、逃げ道を探していた。マークはそうっと箱の縁にかかった爪を押し戻した。虫は焦げ茶色の翅《はね》の退化した甲皮を震わせると、ぐにゃぐにゃした柔らかな白い腹を引きずって箱の隅の安全地帯にうずくまった。マイルズは気味悪さに惹かれてもう一度首を伸ばして覗きこんだ。「ごきぶりと白蟻と、それに……それに……それに吹き出物を足して三で割ったような感じだな」

「外見がセールス・ポイントでないことは認めなきゃならないね」

エンリークはむっとした顔になったが、それを声に出して否定するのは抑えた。

「こいつらのすごさは効率のよさにあるのさ」とマークはさらに言葉を続けた。最初にバター虫のコロニーの全体をマイルズに見せなくてよかった。パトロンになってもらいたいマイルズには、もっとずっとあとで最初の心理的障壁を乗り越えてから、女王バター虫を見せるところまで行けばいい。「こいつらは下等な有機物をほとんどなんでも食べるんだ。とうもろこしの軸でも、刈り取った草でも、海草でも、なんでもいい。すると虫の腹のなかで、うまく組織化された共生バクテリアの群れがその有機物を処理して……虫バターの凝乳にする。それをバター虫が吐——口から戻して巣のなかの特別な部屋に詰め込むと、人間が収穫できる状態になるわけだ。生のバター凝乳は——」

エンリークが必要もないのに、銀紙に残っているかけらを指さした。

「この時点で完全に食べられるものになっている」マークは声を上げて話を続けた。「香料を加えたり、さらに処理することはできるけどね。虫の腹のなかで凝乳に好ましい香りをつけるバクテリアを加えて、もっと上品な製品の開発をすることを考慮中なんだ。そうすればあとの処理の段階がいらなくなるからね」

「虫のゲロか」暗にいわれたことを察してマイルズはいった。「虫のゲロをぼくに食わせたのか」彼は唇に手を当て、急いでワインを口に流しこんだ。彼はバター虫を眺め、残ったかけらを眺め、さらにがぶがぶ飲んだ。「正気とは思えないな」マイルズは断固とした口調でいった。そしてまたワインを口に含み、長いあいだ口のなかでがぼがぼ音をさせてゆすいでから飲みこんだ。

「蜂蜜みたいなものさ」マークは負けずにいった。「ちょっと違うけど」

マイルズは眉に皺を寄せて、この説を考えた。「ぜんぜん違うよ。待てよ。きみたちが持ち込んだあの容器の中身は、このゲロ虫なのか」

「バター虫です」エンリークは冷たい声で訂正した。「非常にうまく梱包《こんぽう》されていて――」

「どれほどの……バター虫が入っているんですか」

「エスコバールを発つ前に、さまざまな発育段階の二十の女王系統を連れ出したんですが、それぞれに二百匹の働き虫がいます」とエンリークが説明した。「旅行中も元気で――まったく自慢の娘たちですよ――途中で倍に増えたんですよ。せっせ、せっせとね、は、は、は」

勘定をしているようにマイルズの唇が動いた。「そういう気味の悪いものを八千匹も、ぼ、ぼくの家に持ち込んだわけだな」

「何を心配しているのかはわかるよ」マークが急いで口をはさんだ。「それにそんなことは問題じゃないってことを保証する」

「保証なんかできないと思うけど、何が問題じゃないっていうんだ」

「生物学的にいって、バター虫はとても管理しやすいんだよ。働き虫には生殖力がない。女王だけが再生産を行うんだけど、単為生殖で――特別なホルモン処置をするまでは繁殖力がない。成熟した女王は人間の飼育者が移動させないかぎり動くこともできないんだ。働き虫は機会があれば逃げ出してうろつく可能性はあるけど、死ぬまでのあいだだけで、それで終わりだよ」

この悲観的な予想に、エンリークは失望を顔に浮かべた。「かわいそうな虫」と彼はぼそりといった。

「それが早ければ早いほどいいな」とマイルズは冷たくいい放った。「オエッ！」

エンリークは非難の眼差しをマークに向けて、低い声でいいはじめた。「彼は援助してくれるときみは約束したじゃないか。ところがこの男は、まるでそんなふうじゃない。近視眼的で、感情的で、理性がなくて――」

マークは手を上げてその先を抑えた。「落ち着けよ。まだ肝心な点まで話していない」そしてマイルズに向かっていった。「いまひとつ現実的なセールスポイントがあるんだよ。エンリークは、進化させたバター虫の種族にバラヤー自生の植物を食べさせ、その植物を人間の食べ物に変えさせることができる、と考えているんだ」

マイルズは口をあけかけてから閉じた。そして眼差しが鋭くなった。「先を続けて……」

「想像してごらんよ。田舎の農家や入植者は誰でもこのバター虫の群れを飼うことができるから、ここの人たちが焼いたり地勢形成処理をしたりして根絶に苦労しているものを、虫たちは這いまわって無料の異星の餌として食べてくれるわけだ。それに農家は無料の餌が手に入るばかりでなく、無料の肥料も手に入る。バター虫の糞は植物には素晴らしく効果があるんだ――吸収するだけで、植物は驚くべき成長をするんだよ」

「ほう」マイルズは椅子の背に寄り掛かり、興味の色を目に浮かべた。「知り合いに、肥料にすごく興味のある人物がいてね……」

マークは話を続けた。「ぼくはこのバラヤーで、いまいるバター虫を売り込むのと新しい品種を作り出すのと、両方合わせた育成会社をまとめたいんだ。つまりエンリークのような天才的科学者とぼくのような天才的事業家をあわせ持った会社として考えているんだよ」〈そして両方がまざらないようにしよう〉「そう、手に入るものには限りがないのさ」

マイルズは思慮深げに眉をひそめた。「ところで、訊いてもいいかい、エスコバールでは何を手に入れた？　なぜその天才と彼の発明をわざわざここまで運んできたんだい」

〈ぼくが現れて助け出さなかったら、エンリークは十年間の刑を食らうところだったのさ〉

「そのころエンリークには、事業をやってくれるぼくのような人間がついていなかったんだ。それにバラヤーでの実用性はやむにやまれぬ絶対的なものだ、とは思わないかい」

「それがうまくいけばね」

「いまのところ、虫が地球由来の有機物の処理をするのはうまくいっている。いますぐにでもその売り込みはできるし、その収益を使って他の基礎研究の費用にあてればいいだろ。エンリークがバラヤーの生物化学をもっと深く勉強するあいだに、ぼくがその予定表を用意できるよ。たぶん一年か二年で、全部の虫が売れるだろう」マークはちょっと笑みを見せた。

「マーク……」マイルズはテーブルのすぐ近くに置かれているバター虫の箱に顔をしかめていった。引っ掻いている音がかすかに聞こえてくる。「筋の通った話のようだが、労働者が理屈どおりに受け取るかどうかはわからない。こういう外見の物から出てきた食べ物は、誰も食べたがらないぞ。おい、あの虫が触っただけでも、食べないだろうよ」

「人は蜂蜜を食べるだろ」とマークは反論した。「その蜂蜜は虫から出たものだ」

「蜜蜂は……なんとなく可愛いさ。毛皮を着ているし、ああいう粋《いき》な縞模様の制服を着ているだろ。しかも小さな剣のような針で武装しているから、人はそれに敬意を払うわけだ」

「ああ、わかった――昆虫のなかのヴォル階級だね」マークは優しげな声でいった。そしてマイルズと刺《とげ》のある笑みを交わした。

エンリークが当惑したような口ぶりでいった。「それじゃわたしのバター虫に針をつけたら、バラヤー人はもっと気にいるって思うんですか」

「とんでもない！」マイルズとマークは異口同音にいった。

エンリークはいささか傷ついた顔つきで身を引いた。

「そこでね」マークは咳払いした。「ぼくのプランなんだけど。適当な施設が見つかりしだい、そこにエンリークを落ち着かせるつもりでいる。このヴォルバール・サルターナがいいか、ハサダーのほうがいいかよくわからないけど――それが片づいたら、きみが領地にとって好ましいと思う事業に着手できるだろう」

「そうだね……」マイルズは認めた。「ツィッピスに話しなさい」

「そのつもりだよ。ぼくが金を生む虫だと思っている理由がわかってきたんじゃないか。それで投資する気になりそうかい。虫は一匹だって一階には出てきたりしないし、ここだけのことなんだから」

「いまのところは……そうだね。とにかくそれはありがたい」マイルズは無表情にいった。

「ぼくらは、とりあえず、場所を提供してもらえて感謝しているよ」

「たいしたことじゃない。少なくとも……」マイルズの眼差しが冷たくなった。「たいしたことにならないといいがね」

そこで会話が途切れると、マイルズは主人としての立場を思い出して食べ物や飲み物を勧めた。エンリークはビールを選んで、ルイ・パストゥールまで遡る人間の食物生産における酵母菌に関する論文について語りはじめた。そして酵母菌の有機体とバター虫に共生する有機体との相関についてのコメントも加えた。マークはさらにワインを飲んであまり口をはさまなかった。そして大皿の上のおいしいオードブルをつまみながら、体重を減らす薬はいつ終わりになるだろうと計算していた。いっそ今夜、残りを全部流しこんでしまってもいい。

やがて、独身のマイルズの家庭では執事役を務めているらしいピムがやってきて、皿やグラスを片づけた。エンリークはその茶色の制服を興味深げに眺めて、襟とカフスについている銀色の飾りの歴史的意味について質問した。この質問は多少マイルズの気を引いたようで、一族の歴史の主要な部分（礼儀として自分の親の世代が関わった、バラヤーのエスコバール侵略の頓挫《とんざ》という顕著《けんちょ》な出来事は省いた）や、ヴォルコシガン館の過去の様子や、ヴォルコシガン家の紋章の由来をエンリークに話して聞かせた。エスコバール人は、山と木の葉のデザインが、もともとは領地の税収を収める袋を封印する印章だったという話を興味深げに聞いていた。エンリークもやっと社交的な礼儀を身につけてきたのかと思って、マークはほっとした。おそらく経済観念のほうも、まもなく身につけることだろう。という希望が持てそうだ。

かなりの時間がたって、マイルズと自分の、不慣れでまだぎこちない兄弟の絆《きずな》の儀式が無事に終わったと思ったので、マークは荷物の片づけのことを口にして、おかえりパーティはお開きになった。マークはエンリークを新しい実験室に連れ戻り、無事に落ち着くのを見届けた。

「さて」とマークは科学者に心からいった。「予想よりうまくいったよ」

「ああ、そうだね」エンリークはあいまいにいった。エンリークのぼうっとした眼差しは、頭のなかで躍っている長い分子の鎖の映像を物語っていた——いい兆候だ。エスコバール人はトラウマになりかねないこの移住に、どうやら順応しそうだった。「それに、きみの兄さんにバター虫を好きになってもらう、素晴らしいアイディアを思いついたのさ」

「それはすごい」とにかく適当に答えて、マークは彼と別れた。そしてカリーンに通話を入れるため、自分の寝室で待っている通信コンソールめがけて、階段を二段ずつ上っていった。カリーンだ、カリーンだ。

4

作戦司令部ビルのロビーの保安スキャナーを通り抜けようとしたイワンは、そこに来合わせたアレクシ・ヴォルモンクリーフとばったり出会った。手書きした皇帝の婚礼の招待状百枚を外世界の配送所から特別送達士官に渡してもらうため、司令部に届けた帰りだった。

「イワン！」アレクシは大声でイワンを呼び止めた。「ちょうどよかった！　待ってくれ」

イワンは自動ドアの横で立ち止まり、逃げ出す必要のある場合に備えて、〈婚礼までは従う必要のある女性〉からのもっともらしい任務を頭のなかででっちあげていた。アレクシは、ヴォルバール・サルターナでも極めつけの馬鹿げた退屈なやつ、とまではいわないが――いまのところその称号を競いあっているのは一世代上の紳士たちだ――その代役をこなす資格があるのは確かだった。その一方、イワンは二週間ほど前にアレクシの耳に入れておいた話の種が面白い結果を生んだかどうか、興味津々だったのだ。

アレクシは警備兵との交渉が終わると、少々息を切らして飛んできた。「仕事が終わったとこだが、きみはどうだ？　一杯奢《おご》らせてくれないか、イワン？　ちょっとしたニュースがあるんだが、きみにまず聞いてもらいたいのさ」踵《かかと》の上でからだを揺すりながらいう。

アレクシが奢るというのなら断る手はない。「いいとも」

イワンはアレクシといっしょに通りの向かいにある居心地のいい居酒屋に行った。ここは司令部の士官たちが共同財産だと見なしている一種の公益施設で、帝位簒奪戦争のすぐあと当時は新しかったビルに司令部が入って、わずか十分か十五分あとには開業したものだ。装飾はわざと薄汚くしていて、暗黙のうちに男の砦であることを示している。

二人は奥のテーブルに滑りこんだ。バーにもたれていた仕立てのいい私服の男が、通り過ぎる二人を振り返った。イワンはバイ・ヴォルラトイェルだと気づいた。街にたむろする遊民たちはたいてい士官用のバーにはめったに来ないが、バイはどこにでも顔を出せる。彼にはじつにけしからんコネがあるのだ。バイがヴォルモンクリーフに向かって敬礼風に手を上げると、アレクシは屈託《くったく》なく手まねきした。イワンはびっくりして眉を上げた。バイアリーがウイットの戦いに丸腰で来るような輩と同席するのを嫌っていることは、誰でも知っているからだ。バイアリーがヴォルモンクリーフとの交際を求める理由が、イワンには想像もつかなかった。正反対のものに惹かれるのだろうか。

「さあ、座れよ」ヴォルモンクリーフはバイにいった。「ぼくが奢るから」

「そういうことならいいとも」といってバイは、するりと席についた。そしてイワンに丁重に会釈《えしやく》した。イワンは少々用心しながら会釈を返した。いまはバイの舌鋒に対して楯になってくれるマイルズがいない。マイルズがそばにいるときには、バイは決してイワンにはちょっかいを出さないのだ。それが従兄弟が密かに妨害をするからなのか、バイがやりがいのある獲物のほうが好きだからなのかよくわからない。たぶんマイルズが、もっとやりがいのある獲物になって妨害をするからだろう。逆にいえば、従兄弟はイワンを自分専用の標的だと見なしていて、人に使わせたくないだけかもしれない。一族の団結なのかマイルズ風の所有欲の発露なのか、どっちだろう。

彼らは注文をサーバーに打ち込み、アレクシが小切手カードにそれを記録した。「ああ、そういえば、御愁傷様《ごしゅうしょうさま》。きみの従兄弟のピエールは亡くなったんだってね」ヴォルモンクリーフはバイにいった。「きみが館の喪服を着てないから、いうのをつい忘れていたんだよ。着るべきじゃないのか。血がかなり濃いんだから、その権利はあるはずだ。死因は最終的に決まったのかい」

「ああ、決まった。心臓の発作で、石碑のように倒れたんだそうだ」

「即死か」

「としかいいようがないね。統治中の国守だったから、解剖が徹底的に行われた。あんな非社交的な隠遁者でなかったら、脳が傷む前に誰かが遺体を見つけたかもしれないんだがね」

「まだ若いのに。五十になるやならずで。跡継ぎなしに死ぬなんて恥さらしだな」

「なあに、ヴォルラトイエルの伯父たちが跡継ぎなしに死んだことのほうが、もっと恥さらしだ」バイはため息をついた。「新しい仕事が手に入りそうだ」

「きみがヴォルラトイエルの領地を欲しがっていたなんて初耳だよ、バイ」とイワンはいった。

「バイアリー国守かい？　政界入りか」

「とんでもない。ヴォルハータング城の広間で議論する化石どもの仲間入りする気はないし、領地なんか退屈で涙が出るさ。荒涼とした場所だぜ。あの子だくさんの従兄弟のリチャーズがああいう比類のない犬畜生《サン・オブ・ア・ビッチ》でなければ――いや、亡くなった伯母を侮辱《ぶじょく》するつもりじゃないが――候補として楽しんでくれといってやりたいところだ。あいつが手に入れられるものならね。残念ながら実際にあいつの手に渡ると、おれのほうは楽しみがまったくなくなってしまうけど」

「リチャーズのどこがいけないんだい」アレクシは無表情に訊いた。「おれには堅い男に見えるけど、数回会った感じでは。政治的には健全だぜ」

「気にするなよ、アレクシ」

アレクシは不思議そうにかぶりを振った。「バイ、きみには一族に対するまっとうな感情はないのか」

バイは、きみにはあるのか、というように軽く手を振っていなした。「おれにはまっとうな一族なんかないよ。主な感情は嫌悪感だ。たぶん一人か二人の例外はあるだろうが」

バイの軽口の意味を解釈しようとしてイワンは眉をひそめた。「リチャーズが領地を手に入れたらどうなるっていうんだ？ どんな支障があるんだい？」リチャーズというのは、バイの最年長の伯父の成人している長子で、イワンが知るかぎりでは正気だった。歴史をひもとけば、犬畜生だからといって国守評議会から排除される正当な理由になると考えられた事例はない。そんなに包容力のない組織ではないのだ。排除されるのは私生児だけだ。「気の毒なレネ・ヴオルブレットンみたいに、隠れセタガンダ人だったのを暴かれたわけじゃないだろう？」

「残念ながらそうじゃない」バイは横目でイワンを見た。その目に奇妙な探るような色がちらつきはじめた。「だけどレディ・ドンナが――イワン、きみはあの人とは知り合いだと思うけど――ピエールの死後、国守評議会に正式の異議申し立てをしたから、いまのところリチャーズを認証するのは抑えられているんだ」

「なんか聞いたような気がするな。でも気にしていなかった」ピエールの妹のレディ・ドンナは、三人目の配偶者を切り捨てたあと、兄の公式の女主人兼ヴォルラトイエル領の非公式の副国守として領地に引っ込んでしまった。イワンはそれ以来じかに会っていないが――あの肉体はいかに美味であったことか。ドンナは兄よりも、領地の日常的な統治の政治力があるといわれていた。イワンはそれをもっともだと思った。現在は四十歳ぐらいに違いない。まだ肥満ははじまっていないだろうか。もっともドンナなら、それも似合うかもしれない。象牙《ぞうげ》色の肌、腰まである豊かな黒髪、琥珀《こはく》色に煙る茶色の瞳……。

「そうか、どうしてリチャーズの認証に時間がかかるのかと思っていたんだ」とアレクシ。

バイは肩をすくめた。「レディ・ドンナがベータ植民惑星から帰ってきたとき、訴訟に勝つかどうか見物だね」

「そういえば、兄の葬儀の前に出かけたのはおかしいと母がいっていた」イワンはいった。

「ドンナとピエールのあいだに憎しみがあったとは聞いていないらしい」

「実際のところ、うちの一族にしてはかなりうまくいっていたんだ。それでも緊急の必要性があったのさ」

イワンははじめてドンナにいい寄ったときのことをよく覚えている。こっちはまだ新米のひよっこ士官で、十歳年上の彼女はちょうど配偶者が途切れた時期だった。互いに親戚のことはあまり話題にならなかった。数年後セタガンダに外交任務で訪れた際、心をとろかすような彼女の授業のおかげで悲惨な状態になった閨房《けいぼう》で救われたことを、ドンナにはいってなかった。ベータ植民惑星から戻ってきたら、ぜひ訪ねていかなきゃならない。その歳まで誕生日を重ねてきてさぞかし落ち込んでいるだろうから、元気づける必要がある……。

「それでドンナの異議申し立ての本意はどこにあるんだい」ヴォルモンクリーフが訊いた。「それにベータ植民惑星とどういう関係があるんだ？」

「ああ、どういう展開になるのかドンナが戻ってきたときにわかるだろう。びっくりするようなことさ。うまくいくといいと思ってる」奇妙な微笑がバイの口許をゆがませた。

飲み物が来た。「ああ、よしよし」ヴォルモンクリーフはグラスを上げた。「諸君、結婚に乾杯だ。ぼくはバーバを送ったんだ」

イワンは口に持っていきかけたグラスを止めた。「なんだって？」

「ある女に出会ったのさ」にやにやしながらアレクシはいった。「じつは、あの女に会ったといったほうがいいかもしれない。きみに感謝してるよ、イワン。きみのちょっとしたほのめかしがなかったら、ああいう人がいることに気づきもしなかっただろう。バイも一度会っている――マダム・ヴォルモンクリーフとしてあらゆる面でふさわしい、とは思わないか、バイ？

立派なコネもあるし——ヴォルシス聴聞卿の姪だからね——きみはどういうわけで彼女のことを知ったんだい、イワン？」
「おれは……従兄弟のマイルズのところで会ったのさ。彼女はマイルズのために庭園の設計をしているところだ」〈そんなところまで。アレクシは、こんなに早くどうやってことを運んだんだ？〉
「ヴォルコシガン卿が庭園に興味があるとは知らなかった。趣味は計算外だな。どちらにしても、何気ない家系の話のあいだに女の父親の名前と住所を訊き出すことに成功したんだ。南大陸だ。だからバーバに周遊切符を買ってやったんだが、このバーバはヴォルバール・サルターナでも一番やり手の仲人で——いまではこういうのは少なくなったな。雇うんなら最高のもの、ってわけだ」
「マダム・ヴォルソワソンがきみを受け入れたのか」イワンは仰天していった。〈こんなつもりではなかったんだけど……〉
「そうだな、受け入れるに違いないさ。申し込みが届けばね。もういまでは、こういう古い正式のやり方をする者はほとんどいない。意外だからロマンチックだと思うんじゃないかな。ひどく驚くだろうさ」おつに澄ました彼の顔に不安の影がよぎったが、ビールをがぶりと飲むとそれは消えた。バイ・ヴォルラトイエルはワインを一口飲んで、いいかけた言葉も呑みこんだ。
「彼女が受けると思うのか」イワンは用心深くいった。
「ああいう立場の女なら、拒否するいわれはないだろう。いままで馴染《なじ》んできた家庭をもう一度手に入れられるんだし、他にどんな方法があるんだ。あの女は正真正銘のヴォルだから、好意を感謝するに違いない。おまけにこれでザモリ少佐はこれ以上進めなくなる」

彼女はまだ受けたわけではないのだ。それなら望みがある。これは祝いの杯というよりも、酒の力を借りて不安を振り払おうとべらべらしゃべっているのだ。健全な考えだな――イワンはゆっくりと一口飲んだ。待てよ……。「ザモリって？　ザモリにはあの寡婦《かふ》のことは何もってないぞ」

イワンがヴォルモンクリーフを選んだのは、この男なら、マイルズの求婚を実際にあやうくする心配はないがマイルズをいびるのに適当なそれらしい脅威にはなる、という慎重な判断からだった。地位にしても、卿でもないヴォルでは、国守の世継ぎで皇帝直属の聴聞卿のマイルズと張り合うことはできないだろう。肉体的には……うむ。たぶんそのことは本人はあまり気にしていないだろう。ヴォルモンクリーフは様子のいい男だ。マダム・ヴォルソワソンがマイルズのカリスマ妨害場から出て、肉体を比較したら……マイルズにはかなり厳しいものになる。もっともヴォルモンクリーフは鈍物だから――彼を選ぶことはまずないだろう……。〈といっても結婚している鈍物が、知り合いにはいくらでもいるじゃないか。そういうやつを選ぶ人もいるわけだ。たいした障害にはならないってことかな〉だけどザモリは――ザモリは真面目な男だし、馬鹿でもない。

「何か見逃したことがあるような気がするんだが」ヴォルモンクリーフは肩をすくめた。「まあいい。ザモリはヴォルじゃない。ザモリには手の届かない彼女の家系が、おれの強みなんだ。

なんといっても、前にもヴォルと結婚していたんだからな。それに女が一人で息子を育てるのは容易でないことを知っているに違いない。経済的な限度はあるだろうけど、色よい返事が貰えれば、絆《きずな》を固めたあとで息子はちゃんとしたヴォルの学校に送ってやる、と保証してもいいんだ。一人前の男に育てて、不愉快な性向が多少あったとしても習慣になる前に取り除いてやれるだろう」

三人はビールを飲み終わり、イワンがお代わりを注文した。ヴォルモンクリーフはトイレを探しにいった。

イワンは拳《こぶし》を齧《かじ》りながらバイを見つめた。

「何悩んでるんだ、イワン」バイは軽く尋ねた。

「従兄弟のマイルズはマダム・ヴォルソワソンに求婚中だ。彼女には手を出すなと脅されているんだ。さもないと巧妙な復讐をするからなって」

バイは面白そうに片眉を上げた。「マイルズがヴォルモンクリーフをどう料理するか見物だな。それとも、逆にその呪文が効力を発揮するかな」

「おれがヴォルモンクリーフに寡婦のことを洩らしたのがわかったら、尻子玉を抜かれちまうぜ。おまけにザモリだ、いやあ、まずいよ」

バイは口の片端でにやっとした。「まあ、まあ。おれはその場にいたんだ。ヴォルモンクリーフはあの女を涙が出るほど退屈させてたぜ」

「そうか、だけど……マダム・ヴォルソワソンはいまのところ居心地がよくないのかもしれない。最初に差し出された外に出る切符に手を出さないとも……おい待てよ、きみがいたって？ どうしてそこに行ったんだ」

「アレクシが……洩らしたのさ。やつはいつもそうだろ」

「きみがワイフ狩りをしてるとは知らなかったよ」

「してないさ。慌てるな。おれはバーバを雇ってあの気の毒な女を苦しめる気もないさ——立派な貴族が、なんという時代錯誤だ。もっともおれは、あの女を退屈させなかったとはいえるはずだ。多少はおれに好奇心を持ったんじゃないかと思うな。はじめての偵察にしては上出来だった。これから色事をはじめるときには、いつもヴォルモンクリーフを連れていって引き立て役に使えそうだ」ちらりとあたりを窺《うかが》って、その分析の対象がまだ帰ってこないのを確かめてから、バイは身を乗り出してさらに秘密めかして声を低めた。といってもさらに辛辣《しんらつ》に鈍物を切りきざんだわけではなかった。ぼそりとこういっただけだ。「いいかい、従姉妹のレディ・ドンナはこれからはじまる訴訟にきみの支持を得られたらおおいに喜ぶと思うよ。きみはドンナの役に立つはずだ。きみには聴聞卿からの情報があるからね——あいつはちびだが、新しい役割では驚くべき説得力のある男だと感嘆しているよ——レディ・アリスやグレゴール帝自身の情報も。重要な人々のね」

「その連中が重要だとしても、おれは関係ないさ」いったいなんだって、バイはおれに追従《おせじ》をいうんだろう。何かを知っているに違いない——いやな感じだ。

「レディ・ドンナが帰ってきたら、会ってくれる気はないかい」

「ああ」イワンは目をぱちくりさせた。「喜んで会うよ。だけど……」彼はよく考えてみた。「ドンナが何をしようとしているのか、どうもよくわからない。リチャーズの妨害をするにしても、国守の権限は息子か弟しか引き継ぐことはできないだろ。きみが骨の折れることをやるわけないけど、次の一族会議で大量殺人でも計画しているのでなければ、そんなことしてきみにどんな利益があるのかわからないな」

バイはちらりと笑みを見せた。「国守にはなりたくないっていっただろ。ドンナと会ってくれよ。ドンナがきみにすっかり説明してくれるから」

「まあ……いいけどね。とにかく、彼女によろしく」

バイは背筋を伸ばした。「よかった」

ヴォルモンクリーフは戻ってくると、二杯目のビールを空けながらヴォル風の結婚プランをぺちゃくちゃしゃべった。イワンが話題を変えようとしても成功しなかった。バイは自分がお代わりの注文をする番が来そうになると、ふらりと立ち去った。イワンは皇帝に命じられた仕事があっていろいろ忙しいからといってやっと逃げ出した。

どうやってマイルズを避けたものか。このいまいましい婚礼が終わるまでは、どこか遠くの大使館に転勤したいと申し出るわけにもいかない。いまとなっては手遅れだ。世捨て人になるのは可能だろう、とイワンは鬱々《うつうつ》と考えた——クシャトリヤの外来人地域に加わることはできるかもしれない。いや、マイルズのあらゆる外世界とのつながりを思えば、ワームホール・ネクサスじゅう探しても彼の復讐の手を逃れる安全な場所などどんな辺鄙《へんぴ》なところにもありはしない。しかも巧妙な復讐っていうんだから。イワンは運に頼るしかなさそうだった。運とヴォルモンクリーフの馬鹿ばかしい人柄に。そしてザモリのほうは――誘拐か暗殺でもするか。他の女を紹介してやるのがいいかな？　うん、それがいい！　でも、レディ・ドンナはだめだぞ。彼女は、自分用に確保するつもりなんだから。

レディ・ドンナ。彼女は思春期の小娘でもないし、平民でもない。どんな夫でも、彼女の前で大声を出したりしたら、たちまち膝から下をばっさり切られる危険性があるのだ。エレガントで、洗練されていて、自信に満ちていて……自分が何を欲していて、どうすればそれを要求できるか知っている女だ。自分と同じ階級の女で、ゲームのルールを承知している。ちょっと年上ではあるが、最近は寿命も延びているから、どうってことないんじゃないか。ベータ人を見ろ。マイルズのベータ人の祖母なんかどう見たって九十歳にはなってるのに、八十歳の紳士の友人がいるってことだ。なぜもっと前にドンナのことを思いつかなかったんだろうな。

ドンナ、ドンナ、ドンナ、ドンナ。うーん。これは絶対に再会しなきゃな。

「マイロード、図書室の控えの間でお待たせしています」ピムの聞き慣れた嗄れ声がカリーンの耳に入った。「何かお持ちいたしましょうか、それとも他に何かご用は？」

「いや。ありがとう」相手よりも明るいマークの声が玄関ホールのほうから答えた。「何もいらない、それで結構だ、ありがとう」

マークの足音が敷石にこつこつ響いた。大股の早足が三歩、スキップで二歩、そこでちょっとためらい、もっとよく考えた足どりで控えの間のアーチ通路に入ってくる。〈スキップ？マークが？〉彼が角をまわる気配がすると、カリーンはぴょんと椅子から飛び出した。まあ、いやだ、こんなに短期間で減量するなんて絶対によくないわ――マークは見慣れた丸っこい太りすぎの体型ではなく、たるんで見えた。笑顔と燃えるような目は変わらなかったが――。

「ああ、そこに立っていて！」マークはそう命令すると、足乗せ台をつかんでカリーンの膝の前に置き、そこに登って両腕を投げかけた。カリーンもお返しにマークに腕を巻きつけ、キスしたり返したりまた返したり何度も繰り返すあいだ言葉は埋もれた。

しばらくしてやっと顔を上げると、マークが尋ねた。「ここまでどうやって来たの？」訊いておいてまた一分ほど返事をさせなかった。

「歩いてきたわ」カリーンは息を切らしていった。

「歩いて！　一キロ半はあるに違いない！」

カリーンは相手の肩に置いた手を顔が見えるくらいに伸ばして、目を覗きこんだ。ひどく青白くてまるで病人のような顔、と非難がましく思いながら。さらに悪いことに、いままで隠れていたマイルズとの相似が、骨がとがった分だけ表面に現れている。あんまり観察するとマークが怯えることをカリーンは知っている。だからそれとなく観察を続けた。「それがなに？うちの父は摂政閣下の副官だったときには、天気がいい日はいつもここまで歩いてきたのよ、杖をついたりいろいろ手に持ったりして」

「連絡してくれれば、ピムの車を迎えにやった――いや、ぼくが自分で行ったのに。マイルズに、いつでも好きなときに彼のライトフライヤーを使っていいっていわれているんだ」

「たった六ブロックにライトフライヤーですって?」さらにいくつかキスするあいまに、カリーンは怒ったような声で叫んだ。「こんな素敵な春の朝に?」

「だって、ここには動く歩道がないだろ……むむ……ああ、いいな……」マークは彼女の耳を愛撫し、くすぐったり巻き毛を吸い込んだりしながら、耳たぶから鎖骨まで渦巻き状にキスしていった。カリーンはマークをしっかり抱きしめた。キスは小さな火の足跡になって肌で燃えるように感じられた。「会いたかった、会いたかった、会いたかった、会いたかった……」

「わたしも会いたかったわ、会いたかった、会いたかった」といってもマークがエスコバールに寄るといい張らなければ、いっしょに帰ってこられたのに。

「とにかく歩いたせいで、からだがぽっぽと火照《ほて》ってるね……ぼくの部屋に上がってその熱い服をみんな脱げば……グラントが出てきて遊べるよ、ふむむ……」

「ここで? ヴォルコシガン館で? まわりを親衛兵士が取り囲んでいるのに」

「いまはここがぼくが住んでいるところさ」やっとマークはカリーンから離れて、目を合わせる距離まで引いた。「それに三人しか親衛兵士はいないし、一人は昼間は寝ているよ」目のあいだに心配そうな皺《しわ》が現れた。「きみの家がいいの……?」マークは思い切っていった。

「もっと悪いわ。両親がいるもの。それに姉たちも。ゴシップ好きの姉たちがね」

「部屋を借りるかい?」困ったようにちょっと考えてから彼はいった。

カリーンはかぶりを振って、自分でもよくわからない混乱した気持ちの説明を考えた。

「マイルズのライトフライヤーなら借りられるけど……」

この言葉に思わずくすくす笑いがカリーンの口許に上がってきた。「そんなに広くはないわよ。二人であなたのいやな薬を呑んだとしても」

「そうだね、あれを買うとき、マイルズはそこまで考えが及ばなかったんだろう。広々した気持ちのいい布張りの椅子のある、巨大なエアカーのほうがいいのに。折り畳むこともできるし。摂政時代から残されている装甲地上車のようにね——そうだ！　キャノピーを鏡にして、後ろにもぐりこめば……」

カリーンはそんなのだめよ、というようにかぶりを振った。

「バラヤーのどこでもいいけど」

「それが問題なの」カリーンはいった。「バラヤーが」

「軌道上なら……？」マークは望みをこめて空を指さした。

カリーンは苦しそうに笑った。「わからないわ、わからない……」

「カリーン、何がいけないんだい」マークはいま、ひどく不安げな目を向けていた。「何かぼくがいけないことをしたのかい？　何か悪いことをいった？　何をぼくが——まだぼくの薬のことを怒っているの？　ごめん、ごめん。もうやめるよ。また体重を増やすよ。なんでもきみの望むとおりにする」

「そんなことじゃないわ」カリーンはさらに半歩ほど後ろに下がったが、相手の両手は放さなかった。そして頭をそらしていった。「でもからだが細くなったら、きゅうに頭半分ほど背が低く見えるようになったのはなぜかしら。おかしな光学的錯覚よね。どうして心理的に質量が高さに解釈されるのかしら。でもそんなことじゃないの。あなたのせいじゃないのよ。わたしのせい」

彼はカリーンの両手をつかんで、当惑した目で真剣に見つめた。「わからないな」

「あなたがここに戻ってくるのを待ちながら、十日余りそのことをずっと考えていたの。あなたのこと、わたしたちのこと、自分のことを。一週間たつうちにどんどん変な感じになってきたの。ベータ植民惑星では、とても正しい理屈に合ったことに思えたのに。あけっぴろげで、公《おおやけ》に認められたことだったわ。ここでは……わたしたちのことを両親に話すこともできない。いっしょに帰ってきていたら、その勇気をなくさずにいたかもしれないけど……でもなくしてしまったの」

「そのあいだずっと……いままで、バラヤーの昔話のことでも考えていたの。恋人が女の子の親戚に捕まって、最後には頭をバジルの鉢にされてしまったっていう話さ」

「バジルの鉢？　まさか！」

「こっちはそれを考えたよ……ほら、きみの姉さんたちが組んだら、それくらいできるんじゃないかって。それにきみのお母さんだってそうだろ、なにしろきみを訓練した人だから」

「コーデリア小母さんがここにいらっしゃればいいのに！」いや、話のつながりを思うと、この言葉はたぶん見込み違いだろう。バジルの鉢ですって、なんてことなの。マークったら思い込みが強すぎる……まったく。いいわ、かまわない。「わたしは、あなたのことはぜんぜん考えてなかったの」

「へえ」彼の声に力がなくなった。

「あ、そういう意味じゃないの！　昼も夜もあなたのことを考えていたわよ。わたしたちのことをね。でもここに帰ってから、なんだかとても居心地が悪かったの。このバラヤーの文化ボックスのなかの自分の場所に、もう一度自分を畳んでしまいこんでいるのをひしひしと感じたの。それにそう感じても、やめることはできなかった。とても怖かったわ」

「保護色になるってことかい」その口調から、擬態を望む気持ちをマークが理解していることがわかった。マークの指がふたたびカリーンの鎖骨のあたりに伸びて首を撫でていった。いつもの素晴らしい首の撫で方をしてくれたら気持ちいいだろうけど、いまそれは……。マークは怯えやひるみや過換気症候群を克服するために、触れたり触れられたりする技を懸命に学ぼうとしていたのだ。いま彼の呼吸は早めになってきている。

「そういうことなの。でも秘密や嘘はいやなのよ」

「正直に……家族に話せないの？」

「話そうとしたわ。でもできなかった。あなたは話せる？」

マークは困惑した表情だった。「ぼくから話して欲しいのかい。それは確実に鉢への道になりそうだ」

「いいえ、いいえ、できるかどうかの話よ」

「ぼくの母になら話せるよ」

「わたしだって、あなたのお母さまには話せるわよ。ベータ人ですもの。あっちの世界、別世界の人よ。そこではわたしたちほんとに正しかったわ。話のできないのはわたしの母よ。以前はなんでも話せたのに」カリーンは自分がかすかに震えているのに気づいた。マークも握っている両手を通してそれを感じている。顔を上げて自分を見つめたマークの怯えた目つきでそれがわかった。

「あそこではあんなに正しく思えたのに、ここでは間違ったことに思える、そのわけがわからないの」とカリーンはいった。「ここでだって悪いはずないのに。それともあそこでも正しくないかよ。でなければ何か違うことね」

「そんなの意味ないよ。こことかあっちとか、どんな違いがあるんだ」

「違いがないのなら、バラヤーにもう一度足を踏み入れる前に、どうしてそんなに苦労して体重を減らしたの?」

彼は口を開いてまた閉じた。そしてそのあとにいった。「そうだね、そういうことだ。たった二カ月のことだよ。二カ月我慢すればいい」

「もっとまずいことよ。ああ、マーク。わたしベータ植民惑星には帰れないの」

「なんだって? なぜだめなの。そういう計画だっただろ——きみが計画したのに——両親に疑われたからかい。行くのを禁止されて——」

「そうじゃない。少なくとも、わたしはそう思ってないわ。単なるお金の問題よ。去年だって国守夫人の奨学金がなかったら行けなかったの。パパとママはすかんぴんだっていうし、たった数カ月でそんな大金を稼ぐ方法なんか知らないし」カリーンは唇を噛んで改めて決意を固めた。「でも何か方法を考えるつもりよ」

「でもきみが行けないんじゃ――ぼくのベータ植民惑星での予定は終わっていないんだぜ」マークは悲しそうにいった。「学校はあと一年あるし、治療もあと一年必要だ」

〈もっとかもしれないでしょ〉「でもそのあとは、バラヤーに帰ってくるつもりなんでしょう?」

「ああ、そう思うよ。でも一年まるまる離れていたら――」この場で巨大な両親が彼女から引き離そうとしているかのように、カリーンをつかんでいた彼の手に力がこもった。「それはきっと……きみがいないとストレスが余計にかかるだろう」カリーンの肌に口をつけてくぐもった声でマークはつぶやいた。

そのすぐあとマークは深呼吸をして、カリーンから身を引き離した。そしてカリーンの両手にキスをした。「うろたえる必要はない」彼はカリーンの指の関節に向かって真剣にいいきかせた。「数カ月のあいだに何か考えればいい。どんなことが起こらないともかぎらないんだし」そして顔を上げ、何事もなさそうな微笑を浮かべてみせた。「とにかく帰ってきてくれて嬉しいよ。ぼくのバター虫を見てもらわなきゃな」といってマークはスツールから跳び降りた。

「あなたのなんですって?」

「なんだって誰も彼も、その名前を聞き直すんだろう。単純な名だと思うのに。バター虫だよ。エスコバールに行かなかったらこれに出合うこともなく、それに伴ううまい話にも無縁だったんだ。リリー・デュローナがこの虫のことを、というかエンリークのことを、こっそり教えてくれてね。エンリークはトラブルに巻き込まれていたのさ。偉大な生物化学者なのに、経済観念がまるでないんだからな。ぼくは彼を刑務所から保釈で出して、実験動物も没収していた無知な債権者の手から救い出してやったんだ。そのとき彼の実験室に押し入ってうろついているぼくらの姿を見たら、きみは大笑いしただろうな。こっちだよ、見においで」

大きな屋敷のなかを両手を引かれていきながら、カリーンは疑わしげに尋ねた。「押し入ったって？　エスコバールで？」

「押し入るってのは正確ないい方じゃないかもしれない。奇跡ともいえるくらい、まったく平和的だったからね。住居侵入ってところかな。じつは久々に昔訓練したやり方を使わなきゃならなかったんだ、信じなくてもいいけど」

「聞いているとあまり……合法的じゃなさそう」

「そうさ、でも道徳的にやましくはないよ。エンリークの虫なんだから——とにかく彼が創り出したものなんだ。そしてペットのように可愛がっている。お気に入りの女王虫が死んだときなんか、おいおい泣いたんだよ。奇妙な感じはしたけど、なかなか泣かせる場面だった。たまたまそのとき彼を絞め殺したいと思っていなかったら、ぼくはひどく感動しただろうな」

あのいまいましい減量薬には、マークの気づいていない密かな心理的副作用でもあるのだろうか。そうカリーンが気になりはじめたときに、ヴォルコシガン館のいくつもある洗濯室のひとつに二人は行き着いた。館のこのあたりは、子どものころに姉たちとかくれんぼをしたとき以来、来たことがない。石の壁面の高窓から射す日の光が床に縞を描いている。外で会ったら二十代前半に見えそうな、ひょろっとした茶色い短髪の男が、梱包《こんぽう》を開きかけた箱の山のあいだをぼうっとした顔でうろついていた。

「やあ、マーク」男が挨拶した。「もっと棚が必要だよ。それに実験台。それから照明。そして熱源。女の子たちの動きが鈍いんだ。買ってくれるっていったね」

「新しいものを買いにいく前に、まず屋根裏を調べるといいわ」カリーンが実際的な助言をした。

「ああ、いい考えだね。カリーン、こちらはエスコバールのエンリーク・ボルゴス博士だよ。エンリーク、この人はぼくの……ぼくの友人のカリーン・コウデルカだ。一番いい友人なんだ」マークはそう宣言しながら、カリーンの手をわがもの顔にしっかり握った。もっともエンリークはあいまいに会釈《えしやく》しただけだった。

マークは広い金属のカバーで危なっかしく覆われた箱のほうに歩み寄った。そしてカリーンには、「まだこっちを見ないで」と肩ごしにいった。

不意に姉たちが昔よくささやきかけた言葉が蘇《よみがえ》った――〈口をあけて目を閉じていて、いいものをあげるから……〉賢明にも、カリーンはマークの指示を無視して、彼が何をしているのか見ようと前に出た。

マークがカバーを持ち上げると、うごめいている茶色と白のかたまりが見えた。かすかな声で鳴きながらお互いの上を這いまわっている。驚きに見開いたカリーンの目の焦点が細部に合った――たくさんの足と震える触覚のある大きな昆虫のようなもの――。マークが片手を群れのかたまりのなかに突っ込んだとき、カリーンはつい声を洩らした。

「うえっ」

「だいじょうぶだよ。嚙んだり刺したりしないから」マークはにやっとしながら請け合った。「ほら、ごらんよ。カリーン、バター虫を紹介するよ。虫くん、カリーンだよ」

マークは親指ぐらいの大きさの虫を一匹掌《てのひら》に乗せて差し出した。

〈本気でこんなものに触れっていうの〉そうよ、あのベータ式のセックス教育だってこなしたわたしじゃないの。どうしようか。好奇心と嫌悪感に揺れる気持ちでカリーンが片手を差し出すと、マークはその手に虫をぽとんと落とした。

這いまわる小さな虫の足にくすぐられて、カリーンは神経質にくすくす笑った。こんな信じられないほど醜い生き物を見るのは、生まれてはじめてだと思った。昨年ベータで聴講した異形動物学では、たぶんもっと気持ちの悪いものを解剖したはずなのに。薬液に浸けたものはなんでも変になるのだ。虫の匂いはさほど悪くはなかった。刈りたての芝のような、青っぽい匂いだ。この科学者のほうこそシャツを洗濯してもらいたい。

マークは虫たちが、まさに吐き気をもよおすような形の腹のなかで、どうやって有機物を再生産するかという説明にとりかかった。そこに新しい友人のエンリークが横から口出しして、生物化学について衒学的で技術的な修正を加えたのでやたら複雑になった。生物化学的にはすべて意味のあることなのね、としかカリーンにはわからなかった。

エンリークは箱のなかに五、六個積み重なっていたピンクの薔薇《ばら》から、花びらを一枚引き抜いた。その箱も容器の山の上に危なっかしく置かれていて、ヴォルバール・サルターナの一流の花屋の商標がついていた。エンリークは花びらをカリーンの掌の虫の横に載せた。虫は前面の爪でそれをつかみ、柔らかい端を齧りはじめた。エンリークはいとおしげに微笑んで虫を眺めていた。「ああ、そうそうマーク」と彼はつけ加えた。「できるだけ早く、女の子たちの食べ物をもっとたくさん手に入れないといけない。これはぼくが今朝買ってきたものだけど、一日分にしかならないんだ」エンリークは花屋の箱を指さした。

手の上に虫を乗せてじっと考えているカリーンを心配そうに観察していたマークは、はじめて薔薇の花に気づいたようだった。「この花はどこで手に入れたんだ。待てよ、きみは虫の餌に薔薇を買ってきたのか」

「女の子たちが好きそうな、地球産の植物を手に入れるにはどうしたらいいか、きみの兄さんに訊いたんだよ。イワンって人に電話して頼めといわれたんだけど、誰なんだい？　だけどこれはおっそろしく高かったぜ。予算のことを考え直す必要がありそうだ」

マークはかすかに微笑して、答える前に五つまで数えたように見えた。「わかった。ちょっとした行き違いがあったようだね。イワンはぼくらの従兄弟だ。遅かれ早かれ、彼には会わなければなるまい。もっとずっと安く手に入る地球産の植物があるよ。自分で外に行って集めてきたっていい――いや、たぶん一人で外に出さないほうがいいだろう……」彼はエンリークを、バター虫を見つめているカリーンの眼差しよりも重い、さまざまな感情の入り交じった目で見つめた。虫はもう花びらを半分ほど平らげていた。

「ああ、そうそう、それに実験助手もできるだけ早く欲しい」エンリークがいいたした。「研究を邪魔が入らずに進められるようならね。それにこの惑星の原住民が知っている生物化学の知識がどんなものかも知りたい。車輪から発明し直すんじゃ、貴重な時間が無駄になるからな」

「兄ならヴォルバール・サルターナ大学に多少は知り合いがいると思う。それに帝国科学院にもね。機密に関わることでなければ、なんでも紹介してくれるのは確かだ」マークは唇を軽く嚙んで眉をひそめ、マイルズが猛烈に考えているときとそっくりの表情をちらりと見せた。

「カリーン……きみは仕事を探しているんじゃなかったっけ」

「そうよ……」

「助手の仕事なんてどうだろう。去年ベータで生物学の授業をいくつか受けたから——」

「ベータ仕込みかい」エンリークは背筋を伸ばした。「こんな文明の後れた場所に、ベータ仕込みの人がいるとはね」

「大学の授業を二、三受けただけですよ」カリーンは慌てて説明した。「それにバラヤーには、そういう銀河教育を受けた人はたくさんいるわ」〈いったいここをなんだと思ってるのかしら。〈孤立時代〉だとでも?〉

「初歩の知識だね」エンリークは慎重に認める口調でいった。「だけど訊きたいんだけど、マーク、いま人を雇えるような金があるのかい」

「うーむ」とマーク。

「あら、お金がなくなったの?」カリーンは驚いてマークにいった。「エスコバールで何をしてきたの」

「なくなったわけじゃない。いまのところ流動性のない手段で資金をあれこれ運用しているんだけど、予算よりも多少多めに使ってしまっただけだ――一時的な資金繰りの問題さ。次の決算期の終わりまでには片づけるつもりだ。でも白状するけど、しばらくのあいだエンリークの事業をここでただでやらせてもらえるのは、すごくありがたいんだ」

「また株を売ればいいよ」エンリークが勧めた。「前にもやったことなんだ」エンリークはカリーンに顔を向けていった。

マークはたじろいだ。「それはだめだと思うよ。株と投票権を握られてしまったことは話しただろう」

「ベンチャー企業の資本って、そういうふうにして調達するものでしょ」カリーンは考えていった。

マークは小声で説明した。「でも自分の会社の株を五十八パーセントも売るやつは普通はいないよ」

「あら」

「全部買い戻すつもりだったんだ」エンリークがむっとして反論した。「成功すれすれまでいったのに、あのときは止められなかった！」

「あの……ちょっと失礼するよ、エンリーク」マークはカリーンの手をつかんで実験室の外の廊下に連れ出し、ドアをきっちり閉めた。そしていった。「彼には助手はいらない。必要なのは母親さ。ああ、カリーン、あの男の監視をきみが手伝ってくれたらぼくがどんなにありがたいか、きみにはわからないだろうね。きみが彼の支払い記録やポケットマネーの出金を管理して、これからいったい何をしでかすかわからないけど、暗い横町に行くとか皇帝の草花を摘むとか機密保安庁の警備兵に口答えするとかいった自殺行為をしないように見張ってくれれば、ぼくは心穏やかにきみに小切手カードを預けられるんだ。問題なのは、あの……」彼はためらってからいった。「できれば給料の見返りとして、株を受け取ってはくれないだろうか。少なくともこの決算期が終わるまで。つまり、消費できるお金はあまり上げられないんだけど、きみは貯金するつもりだっていってたから……」

彼女は疑わしげな目で、薔薇の花びらを食べ終わってもなおカリーンの掌を引っ掻いているバター虫を見つめた。「ほんとうにわたしに株をくれるの。株ってなんの分け前？　でもこれが思ってるほどうまくいかなかったら、わたしには何も頼るものがなくなるわ」

「うまくいくよ」マークは慌てて約束した。「ぼくがうまくいかせる。ぼくはこの事業の五十一パーセントを握っているんだ。ツィッピスに手伝ってもらって、ハサダーの研究開発会社として役所に登記を申請したところなんだ」

二人の未来がマークの奇妙な生物企業への参入に左右されそうなのに、カリーンにはマークが正気かどうかさえわかっていなかった。

「こういうことすべてを、あなたの黒子《ブラック・ギャング》たちはどう考えているの？」

「どっちみちこれは彼らの領分じゃないさ」

そうなの、それなら安心だわ。これはどうやら全存在をまとめている第一の人格であるマークの仕事で、副人格たちの狭い専門分野の企てではないらしい。「あのエンリークってほんとにそれほどの天才だと思う？　ねえマーク、あの実験室が臭いのは虫の匂いかと最初は思ったんだけど、あの人の匂いだったわ。いったいいつお風呂に入ったのかしら」

「きっとそんなこと忘れているんだよ。いつでも注意してやってよ。いっても怒らないから。じつをいうと、それもきみの仕事の一部だと思ってもらいたいんだ。からだを洗ったり食事をしたりさせて、あいつの小切手カードを管理し、実験室を整理し、通りを渡る前には左右を見るようにさせて欲しいんだ。それにきみがこのヴォルコシガン館に住むいいわけにもなるしね」

と、くだくだいって……さらにマークは、おねだりをする小犬のような目をカリーンに向けた。マークは、独自の変わったやり方ではあるが、あとでひどく後悔しそうなことに相手を引き込むのが、マイルズとほとんど同じくらいに達者だった。ヴォルコシガン一族特有の、伝染力のある思い込みの強さだ。

「そうねえ……」そのとき小さな鳴き声に気づいてカリーンは目を下に向けた。「あら、大変よ、マーク！　あなたの虫は病気だわ」数ミリリットルのどろっとした白い液体が、虫の下顎からカリーンの掌に滴り落ちた。

「なに？」マークは驚いて顔を寄せた。「どうしてわかるんだい？」

「だって吐いているわよ。うえっ。ジャンプ酔いじゃない？　何日も気分が悪くなる人たちがいるわよ」この生き物が爆発でもしないうちに捨てる場所はないかと、カリーンは必死になってあたりを見回した。今度は下痢するかもしれない。

「ああ。違う、それはいいんだ。そうするはずなんだよ。いま虫バターを生産しているところなのさ。いい子だね」といって彼は虫の上に身をかがめた。少なくともカリーンは、彼が虫に話しかけているのだと受け止めた。

カリーンはしっかり彼の手をつかんで掌を開き、いまはべたべたになった虫をその上に落とした。そして自分の手は彼のシャツで拭いた。「あなたの虫よ。自分で持っていて」

「ぼくらの虫だろ……」といってはみたものの、マークは文句をいわずに虫を受け取った。

「頼むよ……」

実際にはそのべたつくものはいやな匂いではなかった。じつはむしろ薔薇の香りに近く、薔薇とアイスクリームのまざったような香りだった。とはいえ、カリーンは手にくっついたものを舐めるのは、どうしても抵抗があった。マークは……そうでもなさそうだ。「そうね、いいわよ」〈こんなものなのに、どうして彼の口車に乗ってしまったのかわからないけど〉「そうしましょう」

5

エカテリンはピム親衛兵士の手で、ヴォルコシガン館の広い正面ホールに招き入れられた。そのときになって、通用口を使うべきだったのではないかと思ったが、二週間前ヴォルコシガン卿に邸内を案内してもらったとき通用口は教えてもらっていなかった。ピムはいつもどおりたいそう好意的な微笑を浮かべていたので、たぶん、とりあえず問題はないのだろう。

「マダム・ヴォルソワソン。ようこそいらっしゃいました。ご用向きをお聞かせいただけますか」

「ヴォルコシガン卿にお訊きしたいことがあるんです。たいしたことじゃありませんけど、いまお宅にいらしてお忙しくなければ、と思って……」彼女は言葉を濁らせた。

「まだ二階においでだと思いますよ。図書室でお待ちいただければ、すぐにお連れいたします」

「図書室なら自分で行けます。ありがとう」ピムが案内しようと差し出した手をエカテリンは受け流した。「あら、待って――まだお寝みでしたら、どうぞ――」ところがピムはすでに階段を上りかけていた。

エカテリンはかぶりを振って、控えの間を通り抜けてその左の図書室にふらりと入っていった。ヴォルコシガン卿の親衛兵士たちが、感動するほど熱狂的かつ精力的に主君を慕っているらしいことは認めねばならない。おまけに訪問客への応対も、びっくりするほど真心がこもっている。

図書室に〈孤立時代〉に作られたという例の素晴らしい手書きの植物図鑑が置いてあったら、借りてもいいかもしれない——エカテリンの足が止まった。部屋のなかには人がいたのだ。途方もない値打ちの骨董品の真ん中に鎮座している不釣り合いな通信コンソールに向かって、背が低く太った黒髪の若者が身をかがめていた。寄木の床を踏む足音に若者は顔を上げた。

エカテリンは目を見開いた。〈ぼくと同じ身長でそれですから、ぎょっとするような恰好ですよ〉とヴォルコシガン卿はいっていた。けれども驚いたのはその軽度の肥満にだけではなく、若者がその〈クローンのなんていうんだったかしら〉、そう、元親に似ていることにも驚いたのだ。とっさに半分は……肉の襞《ひだ》に埋もれているけれど、と思ったのはなぜだろう。若者の目はマイルズ——ヴォルコシガン卿と同じ濃い灰色だったが、目の表情は閉鎖的で用心深かった。黒いズボンに黒いシャツ。前を開いた田舎風のベストから下腹がはみ出している。ベストは春の晴れた日の戸外で見たら緑色かもしれないが、ほとんど黒のように見えた。

「あら、きっとマーク卿ですわね。失礼しました」不審げな相手に彼女はいった。

相手は椅子の背にもたれると、ヴォルコシガン卿の癖によく似たしぐさで、指を唇にこすりつけた。だがそのあと指は二重顎までたどり、明らかに彼だけの癖を強調するように親指と人差し指で顎をつまんだ。「失礼どころか、結構嬉しい気分ですよ」

エカテリンは戸惑って真っ赤になった。「そんな気は——お邪魔する気はなかったんです」

おやっというように若者の眉が上がった。「そっちはぼくをご存じらしいですね、マイレディ」声音は兄弟の声によく似ているが、多少低めのようだ。訛《なま》りは完全にバラヤー風とも完全に銀河風ともいえず、微妙にまざりあっていた。

「マイレディでなく、ただのマダムで結構です。エカテリン・ヴォルソワソンです。失礼しました。わたしはあなたのお兄さまの造園顧問です。取り去る予定の砂糖楓《かえで》をどうなさりたいのか、ちょっと確かめたくて伺《うかが》ったんです。堆肥《たいひ》にするのか、薪にするのか——」エカテリンは浮き彫りのある、冷たい白大理石の暖炉のほうに手を振った。「それとも木切れを木材サービスに売りたいと思っていらっしゃるのか」

「砂糖楓ですか。とすると地球から来た植物ってわけですね?」

「ええ、そうですけど」

「彼がいらないといった木っ端はぼくが貰います」

「どこに……置いたらいいですか」

「駐車場かな。あそこなら便利だ」

エカテリンはピムのしみひとつない駐車場の真ん中に、大きな塊をどさりと下ろすことを想像した。「かなり大きな木なんですよ」

「そいつはいい」

「あなたは園芸をなさるんですか……マーク卿」

「いや、まったく」

といった議論の余地なくちぐはぐな会話はブーツの足音で中断し、ピム親衛兵士がドア枠のところで身をかがめて伝えた。「マイロードは数分で降りてまいります、マダム・ヴォルソワソン。お帰りにならないように、といっています」それから内緒話の口調でいいたした。「昨夜、また発作がありまして、今朝は少々手際が悪いのです」

「あら、まあ。発作があると頭痛がするはずです。鎮痛剤とブラック・コーヒーを飲んで落ち着くまで、お邪魔しないほうがいいですわね」エカテリンは出口に向かおうとした。

「いえ、いえ。おかけ下さい、マダム、どうぞ座って下さい。主人の命令を伝えそこねたら、ひどく叱られます」ピムは心配そうな微笑を浮かべて、エカテリンを椅子のほうに追いたてた。しぶしぶエカテリンは座った。「そう、それでいい。結構です。動いちゃいけませんよ」彼はエカテリンを見つめて脱走しないのを確かめてから、急いでまた出ていった。マーク卿はその後ろ姿を見送った。

エカテリンはヴォルコシガン卿が、不愉快なときに召使の頭にブーツを投げつけるような古いヴォルだとは思っていなかったが、ピムがあんなにぴりぴりしているのではそれもわかったものではない。エカテリンがもう一度あたりを見回すと、マーク卿が椅子の背に寄り掛かり両手を山形に合わせて、興味深そうにこちらを見つめていた。

「発作だって……?」彼は誘うようにいった。

エカテリンは彼が何を訊きたいのかまるでわからずに見つめ返した。「発作の翌日にはひどい後作用が残りますよね？」

「治ったも同然なのかと思っていましたよ。実際には、そうじゃないんですね」

「治った？　わたしが見たのが発作なら、治ってませんわ。制御している、っていってらしたけど」

彼は目を薄く閉じた。「それで、あー……そのショウはどこで見たんですか」

「発作のことですか。じつは、うちの居間の床の上です。以前に住んでいたコマールのアパートメントですわ」相手の眼差しを見て、エカテリンは説明を余儀なくされた。「わたしはあの方に、先日コマールで聴聞卿扱いになった事件の際にお目にかかったのです」

「ほう」彼はエカテリンを上から下まで見回し、寡婦《かふ》の喪服に気づいたようだ。どう……解釈したのだろう。

「あの方は医者が作ってくれた小さな装置を持っていらして、発作が偶発しないように好きなときに誘発できるはずですわ」昨夜の発作は医療的に誘発したものだったのだろうか、それとも長く放っておきすぎて普段より激しい偶発的なものを招いてしまったのだろうか。やり方はもう身についたといっていたけど――。

「ちょっとわけがあって、兄はそういう細かいことはぼくには何もいわないんです」マーク卿はつぶやいた。ユーモアの気配もないみょうなにやにや笑いが、その顔にすっと浮かんで消えた。「そもそもどういうわけでその発作が起こるようになったか、あなたには説明したんですか」

こちらを注視している眼差しが鋭くなった。エカテリンは真実と手加減のあいまのどのあたりにバランスを置くべきか考えた。「低温蘇生による損傷だと、わたしにはおっしゃいました。ニードル手榴弾でやられた胸の傷跡を見たことがあります。生きていられるのは幸運ですわ」

「ふん。その手榴弾にやられたとき、ぼくの哀れなケツを助けようとしていたのだということもいいましたか」

「いいえ……」相手のいどむように上げた顎に気づいてエカテリンはためらった。「あの方は、あのー、過去の経歴については、あまり話してはいけないんだと思いますけど」

マーク卿は薄く微笑を浮かべて通信コンソールをこんこんと叩いた。「兄は聞く相手によって、実際のことをいろいろ編集して話す困った癖がありますからね」

ヴォルコシガン卿が自分の弱さを見せるのをひどくいやがるわけは、エカテリンには理解できた。それにしてもマーク卿は、何を怒っているのだろう。なぜ怒るの？　エカテリンはもっとさしさわりのない話題を探した。「それでは、元親とはいわずにお兄さんと呼んでいらっしゃるんですね」

「そのときの気分によりますね」

ちょうどそのとき話題の主が現れたので、会話は途切れた。ヴォルコシガン卿はいつものように上等なグレーのスーツと磨き上げた半ブーツを身につけていたが、きちんと櫛《くし》を入れた髪はまだ湿っていて、シャワーで温まった肌からはかすかにコロンが匂っていた。残念ながら青白い顔色と腫れた瞼《まぶた》に埋もれて、朝の挨拶をするこざっぱりした力強い印象は与えそこねていた。全体の効果をまとめると、生き返った死体がパーティ用にめかしこんだといったところだ。彼はエカテリンにはぞっとするような微笑を向けたが、クローン兄弟のほうは疑わしげに横目で見ただけで、二人のあいだの肘掛け椅子にぎごちなくからだを沈めた。「あー」と彼はいった。

その様子は、血痕や擦り傷が見えないだけで、コマールの発作の翌朝のありさまに仰天するほど似ていた。「ヴォルコシガン卿、起きてはいけませんわ!」

彼が肯定とも否定ともつかない形にちらりと手を振ったとき、あとをついてきたらしいピムがコーヒーポットやカップを載せた盆を抱えて現れた。盆には明るい色の布で覆った籠も載っていたが、そこからは温かいスパイス・パンの香りが馥郁《ふくいく》と漂っていた。エカテリンはピムが一杯目のコーヒーを注いで主人に差し出し、それを手に持たせる様子をわれを忘れて見とれていた——ヴォルコシガン卿がコーヒーを一口すすりこんで息をつく——まるでその日の最初の呼吸のようだ——また一口、そして顔を上げて瞬《まばた》きする。「おはよう、マダム・ヴォルソワソン」その声にはなんとなく、水のなかから聞こえるような響きがあった。

「おはようございます——あ——」エカテリンが断る前に、ピムがコーヒーを注いでくれた。マーク卿は通信コンソールのグラフを終了させて、自分のカップに砂糖とクリームを加え、あからさまな興味を見せて元親兼兄弟の様子を観察している。「ありがとう」とエカテリンはピムにいった。ヴォルコシガン卿が二階で真っ先に鎮痛剤を服《の》んだのだといいけど。急速に顔色がよくなり動きが楽になってくる様子を見て、服んだに違いないとエカテリンは思った。

「早起きですね」ヴォルコシガン卿がエカテリンにいった。

いま何時か教えてこの言葉を否定しそうになったが、失礼かもしれないと思った。「はじめてプロとして庭づくりをするので、興奮しているんです。今朝は芝土の係の人たちが公園に巻芝を敷いて、土壌改良した上土を集めているところです。樹木の係がまもなく樫《かし》の木を移植するんですけど、砂糖楓は薪になさりたいか堆肥になさりたいか、お訊きしなきゃと思いついたものですから」

「薪ですよ。もちろん。わざと古風な様子を見せたいとき、ときどき木を燃やすんです――うちの母とかベータからの客はすごく感動するし――もちろん冬の市ではいつも焚き火をしますからね。そのへんの茂みの奥に積んでありますよ。ピムにいえば見せてくれます」

ピムは愛想よくうなずいた。

「葉っぱや木切れは欲しいといっておいたよ」マーク卿が口をはさんだ。「エンリークのために」

ヴォルコシガン卿は肩をすくめ、片手を開いて受け流した。「きみの八千の小さな友人たちのためにね」

このみょうな言葉を聞いても、マーク卿は格別不思議そうでもなかった。礼をいうようにうなずいた。エカテリンは自分の雇い主をベッドから引っ張り出すことになったらしいので、このまますぐに帰るのも失礼な気がした。おそらく少なくとも、ピムのコーヒーを一杯飲む時間ぐらいはいるべきだろう。「すべてが予定どおりに進めば、明日は掘削がはじまります」とエカテリンはいいたした。

「ああ、いいですね。水やエネルギー関係の許可を取る方法は、ツィッピスからすっかり教わったんですね」

「はい、そっちは全部うまくいっています。それにヴォルバール・サルターナのインフラについて、期待した以上のことを教わりました」

「あなたが思っている以上に古くて奇妙なんですよ。いつかそのうちドロウ・コウデルカの戦争体験談を聞いたらいい。反逆者の首を手に入れてから、どんなふうに下水管のなかを逃げのびたか、って話をね。夕食会でドロウを捉まえられるかどうか、やってみましょう」

マーク卿は通信コンソールに肘をついて、軽く指の関節を齧《かじ》ったりものうげに喉を撫でたりしていた。

「明日から一週間後の夜なら、みんなを集められそうですよ」ヴォルコシガン卿は言葉を続けた。「あなたもその日でいいですか」

「はい、そう思います」

「よかった」ヴォルコシガン卿が横を振り返ると、ピムが急いでコーヒーを注ぎ足した。「庭園の起工式に顔を出せなくてすみませんでした。ほんとは出席していっしょに見るつもりだったんです。数日前グレゴールに田舎の調査を命じられたんですが、行ってみるとかなり奇妙な仕事で、ゆうべ遅くまで帰れなかったんです」

「そうそう、あれはどんなことだったんだい」マーク卿が口をはさんだ。「それとも帝国の秘密かな」

「いや、残念ながら違うよ。じつは、もう街じゅうで噂になっている。たぶんヴォルブレットン事件から関心が移るだろうな。といってもこっちは、正確なところセックス・スキャンダルといえるかどうか疑問だけどね」首を傾げて苦笑いする。「グレゴールにはこういわれたよ、きみは半分ベータ人だから、この件を扱うのに最適な聴聞卿だって。ぼくは、ありがとうございます、陛下、と答えたけどね」

それからヴォルコシガン卿は言葉を切って甘いスパイス・パンを一口齧り、もう一口コーヒーを飲んでパンを流しこんでから話題に戻った。「ヴォルミュイア国守が、領地の人口減少の問題を解決するうまい方法を思いついたんだ。とにかく本人はそう思っている。マーク、きみは各領地で最近盛んになっている人口問題の議論を耳にしているかい」

マーク卿はいいやというように手を振って、パンの籠に手を伸ばした。「去年はバラヤーの政治にはとんとご無沙汰だったよ」

「これはそれ以前からある問題なんだ。ぼくらの父が摂政時代の初期に行った改革のひとつなんだけど、普通の臣民が別の領地に引っ越して新しい国主に誓いを立てるのを望んだ場合に備えて、帝国一律の単純な規則を国守たちにうまく押しつけたんだ。六十人の国守たちは誰でも他の国守の費用で自分の領地の人口を増やしたいと思っているから、父はなんとかいいくるめてこの規則を国守評議会に通したんだけど、それでも国守たちはみんな自分の臣下が領地を去るのをあの手この手で食い止めようと努めてきた。ところで、国守というのは、領地の治め方とか、領地政府の編成の仕方とか、税金の押しつけ方とか、経済の維持とか、住民に対するサービスの内容とか、進歩党を支持するか保守党を支持するか、あるいは南の沿岸の変人ヴォルフォルスのように自分で党を作るか、といったようなさまざまな事柄を自由裁量に任されているんだ。母なんか、領地は六十の社会政治的大鉢だなんていっている。ぼくならそれに経済的って言葉もつけ加えるね」

「そういうことならぼくも学んだよ」マーク卿は認めた。「投資した場所に関係があるからね」

ヴォルコシガン卿はうなずいた。「結果として、新法はすべての帝国臣民に、好きな地域に引っ越してそこの政府に一票を入れる権利を与えたんだ。うちの両親は新法が通った晩の夕食にはシャンパンをあけて、母なんか数日間にやにやしていた。ぼくは六歳ぐらいだったに違いない。ここに住んでいたのを覚えているから。そして長いあいだには、ご想像どおり、まったくの生物学的競争の結果を生んだんだよ。話のわかった国守は住民に対して新法を上手に適用したので、領地は繁栄し国守の税収も増えた。その隣の気のきかない国守は法を強硬に適用して、篩《ふるい》のように住民をこぼしていって税収は減ったんだ。それに減収になっても近隣からの同情はなかった。だってその減収は隣の増収だったんだからね」

「なるほどね」とマーク卿。「それでヴォルコシガン領は勝ったほうなの、負けたほうなの?」

「うちは現状維持ってところだと思うよ。ずっとヴォルバール・サルターナの経済に人材を取られているからね。それに去年は大量の忠臣が総督についてセルギアールに行ってしまった。その一方で、領地大学とか新しい単科大学とかハサダーの医療団地は大幅に人を惹きつけている。それはともかく、ヴォルミュイア国守はこの人口ゲームでは長年の敗者なんだよ。そこで、彼はとっぴといえるほど進歩党的で個人的な——ものすごく個人的といったほうがいいかな——解決法だと自信満々の方法を実行したんだ」

エカテリンのカップは空になっていたが、立ち去る気がすっかり失せていた。ヴォルコシガン卿がこんな調子で話すときは、一時間でも聞いていられると思った。彼はすっかり目覚めて活気を取り戻し、自分の話に夢中になっていた。

「ヴォルミュイアは」とヴォルコシガン卿は続けた。「三十個の人工子宮を買い込んでそれを操作する技術者を銀河宇宙から招き、自分の、あー、臣下を作る仕事にとりかかった。自分の私的養育院だね、いわば。だけど精子の提供者はたった一人だ。誰だと思う?」

「ヴォルミュイアか」マーク卿がいってみた。

「他にいるはずがない。ハーレムと同じ原理だと思うよ。ちょっと違うけど。そうそう、おまけにいまのところは、女の子ばかり作っているんだ。最初の群れが二歳になろうとしているところだ。会ってきたよ。みんな揃っていて、ぎょっとする可愛いさだった」

エカテリンは、小さな少女たちのとてつもない集団を頭に描いて目を丸くした。その衝撃は、音響の程度にもよるけれど、子どもの寄せ植えか、少女手榴弾のような感じに違いない。〈ずっと娘が欲しかったわ〉一人だけでなく、たくさんの——自分が持てなかった姉妹たちを。〈もう手遅れだけど〉わたしには一人もいないのに、ヴォルミュイアは十数人だなんて——欲張り、そんなの不公平よ! 不道徳に怒りを感じるべきなのに、羨《うらや》ましくて怒っている自分に気づいてエカテリンは当惑した。ヴォルミュイアの妻は何をして――待って。エカテリンは眉をひそめて訊いた。「卵子はどこから手に入れたんですか。国守夫人のですか」

「この不愉快な出来事の、それがもうひとつの法的な小じわなんですよ」ヴォルコシガン卿は熱心な口調で先を続けた。「国守夫人には、かなり成長した自分の――国守の――つまり二人のあいだの子どもが四人もいて――こんなことはまるで望んでいなかった。じつは、夫人は国守とは口もきかず、うちを出てしまっているんだ。ピムがそこの親衛兵士にこっそり聞いた話では、国守が最後に妻を訪れて、ドアを蹴破るぞと脅して強要しようとしたときには、夫人は国守にバケツの水を窓から浴びせて――真冬のことだけどね――プラズマ・アークで温めてあげようかと脅したんだそうだ。それからバケツを投げ落として金切り声で、そんなにプラスチック・チューブがお気に入りならそれを使えば、って叫んだんだって。それで間違いないかい、ピム?」

「わたしが聞いたとおりではありませんが、まあそんなところです、マイロード」

「夫人は国守を撃ったのかい」マーク卿はかなり興味にかられた口調で訊いた。

「そうです」とピム。「二度も。狙いは正確だったと思います」

「それじゃ、プラズマ・アークの脅しは信じられたね」

「銃を扱う者として申し上げると、的の近くにいるときは実際には腕の悪い襲撃者のほうが危ないのです。それでも、親衛兵士は国守が立ち去るように説得したんだそうです」

「話が脇道にそれたね」ヴォルコシガン卿はにやっとした。「ああ、ありがとう、ピム」気のきく親衛兵士が愛想よく主人のコーヒーを注ぎ足し、マーク卿とエカテリンのカップにもお代わりを注いだ。

ヴォルコシガン卿は話を続けた。「数年前からヴォルミュイアの領首都には人工子宮養育院業者がいて、富裕階級のために赤ん坊を育てていたんだ。夫婦がこのサービスを利用するときには、技術者が定期的に一個以上の卵子を妻から採取することになっていて、それがこの処置の複雑で金のかかる原因になっている。予備の卵子は一定期間凍結保存されて、そのあと使われなかったものは廃棄される。というか、そのはずだった。そこでヴォルミュイア国守はうまい節約法を思いついた。お抱えの技師に使える廃棄卵子をすべて集めさせたんだ。ヴォルミュイアはこれをぼくに解説したとき、この企みをひどく自慢していたよ」

またまたそれも驚くべき話だった。ニッキは自前の生体出産だったが、そういうことをしていれば事情は違っていたのかもしれない。ティエンに分別があり、自分にもロマンチックな雰囲気に影響されない単純な思慮分別があれば、人工子宮妊娠を選んでいたかもしれなかった。

憧れの娘が、いまではヴォルミュイアのような異常な男のものなのを知ると……。「その女の人たちは知っているんですか」エカテリンは訊いた。「その人たちの卵細胞が……盗まれたといえるのかしら」

「ああ、最初は知らなかったでしょうね。だけど噂が流れはじめたので、皇帝は一番新しい聴聞卿を調査に派遣することにしたわけです」ヴォルコシガン卿は座ったまま、このぼくを、というように彼女に一礼した。「窃盗《せっとう》といえるかどうかは——ヴォルミュイアはいまのところ、バラヤーの法には何も違反していないと主張していますよ。まったく独善的な主張だ。これから数日のあいだにグレゴールづきの皇室弁護士数人に相談して、それが事実かどうか確かめるつもりです。ベータ植民惑星だったら、ヴォルミュイアは技術者ともども吊るされて干からびるところだけど、もちろんベータ植民惑星だったらこんなことはしなかったはずですね」

マーク卿は固定椅子の上で座り直した。「それでヴォルミュイアは現在までに、何人の娘を持っているんだい」

「すでに生まれたのが八十八人、さらに現在人工子宮で三十人が育っている。それにもとからの自分の四人もいるわけだ。その馬鹿者は百二十二人も子どもを持っているってのに、ぼくなんか一人も――とにかく、皇帝の声として、グレゴールがこの独創的な企みに裁定を下すまで、それ以上のことはするなと伝えてきた。ヴォルミュイアは抗議したいようだったが、どっちみちいまは人工子宮が満杯で七カ月ぐらいは空きそうもないから、実際に不自由することはないだろうと指摘してやった。やつは黙りこんで自分の弁護士に相談しに出かけたよ。そこでぼくは空路でヴォルバール・サルターナに帰ってグレゴールに口頭で報告し、うちに帰ってベッドに入ったのさ」

話のなかに発作の告白は入れなかったわね、とエカテリンは心に留めた。あんなにはっきりいっちゃって、ピムはかまわないのかしら。

「法はあるはずだね」マーク卿がいった。

「あるはずだと思うだろ」兄が答えた。「ところがないんだよ。ここはバラヤーだ。ベータの法規範をすっかり採用するとしたら、革命の手順みたいでぎょっとするな。なかには、ここでは適用できない特殊な条件がたくさんあるしね。それにベータ法だけでなく、こういう問題に関する銀河規定は十指に余るほどある。昨夜グレゴールと別れる前に、そういったものをすべて研究する委員会を招集したらどうかといって、合同評議会の裁定を勧めておいた。ぼくも罰としてそこに加わるからってね。ぼくは委員会ってやつが大嫌いなんだ。すっきりした命令系統のほうがずっといい」

「自分がその頂点に立っていればだろ」マーク卿は皮肉っぽくいった。

ヴォルコシガン卿は小馬鹿にしたように手を振ってその指摘を認めた。「まあ、そうだな」

エカテリンは尋ねた。「でも新しい法律で、ヴォルミュイアを追い詰めることができるのかしら。絶対に彼の場合は、あのー……除外されそうですよ」

ヴォルコシガン卿はにやりとした。「まさにそこが問題です。現在あるなんらかの法を無理に適用してヴォルミュイアを抑えておいて、真似する連中を牽制し、最終的にどんなものになるにせよ、国守及び閣僚評議会に新法を承認させなければならないだろうな。あらゆる技術的な定義から考えてレイプの告発はできないし、そっちに進む気配もいまのところないから」

マーク卿は心配そうな声で訊いた。「その小さな女の子たちは、いじめられたり、ないがしろにされたりしてはいないかい」

ヴォルコシガン卿はかなり鋭い眼差しで見返した。「きみみたいな養育院の専門家じゃないけど、ぼくにはだいじょうぶそうに見えたよ。健康で……騒々しくて……きゃーきゃーくすくす大騒ぎしていた。ヴォルミュイアは、子どもたち六人ごとに二人の養育担当者を交替でつけているといっていた。そしていずれは、年長の者に年少の者の世話をさせる経済的な計画もあるといったんだ。聞いていて、この遺伝子事業をどこまで拡大する気なのか不安になったよ。ああそうそう、奴隷ってことでも非難はできない。実際にはみんな彼の娘なんだから。それに卵子の窃盗という点でも、現在の法では非常にあいまいだ」といったあと奇妙な腹立たしげな口調で、ヴォルコシガン卿はいいたした。「まったくバラヤー人ってのは！」クローンの弟はみょうな目つきで兄を見つめた。

エカテリンはゆっくりいった。「バラヤーの慣習法では、ヴォル階級が死に別れでも生き別れでも家族離散をするときには、女の子は母親または母親の親戚のところに行き、男の子は父親のほうに行くことになっていますね。その女の子たちは母親のものではありませんか」

「その点も考えましたよ。ヴォルミュイアがその母親の誰とも結婚していないのは別にして、少女たちを欲しがる母親は実際にはほとんどいないだろうし、みんなかなり腹を立てるだろうと思いますよ」

エカテリンは欲しがる母親がいないというのは疑問に感じたが、あとのほうは彼のいうとおりだと思った。

「それに無理に母親の家族に入れても、ヴォルミュイアにどんな罰を与えることになりますか。それでも彼の領地には百十八人の少女が増えるには違いないし、しかも自分で養う必要さえなくなるわけです」ヴォルコシガン卿は食べかけのスパイス・パンを横に置いて顔をしかめた。

マーク卿はふた切れ目を、いや三切れ目を取って齧りついていた。むっつりした沈黙が落ちた。

エカテリンは眉をひそめて考えた。「あなたのお考えだと、ヴォルミュイアは規模でも何でも、ひどく経済性を気にしているようですね」ニッキが生まれたあとずっと、ティエンが時代遅れの方法を押しつけたのはそれが安かったからではないかと、エカテリンは疑問に思ってきた。〈金《かね》を払えるようになるまで待たなきゃならないぞ〉それが子どもを欲しがるエカテリンの耳に吹き込まれた強力な反論だった。ヴォルミュイアの動機は遺伝子であると同時に経済性だったらしい。結局は、領地とひいては自分を富ますためなのだ。このテクノ・ハーレムは未来の納税者になることを意図するもので、間違いなく連れ込まれるだろう夫とともに、自分の老後を支えてもらおうということなのだろう。「それでは、その女の子たちは国守の認定した私生児になりますね。確かどこかで読んだんですけど……〈孤立時代〉には皇宮や国守宮殿内で生まれた女の私生児は、高貴な生まれの父親から持参金を貰う資格があったのではなかったかしら。それにある種の皇帝の許可も必要だったとか……持参金は法的な認可の印になりますよね。うちの女教授ならきっと詳しい歴史的ないきさつを、持参金が強制的に引き出されたケースも含めて知っていると思いますわ。皇帝の許可って、皇帝の命令と同じ効果があるんじゃありませんか。グレゴール帝もその少女たちの持参金をヴォルミュイアに……高く設定できるんじゃないでしょうか」

「ほう」ヴォルコシガン卿は嬉しそうに目を見開いて座り直した。「そうか」意地の悪い笑いが口許に浮かんだ。「実際上、好きなだけ高く設定できますね。ああ……驚いたな」彼はエカテリンに目を向けた。「マダム・ヴォルソワソン、あなたは可能性のある解決法を探りあてたんだと思いますよ。できるだけ早く、その考えをかならず伝えます」

いかにも嬉しそうな彼の反応にエカテリンの胸は高鳴った——そう、まあいい、実際には剃刀《かみそり》の刃のような喜びだけれど。ヴォルコシガン卿は微笑み返したエカテリンにさらに笑みを返した。これでほんのちょっぴりでも目覚めの頭痛が緩和されたらいいのだけど。控えの間から柱時計の鳴る音が聞こえてきた。エカテリンはクロノメーターに目を向けた。あら、どうしてこんなに時間がたったのかしら。「あら、まあ、時間ですわ。樹木の係がもうすぐ来てしまいます。ヴォルコシガン卿、もう失礼しないといけません」

エカテリンはぱっと立ち上がり、マーク卿にも丁寧《ていねい》に別れを告げた。ピムもヴォルコシガン卿も正面玄関までついてきた。ヴォルコシガン卿の動きはまだひどくぎごちなかった。無理に動くことで、痛みを無視するか振り払おうとでもしているのだろうか。彼は、どんな小さなものでも疑問なり必要なものなりあったら、いつでもまた来て下さいといってくれた。そして樹木の係に砂糖楓をどこに積ませたらいいのか、ピムに案内するように命じた。そして二人が大きな屋敷の角を曲がるまで、入り口に立って見送っていた。

エカテリンは肩ごしにちらりと振り返った。「今朝はあまりお具合がよくないようでしたわね、ピム。ほんとは起こしてはいけなかったんじゃありませんの」

「ええ、それはわかっております」ピムは憂鬱《ゆううつ》そうに同意した。「といっても単なる親衛兵士に何ができるでしょうか。ご主人の命令を無視する権限なんかありません。じつのところあの方に必要なのは、馬鹿げたことを我慢して受け入れたりしない人にお世話していただくことです。きちんとしたレディ・ヴォルコシガンならそういう芸当ができるでしょうね。あの方には、いまどきの若殿たちが目をつけるような、恥ずかしげに笑いかける世間知らずの娘さんなんかではなく、そういう奥さまのほうがうまくいくでしょう。必要なのは、あの方に対抗できる経験のある女の方です」ピムは弁解するような顔でエカテリンを見下ろして微笑した。

「そう思いますわ」エカテリンはため息をついていった。エカテリンには親衛兵士の目にヴォルの結婚がどう見えるのかよくわからなかった。ピムは主人がそういう純情な娘に目をつけていて、おつきの者たちが不釣り合いを心配しているとでも、ほのめかしているのだろうか。

ピムは薪の貯蔵所に案内して、マーク卿用の木っ端の山も地下の駐車場に置くよりもこの近くに置くほうがいいだろうと、もっともなことを勧めてくれた。エカテリンは礼をいって正面玄関のほうに戻った。

世間知らずの娘。そうねえ、ヴォルが同じ階級の女性と結婚したいのなら、最近ではずっと年下を探すしかない。ヴォルコシガン卿が自分の知的レベルに達しない女性で満足するとは思えないが、彼にはどれほどの選択肢があるのだろう。そもそも彼に興味を持つような頭脳の持ち主なら、おそらくあの肉体のために拒否するほど馬鹿ではないだろうけど……どっちみちわたしには関係ないわ、とエカテリンはしっかり自分にいいきかせた。それに、その想像上の世間知らずの娘が、彼の欠陥についてひどい侮辱《ぶじょく》をするのを想像して、現実の人間が血圧を上げるなんて、そんな空想は馬鹿げている。まったく馬鹿げたことよ。彼女は邪魔な木の解体を監督しようと勢いよく出ていった。

　マイルズがぼんやりした笑みを浮かべてふらりと図書室に戻ってきたとき、マークはもう一度通信コンソールの電源を入れようと手を伸ばしたところだった。マークは振り返って、元親兼兄弟が肘掛け椅子にどさりと座りかけて、ちょっとためらったあと、もう少し気をつけて座り直すのを見守っていた。マイルズはこわばった筋肉をゆるめるように肩のストレッチをしてから、椅子の背に寄り掛かって足を投げ出した。そして食べかけのパンをつまみ上げて快活にいった。「うまくいった、と思わないか」そしてパンに嚙みつく。

　マークは怪訝《けげん》そうに見つめた。「うまくいった、って何が?」

「会話さ」マイルズはひと齧りのパンに続いて冷めた残りのコーヒーを口に運んだ。「それじゃ、きみもエカテリンに会ったわけだね。よかった。ぼくが下に来る前に、二人で何を話していたんだい」

「きみについてだよ。じつは」

「へえ」マイルズの顔が明るくなり、少し背筋を伸ばした。「ぼくについて、どんなことを?」

「主にきみの発作のことだ」マークはいやな顔でいった。「あの人のほうがぼくよりずっとよく知っていた。ぼくには話す機会がなかったらしいね」

　マイルズは顔をしかめて黙りこんだ。「ふーん。ほんとうは彼女にそんなことを話してもらいたくなかった。といっても彼女が知っているのはいいことだ。二度とふたたび、そういう重要な問題を隠す気にはならないんだ。痛い思いをしたからね」

「そう、そのとおりさ」マークはマイルズを睨《にら》んだ。

「肝心なことはきみに書き送ったはずだよ」兄はマークの非難の眼差しに答えて抗弁した。

「ひどい治療の細部まですっかりきみに話す必要はないけどね。きみはベータ植民惑星にいたし、どっちみちきみには何もできなかっただろう」

「それはぼくの不始末のせいなんだ」

「くだらない」マイルズは実際にひどく怒ったように鼻を鳴らした。これは彼の（いや、二人の）ヴォルパトリル叔母さん流の、上流階級らしいぴりりとした効果を出す癖なんだ、とマークは思った。よせよ、というようにマイルズは手を振った。「あれは狙撃手の仕業だし、そのあとはさらに、予想外のさまざまな医療上の要素がからんでいる。すんだことはすんだことだ。ぼくはまた生き返ったし、今後はずっとこれでやっていくつもりだ」

マークはため息をついて、いくら自分が罪悪感でのたうちまわりたくても、兄の協力は得られないのだと気づいた。相手はいま違うことに気を取られているらしい。

「それで、彼女のことをどう思った？」マイルズは心配そうに尋ねた。

「誰を？」

「エカテリンさ、他に誰がいる？」

「庭園デザイナーとしてか。仕事を見ないとなんともいえない」

「違う、違う。庭園デザイナーとしてじゃない。それも立派なものだけどね。次のレディ・ヴォルコシガンとしてだよ」
マークは瞬きした。「なんだって？」

「なんだって、とはどういう意味だ。あの人は美人だし、頭がいいし――持参金だなんて、まったくなんて完璧な考えだろう、ヴォルミュイアは逃げ出すぞ――あの人は緊急の場合でも信じられないくらい落ち着いているんだ。冷静なのさ、わかるね。素晴らしく冷静だ。その冷静さをぼくは尊敬している。あの人となら、ぼくはうまくやっていける。度胸と知恵をあわせ持っている人だ」

「別に適性を疑ったわけじゃない。単にびっくりしてとっさに出た声だよ」

「彼女はヴォルシス聴聞卿の姪だ。息子が一人いて、ニッキといって九歳だ。可愛い子だよ。ジャンプ・パイロットになりたがっていて、それを実行するだけの意志があると思う。エカテリンは庭園デザイナーになりたがっているけど、ぼくは地勢形成学者になれると思っている。ときどき少々無口すぎる傾向があるから――もっと自信をつける必要があるね」

「口をはさむ機会を待っているだけじゃないのかい」マークは示唆した。

マイルズはちょっとだけ――疑問にかられたように言葉を切った。「さっきもぼくがしゃべりすぎると思ったのかい」

マークはそんなこと考えないでいい、というように手をひらひらと振った。そしてまだパンの切れ端でもどこかに隠れていないかとバスケットのなかを覗いた。マイルズは天井を見つめたまま、足を伸ばし足首をぐるぐるとまわした。

マークはここでさきほど会った女のことを思い返した。確かにきれいだし、マイルズの好きな優雅で頭のいいブルネット・タイプだ。冷静か。たぶんそうだろう。用心深いのは確かだ。あまり感情表現は豊かな感じではない。ぽっちゃりしたブロンドのほうがずっとセクシーだ。カリーンは素晴らしく感情表現が豊かだ。それにぼくの人間的な仕組みを揉みほぐしてくれるのもうまい。とマークは、ふっとなんとかなりそうな楽観的な気分になって思った。マイルズは人に頼らなくても自分がじゅうぶんに感情表現が豊かなんだ。半分はだぼらだけど、でもどっちの半分がそうなのかよくわからない。

〈カリーン、カリーン、カリーン〉彼女の神経発作を、自分に対する拒絶だと思ってはいけない。〈カリーンはもっと好きな誰かに出会って、ぼくらを捨てようとしてるんだぜ〉頭の奥に巣くっているブラック・ギャングの一人がささやいたが、それは好色なグラントではなかった。〈ああいう余計な連中を取り除く方法はわかっている。連中はからだだって絶対に見つけられない〉マークは悪意のささやきを無視した。〈ここにはおまえのいる場所はないぞ、キラー〉

たとえもし、自分が別のルートを取るといい張ったためカリーンが一人で故郷へ帰る途中で誰かと出会ったのだとしても、彼女は正直そのものだから、そうならそうとかならず話してくれたはずだ。カリーンが正直だからこそ、いまのような意外ななりゆきになっているのだ。カリーンの性格では、実際にはそうではないのにバラヤーの純潔な処女のような顔をして歩きまわることはできない。それが片足をバラヤーに片足をベータ植民惑星に置いているという言行の不一致を認識したときの、無意識の解決になっている。

マークにわかっているのは、カリーンと酸素とどっちを選ぶかと訊かれたら酸素は諦《あきら》めるということだ、ありがたいことに。マークは、自分の性的な欲求不満を兄に打ち明けてアドバイスを貰おうかとちらっと思った。マイルズに新しいのぼせの対象ができたいまは、引き換えに話す絶好の機会ではないだろうか。問題はマイルズがどっちにつくかマークにはわからないことだった。コウデルカ准将はマイルズが軍歴にどうしようもなく惹かれていたころ、虚弱な若者の指導者でもあり友人でもあった人だ。マイルズは同情してくれるだろうか、それともバラヤー流儀でマークの頭狩りをする群衆の先頭に立つのだろうか。マイルズは最近おっそろしくヴォル的だ。

そういうことか、いろいろ銀河宇宙のエキゾチックなロマンスのあとで、とうとうマイルズは手近なヴォルに落ち着いたのだ。落ち着いたといっていいのかどうか——からだが痙攣《けいれん》しているのにだいじょうぶだと断言するような男だから。マークは不思議そうに眉根に皺《しわ》を寄せた。

「マダム・ヴォルソワソンはそれを知っているのかい」ためらったあと彼は尋ねた。

「知っているって何を?」

「つまり、あの……彼女をレディ・ヴォルコシガンにしようと追いかけていることをさ」それにしても〈彼女を愛していて、結婚したい〉と口にするのはなんて変な感じなんだろう。それをいうのはマイルズのほうだけど。

「ああ」マイルズは唇に手を触れた。「そこが難しいとこなのさ。あの人はごく最近に寡婦になったばかりだ。夫のティエン・ヴォルソワソンがコマールで恐ろしい殺され方をしてから、まだ二カ月しかたっていないんだ」

「それできみは、その事件とどういう関わりがあったんだ」

マイルズは苦虫を嚙みつぶしたような顔になった。「詳しいことはいえない、極秘事項なんだ。公表されたのは、呼吸マスクの事故ということだけだった。だけど実際に、ぼくはそのとき横にいたんだ。どんな感じかわかるだろう」

降参というようにマークは両手を上げた。マイルズはうなずいて話を続けた。「だけど彼女はまだ動揺がおさまっていない。まったく求婚できるような状態じゃない。といっても残念ながらそれで競争相手も現れない、というわけではないけどね。財産はないけど美しいし、血統は完璧だ」

「妻を選んでいるのか、馬を買うつもりなのか」

「ぼくのいっているのは、ヴォルの競争相手たちがどう考えているかってことさ。とにかくそのなかの何人かはね」しかめた皺がさらに深くなった。「ザモリ少佐はどうかな。彼はもっと利口かもしれない」

「もう競争相手がいるのかい」〈落ち着け、キラー。彼はおまえの助けなんか求めていない〉

「まったく、そうなんだよ。それに連中が現れたいきさつも、察しがついているけど……まあそれはいい。重要なのはぼくが彼女の警戒心を覚まさないで、友人になってさらに親密になることだ。それから適当な時期が来たら——まあ、そのときのことさ」

「それで、あー、いつ彼女にとんでもないびっくり箱を渡すつもりなんだい」マークは話に夢中になって訊いた。

マイルズは自分のブーツを見つめた。「わからない。気をつけていたら、戦術的な適時がわかるだろうと思っているんだ。ぼくがタイミングの感覚をすっかりなくしていなければね。周辺に侵入し、引っかける綱を張り、示唆を植えつけて——攻撃する。完全な勝利だ！　たぶん」彼は逆向きに足首をまわした。

「完全な筋書きの戦術を持っているんだね、わかったよ」マークは立ち上がりながら何気なくいった。エンリークは無料の飼料が得られる知らせを聞いたら喜ぶだろう。それにカリーンもまもなくここへ仕事をしにやってくる——カリーンの整理整頓の技術は、すでにエスコバール人の周辺の混乱状態にはっきりした影響を見せていた。

「ああ、そのとおりだ。だから頼むから、ぼくの手に突っかかってそれをだめにしないように気をつけてくれよ。遠くで遊んでくれ」

「うむ、邪魔をする気なんかないよ」マークはドアのほうに行きかけた。「だけど、ぼくの一番身近な相手との関係を戦争状態にするかどうかは、見当もつかないよ。そしたら彼女は敵になるかな」

マークのタイミングは完璧だった。マイルズが足を下ろして口角泡を飛ばしはじめたときにはすでにドアをすり抜けていた。マークはもう一度ドアから頭を覗かせていいたした。「彼女の狙いが、ヴォルミュイア国守夫人に負けないくらい正確だといいね」

〈最後の言葉で勝った〉にやりとしながらマークは立ち去った。

6

「すみません」柔らかいアルトの声が、洗濯室兼実験室の入り口から聞こえた。「マーク卿はいらっしゃいますか」

車輪のついた新しいステンレス棚を組み立てていたカリーンが目を上げると、黒っぽい髪の女が入り口から遠慮がちに入ってくるところだった。黒い長袖のシャツブラウスにお揃いのスカートという非常に保守的な寡婦《かふ》の衣服をまとっていて、黒でないのはグレーのボレロだけだ。といっても顔を見ると意外なほど若い。

カリーンは手にしていた道具を下に置いて立ち上がった。「すぐに戻ってきますよ。わたしはカリーン・コウデルカです。何かご用でしょうか」

微笑を浮かべると女の目が輝いたが、それはほんの一瞬だった。「ああ、きっとベータ植民惑星から帰っていらしたという、留学仲間の方ですね。お目にかかれて嬉しいですわ。わたしは庭園デザイナーのエカテリン・ヴォルソワソンです。今朝は北側に一列に植えられていたアメランチアの茂みを取り除いたんですけど、マーク卿はもっと堆肥《たいひ》がお入り用でしょうか」

じゃあ、あのむさくるしいものはそういう名なのね。「訊いてみます。エンリーク、あの、物ですか」

アメラなんとかの茂みの木っ端は使えるの」

エンリークは通信コンソールの画面から首を伸ばして客を覗き見た。「それは地球産の有機物ですか」

「そうです」女は答えた。

「ただだろうか」

「でしょうね。ヴォルコシガン卿の茂みですから」

「じゃ少し試してみよう」というと、エンリークはもう一度通信コンソールのバター色のものが映っている画面の陰に引っ込んだ。それは酵素反応の映像だと、カリーンは以前に聞いている。

女は好奇心の窺《うかが》える目で新しい実験室を見回した。その視線をカリーンは誇らしげに追った。きちんと整頓されて科学的で魅力的だと、未来のお客に見てもらえるところまでやっとこぎ着けたところだった。部屋の壁はクリーム色に塗りかえた。エンリークがその色を選んだのは、それが虫バターの色だったからだ。エンリークと通信コンソールは部屋の隅の窪みにすっぽり納まっていた。水の出る作業台の配管工事もすっかり終わり、以前は洗濯槽だったところまで排水管が通されている。そして部屋の両側には、明るい照明をつけ小ぎれいに装置を並べた無水作業台が、ずらっと向こう端まで続いていた。向こう端には、側面が四面とも一平方メートルの新しく特注した虫の家を載せた棚が幾段もあった。カリーンが最後の棚を組み立てしだい、残りの女王虫系も狭い旅行用の箱から出して、広くて清潔な新しい家に移せるのだ。ドアの両脇の棚には、このところ次々に補充された備品が並んでいる。虫に食べ物を与えるのに便利な縁がついた、大きなプラスチックのごみ箱。ふたつめはとりあえず虫の糞を貯めておくのに使っている。虫の糞はカリーンの予想よりも少なくほとんど匂いもなかった。これは毎日虫の家を掃除する仕事を任されたカリーンにはありがたかった。最初の週の片づけは倍も大変だったのだ。

「伺《うかが》いたいんですけど」最初の容器に山になっている砂糖楓《かえで》に目を落として女がいった。「この木っ端はみんななんのためなんですか」

「ああ、お入りになって。お見せしますから」カリーンは熱心にいった。黒っぽい髪の女は明らかに遠慮していたが、カリーンの親しげな微笑に誘われてなかに引き込まれた。

「わたしはこの会社の虫飼育主任なんです」とカリーンは言葉を続けた。「あの人たちはわたしを実験助手と呼ぶつもりだったけど、わたしは出資者の一人なので、少なくとも自分の仕事の肩書きぐらいは貰ってもいいと思ったんですよ。主任の下に他の飼育担当がいないのは確かですけど、楽観的に考えて悪いわけはないでしょう」

「そうですとも」女のかすかな微笑は少なくともヴォルを鼻にかけた感じではなかった。あらやだ、レディ・ヴォルソワソンなのか、マダムなのか訊きそびれたわ。ヴォルのなかには正しい称号にこだわってひどく不機嫌になる人もいる。特にそれが、それまでの人生で達成した一番大事なことである場合には。いや、このエカテリンがそういうタイプなら、まず最初にレディだと名乗ったことだろう。

カリーンは虫の家の上についている金網をあけて、手を差し入れ、働き虫を一匹取り出した。カリーンはこの小さな生き物の扱いにだいぶ慣れてきて、ぴくぴく動く白い腹を近くで見つめたりしなければ吐き気をもよおすこともなくなっていた。カリーンは虫を庭園デザイナーのほうに差し出し、マークの〈賢いバラヤー人のための改良バター虫《ベター・バター・バグ》〉という売り込み口上にかなり近い説明をはじめた。

マダム・ヴォルソワソンは眉をひそめはしたが、虫を見たとたんに金切り声を上げたり、気絶したり、逃げ出したりはしなかった。カリーンの説明に興味深げに耳を傾けて、虫を手に持って砂糖楓を食べさせようとさえした。動物でも植物でも生き物を育てるということには密接な関係があるのだと、カリーンは気づいた。将来虫を披露するときのために、この策略はしっかり覚えておかねばならない。エンリークが通信コンソールの向こうからお気に入りの話題が聞こえてくるのに耳をとめ、ふらふら出てきてカリーンの能率のいい説明に退屈な専門的脚注を長々とつけ加えた。カリーンの説明が、バラヤー土着植物を消費する虫を創り出すという将来の研究開発に及ぶと、庭園デザイナーの興味は見るからに高まった。

「絞め殺し蔓《つる》を食べることを虫に教えこめたら、南大陸の農民はそれだけでも虫の群れを買い入れて飼う気になりますよ」マダム・ヴォルソワソンはエンリークにいった。「同時に食料を生産しないとしても」

「ほんとうですか」とエンリーク。「それは知らなかった。あなたはこの惑星の植物に詳しいんですか」

「きちんと勉強した植物学者じゃありませんけど――でも――実務経験はあるんです」

「実務」おうむ返しにカリーンがいった。カリーンもその資格の新しい認証を一週間前エンリークから与えられたところだった。

「それではこの虫が出す肥料を見てみましょう」庭園デザイナーはいった。

カリーンは彼女を容器のところに連れていって蓋を取った。女は黒っぽい、砕けやすいかたまりを覗きこんで、身を乗り出して匂いを嗅ぎ、手をなかに入れて指先でいくらかふるい分けた。「まあ、驚いたわ」

「なんですか」エンリークが心配そうに訊いた。

「この色も感触も匂いも、前に見た最高の堆肥にそっくりなんです。これの化学分析値はどんなになるのかしら」

「そうですね、女の子たちが食べたものによるけど――」エンリークはきゅうに元素の周期律表らしきものを唱えはじめた。いったいそれにどんな意味があるのか、カリーンには半分もわからなかった。

けれどもマダム・ヴォルソワソンは感心したような顔だった。「少しいただいて、うちの植物に試してもいいでしょうか」

「ええ、いいですとも」それはカリーンにはありがたかった。「欲しいだけお持ち下さい。かなり多くなってしまって、じつはどこか安全に廃棄する場所はないかと考えていたところなんです」

「廃棄ですって。外見の半分でも良質なものだったら、十リットル袋に詰めて売れますよ！　ここで地球の植物を育てている人なら、喜んで試すでしょう」

「そう思いますか」エンリークが心配そうに、かつ嬉しそうにいった。「エスコバールでは誰にも関心を持ってもらえなかったんだけど」

「ここはバラヤーです。ずっと長いあいだ、焼いて組成するのが土壌を地球化する唯一の方法でした。それに一番安い方法だったし。古い土地を肥沃に保つためにも新しい土地の開拓にも、地球産の基本堆肥はとうてい足りません。〈孤立時代〉には馬の肥料をめぐって戦争まであったんですよ」

「ああ、そうそう、歴史の授業で習ったわ」カリーンはにやっとした。「小さな戦争だけど、それでも、とても……象徴的だって」

「誰と誰が戦争したんだい」エンリークが訊いた。「それになぜ？」

「その戦争は、ほんとうはお金と伝統的なヴォルの特権がからんだものだったんでしょうね」マダム・ヴォルソワソンがエンリークに説明した。「長年の習慣で、帝国軍の騎兵隊が駐屯している領地では、厩の生産品はどんな農民でもそこへ来てカートで運べばただで貰えることになっていたんです。最初に来た人のものってことで。ところがあるとき経済的に困った皇帝が、それをすべて皇帝の土地に渡すか、さもなければ売ることに決めたんです。この問題がなぜか領地の相続の争いにくっついて、紛争が続いたんですよ」

「最後はどうなったんですか」

「その世代では、権利は領地の国守のものになりました。次の世代では、皇帝が取り戻しました。そしてそのあとの世代では――そうそう、騎馬隊はだんだんに減っていきました」彼女は流しに手を洗いにいって、肩ごしに続けた。「このヴォルバール・サルターナでは儀式用の騎兵隊が維持されているので、いまだに皇帝の厩からは毎週慣例の分配が行われています。みんな自分の地上車でやってきて、ひと袋かふた袋自分の花壇用に持っていくんです。ちょうど古い時代のように」

「マダム・ヴォルソワソン、ぼくは四年間バター虫の腹のなかで生きてきたんです」エンリークは手を拭いている女にまじめくさった口調でいった。

「うーん」といってマダム・ヴォルソワソンは、仕方なさそうにちょっと目を見開いただけで笑いもせずにこの宣言を受け止めた。カリーンはその場で彼女が好きになった。

「ぼくらには、バラヤーの植生を広い範囲で教えてくれる土地生まれの人がぜひとも必要です」そしてエンリークは言葉を続けた。「手伝ってくれる気はありませんか」

「大雑把《おおざっぱ》なことを教えて、次に何をしたらいいかのヒントをあげるくらいはできると思いますけど。でもあなたがたに必要なのは、領地の農業政策課の職員じゃないかしら――マーク卿なら、もちろんヴォルコシガン領の職員に紹介してくれるでしょう」

「ほら、あなたはすでにそういうことを知ってる」エンリークは叫んだ。「領地の農業政策課職員なんて者がいることさえ、ぼくは知らなかった」

「マークだって知ってるかどうかあやしいわね」カリーンは疑わしげにいった。

「ヴォルコシガン卿の事業顧問のツィッピスなら、きっと教えてくれますよ」マダム・ヴォルソワソンはいった。

「まあ、ツィッピスをご存じなの？　素敵な人でしょう」とカリーン。

マダム・ヴォルソワソンはすぐにうなずいた。「まだ直接会ったことはないんですけど、ヴォルコシガン卿の庭園計画について通信コンソールでいろいろ助言して下さったんです。そのうち、河床を作るためにデンダリィ山地に行って石や巨石を集めるところまで作業が進んだら、また相談しようと思ってます――庭園を通す川は山あいの渓流の形にする予定なんですよ。それにヴォルコシガン卿は故郷の雰囲気を喜ばれるんじゃないかと思って」

「マイルズ？　ええ、マイルズはあの山地がとても好きですよ。若いころには、しょっちゅう馬を走らせたんですって」

「そうなんですか。そのころのことはあまり伺っていないけど――」

そのときマークが入り口に現れて、実験室の補給品の大きな箱を抱えてよろよろ入ってきた。エンリークは嬉しそうな声を上げてその箱を受け取り、無水作業台に運ぶと待ちかねた試薬の梱包《こんぽう》を解きはじめた。

「やあ、マダム・ヴォルソワソン」マークは息を整えながら挨拶した。「砂糖楓の木っ端をありがとう。あれは気に入ったみたいです。もうみんなと会ったんですか」

「ついいましがたね」カリーンは請け合った。

「この人はぼくらの虫が好きなんだ」エンリークは幸せそうにいった。

「もう虫バターを試食しましたか」マークは訊いた。

「いいえ、まだ」とマダム・ヴォルソワソン。

「試食する気がありますか。つまり、虫を見たんでしょう」マークはお客になる可能性のある被験者にあいまいに微笑みかけた。

「ええ……いいですわよ」庭園デザイナーの返した微笑はいくらか硬かった。「一口ぐらいなら。もちろんいいです」

「試作品を持ってきてあげて、カリーン」

カリーンは棚に積んだもののなかから虫バターの一リットル容器を引き出して、蓋を引きあけた。殺菌して密閉しておけば、無制限に室温で保存できるのだ。これは今朝収穫した分だった。虫は新しい飼料にこれまでになく熱心に反応していた。「マーク、こういう容器がもっと必要になるわよ。もっと大きなのが。毎日虫の家一個あたり一リットルの虫バターが増えるから、しばらくしたら大量の虫バターの在庫ができるわ」じつは、じきにそうなるのが目に見えていた。特に館の人々を説得して、一口だけでなくもっと食べてもらわないかぎりは。親衛兵士たちはこの通路を避けている。

「いやいや、うちの女の子たちはもっとたくさん作るだろうよ。いまはたっぷり餌を与えられているから」エンリークが快活な口調で作業台から振り返って教えた。

カリーンは、先週から作りかけている小山の上に今朝積んだ十二個の容器を見つめて考えていた。さいわいヴォルコシガン館に貯蔵する場所はいくらでもある。カリーンは試食用に置いてある使い捨てスプーンを探し出して、マダム・ヴォルソワソンに差し出した。マダム・ヴォルソワソンはそれを受け取って、不安そうに瞬《まばた》きしてから、容器からサンプルを掬《すく》い勇敢にも口に運んだ。カリーンとマークは心配そうに彼女が呑みこむのを見守っていた。

「興味深い味です」一瞬間をおいて、彼女は礼儀正しくいった。

マークはがっくりした。

マダム・ヴォルソワソンは同情するように眉根を寄せた。そして積み上げた容器にちらりと視線を向けた。そのあと彼女は提案した。「凍らせたらどんな反応をするんでしょう？　アイスクリーム・フリーザーはもう試されましたか。香料と砂糖を加えて」

「じつはまだやってません」とマーク。そして首を傾げて考えている。「ふーん。うまくいくと思うかい、エンリーク？」

「悪いわけないと思う」科学者は答えた。「コロイドの粘着性は零度近くになっても壊れない。蛋白質の微小構造を変えて結果的に特質を変えるのは、加熱のほうだ」

「料理したらゴムのような弾性が出るんだよね」マークが注釈を入れた。「まだ研究中だけど」

「冷凍を試してごらんなさいな」マダム・ヴォルソワソンは勧めた。「あの、もっとデザートっぽい名前をつけたらどうかしら」

「ああ、市場に出すにはね」マークはため息をついた。「それはいまのところ、次の段階なんですよ」

「マダム・ヴォルソワソンは、虫の糞を植木に試して下さるって」カリーンはマークをなだめた。

「ああ、そりゃいい！」マークは庭園デザイナーにもう一度笑顔を向けた。「ねえ、カリーン、あさって領地へいっしょに飛んで、将来施設を作る場所を探すのを手伝ってくれないかい」

エンリークは荷ほどきの手を止めて宙を睨《にら》んだ。ため息をついていう。「ボルゴス研究公園」

「じつはね、ぼくは〈マーク・ヴォルコシガン・エンタープライズ〉という名にしようと思っている。名前を全部入れるべきだと思わないかい。ＭＶＫエンタープライズではマイルズと間違えられる可能性があるからね」

「〈カリーン・バター虫牧場〉よ」カリーンがきつい声で口をはさんだ。

「これじゃあ出資者の投票が必要になるな」マークは薄笑いを浮かべた。

「だけど、どうせきみが勝つことになっているのさ」エンリークはにこやかにいった。

「かならずしもそうではないわ」カリーンはそうエンリークにいうと、マークをわざとらしく睨んだ。「とにかく、マーク。いまは領地のことを話していたのよ。マダム・ヴォルソワソンは領地に行って岩を集めなきゃならないんですって。それにエンリークに、バラヤー自生の植物を理解する手伝いをしてくれるっていってくれたの。みんないっしょに行けたらいいんじゃない？　マダム・ヴォルソワソンはツィッピスとは、通信コンソールで話しただけでまだ会ってないんですって。わたしたちツィッピスに紹介してあげられるし、みんなで遠足を楽しめるわ」

そうすればカリーンはマークと二人だけにならず、あらゆる類の……誘惑や、混乱や、決心が崩れるような、首を撫でたり、背中を撫でたり、耳を齧《かじ》ったりといったことにあわずにすむし……そういうことは考えたくもなかった。このヴォルコシガン館のなかでは非常に実務的に一週間過ごしてきて、居心地は非常によかった。それにとても忙しくて。忙しいのはいいことだ。いっしょにいるのもいい。でも二人だけになるのは……うーん。

マークは小声でカリーンにささやいた。「でもそうすると、エンリークを連れていかなきゃならないし……」マークの表情を見れば、二人だけということが彼の魂胆だとわかる。

「あら、いいじゃない。楽しいわ」カリーンはきっぱりとその計画を押し通した。数分間説得したり予定を検討したりして、朝早い出発というようなさまざまな予定を決めて三人を計画に引き込んだ。そしてエンリークが風呂に入り、着替えて公衆の面前に出られるようにするため、ヴォルコシガン館に来る時間にはたっぷり余裕を見ておかねばならないと心に銘記した。

足早な軽い足音が廊下から聞こえて、マイルズがシャトルのハッチにひらりと入る兵士のようにドアの柱をくるりとまわった。「あ！　マダム・ヴォルソワソン」マイルズは息を切らしていった。「たったいま、ジャンコフスキー親衛兵士からあなたが見えていることを聞いたんです」彼は室内をさっと見回して、試食が行われていたのを見て取った。「マーク、まさかきみは、あの虫のゲ——虫のものを食べさせたんじゃないだろうな——」

「思ったより半分も悪くなかったですよ、実際に」マダム・ヴォルソワソンはマイルズに請け合った。マークはほっとした顔になって、だからいったじゃないか、というように兄に向かって顎をつんと上げた。「市場に出せるようになるまでに、多少製品の改善をしなきゃならないかもしれませんけどね」

マイルズは目をくるりとまわした。「ええ、ほんのちょっとね」

マダム・ヴォルソワソンはクロノメーターに目を落とした。「もう掘削班の人たちが昼食から戻ってくる時間です。お目にかかれてさいわいでした、ミス・コウデルカ、ボルゴス博士。ではあさってまた」彼女は虫のこやしを入れた容器の袋を持って、微笑を浮かべて部屋を出た。

マイルズは彼女についていった。

マイルズは廊下の端のドアまで送っていったと見えて、二、三分後には戻ってきた。「まったくなんてことだ、マーク！　あの虫のゲロを彼女に食べさせるなんて。よくもそんなことを！」

「マダム・ヴォルソワソンは」マークは毅然《きぜん》とした態度でいった。「非常にもののわかった女性だ。やむをえない事実を突きつけられても、明快な理性が考えなしの感情的な反応に負けたりはしない」

マイルズは両手で髪をかきむしった。「ああ、それはわかっている」

エンリークがいった。「感心したよ、実際。彼女はぼくがしゃべる前に何をいいたいか理解しているようだった」

「それにあなたがしゃべったあともね」カリーンがいたずらっぽくいった。「そのことにむしろ感心したわ」

エンリークはおとなしくにやっと笑った。「専門的なことをいいすぎたと思うかい」

「今回にかぎりそうでもないみたいね」

マイルズは眉をひそめた。「あさってには何があるんだい？」

カリーンが明るく答えた。「わたしたちみんなで領地に行ってツイッピスを訪ね、ひとまわりしていろいろと必要な用を足してくるのよ。マダム・ヴォルソワソンが、その場所でバラヤーの自生植物について教えてくれると約束したから、エンリークはこれから改良種の虫を作るのに必要な設計に手をつけられるわ」

「あの人がうちの領地へはじめて行くときは、ぼくが連れていくつもりでいた。すっかり計画してある。ハサダー、ヴォルコシガン・サールー、デンダリィ地溝――最初の正しい印象を正確に植えつける必要があるんだ」

「お気の毒さま」同情のひとかけらもない声でマークはいった。「気を楽にしろよ。ぼくらはただハサダーで昼食を食べて、少しばかり見てまわるだけだ。大きな領地じゃないか、マイルズ、あとできみが見せるところはたっぷり残っているよ」

「待てよ、わかった。ぼくもいっしょに行く。物事は手早く処理する、そうとも」

「ライトフライヤーには四つしか席がない」マークが指摘した。「ぼくが飛ばすんだし、エンリークにはマダム・ヴォルソワソンが必要で、あんたを乗せるためにカリーンを置いていくなんてのはまっぴらだ」マークはカリーンには優しく微笑み、同時に兄に向かって渋面を向けた。

「そうよ、マイルズ、あなたは株主でもないでしょ」カリーンがマークを支持した。

感情を抑えてひと睨みすると、マイルズは部屋を出てぶつぶついいながら通路を去っていった。「……たく、虫のゲロをあの人に食べさせるなんて、信じられないよ。ぼくが早く来てさえいれば——ジャンコフスキー、くそっ、おまえとはちょっと話し——」

マークとカリーンはドアの外まで追っていった。そして通路で立ち止まって退却する彼を見送った。「いったい何が気に食わないの」カリーンは不思議そうに尋ねた。

マークは意地悪くにやりとした。「あいつは恋しているのさ」

「自分の庭園デザイナーに？」カリーンは驚き顔になった。

「因果関係はその逆だと思うよ。先日の事件の際に、マイルズはコマールで彼女に出会った。それから少しでも接近するために、彼女を庭園デザイナーに雇ったんだ。そして密かに求婚しているのさ」

「密かに。なぜよ。あの人はわたしには完璧にふさわしく思えるわ。ヴォルでもあるし——それともその階級は結婚で得たものなの？　でもそんなことマイルズは問題にしないと思うけど。それとも——あの人の親戚が反対なの？　つまりマイルズの——」といって彼女はマイルズの突然変異の噂をほのめかすように、自分のからだをそれとなくさした。カリーンはこの悲しくもロマンチックなシナリオの匂いを嗅ぎ取ると、むっとして顔をしかめた。よくもそんなことでマイルズを——。

「いや、彼女には内緒でってことだと思うよ」

カリーンは眉間に皺《しわ》を寄せた。「待ってよ、それはどういうこと？」

「マイルズに説明してもらわなきゃ。ぼくには関係ないからね。マイルズの普通の感覚からいっても関係ない」マークは考え深げに顔をしかめた。「突然男女関係に関してものすごく内気になったのでもなければね」

「男女関係に内気ですって、マイルズが？」カリーンは鼻で笑った。「彼がくっついていたクイン大佐に会ったことあるんでしょ、マーク」

「ああ、会ったさ。じつは、マイルズの女友達には何人も会っている。それがきみなんか見たこともないような、残忍な女戦士たちでまったく仰天したよ。いやあ、恐ろしい連中だったな」マークは思い出して震えた。「もちろんそのとき連中は、ぼくがマイルズを死に追いやったことで怒り狂っていたから、そのせいもあったとは思うけどね。だけどさっき考えていたのは……ほんとうにマイルズが連中を引っかけたのか――それとも向こうがマイルズを引っかけたのかってことなんだ。たぶんマイルズはそんなにすごい女たらしじゃなくて、単にいやといえない人間なんじゃないかな。あの連中がみんな、欲しいものはいつでも手に入れるようなでっかくて攻撃的な女なのが、その説明になるのは確かさ。だけど今度は――たぶんはじめて――マイルズは自分から引っかけるときの難しさにぶつかっているんだ。それにその方法を知らないんだよ。そういう訓練はしてないのさ」そう思いつくと、ゆっくりマークの顔一面に笑みが広がった。「わお。見物だな」

カリーンはぱちんと彼の肩を叩いた。「マーク、それはよくないわ。マイルズはちゃんとした女の人に出会ってとうぜんなのよ。つまり、もうあまり若くないでしょ」

「自分に見合ったものを手に入れる者もいる。それ以上に幸運な者もいるけどね」といってマークがカリーンの手をつかんで手首の内側を撫でたので、カリーンの腕の毛は逆立った。

「マイルズはいつも、運は自分でつかむものだっていってるわ。それ、やめて」カリーンは手を引っ込めた。「労働付加所有権でベータ植民惑星に戻るお金が入るっていうのなら、わたしは仕事に戻らなきゃ」カリーンは実験室に戻った。マークはついてきた。

「ヴォルコシガン卿はひどく怒っていたかい」二人の姿を見てエンリークが心配そうに尋ねた。

「でもマダム・ヴォルソワソンが、ぼくらの虫バターを試食してもいいといったから――」

「そんなこと心配しないでいいんだよ、エンリーク」マークは陽気にいった。「兄がちょっと気むずかしいのは、何か思うことがあるからさ。こっちに運が向けば、この次は親衛兵士たちに八つ当たりするだろうさ」

「ほう」とエンリーク。「そうだといいね。彼が機嫌を直すような計画があるんだけど」

「へえ」マークは疑わしげにいった。「どんな計画だい」

「内緒だよ」ずるそうににやっとして、科学者はいった。「うまくいけばね。というか彼にしてはずるそうだということで、さほど陰険な感じではなかった。数日のうちにわかるだろう」

マークは肩をすくめてカリーンに目を向けた。「エンリークが袖のなかに何を隠しているか知ってるかい」

かぶりを振るとカリーンはまた床に座りこんで、棚の組み立てにとりかかった。「でもあなたの袖のなかからアイスクリーム・フリーザーを出そうとするほうがましかもしれない。まずマ・コスティに訊いてみたら。マイルズは考えられるあらゆる調理器具を、湯水のように与えているらしいから。マイルズの友達が雇おうとして誘うのをなんとか食い止めようと、調理器具で釣ろうとしているんだと思うわ」カリーンはふとインスピレーションがひらめいて瞬きした。

生産拡大、もっともだわ。器具なんかどうでもいい、このヴォルコシガン館で手に入る資源は天才的な人々だ。欲求不満を抱えている天才――マ・コスティはよく働く事業家たちに毎日厨房に昼食を食べにくることを強制し、さらに適当な時間に実験室におやつの盆まで送り届けていた。それにあれから一週間後には、コックはマークにも折れていた。マークが彼女の芸術をはっきり認めたからだ。いまは密接な関係を築きはじめている。

カリーンはぱっと立ち上がり、マークにドライバーを渡した。「ほら。あとやってよ」

虫バターの容器を六個つかむと、カリーンは厨房に向かった。

古い装甲地上車から降りたマイルズは、縁に花を植えたくねくね走る歩道のところでちょっと立ち止まって、羨《うらや》ましそうにレネ・ヴォルブレットンの完全に近代的な町屋敷を眺めた。ヴォルブレットン館はヴォルハータング城と向かい合わせの、川を見下ろす崖の上にあった。内戦は都市を作り替える――以前ここにあった、きしむ古い砦の屋敷は帝位簒奪の内戦でひどく傷んだので、先代の国守と息子がアラール・ヴォルコシガンの凱旋軍とともに首都に戻ってきたとき、壊して建て直すことに決めたのだ。薄気味悪く湿った、防衛の役にも立たない古い石の壁に替わって、現在は、ほんとうに防衛効果があって自由に操作できる力場が備えられている。新しい屋敷は明るく開放的で風通しがよく、ヴォルバール・サルターナ市の景観を川上から川下まで眺める素晴らしい眺望に恵まれているのだ。この屋敷では、ヴォルブレットンの親衛兵士ひとりひとりにバスルームつきの部屋が与えられているのは疑いない。しかもレネが経済的に問題がないのもマイルズは断言できた。〈それなのにシガー・ヴォルブレットンが裁判に勝ったら、レネはこれを全部失うのだ〉マイルズはかぶりを振ってアーチ通路の入り口のほうに足を向けた。そこには警戒怠りない親衛兵士がマイルズを主君のいるところに案内し、ピムを（間違いなく）階下のゴシップ溜まりに連れていこうと待ち構えていた。

親衛兵士がマイルズを案内したところは、城へ向かう星橋《スターブリッジ》を眼下に望む素晴らしい居間だった。けれども今朝はその壁面が薄暗く偏光されていて、親衛兵士は部屋に入るとき手を振ってライトを灯さねばならなかった。レネは眺めに背を向けた大きな椅子に座っていた。親衛兵士が「マイロード、ヴォルコシガン聴聞卿です」と告げると、彼はぱっと椅子から立ち上がった。

レネがごくりと唾を呑んで退がれというように親衛兵士にひとつうなずくと、兵士は黙って立ち去った。少なくともレネは地味な服をきちんと着て髭もあたってはいたが、訪問客に正式に会釈《えしやく》したハンサムな顔は死人のように青かった。「聴聞卿閣下、どんなご用でしょうか」

「楽にしてくれよ、レネ。これは公式の訪問じゃないんだ。ちょっと挨拶しに寄っただけだから」

「ああ」レネはふうっと大きな吐息を洩らし、顔のこわばりがきゅうにゆるんでただの疲れた顔になった。「ついきみが……悪い知らせを持ってグレゴールから遣わされたのかと思ったんだ」

「違う、違う。とにかく、評議会はきみに知らせもしないで投票はできないだろう」マイルズは評議会が行われる場所のある川向こうにそれとなく顎をしゃくった。レネは客を迎える主の立場を思い出して、窓の偏光を取り去り、話をするあいだ外を眺められるようにマイルズと自分の椅子を置き直した。マイルズは若い国守の前に腰を下ろした。レネはこの厳《いか》めしい訪問客のために手回しよく低めの椅子を用意していたので、マイルズは足をぶらつかせずにすんだ。

「だけどきみはもしかしたら——いや、きみがどう思ってるのかわからない」と悲しそうにいって、レネは腰を下ろしながら首を撫でた。「きみが来るなんて思っていなかった。誰もね。社交生活は驚くべき早さで干上がってしまったよ。ゲムブレットン国守夫妻は、どうやら親しくすべき人々ではないらしい」

「うえっ。きみはその言葉をもう聞いたのか」

「うちの親衛兵士が最初に聞いてきた。そのジョークは街じゅうに広まっているんだろ」

「え、まあ、そうだね」マイルズは咳払いした。「もっと早く来られなくてすまなかった。きみの事件が起こったときは、ぼくはコマールにいて帰ってからはじめてそれを聞いたんだ。そのあとグレゴールに内陸地方に派遣されてて、いや、いいわけなんかいい。きみにこんなことが起こったのを、ぼくは非常に気の毒に思っている。進歩党はきみを失うのを望みはしないと、断じて保証するよ」

「ほんとかい。進歩党にはぼくはひどい当惑の種になっていると思っていたんだ」

「投票は投票だよ。評議会のなかの浮動票は文字どおり、一生に一度の出来事だと——」

「いつものことさ」レネは苦々しげに口をはさんだ。

マイルズは肩をすくめて取りあわなかった。「当惑は一時的な感情だよ。進歩党がきみをシガーに負けさせるようなことがあったら、その影響は次の世代まで負けとして残る。連中はきみを応援するよ」そして少しためらってからいった。「応援してくれているんだろう？」

「多少はね。ほとんど全員かな。いくらかかかな」レネは皮肉っぽく手を振った。「シガーに反対して負けたら、評議会のなかに永久に敵を作ると思っている者もいるらしい。それにきみがいったように、投票は投票だ」

「いまのところ、数はどんな様子なんだ」

レネは肩をすくめた。「ぼくのほうに確実なのが十二、三、シガーに確実なのが十二、三。ぼくの運命は中間の連中に握られている。連中の大部分が今月はゲムブレットンとは口をきいていない。状況はあまりよさそうには思えないな、マイルズ」ちらっと訪問客に目を向けたその表情には、激しさとためらいが奇妙に混在していた。それから淡々とした口調で彼はいいた。「それでヴォルコシガン領はどういう投票をしそうかい」

レネに会ったら、その質問に答えねばならないのにマイルズは気づいていた。他の国守や国守代理たちも間違いなくそれに気づいていたからこそ、レネの社交生活がここのところ急激に落ち込んでしまったのだ。彼を避けないからには、その問題も避けられない。マイルズは二週間かけてそれを考えていたので、答えはすでに決まっていた。「うちはきみに入れる。信じられないかい」

レネはなんとか悲しげな笑みを浮かべた。「ほとんど確信していたけど、きみの領地の真ん中にはセタガンダ人が大きな放射性の穴をあけているからね」

「過去の歴史さ。それで得票数を増やす足しになるかい」

「いいや」レネはため息をついた。「すでにきみは人数に入っている」

「ときには、一票がすべてを変えることもあるよ」

「そういう接戦になるかもしれないと思うと、気が狂いそうだ」レネは告白した。「こんなことたまらない。早く終わって欲しい」

「我慢するんだ、レネ」マイルズは諭した。「単なる神経的発作で、優位を投げ出すようなことをするなよ」といって顔をしかめて考える。「このことでは、どっちが優位ともいえない、同等のふたつの法的先例があるように思われる。まず、国守は自分の継承者を選んで、評議会に承認投票で同意してもらうことになっている。ミッドナイト卿はこうして選出された」

レネの微笑がゆがんだ。「馬のケツが国守になれるのなら、馬全体じゃなぜだめなんだ？」

「それは実際には、第五代ヴォルターラ国守の主張には入ってなかったと思うね。公文書保管所にはまだ当時の議会の筆記録が残っているだろうか。あるようなら、そのうち読まないといけないな。それはともかく、それまでの慣習では必要なかった直接の血縁ということを、ミッドナイトが定着させたのは明らかだ。それにミッドナイトの事件が問題外だとしても、どっちみち他にもそれほど記憶に残らない先例はたくさんある。国守が後継者の選択を怠らなければ、国守の血筋よりも選択のほうが優先していた。ところがそのあと長男による相続が行われるようになった。きみのおじいさんは自分の……母親の夫の生存中に、継承者として正式に認定されたんだろう?」マイルズは父が評議会にごり押しする力を持っていた摂政のあいだに、父の継承者として正式に認定されている。

「そうだけど、シガーの訴訟では、それが欺瞞《ぎまん》による認定だったとされている。そして欺瞞による認定にはなんの有効性もないんだ」

「老人が知っていて騙したとはぼくには思えない。それに知っていたとして、証明する方法が何かあるかい。っていうのは、もし老人が、きみのおじいさんが息子でないと知っていたのならその認定は合法だし、シガーの訴訟は消えるわけだ」

「六代目の国守が知っていれば、いままでに証拠のかけらでも見つかったはずだ。この数週間、一族の文書保管所を洗いざらい調べてきたんだ。知りえなかったと思うべきだろうね、知っていたらその子は殺されていただろうから。母親のほうも」

「それはどうかな。占領時代は不思議な時代なんだよ。ぼくはデンダリィ地域で私生児戦争がどういう形を取ったかを考えているところだ」マイルズはふうっと息を吐き出した。「普通、セタガンダ人の私生児だとわかっている場合は、たいてい堕胎されるかすみやかに殺された。ときたま、ゲリラたちは小さな死体を埋めて占領軍の兵士に見つけさせるという、陰惨《いんさん》な遊びまでやった。それでセタガンダの下士官たちを怖じ気づかせたものだ。セタガンダ人は最初は人間らしい普通の反応をするが、二度目には、最初はさほど気にしなかった冷酷なやつでも、死んだ赤ん坊をどこにでも埋められるのなら、爆弾も埋められるかもしれないと気づいた」

レネは不愉快そうに渋面を作った。マイルズは遅ればせながらこの忌まわしい歴史上の例えは、レネには新たな非難に感じられたのではないかと気づいた。そこで急いでいった。「その遊びに反対したのはセタガンダ人だけじゃなかった。バラヤー人のなかにも、それはわれわれの名誉を汚すものだといって、憎む人もいた――たとえばクサヴ王子なんかはね。彼がぼくの祖父と猛烈な口論をした話を聞いている。きみのひいおじい――六代目の国守はクサヴと同調していた可能性もあるし、おじいさんに対して取った態度が無言の答えだろう」

レネはぎょっとしたような表情で首を傾げた。「それは考えたことがなかった。実際に彼はクサヴの友人だったと思う。といってもやはり証拠はないんだ。死んだ男が何を知っていて、口には出さなかったか、なんて誰にもわからないさ」

「きみが証拠を見つけられないのなら、シガーだってそうだ」

レネは少し顔がほころんだ。「それはそうだね」

マイルズはもう一度、都市化した渓谷の雄大な風景を眺めた。狭い流れを舟がいくつか上り下りしている。古い時代には、ヴォルバール・サルターナは海から水路で来るには遠い内陸で、急流や滝が商品の輸送をはばんでいた。〈孤立時代〉の終わり以来、三度にわたってスターブリッジのすぐ上のダムやロックが作り直されている。

ヴォルブレットン館の二人が座っている場所の向かい側には、若葉の木々の頭越しにヴォルハータング城の古い灰色の屋根の凹凸《おうとつ》が聳《そび》えている。国守評議会の伝統ある会議場はあらゆる推移をすべて見下ろしてきた――監視しながら、とマイルズは皮肉まじりに思った。戦争のない時代には、古い国守が死ぬのを待ってはじめて、結果としてゆるやかな変化が進む。最近では平均して年に一人か二人の物故者を出すが、寿命が延びるにしたがって世代の交代はますますゆるやかになっている。一度にふたつの席が空き両方とも進歩党と保守党の奪い合いになるというのは、かなり珍しい。というかレネの席がふたつの大政党の奪い合いになっているといったほうがいい。もうひとつのほうは、もっと謎に包まれている。

マイルズはレネに訊いた。「レディ・ドンナ・ヴォルラトイエルが、従兄弟のリチャーズがヴォルラトイエル国守の地位を継ぐのを妨害しているのは、どういう意向なのかきみは知っているかい。何か話を聞いているか」

レネは手を振った。「いや、あまり。だけど近ごろは誰がぼくに話をしてくれるもんか。今日来てくれたきみ以外に」彼は密かに感謝するような眼差しを向けた。「逆境は真の友を教える」

マイルズはここへ来るまでにかかった時間を思って当惑した。「ぼくをあまり買いかぶらないでくれよ、レネ。バラヤー広しといえどもぼくほど、惑星外の血は国守にふさわしくないということをおおっぴらにいえない人間はいないんだから」

「ああ、そうだな。きみは半分ベータ人だから、そのとおりだ。といってもきみの場合には、少なくとも正当な血筋が半分ある」

「じつは八分の五はベータ人だよ。半分もバラヤー人じゃない」マイルズは自分がまず攻撃の的にされる身長のことは持ち出さなかったのを意識していた。もっともレネはそれを狙ったりはしなかった。バイアリー・ヴォルラトイエルならこういう手っ取り早い利点を見逃すことはないし、イワンならにやりとぐらいはするだろう。「ぼくはみんながその計算に気づかないようにいつも努めているのさ」

「じつは、レディ・ドンナのことではちょっと考えていることがあるんだ」とレネ。「あの問題は、結局きみたちヴォルコシガンに影響があるかもしれない」

「へえ？」

自分の問題をくよくよ悩むのから引き離されて、レネは元気が出てきた。「あの人は異議申し立てだけして、ただちにベータ植民惑星に出かけてしまった。これはどういうことだときみは思うかい」

「ぼくはベータ植民惑星にいたことがある。可能性がたくさんありすぎて、どれだとはいいがたいね。一番単純な考えは、彼女が従兄弟のリチャーズの祖先とか遺伝子とか犯罪とかの、あいまいな証拠を集めにいったということだ」

「きみはレディ・ドンナに会ったことあるのか。単純というのは、彼女を表現する言葉じゃない」

「うーん、そこだね。イワンにどう思うか訊いてみるべきかな。一時は彼女と寝ていたはずだから」

「そのころは、ぼくは首都にいなかったんだと思う。その時期には活動的な任務についていた」

その声には軍歴を捨てたことを悔やむ気配がかすかに感じられた。あるいはマイルズの勘ぐりかもしれない。「といっても驚きはしないけどね。男漁《あさ》りをしているという噂があったから」

マイルズは面白そうに眉を上げてみせた。「きみも漁られたのか」

レネはにやっとした。「その名誉は逃したよ」そして皮肉っぽくマイルズを見返した。「きみを漁ったことはあるのか」

「まさか、イワンといっしょになって、そんなことを。あんまり高いところから見下ろすから、ぼくには気づかなかったんじゃないか」

レネはマイルズが一瞬あらわにした自己卑下を追い払うように手を広げ、マイルズは失言を悔やんだ。自分はいま皇帝直属の聴聞卿なのだ。持って生まれた肉体の運命に浴びせられた世間の声はいまも奇妙に耳に残っている。マイルズはそのなかを生き抜いてきた。いまでは誰もマイルズを変えることはできない。けれども聴聞卿の身分をもってしても、平均的なバラヤー女性に自分の外見を見逃してくれといえるだろうか。〈それじゃ、平均的な女と恋をしなければいいんじゃないか、おい〉

レネは話を続けた。「ぼくはクローンのマーク卿のことを考えていたんだけど、きみの家族は彼をきみの兄弟として認めたんだってね」

「マークはぼくの兄弟だよ、レネ。ぼくの法的な継承者だし、どこからいっても兄弟だ」

「そう、そう、きみの家族はそう主張しているね。だけどレディ・ドンナがその逆を考えていたら、どんなことになると思うかい。彼女がベータ植民惑星に行ったのは、死んだピエール老人のクローンを作ってリチャーズの代わりに継承者にするつもりなんだと、ぼくは思うんだ。遅かれ早かれ、誰かが試したに違いない」

「それは……確かにありそうだね。旧制度とどう折り合いをつけるか疑問だけど。おとしマークはひどく攻撃されたけどね」マイルズは顔をしかめて考えた。この問題でマークの地位に傷がつくことはないだろうか。「この五年ほどは、レディ・ドンナがピエールに代わって領地を治めていたのだと聞いている。ドンナがクローンの法的保護者に指名されれば、あと二十年は領地を治め続けることができそうだね。国守の保護者に女性がなるのは例外だけど、歴史上には先例もいくつかあるよ」

「なかには継承するために、法的に男性だと宣言された国守夫人もいたね」レネが口をはさんだ。「そのときには、彼女の結婚後にへんてこな訴訟が起きたんだ」

「ああ、そうそう、それは読んだことがある。だけど当時は内戦の最中で、そのために障壁がなくなったんだ。正しい大部隊の後ろ楯があったというわけじゃない。そうだねえ……きみのいうのがあたっていれば――そのクローンのために人工子宮を使うかな、それとも移植した胎児を生体出産するのかな」

「この場合生体出産するのは近親相姦のような感じで気味が悪い」嫌悪感を顔に浮かべて、レネは苦々しげにいった。「ヴォルラトイェルだから疑問だけどね。人工子宮を使って欲しいな」

「うーん、だけどドンナは自分の子どもを生んだことがないんだろう。確か、四十かそこらで……クローンが彼女のからだのなかで育つと、少なくともそれを生む実感はあるし——あ、失礼彼だね——完全に可能なだけ自分で保護できる。そうなると、ドンナから取り上げるのも、他人が保護者になると主張するのも難しくなる。たとえばリチャーズなんかがね。とすれば物事は急展開するだろう」

「リチャーズが保護者になったら、子どもはどれくらい生きると思う?」

「成年になるまで生きないんじゃないか」マイルズはこのシナリオに顔をしかめた。「その死に不審な点のない程度にね」

「まあすぐに、レディ・ドンナの計画が何かわかるさ」とレネ。「でなければ彼女の事件は失敗に終わるだろう。証拠を持ち帰るための三カ月の期限は、もう終わりかけている。これはずいぶんゆったりした時間の割りあてだけど、昔は馬に乗っていく時間を認めなきゃいけなかったからだろうね」

「そうだね、領地をそう長く国守不在にしておくのはよくない」マイルズは口の片端をにやりと上げた。「なんといっても、平民たちにぼくらがいなくても暮らしていけると考えさせたくはないだろう」

その嘲《あざけ》りを認めるようにレネはぴくりと眉を動かした。「きみのベータの血が顔を見せたな、マイルズ」

「いや、単なるベータの教育さ」

「生物学は宿命ではないのか」

「もうそうではない、違うよ」

軽い音楽のような女たちの声が、曲がった階段を居間に向かって上がってくる。マイルズが聞き覚えのある低いアルトのつぶやきに、銀を打ち鳴らすような笑い声が返った。

レネはからだを起こして振り返った。そして口許がほぐれて笑みが浮かんだ。「帰ってきたよ。それに笑っている。ターチャが笑うのを聞くのは数週間ぶりだ。マーチャのおかげだな」

そうかマーチャ・コウデルカの声か。大勢の女たちが上がってくるような足音をさざなみのように階段に響かせて、三人の女がマイルズの視野に飛び込んできた。そうだ。コウデルカ家の金髪の二人の娘マーチャとオリヴィアが、背の低い三人目の浅黒いきれいな顔の女を引き立てていた。若いターチャ・ヴォルブレットン国守夫人の、ハート形の狐のように顎のとがった顔には、明るい榛色の目が離れてついている。その楽しげな顔のつくりを漆黒の髪の巻き毛が取り囲み、動きにつれて髪も揺れていた。

「こんにちは、レネ!」アルトの声の主のマーチャがいった。「もう暗い隅っこで陰鬱《いんうつ》に座ってはいないのね。こんにちは、マイルズ! やっとレネを元気づけに来てくれたのね。いい人!」

「まあ、そんなとこさ」とマイルズ。「きみたちがそんなに親しい仲だとは知らなかったよ」

マーチャは頭をつんとそらした。「オリヴィアとターチャは同級生だったの。わたしはちょっと仲間に入って、二人を外に誘い出したのよ。こんな晴れた朝に引きこもっていたがるなんて信じられる?」

オリヴィアは恥ずかしそうに笑って、国守夫人のターチャと支えあうようにくっついていた。ああ、そうだ。ターチャ・ヴォルケレスは国守夫人になる前の私立学校時代にも、確かに美人だったし女相続人でもあった。

「みんなでどこに行ったんだい」レネは妻に笑いかけながら尋ねた。

「キャラバンスライで買い物しただけよ。大広場のところでカフェに寄ってお茶と菓子パンを食べて、省舎のところで衛兵交替を見たの」夫人はマイルズに向いていった。「わたしの従兄弟のスタニスはいま、首都警備隊軍楽隊の指揮官をしているんですよ。わたしたち、従兄弟に手を振ったけど、もちろん向こうは手を振ったりできなかったわ。勤務中ですものね」

「いっしょに連れ出してあげなくて残念に思っていたのよ」オリヴィアがレネにいった。「でもいまではよかったと思ってるわ。行ってたらマイルズに会えなかったから」

「だいじょうぶよ」マーチャがしっかりした口調でいった。「そのかわりに、明日の夜はヴォルバール・サルターナ・ホールまでレネにエスコートしてもらうことを提案するわ。たまたま切符が四枚あるのがわかったのよ」

このプランはレネの返事も聞かずに採用されたが、マイルズは美しい女性三人をエスコートして大好きな音楽を聞きにいく提案に彼が抵抗するとは思えなかった。そして実際に、おとなしい微笑をちらっとマイルズに見せて、レネはそれを受け入れた。マーチャはどこからその切符を手に入れたのだろう。その音楽会は普通、ちょっと予告をするだけで、一、二年前には売り切れるものなのだ。デリアの機密保安庁コネを使ったのかもしれない。これはコウデルカ一家がチームを組んで動いている匂いがする。

国守夫人は微笑して手書きの封筒を掲げてみせた。「ごらんなさいな、レネ。さっき戻ってきたとき、ケルソー親衛兵士に渡されたの。これはヴォルガリン国守夫人からよ」

「わたしには招待状みたいに見えるわ」マーチャはすっかり安心した口調でいった。「ごらんなさいよ、心配するほどのことないわ」

「あけてみて」オリヴィアがせがんだ。

ターチャは開いた。手書きの文を目がたどった。そして彼女は顔を伏せた。「あら」と硬い声でいう。薄い紙は固く握った拳《こぶし》のなかで皺になっている。

「なんなの?」オリヴィアが心配そうにいった。

マーチャはその紙を受け取って自分で読んだ。「意地悪! これは非招待状よ。女の赤ちゃんの命名パーティの。〈……あなたはきっと居心地が悪いでしょう〉って、ばかばかしい。卑《ひ》怯者《きょうもの》。意地悪!」

ターチャ国守夫人はぱちぱち瞬きした。「いいのよ」くぐもった声で彼女はいった。「どうせ行く気はなかったから」

「でもきみは何を着ていくか——」レネがいいかけたが唐突に口を閉じた。顎を叩かれたのだ。

「この十年、あらゆる女の人たちが——お母さんたちも——レネがいないと寂しいといったものなのに、あの人たちは……ただの」マーチャはマイルズに吐き出すようにいった。「意地悪猫だったのよ」

「そんなことといっちゃ猫に悪いわ」とオリヴィア。「ザップのほうが性格いいもの」

レネはちらりとマイルズに目を向けた。「こうなると気づかないわけにはいかないな……」非常に淡々とした声でいう。「グレゴールとトスカーネ博士からも、まだ結婚式の招待状を受け取っていないんだ」

マイルズはまああというように手を上げていった。「この地区の招待状はまだ発送されていない。実はそういうことなのさ」数週間前皇宮で行われたその問題についての結論の出ない小さな政治討論に、自分も出席していたことはいまは伏せておこう、とマイルズは思った。

そしてこの場の人々を見回した。いきまいているマーチャ、がっくりしたオリヴィア、寒々とした顔の国守夫人、紅潮した硬い顔のレネ。〈椅子は九十六ある〉「ぼくは、あさっての晩に内輪の小さなディナー・パーティをする予定でいる。カリーン・コウデルカとぼくの弟のマークがベータ植民惑星から戻ってきたお祝いなのさ。オリヴィアも出席するし、コウデルカ一家も全員、レディ・アリス・ヴォルパトリルとシモン・イリヤン、それからぼくの従兄弟のイワンや、他にも大事な友人が数人来る予定なんだ。お二人がそこに参加していただけたら光栄なんだけどな」

レネはこれをすぐにお情けだとわかって、かろうじて痛ましい笑みを浮かべていった。「ありがとう、マイルズ。でもぼくは――」

「あら、そうよ、ターチャ、ぜひ来て下さらなきゃ」オリヴィアが旧友の腕をつかんで口をはさんだ。「マイルズはとうとう、お披露目前の恋人をわたしたちみんなに会わせるのよ。いまのところカリーンしか会ったことがないの。わたしたち、もう好奇心でうずうずしているのよ」

レネはへえっと眉を上げた。「マイルズ、きみが？　きみは従兄弟のイワンと同じように独身主義かと思っていたよ。軍歴と結婚したのかってね」

マイルズは猛烈に顔をしかめてオリヴィアを睨み、レネの最後の言葉に顔をひきつらせた。

「ぼくは軍歴から、医療的離婚を申しわたされたんだよ。オリヴィア、いったいどこからマダム・ヴォルソワソンがぼくの恋人だなんて考えを――レネ、いいかい、この人はうちの庭園デザイナーなんだけど、ヴォルシス聴聞卿の姪でね、ぼくはコマールで出会った。最近寡婦になったばかりだけど絶対に――まだ誰の恋人でもない。ヴォルシス聴聞卿と女教授も見えるはずなのさ。だからほら、内輪のパーティで、彼女にもふさわしくないわけがない」

「誰にとって？」マーチャが訊いた。

「エカテリンだ」その名は止める前に口からひょいと洩れてしまった。愛らしい五文字。

マーチャは反省のかけらもない顔でにやっとした。レネと妻は顔を見合わせた――ターチャの頬にさっと笑窪が浮かび、レネは思慮深げに口をすぼめた。

「あなたがそういったとマークがいったって」カリーンがいったの」オリヴィアは無邪気にいった。「それじゃ、誰が嘘ついてるの」

「誰も嘘なんか、ちくしょう、だけど――だけど――」マイルズは唾を呑みこみ、もう一度ドリルを下ろす用意をした。「マダム・ヴォルソワソンは……彼女は……」なぜこの説明はするたびにいいやすくなるどころかかえって難しくなるんだろう。「亡くなったご主人のための服喪中なんだ。時が来れば、彼女に気持ちを打ち明けるつもりはある。でも、いまは時期がよくない。だから、待たねばならないんだ」マイルズは歯ぎしりした。レネはいまは頬づえをついて指を唇に当て、目を輝かせていた。「だけど待つのはいやなんだ」マイルズは突然叫んだ。

「ああ」レネはいった。「わかるよ」

「向こうもあなたに恋しているの？」夫にこっそり愛情のこもった目配せをしながらターチャは訊いた。

まったく、ヴォルブレットン夫妻は結婚後三年もたっているのに、グレゴールとライザと同じくらいべたべたしている。この結婚の情熱ってやつは、おっそろしく伝染力のある病気なんだな。「わからない」マイルズは小さな声になって告白した。

「マークには、密かに求婚してるっていったんですって」マーチャが口をはさんでヴォルブレットンに説明した。「彼女には内緒なのよ。わたしたちみんな、いまだにどういうことなのか考えているの」

「ぼくの内緒話を首都じゅうの人間が聞いていたのか」マイルズは怒鳴った。「マークのやつ絞め殺してやる」

マーチャは無邪気を装って瞬きした。「カリーンはマークから聞いたの。わたしはイワンからよ。ママはグレゴールからで、パパはピムから。秘密にしておきたいのなら、マイルズ、どうしてみんなに話してまわるの？」

マイルズは深呼吸をした。

国守夫人が澄ましていった。「ありがとうございます、ヴォルコシガン卿。主人もわたくしもお宅のディナー・パーティに喜んで伺います」そして笑窪を見せた。

マイルズは息を吐き出しながらいった。「歓迎します」

「総督ご夫妻はセルギアールからお帰りになるのかい」レネがマイルズに尋ねた。彼の声音には政治的な好奇心がにじんでいた。

「いいや。じつはまだだ。じきに戻るはずだけど。これはぼくのパーティだ。移動サーカスがヴォルコシガン館を埋める前の、最後のチャンスなんだよ」両親の帰郷が楽しみでないというわけではないが、この数カ月間館の主としての役割はかなり……楽しかった。おまけに、エカテリンを未来の舅姑のヴォルコシガン国守夫妻に紹介する場面は、最大の注意を払って演出したいと願っていることなのだ。

これで社交的義務は終わりにしていいだろう。マイルズは威厳のある態度で立ち上がり、みんなに別れを告げて、よければマーチャとオリヴィアを送ろうかと丁重に誘った。オリヴィアは友人のところに残るといったが、マーチャはその誘いに乗った。

ピム親衛兵士が地上車のキャノピーを上げて二人を後部席に乗せようとしたとき、マイルズは彼をじろりと見た。これまでマイルズは、自分の新しい仕事に役立つピムのすごいゴシップ収集能力を、彼の機密保安庁時代の訓練の賜物《たまもの》だと思っていた。ピムがゴシップの交換をしているのだとはまったく気づかなかったのだ。主人の目つきに気づいたものの理由のわからないピムは、いつもよりもほんの少し愛想よくなったが、そうでもしないと主君の不機嫌が移るとでもいいたげだった。

マーチャといっしょに後部席に納まってヴォルブレットン館を離れ方向転換してスターブリッジのほうへ向かうあいだ、ヴォルブレットン夫妻の面前でエカテリンのことで自分をからかうなんて、とマーチャに文句をいおうかと本気で考えた。自分はいまでは皇帝直属の聴聞卿なのだ、神のさしがねで――少なくともグレゴールのさしがねで。といってもこれ以上マーチャから何か聞き出すことはできない。マイルズは癇癪《かんしゃく》を抑えた。

「ヴォルブレットン夫妻は持ちこたえているように見えるかい」マイルズはマーチャに尋ねた。

マーチャは肩をすくめた。「あの人たちは表面を繕《つくろ》ってはいるけど、かなり落ち込んでいると思うわ。レネは訴訟に負けて、領地も何もかもなくすだろうと思っているの」

「ぼくにもそう見えた。それにもっと地位を保つ努力をしないと、そうなるかもしれない」とマイルズは顔をしかめた。

「レネは、ヘーゲン・ハブの戦いでお父さんが殺されてから、セタガンダ人をひどく憎んでいたのよ。彼はセタガンダ人が自分のなかにあると思うだけで怖気《おぞけ》立つんだって、ターチャはいっているわ」そしてさらにいいたした。「ターチャもそう思うとぞっとするんだと思うわ。つまり……占領のあと、きゅうにヴォルブレットン一族がすごい音楽の才能を発揮するようになったわけがわかったのよ」

「ぼくもその関わりはわかった。でも夫人はレネの味方のようだけどね」この不運が、彼の経歴だけでなく結婚にも及ぶかもしれないと思うと不愉快だった。

「ターチャだって辛い思いしてるのよ。あの人は国守夫人の地位が気にいっているの。学校時代には、他の人たちがやっかんでターチャに辛くあたることもあったって、オリヴィアはいってるわ。レネに選ばれたことでターチャの地位は上がったのね。他の人にはそれが彼女の素晴らしいソプラノのせいだってことはわからなかったけど。ターチャはレネを崇拝しているわ」

「それじゃ、結婚しているおかげでこの事態を乗り切れると思うかい」マイルズは望みをこめて訊いた。

「うーん……」

「うーん、って？」

「これがはじまったのは、ちょうど赤ちゃんを作ろうとしているときだったの。それを進めるのはやめてしまったのよ。ターチャは……そのことには触れたがらないわ。他のことはなんでも話してくれるけど、それだけはね」

「ほう」マイルズはそれがどういう意味か考えようとした。あまり励みになる話ではない。

「ターチャの昔の友達でこの事件が起こってから顔を見せたのはオリヴィアだけみたいね。レネの姉妹さえ顔を出さないのよ。もっとも向こうも人前に顔を出したくないからだと思うけど。誰もかれもまともにターチャと目を合わせたくないみたいね」

「ずっと昔まで遡れば、ぼくらはみんな外世界人なのにな、ちくしょう」マイルズは苛立って怒鳴るようにいった。「八分の一がなんだ。ほんの色がついてる程度じゃないか。なぜそんなことで優秀な人材の資格を剝奪《はくだつ》しなきゃならないんだ。能力は考慮されるべきだぞ」

マーチャの笑みがゆがんだ。「同調してもらいたいのなら、わたしはお門違いよ。もしわたしの父が国守だったら、女のわたしはどんなに優秀でも問題にならないし、やはりあとを継ぐことはできないのよ。世界一頭がよくてもぜんぜん問題にならない。この世が不公平だってことにいまごろ気づいたのなら、あなたは時代遅れよ」

マイルズは苦い顔になった。「それはいま気づいたわけじゃないよ、マーチャ」車はコウデルカ准将の町屋敷の外に止まった。「だけど正義はこれまでぼくの仕事じゃなかった」〈それに権力というものは、外から見るほど力があるわけではない〉マイルズはいいたした。「だけどそれは、ぼくがきみに手を貸せない論点のひとつだろうね。ぼくには誰よりも、バラヤーの法に女系の相続権を再導入したくない個人的な理由がある。それは自分が生き残るためだ。ぼくは自分の仕事が気にいっているよ。グレゴールにはなりたくない」

マイルズがキャノピーをぽんと上げると、マーチャは車から降り、この最後の言葉と送ってくれたことの両方に対するように敬礼した。「お宅のディナー・パーティまでさようなら」

「准将とドロウによろしくね」彼女の背に向かってマイルズはいった。

マーチャは振り返ってコウデルカ・チームらしい明るい微笑を見せ、駆け去っていった。

7

マークは、後部席のカリーンとマダム・ヴォルソワソンに、水平線で輝いているヴォルコシガン領の首都ハサダーがよく見えるように、静かにライトフライヤーを傾けた。天候も協力してくれているかのようだった。美しく晴れた日で、間近に迫った夏の息吹が感じられる。マイルズのライトフライヤーはなかなかいい。小ぎれいでスピードがあり、操作しやすく、暖かく柔らかな大気のなかをナイフのように切り裂いていく。何よりもいいのは操縦装置が、完璧な人間工学によってマイルズの身長の男に正確に合わせてあることだ。座席の幅が少々手狭なのは気にすまい。人間、何もかもというのは無理だ。〈それをいうなら、マイルズはもうこれを操縦できないのだ〉マークは顔をしかめてその考えを脇に置いた。

「きれいな土地ですね」マダム・ヴォルソワソンは何ひとつ見落とすまいというように、顔をキャノピーに押しつけていった。

「その言葉を聞いたらマイルズは喜びますよ」マークは注意深く関心がそちらに向くように強調した。「彼はかなりこの土地に入れ揚げているんです」

今朝は、とりわけ最高の光のなかで眺めているのだ。農場と森の若葉のパッチワークは見渡すかぎり波うっている——森も畑と同じくらいに、人々の骨の折れる開拓の賜物《たまもの》なのだ。緑が途切れたところは、峡谷とか小川の縁とか耕すことのできない斜面で、バラヤー土着の赤茶色の植物の丈の低い不揃いな茂みが続いていた。

同じように鼻をキャノピーに押しつけているエンリークがいった。「ぼくがバラヤーに予想していたものとは大違いだな」

「どんなことを予想していたんですか」マダム・ヴォルソワソンが不思議そうに訊いた。

「何キロも続く灰色のコンクリートかな。兵舎とか、足並み揃えて行進する制服の集団ってところかな」

「惑星の全表面がそれじゃあ、経済的ではなさそうだね。制服は確かにあるけど」マークは認めた。

「でも制服だって数百種類もあると、結果的にあまり統一されてないね。それに色のなかには少々……思いがけないのもあるし」

「そうだよ、館の色を最後に選ばねばならなかった国守は気の毒だと思うんだ」マークは賛成した。「ヴォルコシガンは順番が中くらいだったに違いないと思うよ。つまり、茶色と銀色が悪いとはいわないけど、青と金色とか——黒と銀とかのほうが仕立て映《ば》えするとつい思っちゃうんだ」マークは自分が黒と銀色の服をまとい、背の高いブロンドのカリーンに腕を貸している様子が目に浮かんだ。

「もっと変な組み合わせだってあるわよ」カリーンが陽気に口をはさんだ。「気の毒なヴォルハロピュロスみたいに、黄緑と真紅の次男用の制服を着たらどんな感じだと思う、マーク？」「ブーツを履いた交通標識みたいだね」マークは顔をしかめた。「足並み揃えてっていうのもここにはない、とだんだんにわかってきた。どっちかというと、でたらめな群れのなかを動きまわっている感じだね。それには……最初はがっかりしたよ。つまりさ、いくら蔑視している敵の宣伝文句でも、それはバラヤー自身がいま目指しているイメージじゃないだろう？ もっともこんな具合に、バラヤーをなんとか好きになることを学んだんだよ」

ライトフライヤーはまた傾いた。「悪名高い放射能地域ってどこなんですか」マダム・ヴォルソワソンは変わっていく景色をじっと見つめながら訊いた。

三世代前、セタガンダ軍は昔の領都のヴォルコシガン・ヴァシノイを破壊し、ヴォルコシガン領の心臓部を抉《えぐ》ったのだ。「ハサダーの南東ですよ。風下で川下です」とマークは答えた。「今日は通りません。いつかそのうち、マイルズに見せてもらって下さい」ちょっと意地の悪い笑みが浮かびかけたが抑えた。その輝いている土地の見学がマイルズの旅行の予定に入っていないのは、ベータ・ドルを砂に賭けてもいい。

「バラヤーは、どこもこうってわけではないんですよ」マダム・ヴォルソワソンがエンリークにいった。「南大陸のわたしの育ったあたりでは、地平線の向こうに惑星で一番高い山嶺――黒い崖といわれるものがありますけど、手前はホットケーキみたいにまっ平なんです」

「そんなに平たくて、退屈じゃないんですか」エンリークは尋ねた。

「いいえ、だって地平線には境目がないんですもの。一歩外に出ると、空に踏み出すみたいでした。雲や光や嵐や——あそこほど日の出や日の入りの素晴らしいところはありません」

ライトフライヤーが目に見えないハサダーの空中交通管制システムに入ると、マークは市のコンピューターからのナヴィゲーションに任せた。短いコード化された通信を二、三交わした数分後には、国守官邸の上にあるごく私的で制限の厳しい離着陸場にゆるやかに誘導されて降りた。官邸は磨いたデンダリィ山地の石を外壁に使った、大きな近代的な建物だった。首都や領地のオフィスとの取引業務があるので、ハサダー市の中央広場の片側をほぼ一杯に使っている。ツィッピスはいつものとおりきちんとした控えめな灰色の服で、客を出迎えるため着陸リングの横に立って待っていた。マダム・ヴォルソワソンとは古い友人のような握手を交わし、外世界人のエンリークには生まれながらの外交官らしい優雅で気さくな挨拶をした。カリーンとは親しげに抱擁しあっている。

そこで待っていたエアカーに乗り換えて、将来どういう会社名になるにしても施設に使えそうな場所を三カ所、ツィッピスが案内してくれることになった。現在利用されていない町の倉庫と、近在のふたつの農場だ。農場は両方とも、以前の住人が国守とともにセルギアールに移住してしまったのでいまは空いている。片方は沼地でもう一方は岩の多い乾燥した土地なので、明らかに乏しい収益しか期待できない土地で報われない労働に挑戦する者はその後現れていない。マークは放射能測定図を注意深く調べた。すでにそれらの土地はヴォルコシガンの所有地になっているので、使用に関しては誰にも交渉する必要がない。

「お願いすれば、地代をただにして下さるようにお兄さまを説得できるかもしれません」この二カ所の田舎の土地について、ツィッピスは熱心な倹約家らしい口調で指摘した。「お父上がセルギアールに行かれるときに、領地の法的権限はすべてお兄さまに委ねていかれましたからできるはずです。いずれにしても、ご一家はいまその地所からはなんの収入もないんですからね。地代がただなら、他の開業費用にもっと資金をまわせます」

ツィッピスは、マークに必要な予算はどれほどか正確に知っている——週のはじめに通信コンソールを通していっしょに計画を検討したのだ。マイルズに頼みごとをすることを思うと、多少落ち着かなくなったが……自分だってヴォルコシガンではないか、自分にも権利があるのだと思い直して、マークは荒れ果てた農場を見回した。

マークはカリーンと頭をつきあわせて選択肢を検討した。マダム・ヴォルソワソンとそのあたりを歩きまわっていいといわれたエンリークは、さまざまなバラヤー自生の雑草を教えてもらっていた。いくつかの建物を見てまわると、配管やエネルギー施設の接続状態は土地の状態よりはましで、最終的に二人は比較的新しくて、広めの納屋がいくつかある場所に決めた。もう一度いろいろ考えながら土地をひとまわりしたあと、ツィッピスは一同を手早くハサダーに連れもどした。

昼食には、ツィッピスはハサダーで一番高級な賓客用の場所——つまり国守官邸の広場を見下ろす公式会食場に一同を案内した。テーブルに用意された素晴らしい料理は、マイルズが緊急に舞台裏で指示を出したことを窺《うかが》わせた——マイルズの……庭園デザイナーをもてなすために。マークはそのことを、デザートのあとで、カリーンがエンリークとマダム・ヴォルソワソンを伴って官邸の内庭にある庭園と噴水を見にいっているあいだに、普段はグレゴール帝の訪問のために貯蔵されているヴォルコシガン屋敷製の素晴らしいヴィンテージ・ワインをツィッピスと楽しみながら確認した。

「ところで、マーク卿」とツィッピスは、うやうやしくワインを一口含んでからいった。「あなたのお兄さまの、マダム・ヴォルソワソンのことをどう思われますか」

「まだ……兄のものだとは思わないけど」

「うむ、そうですね。そのへんは理解しております。というか、そういう説明を受けていると申し上げましょうか」

「兄は、彼女についてどんなことをいったのですか」

「たいしたことは伺《うかが》っていません、おっしゃり方ほどには。しかも何度もおっしゃった割にはね」

「そうか、やはりね。これがマイルズでなかったら、思わず吹き出すところだけど。いや実際に、おかしいことはおかしいですよね。だけど同時に……ふん」

ツィッピスは完全に理解できるというように瞬《まばた》きして微笑した。「心臓が止まるように恐ろしい……という表現が……ぴったりしますか」そしてツィッピスの語彙《ごい》は、常に彼の髪の刈り方のようにきっちりしているのだ。ツィッピスはその部屋の背の高い窓から広場を見下ろしていた。「マイルズさまがお若いころには、ご両親にお目にかかる用があったので、かなりしょっちゅうお会いしていました。そのころは絶えずご自分の体力と闘っていらしたんです。でも骨折しても一度も泣いたことはありませんでした。その年ごろの子どもにしては、怖いほどの自制心がありました。けれども一度だけ、あれはハサダーの領地祭のときでしたが、いっしょに遊ぼうとした子どもたちから手ひどく拒絶をされるのを見たことがあります」ツィッピスはもう一口ワインを含んだ。

「それで泣いたんですか」マークは訊いた。

「いいえ。ぷいと横を向いたお顔はとても変でしたけどね。ボサリがいっしょに見ていました――肉体的ないじめではなかったので、軍曹にも手が出しようがなかったんです。ところがその翌日、マイルズさまはそれまでにないひどい落馬事故を起こしました。乗るのを止められていた若い馬に乗って、禁止されていたジャンプをして……ピョートル国守さまは激怒し――ひどく怯えられて――その場で心臓発作を起こされるのではないかと思ったほどです。あとになって、あれはほんとに事故だったのかと疑問に思いました」ツィッピスはためらった。「これまでわたしは、マイルズさまはお父上に倣《なら》ってきっと銀河宇宙人を妻に迎えられるのだろうと思っていました。バラヤーの女性ではなく。この若いご婦人をどうなさるつもりか、わたしにはよくわかりません。またご自分を打ち砕くような目に遭わせるおつもりでしょうか」

「作戦があるんだといってますよ」

ツィッピスは薄い唇をきゅっと上げてつぶやいた。「そりゃマイルズさまはいつだって……」

マークは仕方なく肩をすくめた。「じつをいうと、ぼくもあの女の人とはほとんど初対面なんです。そちらこそいっしょに仕事をして――どう思いましたか」

ツィッピスは洞察に満ちた眼差しで首を傾げた。「もの覚えが早くて、細かいところまで正直な人です」

その二点が、ツィッピスの最高の褒め言葉だとたまたま知らなければ、たいして褒めているようには聞こえなかったかもしれない。

「実際にご本人に会ってみると、ほんとにきれいな方ですね」ツィッピスはあとから思いついたようにいった。「それに、あー、予想したほど背も高すぎません」

マークはにやっとした。

「未来の国守夫人としてのお仕事は務まる方だと思います」

「マイルズもそう思ってますよ」マークは認めた。「それに人材を採用するのは、マイルズにとって軍人としての重要な才能だったと思うな」しかもツィッピスを知れば知るほど、マイルズはその才能を彼の——二人の——父親から受け継いだのだという思いが強くなっている。

「それが過去の話だけでないのは確かです」ツィッピスはため息をついた。「アラール国守さまに、生きているうちにお孫さんを見せてあげたいものです」

〈それはぼくにいってるのかい〉

「気をつけてあげて下さいませんか」ツィッピスはいいたした。

「ぼくに何ができると思っているのか知らないけどね。彼女がマイルズに恋するように仕向けるなんてできそうもないな。女性にたいしてそんな力があるのなら、自分のために使ってますよ！」

ツィッピスはカリーンが立ち去った方角にそれとなく目を向け、それから目を戻して面白そうにマークを見た。「おや、今回あなたはそれをお持ちだという印象を受けたんですけどね」

マークはびくっとした。カリーンとのことで、マークが手に入れたつもりでいたベータ式合理性は、この一週間ほどで根拠をなくしてしまった。そして緊張が高まるにつれて自分の副人格が制御しにくくなってきている。といってもツィッピスは自分の事業顧問であって、セラピストではないのだ。それに――ここはなんといってもバラヤーではあるが――自分のバーバでさえもない。

「それで、マダム・ヴォルソワソンがお兄さまの好意に応えるような気配はあるのですか」ツィッピスはかなり悲観的な顔で話を続けた。

「いや」とマークは白状した。「だけどあの女性はとても控えめな人だ」とはいえこれは感情の欠如なのか、怖いほどの自制心があるのか、どっちなのだろう。こんな立場で何がわかる?

「ちょっと待って、うん、いいことを思いついた。カリーンにやらせましょう。女の人たちはそういう打ち明け話をしあうものでしょう? だから化粧室に連れだっていくとさっぱり戻ってこないんですよ。デートの相手の品定めをしていて。これは以前カリーンから聞いたことなんです、あんまり長く戻ってこないもんだから文句をいったら……」

「そういう女の子のユーモア感覚は、わたしは好きですよ。コウデルカ一家はいつだって好きでした」ツィッピスの目がきらりと光った。「あなたはあの娘をきちんと扱って下さいますね?」

〈バジルの警告、バジルの警告だぞ〉「ああ、そうしますとも」マークは熱をこめていった。じつをいうと、いまベータ仕込みの技術と能力の限界までカリーンをきちんと扱いたがっているのはグラントなのだ——彼女がさせてくれさえすれば。ゴージにとっては、今日は彼女にグルメの食事をさせる趣味を堪能したのでいい日だった。キラーは彼女が指名する気になれば、どんな敵でもすぐに暗殺しようとひそんでいる。といってもカリーンは敵は作らず作るのは友達ばかりなのだが。ハウルでさえ今週は、他のみんなの痛みを自分のものとして奇妙に満足している。この問題にはブラック・ギャングは一人の人間としてまとまっているのだ。

あの可愛くて、温かみのある、あけっぴろげな女の子……。カリーンの前に出ると、マークは石の下に這いこんで死を待っていたものぐさな冷血動物が、思いがけない太陽の奇跡に出会ったような気持ちにさせられる。一日じゅうでもふんふん悲しげに鼻を鳴らしながら、もう一度光を与えて輝かしい瞬間をもたらしてはくれないかと、あとをつけまわしかねないのだ。この中毒症状についてマークのセラピストは厳しい言葉を残していた——〈そんな重荷をカリーンに背負わせるなんて不公平じゃないですか。必要から取ることを学ぶだけでなく、与えることの満足も学ぶべきです〉まったくだ、まったくそのとおり。だけどちくしょう、セラピストはカリーンが好きで、仕事仲間に誘い込もうとさえしている。カリーンが誰でも好きなので、誰でもカリーンが好きになる。みんな彼女のまわりに群れたがる。カリーンはみんなの気分をよくするのだ。カリーンを好きになる。みんなが彼女のためなら、みんななんでもする。カリーンはマークに一番欠けていて欲しくてたまらないものを、すべてたっぷり持っているのだ——元気のよさ、人を動かす熱意、共感、魂の健全さ。カリーンには事業をやる上でも最高の将来性がある——二人で組んで、おれが分析しカリーンが他の人々との仲介役になれば、どんなに素晴らしい組み合わせになるだろう……。どんな理由だろうと、カリーンを失うことを考えるだけで、マークは半狂乱になるのだった。

エンリークとマダム・ヴォルソワソンを相変わらず背後に率いて何事もなくカリーンが戻ってくると、マークのパニックの前兆めいた発作は消えて呼吸も落ち着いてきた。食事をしたあと、みんななんとなく目的に対する熱意が薄れていたのに、カリーンはマイルズの庭の石を探すふたつめの仕事にとりかかろうと呼びかけた。すぐさまツィッピスは、愛想のいい二人の大柄な若者とリフトヴァンを用意してくれた。若者は立体地図と案内書と携帯牽引器を携えていた。マークが、南の方角に聳《そび》える灰色の背骨のようなデンダリィ山地に向かってライトフライヤーで飛びたつと、リフトヴァンは後ろからついてきた。

マークは石の多い沢にほど近い山のなかの谷間にライトフライヤーを降ろした。この地域はまったく開発されていないが、やはりヴォルコシガン一族の地所だ。ここが取り残されているわけはすぐわかった。何キロにもわたる険《けわ》しい斜面に手つかずのバラヤー原生植物の植生——そう、森とはちょっといいがたい、せいぜい茂みといったところだ——が広がっているのだ。

マダム・ヴォルソワソンはライトフライヤーを降りると北側を振り返って、ヴォルコシガン領内の人里のあるあたりの低地を眺め下ろした。大気が暖かいので遠くの地平線は魔法のように青い靄に包まれているが、それでも百キロの彼方まで見晴らせる。白いふんわりした雲の峰が三つの弧に大きく分かれて、競いあう城のように銀色の基盤の上に聳えている。

「まあ」マダム・ヴォルソワソンの口許はほころび微笑が浮かんだ。「これこそまっとうな空だわ。こうでなきゃいけないのよ。カリーン、ヴォルコシガン卿はここに上がるのがお好きだといったけど、よくわかるわ」そして何もない空間を指でつかもうとするように、半ば無意識に両腕を伸ばせるだけ前に伸ばした。「丘って普通は、わたしを取り囲む壁のような気がするんだけど、これは――これはとてもいいわ」

雄牛のような男たちのリフトヴァンが、ライトフライヤーの横に着陸した。マダム・ヴォルソワソンは装置を持った男たちを率いて渓谷に降りていった。美意識を満足させる正真正銘のデンダリィ産の岩や石を必要なだけ選びさえすれば、この助手たちがヴォルバール・サルターナまで運んでくれることになっている。エンリークは醜いひょろひょろの小犬のようにあとをついて歩いていた。マークは下へ降りたらふうふうぜいぜい帰ってくることになるので、端から覗いてみるだけにして、そのあと谷のあまり段差のないあたりをカリーンと手をつないで散歩した。

マークがカリーンのウエストに手をまわして抱き寄せると、彼女は柔らかく身を寄せたが、胸を撫でてそれとなくセックスをほのめかそうとすると、カリーンは不愉快そうにからだを硬くして離れた。くそっ。

「カリーン……」マークは悲しそうに抗議した。

彼女はかぶりを振った。「ごめんなさい。ごめんなさい」

「そんな……謝るなよ。すごくいやな気にさせたのはぼくなんだ。きみにもぼくを欲しいと思ってもらえないと、ぜんぜんだめだ。きみは前はそうだったと思ったのに」

「そうだったわ。いまもそうよ。わたしは──」彼女は言葉に詰まり、それからまたいいかけた。「わたしね、自分が立派な大人で、一人前の人間だと思っていたのよ、ベータ植民惑星では。ところがここへ帰ってきたら……。わたしは食べ物の一口でも、着るもののひと針でも、何もかも、自分の家族とこの場所に頼っていることに気づいたの。それはいままでも、ベータにいたときもそうだったのよね。たぶんあれはみんな……偽物だったのよ」

彼はカリーンの手をつかんだ。少なくともそれは引っ込まなかった。「きみはいい子でいたいんだね。いいよ、それはわかる。でもその善良さを誰が定義するのか、注意しなきゃいけない。ぼくはね、ぼくを創ったテロリストからそれを教えてもらったのさ、まったくのところ」

カリーンはその恐ろしい記憶を察して、マークの手を握り返して同情するように顔をしかめた。そして少しためらってから言葉を続けた。「わたしが気が狂いそうなのは、それぞれの定義の違いよ。わたしは同時にふたつの場所でいい子にはなれない。わたしはベータでいい女の子でいる方法を学んだけど、ベータ独特のやり方では、ここではいい女の子にはなれないの。それにときどき、もっと怖いことがいっぱいあるわ。でも……自分の中身が大きく成長しているのを感じるのよ。わたしのいう意味わかるかしら」

「わかると思う」マークは自分がその恐怖の原因でないことを願っていたが、自分ではないかという気がした。確かに一時は、自分が恐怖の原因だったのを知っている。去年はひどい年だった。それでもカリーンはマークから離れはしなかった。「でもきみはカリーンの基準の善良さを選ばなきゃだめだよ、バラヤーの基準ではなく……」そして深呼吸をひとつしてから、正直にいった。「ベータの基準でもなくね」〈ぼくの基準でもなく？〉

「ここに戻ってきてからは、自分に問いかける言葉もわからないみたいなの」

カリーンにとってこれは隠喩《いんゆ》なのだ、と彼は思い直した。もっとも頭のなかにブラック・ギャングのいるマーク自身、一種の隠喩なのかもしれないけど。転移性になった隠喩だ。隠喩というものは圧力が強いとそうなることがある。

「わたしベータ植民惑星に戻りたい」彼女は眼下の息を呑むような美しい空間を見るともなく見つめながら、低い激情のこもった声でいった。「ほんとの大人になって、どこにいても自分でいられるようになるまで向こうにいたい。ヴォルコシガン国守夫人のような大人に」

マークは優しいカリーンの目標が、自分の母だということに驚いて眉を上げた。それは母にいったほうがいい、あの母は誰からもどんな理由でも目標になんかされる気はないから。それとも、戦争を通り抜け火の上を裸足で歩いたりせずに、その資質を手に入れられるものなら、といったほうがましかもしれない。

気が滅入っているカリーンは暗くなっていく太陽のようだ。よくわかるよというように、マークはもう一度彼女のウエストを抱きしめた。さいわいカリーンは、それを支持してくれるという意味に受け取ったらしく、しつこく拒絶したりせずお返しにマークに身を寄せた。

ブラック・ギャングは緊急突撃専用部隊の構えでいるのに、司令官はめちゃめちゃだ。グラントはもう少し待たねばならないだろう。グラントはマークの右手か何かを使って、デートの相手をその気にさせるのがすごく上手だ。これはとても大事なやつだから、おしゃかにするのは惜しい。ああ、そうとも。

ところが結局カリーンが途中でわれに返ってしまったら、グラントの居場所は残っていないのか……。

ここには食べるものは何もない。話題を変えよう、急いで。「ツィッピスはマダム・ヴォルソワソンが気にいってるみたいだね」

「エカテリン？　わたしも好きよ」

それではもう、エカテリンと名前で呼ぶようになったのだ、よかった。もっと化粧室に何度も行かせないといけない。「彼女がマイルズを好きかどうかわかるかい」

カリーンは肩をすくめた。「そう見えるけど。マイルズの庭園かなんかのために、すごく一生懸命働いているわ」

「そういうことじゃなくて、彼女はマイルズに恋しているんだろうか。まだ名前で呼ぶところを聞いたことはないけど。名前を呼びあうような仲にならないで、恋なんかできるものかな」

「ああ、それはヴォルの問題ね」

「ふん」マークはこの返事では安心できない気がした。「そりゃ、マイルズが真のヴォルであることは確かだよ。例の皇帝直属の聴聞卿ってやつが頭にあるんだと思うんだ。だけどどうだろう、きみが彼女としょっちゅういっしょにいたら何か糸口をつかむことはできると思うかい」

「スパイをするの？」カリーンは賛成できないというように顔をしかめた。「マイルズが、わたしにそうしてもらえってあなたにいったの？」

「じつはそうじゃないんだ。ツィッピスだよ。彼はマイルズのことをちょっと心配しているんだ。それに——ぼくもね」

「あの人とはお友達になりたいわ……」

〈そりゃそうだろう〉

「あまり友達はいないみたいね。もっとあちこち行かないとね。それにコマールであの人の夫に何が起こったのか知らないけど、どうも口にはできない恐ろしいことらしいわ。あの人は黙りこくっていて、口に出さないことばかりなのよ」

「だけど、彼女はマイルズの役に立つかな。マイルズにふさわしい人だろうか」

カリーンは眉をぐっと上げてマークを見下ろした。「マイルズがあの人にふさわしいかどうか気にする人はいないの？」

「え……え……ふさわしくないわけないだろ。国守の跡継ぎだよ。裕福だし。皇帝直属の聴聞卿じゃないか、なんたって」

「わたしにはわからないわ、マーク。ヴォルがそれ以上のことを望むかい」

「わたしならマイルズと一週間閉じ込められるよりは、ヴォルにもよるんじゃないの。わたしにわかってるのは、ブラック・ギャングの面々がどんなに手に負えないときでも、あなたといっしょに百年でもいるほうがいいってことよ。マイルズは……人を支配するのよ」

「マイルズにそれを許せばだろう」けれどもマークは、カリーンがあの豪勢なマイルズよりもほんとうに、心の底から、自分を好いてくれているのだと思うと胸が熱くなった。そして突然、空腹感が薄れた。

「マイルズを止めるには何がいいか、思いつかない？　子どものころのことでいまだに忘れられないのは、姉さんやわたしがレディ・コーデリアを訪問するママについていくと、マイルズが一人で相手をさせられたことなのよ。十四歳の少年にはむごいことだったと思うけど、そのときはそんなこと知らなかったわ。マイルズはわたしたち四人を、女の子ばかりの一律の訓練チームにすべきだと思って、ヴォルコシガン館の裏庭を行進させたの。雨の日は舞踏室だったけど。確かわたしは四歳だったと思うわ」過去の思い出にカリーンは顔をしかめた。「マイルズに必要なのは、頭を冷やしなさいといってあげられる女の人よ。でないとひどいことになるわ。マイルズにとってじゃなくて、彼女にとってよ」ちょっと考えてからカリーンは賢そうにいいたした。「彼にとっても、そのうちひどいことになるけど」

「うへえ！」

そのとき感じのいい若者が喘《あえ》ぎながら谷から上がってきて、リフトヴァンを谷に下ろした。大きな音を立てながら荷積みを終えると、リフトヴァンはふらふらと上がって北を目指して飛び去った。しばらくしてマダム・ヴォルソワソンとエンリークが息を切らして現れた。バラヤー自生の植物の大きな束をつかんだエンリークは、元気いっぱいの顔つきだった。すごく血行がよさそうな顔色だ。たぶんこの科学者は、何年も戸外に出たことがなかったのだろう。谷に落ちたらしく水を滴らせてはいるが、この男にとって今回の遠出は間違いなく有益だったのだ。

後部席になんとか植物を詰めて、エンリークもある程度乾いてからまたライトフライヤーに乗りこんだが、もう日は西に傾いていた。もう一度谷の上を旋回してから片翼を下げ首都を目指してライトフライヤーを北に向けたあとは、マークにはスピードを試す楽しみが待っていた。機はマークの足と指先の下で快適なハム音を立て、夕暮れ前にはヴォルバール・サルターナの郊外に帰着した。

まず最初にマダム・ヴォルソワソンを大学近くの伯父夫婦の家に降ろし、取ってきた植物標本すべての科学的な名前をエンリークに教えるため、翌日ヴォルコシガン館に立ち寄ってくれるように約束をとりつけた。カリーンは家族の町屋敷の前の広場でぴょんと跳び降りると、マークの頬に軽く別れのキスをした。〈引っ込め、グラント。おまえへの挨拶じゃない〉

マークはライトフライヤーをヴォルコシガン館の地下の駐機場の一隅にするりと収めてから、エンリークのあとを追って実験室に行き、バター虫に餌をやったり点検したりする手伝いをした。エンリークは小さな這いまわる虫たちに子守歌を聞かせるのは短時間でやめたが、虫のためというよりは自分のために、何かぶつぶついいながら研究室のなかを歩きまわっていた。この男は一人で働く期間が長すぎたのだ、とマークには思われた。とはいえ今夜は鼻唄を唄いながら、新しい植物を彼とマダム・ヴォルソワソンにしかわからない属目別に分類したり、ビーカーの水につけたり、実験台の上の紙に広げて乾かしたりしていた。

マークは木っ端をたっぷり掬《すく》って、重さを測って記録してからバター虫の家に撒いてやった。

そして振り返ると、エンリークが座って通信コンソールを開いていた。ああ、いいぞ。たぶんこのエスコバール人は将来の利益につながる科学にふたたび手を染めようとしているのだ。マークは褒め言葉をさしはさむつもりで、背後にふらりと近寄って覗いた。ところがエンリークがせわしげに向かっているのは目眩のしそうな分子画像ではなく、細かい字で書きこんだ文書だった。

「それはなんだい」マークは尋ねた。

「ぼくの博士論文のコピーを送るとエカテリンに約束したんでね。彼女に頼まれたんだよ」エンリークは自慢げではあるが多少驚きのまじった口調でいった。「〈細胞外エネルギー貯蔵複合体のバクテリアと菌類の組合成に関して〉っていうんだ。これは最近のバター虫に関する仕事の基礎になる論文で、ぼくは微生物の組み合わせを乗せる完璧な乗り物としてついにバター虫に出会ったわけだ」

「あー」マークはためらった。〈あんたにとっても、もうエカテリンなのか〉カリーンが名前で呼びあう仲になったのなら、そこにいっしょにいたエンリークが仲間はずれになるわけがないか。「あの人はそれが読めるのかい」マークがいままで見たかぎりでは、エンリークが書くものはしゃべる言葉と同じくらい難解だった。

「なに、分子エネルギーの流れの方程式がわかるとは思わないけど——ぼくの指導教官だって苦労してたからね——だけどアニメがあるからだいたいのところはわかるに違いない。といっても……おそらくこんな抽象的なものでも、ぱっと見ただけで興味を引かれるようになんとか工夫できるかもしれない。いささか無味乾燥なのは認めるけどね」エンリークは唇を嚙んで通信コンソールにかがみこんだ。そして一分後に彼は訊いた。「グリオキシル酸《グリオキシレイト》と韻を踏む言葉を考えられるかい」

「いや……とっさにいわれても。オレンジではどうだ。シルバーは？」

「そんなのはなんとも韻なんか踏まないぜ。手伝いができないのなら、あっちに行ってくれ」

「きみは何をやっているんだ？」

「イソシトレイトだよ、もちろん。だけどそれは韻が正しくない……。十四行詩《ソネット》に抽象概念を投影したら、素晴らしい効果が生み出せるんじゃないか、とやってみてるとこだ」

「それはなんとも……すごいことみたいだ」

「そう思うかい」エンリークはにっこりして、また鼻唄を唄いはじめた。「トレオニン、セリン、極地《ボラー》の、質量《モラー》の……」

「悲しみ《ドウラー》」マークは適当にあとを続けた。「ボウラー」エンリークは苛立たしそうに手を振った。くそっ、エンリークは頭脳に仕事をさせるための貴重な時間を詩なんか書いて無駄使いしちゃいけない。お気に入りのエネルギーの流れとやらのある、長い連鎖分子の相互作用を設計してればいいんだ。マークは通信コンソールの固定椅子にプレッツェルのような恰好でかがみこんでいるエスコバール人を見つめているうちに、きゅうに心配になって眉をしかめた。

いくらエンリークでも、まさか自分の学位論文で女の気を引けるなんて思ってやしないだろうな。それともエンリークならそんなことを考えられるのかも……。論文は結局のところ、あいつの短い人生で唯一成功したものなのだから。そんな方法でつかめる女がいたらそれは彼にふさわしい女だろう、とマークも認めざるをえないが……この人はだめだ。マイルズが恋に落ちている相手はだめなのだ。といってもマダム・ヴォルソワソンは丁重すぎるほど丁重な人だ。そんなとんでもない申し出を受けても、彼女は間違いなく親切な言葉を返すだろう。そしてエンリークは親切には……マークが知りすぎるほど知っている誰かと同じくらい親切に飢えているから、きっと希望を持って……。

　こうなると、虫の事業を領地のどこか新しい場所に永久的に移すことは、早急に処理すべき仕事だと思われた。マークは口をすぼめて、足音を忍ばせこっそり実験室から出た。

　廊下を遠ざかっていくマークの耳に、エンリークの楽しげなつぶやきがまだ聞こえていた。

「ムコ多糖《ムコポリサツカリド》、うむ、これはいいぞ、リズムがあるようだな、ムーコーポーリーサッカーリド……」

　ヴォルバール・サルターナ・シャトルポートは、夜間に入ると交通量が減って落ち着いた雰囲気になっていた。イワンは待ちきれない表情でコンコースを眺めまわし、歓迎用に用意した麝香《じゃこう》のような匂いの蘭の花束を右手から左手に持ち替えた。今夜帰ってくるレディ・ドンナなら、ジャンプぼけで疲れすぎてそのあとのちょっとしたつきあいもできないなんてことは絶対にありえない、とイワンは信じていた。旧交を温めるきっかけには、花は目を引くからふさわしいはずだ。あまり豪華で派手だと必死になっているようでいやだけど、ドンナのようなニュアンスに敏感な女には、こっちの真剣な興味が伝わるように優雅で高価でなければならない。

イワンの横では、バイアリーがゆったりと柱にもたれて腕組みしていた。花束に目を向けてバイアリーらしい薄笑いを浮かべたのに気づいたが、イワンは無視した。バイアリーは機知とか、洒落気《しゃれっけ》のまじった、編集者のような批評を得意にしているが、従姉妹のなまめかしく思いやりある態度とは比較にならない。

ゆうべ、とらえどころのない短いエロチックな夢を見たために、イワンは記憶を呼び覚まされていた。荷物を持ってあげよう、とイワンは心に決めた。どんな荷物を持っているかわからないが花束と交換して、なにかしらは持とう。レディ・ドンナの旅行は軽装ではすまないことを、イワンは思い出した。

ピエールのクローンの入った人工子宮を、抱えて戻ってくるのでなければね。それはバイ一人に任せよう。イワンはそんなものには、ステッキでさえ触る気はなかった。従兄弟のリチャーズの遺産を横取りするためドンナがベータ植民惑星で何を手に入れたのか、バイに訊いてもしっかり口を閉じたままだった。といってもクローンを使う策略はいずれ誰かが試したに違いないことだ。そういう政治的に複雑な問題は従兄弟のヴォルコシガンの手に渡されるだろうが、地位の低いただのヴォルパトリルとしては、自分の方向ははっきりしていた。ありがたいことに、国守評議会の投票権はイワンにはないのだ。

「ああ」バイが柱から身を起こすと、コンコースを見つめて挨拶するように手を上げた。「さあ、行こう」

イワンは彼の視線を追った。男が三人近づいてくる。右側にいる白髪の厳《いか》めしい顔の男がバイに答えて手を上げた。軍服こそ着ていないが、その頑丈な年配の男がピエール国守の親衛兵士なのはイワンにもわかった――なんという名だったか――スザボだ。そうか、レディ・ドンナは長旅の手伝いをする護衛を連れていったのだ。左手にいるやはり民間人風の服装の男も、ピエールの別の親衛兵士だった。この男の地位が低いことは、年齢からも旅行鞄を三個積んだ浮き台《フロート・パレット》を引いていることでもわかった。この男のみような表情はベータ植民惑星への旅から戻ったバラヤー人に共通するものだ。旅先でのショックを押し隠しているのだとイワンにはわかった。地面に倒れるかコンクリートにキスするか、さもなければ回れ右してシャトルに駆け戻るべきか、頭が混乱しているように見える。

中央にいるのはイワンの会ったことのない人物だ。中背の、筋肉質というよりはしなやかな感じのアスリート・タイプだが、民間人風の上着の肩はしっかり張っていた。地味な黒服には、紳士服のバラヤー式疑似軍隊飾りに敬意を表して、たった一本だけ灰白色の縁取りがついている。この微妙な服装が細身の男の顔にはよく映っていた。色白の肌、太く黒い眉、短く刈った髪、そして短く整えた艶《つや》のある黒い顎鬚と口髭。足どりはエネルギッシュだった。目は刺激的な茶色で、この場所をはじめて見て気にいったとでもいうように、四方に鋭い視線を向けている。

ああ、なんてことだ、ドンナはベータ人の情夫を連れてきたのか。これは厄介なことになりそうだぞ。だがこいつはもう少年ではないな、とイワンは、自分とバイアリーのほうに近づいてくる三人を見ながら思った。少なくとも三十代にはなっている。この男にはどことなくみょうに見慣れた感じがあった。やけに本物のヴォルラトイエルに似てるじゃないか——あの髪、あの目、あの冷笑を浮かべた尊大な感じ。いままで知らなかったピエールの息子だろうか。なぜ国守が結婚しなかったのか、その秘密の理由がついに明らかになるのか。この息子を作ったのはピエールが十五歳ぐらいのときでなければならないが、それは可能だろう。

バイは微笑している見知らぬ男と丁寧《ていねい》な会釈《えしやく》を交わしてから、イワンを振り返った。「二人とも、紹介する必要はないと思うがね」

「いや、必要があると思うよ」イワンは抗議した。

男は白い歯を見せて、手を差し出した。イワンは機械的にそれを握った。その手は力強くさらりとしていた。「ドノ・ヴォルラトイエル卿です、どうぞよろしく、ヴォルパトリル卿」彼の声は心地よいテノールで、ベータの訛《なま》りはまったくなく、教養のあるバラヤー・ヴォル階級のそれだった。

やっとイワンが気づいたのは、余燼《よじん》のように明るい微笑んでいる目からだった。

「ああ、くそっ」イワンは身を引いて、手をぱっと引きながらかすかにいった。「ドンナ、なんてことを」ベータの薬、ああ、そうだ。それにベータの手術。ベータ植民惑星では、金《かね》があって自由に承諾できる成人であることを納得してもらえれば、どんなことでも思いのままにできる。

「国守評議会でこっちの言い分が認められれば、じきにドノ・ヴォルラトイエル国守になるけどね」ドンナ――ドノ――誰にせよ――はなめらかに言葉を続けた。

「あるいは見たとたんに殺されるかもな」イワンは……彼をぐったり疑わしげに見つめていった。「こんなことが通るとほんとうに思っているんですか」

彼――彼女――がスザボ親衛兵士に向かってぴくりと眉を動かすと、兵士は顎をぐっと上げた。ドンナ/ドノはいった。「ああ、だいじょうぶ、これにとりかかる前に、そのリスクは細かく検討ずみだから」彼女/彼、なんにせよ、はイワンが左手でつかんだまま忘れていた蘭の花に目をつけた。「おや、イワン、それはわたしのためなの？　なんて優しいこと！」彼女は高い甘え声でいうと、イワンから花をもぎ取り鼻に近づけた。それで口髭が隠され、花束の向こうからとりすました黒い睫毛《まつげ》で瞬きすると、彼女は突然恐ろしいほどはっきりとレディ・ドンナに戻った。

「人前でそんなことをなさらないように」スザボ親衛兵士が小声でいった。

「ごめんよ、スザボ」声はふたたび下がって、最初の太い男の声になった。「つい我慢できなくてね。ほら、イワンだから」

スザボは譲歩するように肩をすくめたが、言葉は口に出さなかった。

「これからは気をつけると約束するよ」ドノは花束を握ったまま槍を持っているように脇に手を下ろし、肩を引き足を開いて、疑似軍隊式気をつけの姿勢になった。

「そのほうがいいです」スザボが分別のある口調でいった。

イワンはぞっとしながらも目が離せなかった。「ベータの医者は身長まで伸ばしてくれたんですか」下に目を向けていう。ドノの半ブーツの踵《かかと》は特に厚くはなかった。

「身長はいままでと変わらないよ、イワン。他のことは変わったけど、身長は変わっていない」

「いや、前より高いですよ、くそっ。少なくとも十センチは」

「それはきみの頭のなかだけだろう。テストステロンの心理的副作用は、驚くべき気分の変化をはじめとしていろいろ発現しているところだけど、それもそのひとつだね。うちに帰ったら、身長を計ってきみに証明しよう」

「そうそう」バイがちらりとあたりを見回していった。「この会話は、もっと私的な場所で続けることを勧めるよ。指示どおり、運転手と地上車を向こうに待たせてあるんだ」バイアリーは従兄弟に向かって、多少皮肉っぽく頭を下げた。

「では……ぼくはその家族再会には顔を出す必要がないから、これで」とイワンは別れを告げた。そして横にちょっと身を引いた。

「いや、いて欲しいな」とバイ。二人のヴォルラトイエルは意地悪くにやりと顔を見合わせて、両側からイワンの腕をつかみ出口のほうに進みはじめた。ドノの握る力は明らかに男のものだった。親衛兵士たちはあとからついてきた。

故ピエール国守の公用地上車が、バイが乗り捨てた場所にあった。ヴォルラトイエル家の有名な青とグレーのお仕着せを着た俊敏そうな親衛兵士の運転手が、ドノと連れのために急いでキャノピーを上げた。運転手は新しい主人を横目で眺めたが、変貌したことにはまったく驚いた様子を見せなかった。若いほうの親衛兵士はわずかな荷物を積み終わると、運転手の隣の前部席に滑りこんでいった。「くそっ、故郷に帰れて嬉しいよ、ジョリス。おれがベータで見たことを話しても信じない――」

後部席にいるドノ、バイ、スザボ、イワンにキャノピーが下ろされ、その声は聞こえなくなった。車はなめらかにシャトルポートを離れた。イワンは首をねじって振り返り、文句をいうように訊いた。「荷物はたったあれだけ?」レディ・ドンナにはいつも荷物を運ぶ二台目の車が必要だったのだ。「あとはどうしたんですか」

ドノは座席に深々と腰掛けて、顎を上げ両足を前に伸ばした。「ベータ植民惑星にみんな捨ててきたんだよ。わたしの親衛兵士が旅行に必要だといったのは、ひと箱だけだったんだ、イワン。長生きはするものだね」

イワンはわたしの親衛兵士という言葉を耳に止めた。「親衛兵士は――」横で聞いているスザボにうなずいていう。「きみたちはみんなこれに加担しているのか」

「もちろんだよ」ドノは軽くいった。「そのはずだ。ピエールが死んだ夜に、全員を集めてスザボとわたしからその計画を提案した。そしてみんなわたしに誓いを立てたんだ」

「すごく、あー……忠実なんだなあ」

スザボがいった。「わたしたちは全員、長年のあいだ、レディ・ドンナが領地の管理を手伝っていらっしゃるのを見てきました。わたしの部下たちも、むしろ、そのう、計画にむりやり引き込まれたわけではないんです。生まれながらの領地の人間ですからね。リチャーズのものになるのを望む者なんか一人もいません」

「きみたちにはリチャーズを観察する時間もたっぷりあったわけだ」イワンは認めた。そしてちょっと考えてからいった。「どうやったらリチャーズは、そんなに反感を持たせられたのかね」

「一晩でできることじゃない」とバイ。「リチャーズはそんな英雄じゃないよ。永続的な長年の努力の賜物ってところさ」

「どうなんだろうね」ドノは急に皮肉な口調になっていった。「わたしが十二のときにリチャーズにレイプされかけたことを、いまになっても気にしている者なんかいるかな。わたしが抵抗して追っ払ったら、あいつは仕返しに子猫を溺れさせたんだけどね。どっちみち、そのときは誰も気にしなかったよ」

「うへえー」とイワン。

「その話を一族の者に信じてもらわないとね」バイが口をはさんだ。「リチャーズは子猫が死んだのはきみのせいだと、いいふらしたんだ。あいつはいつも、そういう立ち回りがうまかったからね」

「きみはわたしの話を信じたね」ドノはバイにいった。「信じてくれたのはたぶん一人だけだよ」

「ああ、でもおれは、自分でもリチャーズからひどいことをされた経験があったからね」とバイ。だがそれ以上詳しいことはいおうとしなかった。

「わたしはそのころ、まだお父上の国守さまには仕えておりませんでした」スザボは自己弁護するようにいった。

「それは運がよかったね」ドノはため息をついた。「あのころの館のなかを、たるんでると表現したら親切すぎるくらいだ。しかも老父が心臓麻痺《まひ》で亡くなるまで、他の者は誰も命令を出せなかった」

「リチャーズ・ヴォルラトイェルは」とスザボはなおもイワンにいった。「この二十年間ずっと、ピエール国守の、あー、神経の問題を観察していて、ヴォルラトイェルの領地と国守の地位は自分のものだと考えていたんです。ピエール国守が回復するとか国守が自分の家族を持つことは、リチャーズにはまったくの論外でした。じつはわたしは、リチャーズが、最初にピエールが婚約した若いレディの親戚を買収してそれを破棄させたのを知っていました。二度目の求婚の際には、ピエールの個人的な医療記録を女の子の家族に持ち込んで妨害しました。あの三番目の婚約者が死んだライトフライヤーの墜落にしても、事故だったという証拠はありません。ピエール国守は事故ではないと信じておられましたよ」

「ピエールは……いろいろ奇妙なことを信じていたからね」イワンは不安そうに注意した。

「わたしも事故死ではないと思いました」スザボはそっけなくいった。「わたしの一番優秀な部下が操縦していたんです。その男も死にました」

「ほう。うーむ。といってもピエール国守自身の死因に疑問はないんだろう……」

スザボは肩をすくめた。「ピエール国守があれほど落胆なさらなかったら、一族の持病である循環器の疾病にもっと適切な対処をなさって死を招かずにすんだはず、とわたしは信じています」

「わたしは気にかけていたんだよ、スザボ」ドノ――ドンナ――が悲しげにいった。「医療記録が洩れた事件のあとでは、ピエールは医者たちに信じられないような偏見を持っていてね」

「ええ、わかっています」スザボは彼女の手を軽く叩こうとしたが、思い直したのか、慰めるように肩をぽんと小突いた。ドノはそれでよしというようにゆがんだ笑みを浮かべた。

「どちらにしても」スザボは続けた。「ピエール国守に忠実だった親衛兵士は――あのお気の毒な方に、全員忠実でしたよ――リチャーズに仕えたら五分ともちやしません。だいいち彼は館に足を踏み入れるやいなや――これはみんなすでに聞かされているんですけど――ピエールに忠実だった者やピエールの物を一掃して、自分の手先を入れるはずです。ピエールの妹なんか、まず第一にお払い箱ですよ、もちろん」

「リチャーズがわずかでも保身の術を心得ていればね」ドノが低い厳しい声でいった。

「果たして、彼にそんなことができるんだろうか」イワンは疑わしげにいった。「あなたを自分の家から追い出すなんて。ピエールの遺言では、あなたにはなんの権利もないんですか」

「家も、領地も、何ひとつ」ドノは暗い笑みを浮かべた。「ピエールは何も遺言しなかったんだよ、イワン。彼はリチャーズを後継者に指名する気はなかったし、リチャーズの兄弟や息子もみんな嫌っていて、たぶん最後まで自分の肉体から後継者を作ることを望んでいたんだと思うね。ちくしょう、近代的な医薬のおかげで、あと四十年生きられるとでも思っていたのかもしれない。レディ・ドンナとしてわたしが貰えるのは、自分の持参金代わりのわずかなものだけだ。遺産は信じられないくらいでたらめな状態なんだ」

「と聞いても驚かないけどね」とイワン。「だけどほんとうにこれが成功すると思っているんですか。だって、リチャーズは推定相続人だよ。それにあなたは、いまは何であっても、ピエールが死んだときには弟ではなかった」

「そこが、この計画の一番重要な点なんだよ。国守の相続人は、すでに国守評議会で誓いを立てていれば、国守が死んだ瞬間に相続することになっている。そうでない場合には、評議会が確認をする瞬間まで領地の相続は棚上げになる。そしてその瞬間には――二週間ほど先になるけど――わたしは見てのとおり、ピエールの弟になっているわけだよ」

その言葉を受け入れようと努めているうちに、イワンはしかめ面になった。黒い上着がすっきりからだに合っているのから察して、自分が谷間に顔を埋めた、あの素敵な大きな乳房は……気にするな――とにかく、明らかにいまは何もないのだ。「ほんとうに手術をした……どういう手術を……まさか、例の両性者になったんじゃないでしょうね。それともいったいどこに……全部どこにやったんです？」

「きみがいってるのが以前の女性器官のことなら、荷物といっしょにベータに捨ててきたんだ。手術がうまかったから、傷跡も見つからないよ。女性としての時代があったのは神様がご存じだ――べつに惜しいとも思わない」

イワンは名残惜しかった。ものすごく。「冷凍にでもしたのかと思ってね。計画がうまくいかなくて、気が変わったときのために」イワンはものほしげな口調にならないように気をつけた。「一生のあいだに何回も性を変えるベータ人がいるのをぼくは知っている」

「ああ、クリニックでそういう人に何人か会ったよ。とても協力的で親切な人たちだったといわなきゃね」

スザボは軽くくるりと目を動かした。この男はいまではドノの近侍として働いているのだろうか。国守の古株の親衛兵士によくあることなのだ。スザボは細かいところまで目撃したに違いない。〈二人の目撃者。そういうことか、証人を二人連れていったのだ〉

「そんなことはしない」ドノは話を続けた。「もしもとに戻るのなら——これまでの四十年でじゅうぶんだから、そんな計画はないけどね——今回と同じように、まったく新しいクローン器官でやり直すよ。そうすればまた処女になれるわけだ。考えるとじつに気味が悪いね」

イワンはためらった。それから尋ねた。「どこかから、Y染色体を加える必要があったんじゃないのかな。どこで手に入れたんですか。ベータ人に提供してもらったのか」イワンは思わずドノの股間にちらりと目を向け、すぐに目をそらした。「リチャーズは、そういうことだと——相続人の一部はベータ人だと主張しないだろうか」

「それは考えたよ。だからピエールから貰ったんだ」

「まさか、あの、彼の男性器官を新しいクローンにしてもらったんじゃないでしょうね」このグロテスクな考えに、イワンはぎょっとしていた。考えると頭が痛くなった。これは一種のテクノ近親相姦じゃないのか。

「違う、違う。小さな組織標本を兄から貰ったことは認めるけど——そのときには、もう彼には必要なかったからね。そしてベータの医者が、わたしの新しい部品を作るのにその染色体を利用したわけだ。新しく作ったわたしの睾丸のピエールからもらったものの比率は、計算すれば二パーセント以内だと思うよ。どっかのやつみたいに、自分のペニスにあだ名をつけるとすれば、兄の名をつけて呼ぶのが妥当だとは思うけど。もっともそれはあまり気が進まないよ。全部自分のものって感じだから」

「だけど、あなたのからだの染色体はいまでも、XXなんでしょう」

「ええと、そうだね」ドノは不愉快そうに顔をしかめて顎鬚を掻いた。「リチャーズがそれを思いつけば、論点にしようとするのは予想される。肉体を完全に変換するための逆行遺伝子処置も調べてはみた。それには時間が足らなかったし、完全な処置は奇妙なことが起こる可能性もあるんだよ。そんな大がかりな遺伝子接合を行うと、結果はたいていの場合よくて細胞モザイク状態で、うまくいこうといくまいとキメラには違いない。遺伝子病としての治療はいくらでもできるけど、部分的細胞女性であることは法的には病気ではないんだ。それはともかく次世代のヴォルラトイエルの後継者はわたしの組織の割合が影響してXYであることが証明され、そしてついでにいうと、遺伝子病も欠陥も突然変異もそれとともになくなる。次の国守には先天的な心臓の欠陥はなくなるんだよ。他のことはともかく。とにかく、ペニスがあることが国守の地位には常に一番重要な資格なんだ。歴史がそう教えている」

バイがくすくす笑った。「たぶんペニス投票をすればすむだけのことさ」といって股間に指でバツを作ってみせ、高い声で歌うようにいった。「ドノ、これがきみのしるしだ」

ドノはにやっとした。「本物のペニスが国守評議会の席を確保するのがはじめてでないとしても、わたしはもっと完璧な勝利が欲しいんだ。そのためにきみが必要になるんだよ、イワン」

「ぼくが？　ぼくはこんなことにはなんの関係もない！　こんなことには関係したくない！」

イワンが抗議しかけたとき、車はヴォルラトイエルの町屋敷の正面でスピードを落とし、カーブを切ってなかに入っていった。

　ヴォルラトイエル館はヴォルコシガン館よりも一世代は古く、したがって明らかにもっと砦風だった。そのがっしりした石塀には星形の穴がいくつかあいていて影を歩道に落としていた。偉大な館の全盛期にはその穴から、馬の糞で飾られた土の道に向かって十字砲火が向けられたのだろう。一階には細い銃眼がいくつかついているだけで窓はない。彫刻などの装飾をいさぎよしとしない厚板を鉄締めにした二重ドアが、中庭への通路には立ちふさがっている。それがいまは自動信号でさっと開き、地上車は狭い入り口を通り抜けた。入り口の壁面には下手な運転手がつけたのか、乗り物の塗料が残っていた。暗いアーチ形の屋根にあいている殺人用の穴は、いまでも使えるのだろうか。おそらくそうだろう。

　この建物は、残忍な領主《ル・サンギネール》と呼ばれた偉大なピエール将軍国守が、防衛面に留意して再建したものだった。この将軍は主に、〈孤立時代〉が終わる直前の内戦中に、ドルカ帝の信頼厚い右腕兼筆頭刺客として国守たちの独立軍を破ったことで知られている。ピエール将軍は深刻な敵を何人も作ったが、そのすべての敵よりも長生きして口汚い老人になるまでがんばった。もっとも長生きしたために最後はセタガンダの侵略軍とテクノ兵器によって引導を渡されたのだが、そのときの攻囲戦はセタガンダ軍が非常に苦戦し出費もかさんだことで名高い――もちろんこの場所でではないけれど。ピエール将軍の長女は当時のヴォルコシガン国守と結婚していて、マークのミドルネームのピエールはそれに由来している。老ピエールがいま生きていてこういう分家の争いを聞いたらどう思うだろう、とイワンは思った。彼ならリチャーズが一番お気に召すかもしれない。きっとまだそこいらに幽霊がいるのだろう。暗い敷石を踏みながらイワンは身震いした。

運転手は車を駐車場に収めにいき、ドノは先に立って内庭から建物のなかに入る黒緑色の花《か》崗岩《こうがん》の階段を一段跳びに上がっていった。そして上で一旦立ち止まると、さっと長い石の階段を見下ろした。「まず手初めに、ここにもっと照明を増やすことにしよう」と彼はスザボにいった。

「最初になさるのは、お名前が残るようなことですよ」スザボは愛想よく答えた。

「新しい名前がね」ドノは軽くうなずいて足を進めた。

建物の内部は照明が暗いのでどれほど散らかっているのかわからなかったが、数カ月前にピエール国守が領地へ発ったときのままらしかった。音が大きく響く室内には放置された黴《かび》臭い匂いがこもっていた。陰気な階段をふうふういいながらさらに二階分上がると、やっと故国守の見捨てられた寝室にたどりついた。

「ここで今夜わたしが寝ることを想像してごらん」ドノは心もとなげに部屋のなかを見回しながらいった。「もっとも、まず欲しいのは清潔なシーツだね」

「はい、マイロード」とスザボ。

バイアリーは肘掛け椅子の上から、積み重なっていたプラスチック薄葉紙の束や、汚れた衣類や、干からびた果物の皮などを片づけ、気持ちよさそうに腰を落ち着けて足を組んだ。ドノはうろうろ歩きまわりながら、死んだ兄の数少ない私物を悲しげに見つめて、ヘアブラシとか――ピエールは禿げていた――干からびたコロンの瓶とか、小さなコインとかを拾い上げてはまた下に置いた。「手始めに明日は、この部屋を掃除しよう。ここに住むつもりなら、名前の残るような仕事なんか待っていられないよ」

「いいサービス業者を知っているよ」イワンは口を出さずにいられなかった。「ヴォルコシガン館では、国守夫妻の留守中はその業者がマイルズに代わって掃除をしているんだ」

「ほう。それはいい」ドノはスザボに合図した。スザボはうなずいてその場でイワンからいろいろ訊き出し、ポケットから自動ファイラーを出してメモした。

「きみが出かけているあいだに、リチャーズが二度来て屋敷を占拠しようとしたんだよ」バイアリーが報告した。「最初のときは、親衛兵士が立ちふさがってなかに入れなかった」

「いいやつらだ」スザボがつぶやいた。

「二度目のときは、首都警備兵の一隊を連れて、ヴォルボーン卿からかすめ取った命令書を持ってやってきたんだ。ここの見張り士官がおれに連絡してきたから、評議会議長から取り消し命令を出してもらって、やつの命令書を魔法のように消し去ることができた。しばらく、ひどく興奮したやりとりがあったけどね。入り口で押したり突いたり……もっとも武器を抜いたりひどい怪我をした者はいなかったよ、残念ながら。リチャーズを訴えてもよかったかもしれない」

「もうこれ以上、裁判沙汰はたくさんだ」ベッドの端に腰掛けて足を組んだドノがいった。「でもきみがやってくれたことには感謝するよ、バイ」

バイは軽く手を振った。

「足を組む必要があっても先だけに」とスザボ。「膝は開いているほうがいいですよ」

ドノはすぐに踵を交差させる恰好に変えたが、気がついたようにいった。「バイはそういう恰好で腰掛けているよ」

「バイは真似すべき男の模範じゃありません」

バイはスザボにふくれっ面を向けて、片手をひらひらと振った。「まったくスザボ、よくそんなひどいことがいえるね。おれはおまえの家も護ってやったんだぞ」

誰もがその言葉を無視した。「イワンはどうだい?」ドノはイワンをじろじろ見ながらスザボに訊いた。イワンはきゅうに手の位置、足の置き場がわからなくなった。

「まあ、かなりいいですね。最高の模範は、正確な動きを思い出せるなら、アラール・ヴォルコシガン国守ですよ。いま真似すべきは、動作にこめられた力です。息子のほうも、実際の大きさ以上のものがかもしだされていて、そう悪くはないですね。といっても、若いヴォルコシガン卿にはほんのちょっぴり学ぶものがあるだけです。ヴォルコシガン国守は模範そのものです」

ドノは黒く太い眉をぱっと上げて立ち上がると、部屋のなかを大股に歩いていってデスクの椅子をくるりとまわし、跨《また》がって椅子の背に両腕を乗せた。そして腕に顎を乗せて睨《にら》んだ。

「それそれ！　それが彼ですよ」とスザボ。「悪くない、それを続けて下さい。もっと幅を取るように肘を横に開いて」

ドノはにやりとして、肘を突き出しながら片手を腿《もも》に突いた。それからすぐにふたたびぴょんと立ち上がると、ピエールのクローゼットのところに行ってドアをいっぱいに開き、なかを物色しはじめた。ヴォルラトイェルの館の上着が放り出されてベッドの上に落ち、ズボンとシャツがそれに続く。そして丈の長いブーツが片方ずつベッドの端にどしんどしんと放り投げられた。ドノは埃《ほこり》だらけで目を輝かせて顔を出した。

「ピエールはさほどわたしと身長が変わらなかったし、靴なんか厚い靴下を履けばいつでも借用できたんだ。明日、お針子をここに呼んで――」

「仕立屋を」スザボが訂正した。

「仕立屋を呼んで、とりあえずこれが使えるかどうか見ることにしよう」

「結構です、マイロード」

ドノは黒い上着を脱ぎはじめた。

「ぼくはもう失礼するころあいだと思うけど」とイワン。

「座って下さい、ヴォルパトリル卿」スザボ親衛兵士がいった。

「そうだよ、おれの横に来て座れよ、イワン」バイアリーが詰め物をした椅子の肘掛けを叩いて誘った。

「座れよ、イワン」ドノが怒鳴った。そしてきゅうに燃えるような目に小じわを寄せて小声でいった。「何はともあれ、昔馴染《なじ》みなんだから。きみはいつも外で待たずに寝室に駆けこんできて、わたしが服を脱ぐのを眺めていたじゃないか。またドアに鍵をかけて、きみに鍵を探させる遊びをしようか」

イワンは口をあけ指を上げて、腹立たしげに抗議しかけたが、思い直してベッドの裾に置かれた椅子に身を沈めた。〈よくもそんなことを〉という言葉が、かつてのレディ・ドンナ・ヴォルラトイエル相手にはじつに分別のないいい方だと、突然思われたのだ。イワンは足を組み、それから慌てて足をほどいて開き、さらにもう一度足先を組み、やたらと居心地の悪い気持ちで両手を組み合わせた。「なんのためにぼくが必要なのかわからないんだけどな」イワンは悲しげにいった。

「いれば目撃者になれます」とスザボ。

「いれば証言ができるよ」とドノ。イワンの近くのベッド脇に上着が脱ぎ捨てられてイワンは飛び上がったが、次は黒いTシャツだった。

それでは、ベータの外科医云々といったドノの言葉は真実だったのだ。傷跡は何も見えない。胸には黒い毛が薄く網状に生えている。男らしい筋肉は針金のように強靭《きょうじん》に見えた。上着の肩にはパッドが入っていたわけではなかったのだ。

「そしてもちろん、噂もできるしね」バイが唇を半開きにしていった。それが一風変わった卑猥な興味からなのか、イワンを当惑させることに興味津々なのかわからないが、同時に両方というほうが可能性がありそうだ。

「今夜ここで見たことを、ぼくが一言でも他人に洩らすと思っているのなら――」

なめらかな動作でドノは黒いズボンを上着の上に蹴り出した。ブリーフもそれに続いた。

「さあどうだい？」ドノはイワンの前に立つと、この上なく陽気な流し目をイワンに向けた。

「どう思う？　ベータの手際は最高だと思わないか。どう思う？」

イワンは横目でちらりと見て目をそらした。「見たところ……正常なようだが」彼はしぶしぶ認めた。

「そうだよなぁ、あれをやってるところを見せてくれよ」とバイ。

ドノはバイアリーのほうに向き直った。

「悪くないな」バイは分別臭げにいった。「だけど、あー、ちょっぴり未熟な感じじゃないか」

ドノはため息をついた。「急ぎの仕事だったんだよ。手際はいいけど、急いだから。病院からジャンプ船乗り場に直行して帰ってきたんだ。医者の話では、器官は定位置で成長しなければならないんだそうだ。完全な成人の組織になるにはまだ二、三カ月かかるらしいよ。傷口はもう痛んだりしないけどね」

「おやおや」とバイ。「思春期なのか。楽しいだろう」

「急速に発育中ってところかな。だけどベータ人の処置はじつにみごとだった。称賛しなきゃならないね。まったく、ホルモンの制御が巧みな連中だ」

イワンはしぶしぶ認めた。「従兄弟のマイルズが心臓と肺と内臓を交換したときには、呼吸や体力が完全に正常に戻るのに一年近くかかったといってたよ。そのときも取りつけたあとで成人のサイズに成長して、やっと完成したんだけど。確かに……それは、よさそうに見えるね」といったあと、イワンはどうにも我慢できずにいいたした。「それで、ちゃんと機能するのか」

「ああ、立ったままで小便ができるよ」ドノは手を伸ばしてブリーフを取り、するりと身につけた。「別のほうは、そうだな、もうちょっと時間がかかると理解している。最初の夢精が待ち遠しいよ」

「だけど果たしてその気になる女が……きみが以前誰でなんだったかを、秘密にしておく気はなさそうだから……どんなふうに、あの……。これぱかりはそこにいるピグマリオン親衛兵士でも」とイワンはスザボに手を振った。「コーチはできないだろうし」

スザボはかすかに微笑した。今夜はこの表情ばかり見せられる。

「イワン、イワン」ドノはかぶりを振って、館の制服のズボンを拾い上げた。「わたしがきみにやり方を教えたんじゃなかったっけ。これからいろいろ問題が出てくるとは思うけど……童貞の失い方なんか心配していないよ。ほんとうに」

「そんな……不公平じゃないか」イワンは小声でいった。「つまりぼくらは十三のときに、そういったことを自分で考えなきゃならなかったんだから」

「たとえば、十二歳の女の子とはぜんぜん違うっていうのかい」ドノは硬い口調で訊いた。

「いやー」

ドノはズボンのバックルを締め——やはりヒップにぴったりとはいえない——上着に手を通し、鏡の前で自分の映像に向かって顔をしかめた。そして余分の衣服はひと束にして脇に置いた。「うん、なんとかなりそうだ。仕立屋は明日の晩には間に合わせてくれるだろう。ヴォルハータング城での異議申し立ての証言には、これを着ていきたいからね」

青とグレーのヴォルラトイエル館の制服がドノにはとりわけよく似合うことを、イワンは認めた。おそらくその日は、自分もヴォルの権利を行使して国守評議会の傍聴券を買い、後ろのほうの目立たない傍聴人席で見学できるだろう。グレゴールのお気に入りの台詞を借りれば、ただ何が起こるか見るために。

グレゴール……。

「グレゴールはこのことを知っているのか」イワンは唐突に訊いた。「その計画をベータに行く前に話してある?」

「いや、もちろん話してない」とドノ。ベッドの端に腰掛けてブーツを引き上げはじめた。

イワンは自分が歯を食いしばっているのが感じられた。「そんな、正気の沙汰じゃない」

「誰かがよく引用するじゃないか——きみの従兄弟のマイルズだったかな——許すのは許可するよりも、常にたやすいって」ドノは立ち上がり、ブーツの効果を見に鏡の前に行こうとした。

イワンは髪をかきむしった。「わかったよ。きみたち二人は——いや、三人は——助けが必要だといってここにぼくを引っ張ってきたね。なら、きみたちに助言したいことがある。率直に」深呼吸をしてから、「そんなにぼくに不意打ちを食らわして大笑いしたければ、したってかまわない。馬鹿にされるのははじめてじゃないんだ。ぼくの善意を利用してリチャーズに不意打ちを食らわすのも結構だ。国守評議会の全員に不意打ちを食わせたっていい。ぼくの従兄弟のマイルズにならいくらでも不意打ちを食らわせろよ——けっこう、いっそ見てみたいものだ。だけど、自分の可能性を大事に思うなら、そしてこれが、ほんの一時のとてつもないジョークなんかじゃないのなら、グレゴールには不意打ちをかけてはいけない」

バイアリーは不安げな渋面になった。ドノは鏡から振り返って、突き刺すような視線をイワンに向けた。「グレゴールのところに行け、というのかい」

「そうさ。無理にとはいわないけど」イワンは仮借のない声で続けた。「行かないのなら、ぼくはこれ以上関わることを断固として拒否する」

「グレゴールは一言ですべてを潰《つぶ》すことができる」ドノは慎重にいった。「はじめもしないうちに」

「そうだとも」とイワン。「だけどよほど強い動機がなければ、グレゴールはそんなことはしない。そういう動機を与えないことだ。グレゴールは政治的な不意打ちが嫌いなんだ」

「おれはグレゴールはかなり悠長なやつだと思っていたよ」とバイ。「皇帝にしては」

「それは違う」イワンは断言した。「悠長じゃない。ただ相当に落ち着いているだけだ。そのふたつはまったく同じじゃない。グレゴールが小便をかけられたときの顔なんて、見たくないよ」

「どうなるんだい、小便をかけられると」バイが面白そうに訊いた。

「それが、普段とまったく同じなんだ。それが怖いところだ」

もう一度バイが何かいいかけたとき、ドノが片手を上げた。「バイ、イワンを今夜ここに引っ張ってきたのは、驚かすと面白いからだけじゃなくコネのためだといったね。わたしの経験では、専門家の助言を無視するのはいいことじゃない」

バイは肩をすくめた。「そうすると謝礼を払わなきゃならないみたいだね」

「わたしは昔馴染みにすがっている。これは苦痛だよ。しかも自分には返済できる持ち合わせがもうない」ドノの視線がイワンに向いた。「それでどうすればいいと助言するのかい」

「グレゴールに短い謁見を申し込むんだ。直接でも通信コンソール上でも、一切他の人間と話したりしないうちに。顔を上げて、グレゴールの目を見て――」そのときとんでもない考えがイワンの頭にひらめいた。「ちょっと待てよ、まさか、グレゴールとは寝ていないだろうね?」

ドノは面白そうに、唇と口髭を曲げた。「いや、残念ながら。その機会を逸したことをいまはひどく後悔しているよ、ほんとに」

「ああ」イワンはほっとしてため息を洩らした。「いいだろう。ではグレゴールに、きみの計画をただ話せばいい。権利を主張して。きみを放置するか拘置するかは、彼が決めるだろう。もし切り捨てられたら、すみやかに最悪の終結になる。放置することに決めたら……リチャーズがどんなに攻撃してきても、きみの背後には無言の応援がついているんだから、リチャーズは勝てない」

ドノはピエールの大机に寄り掛かって埃のたまった表面をこつこつ叩いた。蘭は見捨てられ

たかたまりとしてそこに置かれていた。イワンの夢のように萎《しお》れて。ドノは口をすぼめている。

「きみが手引きしてくれるかい」やっと彼はいった。

「ぼくは、あのー……ぼくは、あのー」

ドノの視線はさらに急《せ》くように鋭くなった。「明日は？」

「あ……」

「朝は？」

「朝はだめだ」バイがかすかに抗議した。

「朝早くがいい」ドノはいい張った。

「では……やってみよう」イワンはやっとそれだけいった。

ドノの顔が明るくなった。「ありがとう！」

イワンが渋りながら約束をすると、ありがたいおまけがついてきた。早く家に帰ってグレゴールに連絡を入れてくれるように、二人のヴォルラトイエルが証人を帰す気になったのだ。イワンとしては、いっそヴォルバール・サルターナの裏道で誘拐されて殺され、今夜の出来事のとんでもないなりゆきを避けたいくらいだと思ったのに、ドノ卿はさして遠くないイワンのアパートメントまで自分の車で運転手に送らせるといい張った。

やっと一人になった地上車の後部席で、イワンは、グレゴールの予定が詰まっていて謁見を頼んでもむりかもしれない、と希望的観測をちらりと思い描いた。いや、むしろイワンが〈目立たない〉という日頃の主義主張を破ったことに驚いてただちに時間を融通してくれる、とい

うほうがありそうな気もする。自分のような罪のない傍観者にとっては、グレゴールの怒りを買うことよりもグレゴールの好奇心を刺激することのほうが危険なのだ。

自分の小さなアパートメントに無事にたどりつくと、イワンはドアに鍵をかけて過去から現在のあらゆるヴォルラトイエルを締め出した。昨日この部屋で、官能的なドンナとの悦楽を思い描いていた自分が恥ずかしい……なんという無駄なことだろう。ドノが男として通ろうと通るまいと、バラヤーはこれ以上男なんかいらないのだ。とはいえドンナの企みが逆に利用されて、余分な男性人口をベータ植民惑星に送りこんでもっと楽しめる形に変えよう、なんてことになったら……イワンはその幻想に身震いした。

しぶしぶため息をついて、イワンはこの数年使わずにすましてきた機密カードを取り出して通信コンソールの読み出しスロットに通した。

グレゴールの門番役の落ち着いた平服の男がすぐに応答した。男の名前はわからない――この連絡手段を与えられている者なら、知っていてとうぜんなのに。「はい……おや。イワン」

「グレゴールと話したいんです、お願いします」

「失礼ですが、ヴォルパトリル卿、この回線をお使いになるという意味ですか」

「そうです」

門番役はびっくりしたように眉を上げたが、片手を脇に動かすとその映像は消えた。通信コンソールの呼び出しチャイム。数回。

やっとグレゴールの映像が現れた。まだ昼間の服のままだったので、ベッドかシャワーから

呼び出してしまうのではないかと恐れていたイワンはほっとした。背景は皇宮の比較的こぢんまりした居間のひとつだった。背後にかろうじて、トスカーネ博士の映像がうっすら見えた。ブラウスを整えているように見える。まずい。〈手早くしないと。今夜はグレゴールにはもっといいものがあるのは確かだ。ぼくだってそっちを望んでいたんだけど〉

グレゴールの穏やかな表情が、イワンを認めると迷惑顔になった。「ああ。きみか」それから苛立たしげな表情が少し薄れた。「イワン、この回線で通話してきたのははじめてだね。マイルズかと思ったよ。どうしたんだ？」

イワンは深呼吸した。「じつはいま人と会ってきたところで……ドンナ・ヴォルラトイェルをシャトルポートに迎えにいったのです。ベータからの帰りを。陛下は彼女にお会いにならねばなりません」

グレゴールは眉を上げた。「どうして？」

「それは彼女が自分で説明するほうがずっといいと思います。ぼくにはできないのです」

「もうやっているじゃないか。レディ・ドンナが昔のよしみで頼んだのだろう？」グレゴールは顔をしかめて、やや厳しい声でいいたした。「イワン、わたしはきみの情事の取引に使われるコインじゃないぞ」

「もちろんです、陛下」イワンは憤然として同意した。「けれども陛下はお会いになりたいはずです。ほんとうに、嘘偽りなく。それもできるだけ早く。すぐに。明日の朝、早く」

グレゴールは首を上げ下げした。不思議そうに。「どの程度に重要なのかい」

「その判断はおまかせします。陛下」

「きみが関わりたくないのなら……」グレゴールは言葉を切って、イワンがへたりこみそうなほどじっと見つめた。それからやっと通信コンソールの制御卓を叩いて、イワンには見えない横の映像をちらりと見た。「動かせるかな……ふーん。一一〇〇時ちょうどにわたしの執務室でどうだ」

「ありがとうございます、陛下」〈後悔はなさいません〉という言葉をいいたすのは、あまりにも楽観的だろう。じつをいえば、何をこれ以上いいたすにしても、重力スーツなしで崖から一歩踏み出すような危惧を感じた。何もいわずにイワンは微笑して、ぺこんと小さく頭を下げた。

グレゴールの渋面は思索的で静かなものに変わったが、さらにちょっと考えたあと、イワンにうなずき返して通信を切った。

8

伯母の書斎の通信コンソールの前に座ったエカテリンは、ヴォルコシガン卿の庭園の小道に縁取りとして並べる、季節ごとのバラヤー自生植物の見直しをしていた。この設計プログラムで見本として使えないのは、香りという感覚による効果だけだ。その一番微妙で感情的に奥深い効果は、自分の経験と記憶に頼るしかない。

ハリガネタワシを縁取りにしたら、穏やかな夏の夕方には香辛料のような芳香を数メートル四方に放つだろうが、色は地味だし形も背が低くて丸っこい。ポッチャリグサを互い違いに植えたらその列に変化をつけられるしいい感じの高さにはなりそうだが、気分の悪くなるような匂いがあってハリガネタワシを台無しにしてしまう。おまけに、それはヴォルコシガン卿がアレルギーだという禁止リストのなかの植物だった。あ、そうだわ、チャックソウ！　あの黄色と茶色の縞には面白い縦の視覚効果があるし、かすかな甘い香りはハリガネタワシとうまくまざりあって食欲さえそそるはずだ。この小さな橋の袂《たもと》に茂みを置いて、こことあそこにも。エカテリンはプログラムを書き換えて、ふたたび縁取りの列を眺めた。〈さっきよりずっといいわ〉冷めかけたお茶を一口飲んで、時間をちらりと見た。

ヴォルシス伯母がキッチンで動いている音が聞こえる。朝寝坊のヴォルシス伯父がもうじき降りてきて、そのあとすぐニッキも降りてきたら、審美眼を駆使するのは難しくなる。デザインの最終的な調整をしたいが、あと何日もしないうちに実際に大量の植物を相手にして仕事をはじめねばならない。それに今日は、現場で機械を据えつけて小川の水を循環させるテストの監督があるので、二時間以内にシャワーを浴びて着替える必要があった。

何も支障がないようなら、今日じゅうにデンダリィ山地の石を置く作業をはじめて、石の上やまわりやあいだを通る水の、優しいせせらぎの音の調整もできるだろう。小川のせせらぎもデザイン・プログラムが役に立たない微妙な設定のひとつだが、周囲の環境の騒音が邪魔になるのは確かだった。塀や湾曲させた階段などはすでにできていて満足のいくできばえだった。都市の騒音を消す効果が何よりも望ましい。冬になってもこの庭は静かな安らぎを与えるだろう。雪に包まれ裸の梢を突き立てた木々の列だけになっても、庭園のたたずまいは同じように目を楽しませ頭や心を癒してくれるはずだ。

夕方までには骨格が完成する。そして明日は、ヴォルコシガン領の遙かな片隅から地球化されていない惑星の土が到着して、それを詰め込む形で肉付けが行われる。明日の夜の、ヴォルコシガン卿のディナー・パーティの前には、小さな約束の象徴として、最初の植物を植え込むつもりでいる――あの南大陸の古いスケリタムの木の、余分の小さな根っこを。その木が割りあてられた場所を占めるようになるには十五年ぐらいかかりそうだが、べつに何年かかろうとかまわない。ヴォルコシガン一族はこの土地を二百年も所有してきたのだ。ヴォルコシガン一族がずっとここにいてその木が成長するのを見る可能性はじゅうぶんにある。継続。そういう継続があれば、本物の庭園ができるのだ。あるいは本物の家族というものが……。

玄関のチャイムが鳴った。エカテリンは飛び上がって、自分がまだパジャマに使っている伯父の古い船内ニットを着たままで、髪もほつれてうなじに垂れているのに突然気づいた。伯母がキッチンからタイル張りの玄関に出ていく足音が聞こえると、エカテリンは、誰か正式の訪問客に違いないと緊張して物陰に身を引いた。まあ大変、ヴォルコシガン卿だったらどうしよう。明け方に庭園の改定プランが頭にひらめいたので、そうっと下に降りてきて仕事をしていて、まだ歯も磨いていない——けれども伯母と挨拶を交わしているのは女の声で、聞き覚えのあるものだった。〈ロザリーがここに？　どうして？〉

黒髪の四十がらみの女がアーチ通路の端にもたれて笑みを浮かべた。エカテリンは驚いて椅子から立ち上がり、すぐに廊下に飛び出してその女に挨拶した。声の主は実際に、エカテリンの長兄の妻のロザリー・ヴォルヴェインだったのだ。ティエンの葬儀以来会うのははじめてだ。褐色がかった緑色のスカートと上着という地味な昼間の服は、ロザリーのオリーブ色の肌によく似合っているが、服のデザインは少々時代遅れで田舎風だった。ロザリーは背後に引き連れていた娘のエディーにいった。「二階に行って従兄弟のニッキを見つけておいで。ちょっとカット叔母さんとお話があるからね」エディーはぐうたらな思春期にはまだ達していないらしく、喜んで駆け出していった。

「こんな時間に首都までお見えになるなんて、何かあったんですか」ヴォルシス伯母がロザリーに訊いた。

「ヒューゴーやみんなに変わりはないの？」エカテリンがいいたした。

「ええ、ええ、みんな元気よ」ロザリーは請け合った。「ヒューゴーが仕事で出かけられないから、わたしを寄越したの。あとでエディーと買い物をする予定だけど、あの子を急《せ》かして朝のモノレールを捉まえるのは一仕事だったわ、わかるでしょう」

ヒューゴー・ヴォルヴェインは、ヴォルバール・サルターナから急行で二時間かかるヴォルダリアン領の、帝国鉱業省北部地区司令部に勤めている。ロザリーはこの外出のために夜明け前に起きたに違いない。上の二人の息子は思春期の無愛想な年ごろがほぼ終わるくらいまで成長していて、今日はおそらくうちに残って自分の装置をいじっているのだろう。

「ロザリー、朝御飯はすませたの？」ヴォルシス伯母が訊いた。「お茶かコーヒーでもいかが？」

「モノレールで食べたんですけど、お茶は嬉しいですわ、ありがとう、ヴォルシス伯母さま」

ロザリーとエカテリンは伯母の手伝いをしにいっしょにキッチンに行き、結局三人ともキッチンのテーブルについて、湯気の立つカップを抱えた。ロザリーは夫の健康状態とか、うちのなかの出来事とか、ティエンの葬儀以降に息子たちが得た成績などについて話した。それから彼女は上機嫌で目を細めて、内緒話をするように身を乗り出した。「でもさっきの質問に答えると、わたしがここに来たのはあなたのためよ、カット」

「わたし？」エカテリンは何気なくいった。

「理由を想像できない?」

〈いいえ、わかるわけないわ〉といったら失礼だろうとエカテリンは思った。そのかわりに聞き返すように眉を上げた。

「二日前に、あなたのお父さんを訪ねてきた人がいるの」

ロザリーは想像ゲームを誘うような口調でいったが、エカテリンにはいつになったら社交的な愛想を終わりにして仕事場に逃げ出せるか、ということしか念頭になかった。そこであいまいな笑顔を続けた。

ロザリーは相手が面白い話に乗ってこないのに苛立っているような顔で身を乗り出し、カップの横のテーブルを指先で叩いた。「あなたにね、エカテリン、とても結構なお話があるのよ」

「なんのお話?」ロザリーが新しい庭園デザインの契約を持ってきてくれることはなさそうだ。けれどもまさか——。

「結婚よ、他に何があるの。それも立派なヴォルの紳士からよ、って伝えるのが嬉しいわ。ほんとに古い様式を大事にする方で、わざわざヴォルバール・サルターナからあなたのお父さんのいる南大陸まではるばるとバーバを寄越されて——お父さんはすごくびっくりしたの。で、お父さんが詳しいことをヒューゴーに知らせてくれたのよ。バーバとのやりとりがすっかり終わったあとで、わたしたちは通信コンソールで片づけるよりは誰かが直接いい知らせを伝えにいくべきだと判断したの。こんなに早くあなたがもう一度身を固められるなんて、うちじゅうみんなとても喜んでるわ」

かなり驚いた様子で、ヴォルシス伯母は背筋を伸ばした。そして唇に指を当てた。
首都のヴォルの紳士。古い様式を大事にして、エチケットにすごく気を配る人。お父さんがびっくりした、って他に誰がいるの。でも――エカテリンは心臓が止まり、そのあと爆発しそうな気がした。〈ヴォルコシガン卿？　マイルズ？　なんて人なの、わたしにまず訊かないでそんなことするなんて！〉エカテリンは怒りと高揚のまざりあったくらくらする気持ちで口をぽかんとあけていた。

あの傲慢《ごうまん》なちび――！　だけど……彼がわたしを拾い上げて、彼のレディ・ヴォルコシガンに、あの大きな屋敷や代々続いた領地の奥方にしてくれる――あの怖じ気づき興奮するくらいに美しい領地には、手を入れる場所がたくさんあって――それにマイルズ自身だって、ああ、どうしよう。あの魅力的な傷のある小柄なからだ、あの燃えるような激しさでわたしのベッドに？　わたしの手は確か二度彼に触れたけれど――火傷のような跡が皮膚に残って、あの短いあいだの圧力をからだがはっきり覚えている。そんな風に彼を考えることは自分に許していなかった、というかその勇気がなかったのだが、いままで気をつけて抑えてきた彼の肉体への意識は、螺子《ねじ》がゆるんで舞い上がっていた。あのユーモアのある灰色の目、きびきびとよく動く、とてつもない範囲の表情を持ったキスのできる口……がわたしのものに、すっかりわたしのものになる？　だけどわたしの親戚みんなの前で、よくもまあ、そんな奇襲をかけてきたわね。

「喜んでいるのね？」ロザリーはエカテリンの表情をじろじろ眺めながら、椅子の背に寄り掛かって微笑した。「それともぞくぞくしてるってところ？　いいわ！　まるっきり思いがけなかったわけじゃないのね」

「ええ……まるっきりではないわ」〈ただ信じられなかっただけよ。信じる気にならなかった、なぜって……なぜって、それでは何もかも壊れてしまうんですもの〉

「ティエンのことがあったあとで、いまはまだ早いと思うんじゃないかと心配していたの。でも、彼はすべてのライバルを出し抜く気だと、バーバがお父さんにいったそうよ」

「ライバルなんかいないわ」エカテリンは彼の香りを思い出しながら、いまにも気絶しそうな気分で唾を呑んだ。だけど彼はわたしの気持ちをどう思って――。

「彼は兵役後の仕事には希望があるそうよ」ロザリーは続けた。

「確かに、そういったわ」〈それはひどい傲慢です〉といつかマイルズは、父親を超える名声という野心について語ったときいっていた。自分を引き止める現実があることをまったく予期していなかったのだと、エカテリンは察したのだった。

「立派な一族とのつながりもね」

エカテリンは思わず微笑を浮かべた。「それは多少控えめすぎるわ、ロザリー」

「同じ階級の人ほど金持ちではないけど、暮らしに不足はないし、あなたはお金に欲のない人だと思うしね。といっても、カット、あなたは自分に必要なものにもうちょっと気を配るべきだと、わたしはいつも思っていたわ」

まあ、確かに、ヴォルコシガン家が他の多くの国守たちほど裕福でないことをエカテリンはかすかに気づいていたが、これまでの自分のつましい標準からいえば彼は溺れるほどの金を持っている。もう二度と切りつめたりかき集めたりしないですむのね。自分のエネルギーも思考もすべて目標に向けることができる——ニッキにもあらゆる機会が……。「わたしにとっては、豊かすぎるほどよ、ほんとに！」

それにしても、バーバを南大陸まで送って父に申し込むとは、なんとみょうなことを……そんなに内気なのだろうか。エカテリンはほろりとしかけたが、それはマイルズが他人に迷惑をかけるという意識がないからだと思った。内気なのか傲慢なのか。それとも両方？　彼はときにもっともあいまいな人間になり——魅力的……いままで会ったことのない魅力的な人間なのに、水のようにとらえどころがない。

とらえどころがないばかりか、するりと逃げてしまう。ペテン師すれすれでもある。肩にかかった冷たいストールのようだ。彼の造園の申し出はトリック以外のものではなく、自分を彼の監視のもとに置く策略だったのだろうか。あらゆる言外の意味がやっと胸にしみはじめた。たぶん彼はわたしの仕事なんか評価していないのだ。きっと庭園なんかまったく気にしていないのだ。わたしを操っているだけかもしれない。自分がごく小さなお世辞にもまったく弱いのをエカテリンは知っている。あれほどのあいだ結婚に自分を封じ込めていたのは、ひとつにはほんのわずかでも興味や愛情を持たれることに飢えていたからだ。ティエン形の箱のようなものが、毒のある愛という餌を置いた落とし穴のように、くろぐろと目の前を塞いでいるように思われた。

また裏切られるのだろうか。造園の話はぜひほんとうであって欲しい。独立する最初の一歩となって、自分の腕前を示す機会になって欲しい。マイルズだけでなく、首都じゅうの人々が自分の庭園に驚いたり喜んだりしてくれて、新しい注文が舞いこみ、経歴の一歩を記すことができたらと想像していたのに……。

〈正直な男を騙すことはできない〉というけれど。正直な女だってそうよ。ヴォルコシガン卿がわたしを操っていたのなら、こっちの完全な協力があってこそできたはずだ。そう気づくと、エカテリンの熱い怒りは水をかけられたように冷たい恥ずかしさに変わった。

ロザリーはべらべらしゃべっていた。「……ヴォルモンクリーフ中尉に自分でいい返事をしたいのか、彼のバーバを通して返事すべきなのか知りたいのよ」

エカテリンは瞬《まばた》きしてその言葉に集中した。「なんですって？　待って、誰だといった？」

ロザリーは見つめ返した。「ヴォルモンクリーフ中尉よ。アレクシ」

「あの間抜け？」わかると同時にぞっとしてエカテリンは叫んだ。「ロザリー、さっきから話していたのはアレクシ・ヴォルモンクリーフのことだったなんて、いわないでよ！」

「だって、そうよ」ロザリーは狼狽《ろうばい》していった。「誰だと思っていたの、カット」

女教授はふうっと息を吐いて深々と椅子に寄り掛かった。

エカテリンはひどく興奮していたので、よく考えもせずに言葉が口をついて出た。「マイルズ・ヴォルコシガン卿のことをいってるんだと思ったのよ！」

女教授は眉をぴんと上げた。今度はロザリーがまじまじと見つめる番だった。「誰？　ああ、なんてことなの、あの皇帝の聴聞卿とかいう人じゃないでしょうね。ティエンのお葬式に来てほとんど何もいわなかった、あのグロテスクな小男のこと？　あなたが変な顔をしていたのももっともね。違う、違う、違う」そしてさらにじっと義理の妹の顔を覗き見た。「まさかあの人もあなたに求婚しているっていうんじゃないでしょうね。そんな迷惑なこと！」

エカテリンは呼吸を整えてバランスを取った。「そんな様子はないわ」

「そう、それはよかった」

「あー……そうね」

「つまりね、あの人はミューティーでしょ。高位のヴォルだろうとなんだろうと、うちの家族はあなたをお金のためにミューティーに無理やり娶《めあわ》せるなんてこと絶対にしないわよ、カット。そんな考えはいますぐ捨てなさい」そこで言葉を切って考えている。「だけど……国守夫人になるチャンスなんかめったに提供されないわね。このごろは人工子宮があるから、実際に肉体的な接触はしないですむと思うわ。子どもを持つにしてもってことよ。それに遺伝子に傷はないでしょうよ。最近の銀河宇宙のテクノロジーって、便宜的な結婚にまでまるっきり新しい手段を与えてくれるのね。でもあなたはそこまで、絶望してやけになってはいないようね」

「ええ」エカテリンはうつろに賛成した。〈ただ絶望的なほど、その気になっただけ〉エカテリンはヴォルコシガン卿に対して腹が立ってならなかった——彼と肉体的な接触をするのなんかとんでもないといわれて、なぜきゅうに泣きたい気分になったのだろう。待って、違うわ——ヴォルコシガン卿がバーバを送った人でないのなら、いま胸のうちに激しく渦巻いている憤懣《ふんまん》はすべて、カードで作った家のように崩れてしまう。彼に罪はない。自分の頭がおかしいのだ。さもなければ急激におかしくなっている。

「わたしのいいたいのは」ロザリーは改めて元気づいた口調でいった。「たとえば、ヴォルモンクリーフがいるじゃないのってことよ」

「ヴォルモンクリーフなんかいないわ」エカテリンは混乱の旋風のなかで、ひとつだけ確かな錨をつかんで断言した。「絶対にないわ。その人に会ったことないんでしょ、ロザリー。わたしにいわせれば、ぺちゃくちゃさえずる馬鹿者よ。ねえヴォルシス伯母さま、そうでしょ？」

女教授は愛しそうにエカテリンに微笑みかけた。「そんなぶしつけなことはいわないけど、でもじつをいえばねロザリー、エカテリンならもっとましな相手がいる、といいましょうか。まだ時間はたっぷりあるし」

「そう思われますか」ロザリーは疑わしげだったが、年配の伯母のいうことならと受け入れた。「ヴォルモンクリーフはただの中尉で、その家の分家の流れには違いないわね。まあ、どうしましょう。気の毒に、なんてお返事したらいいんでしょう」

「うまく話すのはバーバの役目よ」エカテリンは指摘した。「こっちからは単純にお断りすればいいんです。バーバはそれでわかるでしょう」

「それはそうね」ロザリーはほっとしたように認めた。「古いやり方の有利な点のひとつだわね。それでは……ヴォルモンクリーフはだめってこと、彼はだめなわけね。あなたはもう大人だから自分の気持ちはじゅうぶんにわかるわね。でもねぇ、カット、あなたはそんなに選べないし、服喪中だといって長く待つべきではないと思うのよ。ニッキにはお父さんが必要よ。それにあなただってこれから若くなるわけじゃないし。親戚の屋根裏で細々と暮らす、そういうみっともないおばあさんにはなりたくないでしょ」

〈何があってもあなたの屋根裏にはお邪魔しないわ、ロザリー〉エカテリンはちらっと苦笑いしたが、この考えは口に出さなかった。「いいえ、屋根裏じゃなくて三階よ」

女教授にとがめるような目を向けられて、エカテリンは赤くなった。感謝の気持ちがないわけじゃないの、まさかそんなこと。ただ……いやだ。エカテリンは椅子を引いて立ち上がった。「ごめんなさい。これからシャワーを浴びて着替えないといけないの。もうじき仕事に行くことになっているので」

「仕事?」とロザリー。「行かなきゃならないの? 食事と買い物に連れ出そうと思っていたんだけど。最初の計画では、お祝いして、花嫁衣裳を探すつもりだったのよ。でも慰労会に変えてもいいと思うわ。どう思う、カット。少しは楽しんでもいいんじゃないの。このところあまり楽しみがないんでしょ」

「買い物はないわ」とエカテリン。そして最後に買い物をしたのは、コマールでいまよりも浮ついた気分のヴォルコシガン卿の買い物につきあったときだったのを思い出した。ティエンの死で自分の生活がひっくり返る前に。ロザリーと過ごす一日がそれに見合うとは思えなかった。けれどもロザリーのがっかりした暗い表情を見て、エカテリンは気の毒に思った。とにかく義姉は、あの馬鹿者の使いのために夜明け前に起きたのだ。「でも昼食に連れ出して下さって、また仕事に戻れればそれでもいいわ」

「いいわよ……どこで会うの。それにしても、近ごろは何をしているの？　また学校に通うとかいってなかった？　最近は一族の他の人たちとはあまり行き来もしてないんじゃないの」

「忙しいのよ。国守の町屋敷に付属した、公開庭園の設計と完成を委託されているの」ちょっとためらってから、「じつはそれが、ヴォルコシガン聴聞卿の庭園なのよ。お姉さんがエディーと出かけるまでに、そこへ行く地図をあげるわ」

「ヴォルコシガン卿があなたを雇っているの？」驚き顔でいったあと、ロザリーはきゅうに警戒する攻撃的な口調になった。「まさか彼は……ほら……結局あなたに自分を押しつける気じゃないでしょうね。誰の息子だろうと、あなたにつけこむ権利なんかないんだからね。覚えておいてよ、いざとなったら代理人になってくれる兄さんがいるってことをね」そこで言葉を切ったのは、こんな任務を買って出てヒューゴーが驚いてしりごみするかもしれないと思い直したかららしい。「でなきゃ、必要なら、わたしが兄さんを説得してあげるから」今度は自分の言葉に自信が持てたようにロザリーはうなずいた。

「ありがとう」うんざりしながらエカテリンはいった。そしてロザリーとヴォルコシガン卿をできるだけ離しておく計画を探りはじめていた。「お姉さんのことは覚えておくわ、いざというときのために」そして三階へ逃げ出した。

　エカテリンはシャワーを浴びながら、ロザリーの来訪を誤解したために自分の頭のなかにわき上がった混乱をなんとか静めようと努力した。自分がマイルズに――ヴォルコシガン卿に――マイルズに肉体的に惹かれているのは、じつはいま気づいたことではなかった。これまで惹かれる力を感じながら無視していたのだ。変わった体形であっても、というのではまったくない。小柄なところ、胸の傷、あのエネルギー、人とは違うからだそのものに魅了されているのだった。最近自分の好みが変わってきたらしい、このみょうな方向を知ったら、あまのじゃくだといわれるだろうか。決然としてエカテリンはシャワーの温度を水の冷たさまで下げた。

とはいえエロチックな思いに耽《ふけ》ることをすべて死人のように抑えこんでしまうのは、ティエンとの年月の遺産だった。いまは自分を自分のものとして、やっとセックスを自分のものにできるのだ。自由に明白に。夢を見たってかまわない。何を見てもいい。感じたっていい。行動に移すのはまったく別だけど、そんなことなによ、一人だけの頭のなかでは望むことはできるし、その望みをそっくり持ち続けることはできる。

それに彼はわたしが好きよ、絶対に。わたしを好きになるのは、わけがわからないけれど罪悪じゃないでしょ。それにわたしのほうも彼が好き、そうですとも。ちょっとそれが強すぎたって、誰にも関係はない、わたしの問題だもの。いまのように続けていられる。庭園の事業は永久に終わらない。夏至のころまでに、少なくとも秋までには、中身を切り替えて、ヴォルコシガン館の通常の庭園管理人に指示を与える計画に変えればいいのだ。ときどき立ち寄って点検をすればいい。そのとき会えるかもしれない。ときどきは。

からだが震えはじめていた。今度は水温をそこに立っていられるぎりぎりまで上げると、水蒸気が雲になって渦巻いた。

彼を夢の恋人にして何か不都合なことがあるかしら。居座られそうだけど。それはともかく、自分が誰かのポルノまがいの白昼夢で主演しているのがわかったら嬉しいだろうか。ぞっとする、そうね。信頼できない他人の考えのなかでいじりまわされるのはいやだ。マイルズの想像のなかでそんなふうに自分が描かれることを想像して、恐怖の指数を計ってみた。それはちょっぴり……低かった。

明らかな解決法は夢と現実を正直に合致させることだ。夢を消し去ることが不可能なら、それを現実にするのはどうだろう。エカテリンは恋人を持つことを想像してみた。それにしても、人々はこういうことにどう対処しているのだろう。街角の占いかなんかで、指示を仰ぐようなずぶとい神経はない。いったい誰に訊いたらいいのかしら……。ところが現実は——現実となると、二度と繰り返したくない危険性があった。自分自身も自由な夢も、ティエンとの生活のような別の長い悪夢のなかに見失って、じわじわと不愉快で息苦しい靄が永遠に頭を塞いでしまうかも……。

エカテリンはふたたび水温をぐっと下げて、水流を氷の穂が肌を刺すぐらいの滴に調整した。マイルズはティエンではない。ありがたいことに、わたしを所有しようとか、破壊しようとかはしない。庭園を作るためにわたしを雇っただけだ。どこまでも温和な人だ。わたしは正気をなくしかけているに違いない。こんな気持ちは一時的なものだと思う。今月はホルモン過多なのかもしれない。それを排出してしまえば、こんな……とんでもない考えは自然に消え去るだろう。あとで思い返して笑うことになりそうだ。

試しにエカテリンは大声で笑ってみた。シャワーのなかにうつろな反響が聞こえるのはとうぜんだった。冷たい水を止めて外に出た。

今日は、マイルズに会わねばならない理由はなかった。彼はときどき出てきて、塀の上に腰掛けて仕事の進み具合を眺めたりするが、口出しは一切しない。明日の夜の夕食会まで話をせずにすみそうだし、夕食会では他の人もたくさんいる。もう一度気持ちを落ち着かせる時間はたっぷりありそうだった。そのあいだに、気持ちをなだめるための小川がわたしにはある。


皇帝のあらゆる社交儀礼関係の事柄を取り仕切っている、皇宮内のレディ・ヴォルパトリル事務所は、はじめは三部屋だったのがこのところ三階フロアの半分を占めるまでに広がっていた。イワンはそこで、レディ・アリスの命令によって婚礼の準備をしている秘書や助手の一隊のなかで、自分が便利屋に使われているのがわかった。女ばかり数十名もいるオフィスだというから御馳走だと思っていたのに、女といってもほとんどが容赦のない眼差しをした中年のヴォル・レディで、自分の母親以上にイワンの馬鹿話には乗ってこないのだ。さいわいその女たちの娘のうちでデートをしたことがあるのは二人きりで、両方ともとげとげしい関係にまでは至っていなかった。もっとひどいことになっていた可能性もあったわけだ。

イワンが密かに失望したことに、ドノとバイ・ヴォルラトイェルは皇帝の約束の時間に合わせて皇宮を訪れ、イワンのところに顔を見せに寄った。レディ・アリスの秘書にそっけない顔で呼び出されてこの部門の外側の執務室に行ってみると、二人がどうぞ座ってお楽になさって下さい、と勧められるのを断っているところだった。バイの服装はいつもの好みで、街の遊民にしては地味な茶色のスーツだった。ドノはすぐに喪服とわかる、ヴォル様式のグレーのパイピングと装飾をつけた黒の上着とズボンを身につけていて、それが新たに男性化したハンサムな顔によく映るのは偶然ではないだろう。中年の秘書は好ましそうに睫毛《まつげ》を伏せてちらりと彼を見た。ヴォルラトイェル家のお仕着せをきちんと着たスザボ親衛兵士は、わたしは家具ですといった顔つきでドア脇の警備につき、ここでの撃ち合いには立ち入りませんと密かに宣言しているかのようだった。

皇宮の職員以外には、廊下を勝手にうろつくような者は誰もいない。ドノとバイには、グレゴールの年配の執事長自身が付き添っていた。この紳士は秘書の一人と話していたが、イワンが入っていくと振り返って見直したような目で見た。

「おはようございます、イワン」ドノは丁寧にいった。

「おはよう、ドノ、バイ」イワンは理性的に、個人的な感情を入れずに小さく会釈《えしやく》した。「では、あー、うまくいったようですね」

「ええ、ありがとう」ドノは室内を見回した。「今朝は、レディ・アリスはこちらにおいでですか」

「ヴォルターラ大佐と花屋の検分に出かけています」とイワン。それは正直な返事だったから、どんな企みをドノが持っているにせよ、これ以上関わらずにすむことにほっとしていた。

「レディ・アリスとは近いうちにおしゃべりしないとね」といってドノは考えこんだ。

「うむ」とイワン。レディ・ドンナはアリス・ヴォルパトリルと親しくつきあったことはない。

半世代年齢が違うし、レディ・ヴォルパトリルを中心にして政治的に活動している仲間とは違う社交グループに属していたからだ。レディ・ドンナは最初の夫を切り捨てるついでに、将来国守夫人になる機会も捨ててしまった。といってもその貴族の御曹司に会ったイワンは、ドンナが犠牲を払ったわけがわかった。いずれにしてもイワンは、自分の母や母の下で働いている落ち着いたヴォルの既婚夫人たち相手では、この新しい風変わりな事件の噂をしたくなる衝動を抑えるのに苦労はしなかった。それにレディ・アリスとドノの最初の出会いを目撃し、ドノが引きずってきた儀礼上の難問の行く末を見守るのは魅力的ではあるが、総体的にいえばイワンは安全な射程距離の外にいたかった。

「もうよろしいですか」執事長がいった。

「幸運を祈りますよ、ドノ」といってイワンは戻りかけた。

「そうだね」とバイ。「幸運を祈りますよ。あなたの用がすむまで、ここにいてイワンとおしゃべりしていますよ、いいでしょう」

「わたしのリストには」執事長がいった。「みなさん入っています。ヴォルラトイェル、ヴォルラトイエル卿、ヴォルパトリル卿、スザボ親衛兵士」

「あ、それは間違いですよ」イワンは教えるようにいった。「ドノ卿だけが実際にグレゴールに面会する用があるんです」バイはそうだというようにうなずいた。

「このリストは」と執事長。「皇帝おん自ら作られたものです。こちらへどうぞ」

普段は冷笑的なバイが軽く唾を呑み、全員おとなしく執事長の案内で二階下の北の翼にあるグレゴールの私的執務室に行った。執事長からドノの身分保証を求められなかったのに気づいて、イワンは皇宮が夜のあいだにあらましを推察したのだと気づいた。イワンは失望めいた気分を味わった。自分と同じように他の者がびっくり仰天する姿を見たかったのだ。

執事長がドアのパッドに触れて一団を取りつぐと、入るように声がかかった。グレゴールは通信コンソール卓を閉じて、全員が部屋に入ってくるのを見上げた。そして立ち上がるとコンソール卓の向こうにまわって寄り掛かり、腕を組んで一同を見つめた。「おはよう、紳士諸君。ドノ卿。親衛兵士」

ドノ以外の者は、おはようございます、陛下、に近いことをもごもごとつぶやいたが、ドノだけは一歩踏み出し顎を上げて、はっきりした声でいった。「早急に謁見いただきましてありがとうございます、陛下」

「ああ」とグレゴール。「早急にだね、確かに」グレゴールがバイにみょうな目を向けると、バイはあいまいに瞬きした。「座って下さい」グレゴールはいいたした。そして部屋の隅にある革のソファに手を振ると、執事長が急いで肘掛け椅子を二脚引き寄せた。グレゴールはいつものようにソファのひとつに座り、庭を見下ろす北向きの窓から広がる明るい光で客の顔がしっかり見えるように少し向きを変えた。

「わたしは立たせていただきたいのですが、陛下」スザボ親衛兵士が低い声で申し出たが、入り口にへばりついて逃げ腰になることは許されなかった――グレゴールはちらりと笑みを見せただけで椅子を指さしたのだ。スザボは仕方なくそこに座ったが、浅く腰を乗せている。バイはふたつめの椅子につき、なんとか普段どおりの足を組む気楽な座り方に収まった。ドノは油断なく背筋を伸ばして座り、誰にも文句はいわせないといわんばかりに膝と肘を開いていた。そのドノが独り占めしているカウチをグレゴールから皮肉っぽく掌《てのひら》で示されて、イワンはその隣に落ち着くしかなかった。できるだけ離れて端のほうに。

イワンが通話を入れてから現在までのあいだに、グレゴールがドンナ／ドノの驚くべき話を聞いたのは明らかだが、その顔に特別な表情は見えなかった。沈黙が続くのに狼狽《ろうばい》したイワンが何かいいだす前に、グレゴールが口を開いた。

「それで、これは誰の考えなのかね」

「わたしのです、陛下」ドノはしっかりと答えた。「亡くなった兄が何度も力をこめていっていたのは──スザボや家の者たちはそれを見聞きしていましたが──リチャーズがヴォルラトイエル国守として家に足を踏み入れるのを考えるとぞっとする、ということでした。ピエールがあのように突然思いがけなく死んだりしなければ、かならずそれに替わる跡継ぎを見つけていたでしょう。わたしは兄が口にしていた意志を実行していると感じています」

「それでは、うむ、彼の死後承認があると主張するんだね」

「はい。彼がそれを思いついていれば。さいわい生きているあいだには、そんな極端な解決法を面白がって考える理由もありませんでした」

「そうか。続けたまえ」これはグレゴール一流の、たっぷりロープを渡して勝手に首吊りさせよう、といういい方なのにイワンは気づいた。「出かける前にどんな協力を確信していたのかね」そして名指しをするようにスザボ親衛兵士をちらりと見た。

「わたしの親衛——もちろん、なくなった兄の親衛兵士ですが、彼らの賛同を確保しました」とドノ。「論争のある資産をわたしの帰宅まで護るのが彼らの義務だと思いましたので」

「彼らの誓いをとりつけたのか」グレゴールの声が突然非常に優しくなった。

イワンはひるんだ。国守あるいは国守の継承者として認められていないうちに、親衛兵士の誓いを受けるのは重大な犯罪で、国守の親衛兵士をわずか二十名の小隊に制限するというのが骨子であるヴォルラピュラス法の付則違反になる。ドノはスザボにかすかにうなずいた。

「個人的にお約束しました」スザボがなめらかに口をはさんだ。「誰であろうと、個人的な行為の個人的な約束は自由にしてよいかと思います、陛下」

「ふむ」とグレゴール。

「ヴォルラトイェル家の親衛兵士以外にわたしが知らせたのは、弁護士と従兄弟のバイだけでした」ドノは話を続けた。「弁護士にはあらゆる細則を調べ必要な書類を揃えて、裁定の申請をするための準備をしてもらわねばなりませんでした。弁護士もその手元にある記録も、いつでも陛下にお見せできます。戦術的に奇襲をかける必要があったことはご理解いただけると思います。出かける前には他の誰にも話しませんでしたが、リチャーズは警戒してやはり準備していました」

「バイアリー以外にはね」グレゴールがいった。

「バイ以外には」とドノは同意した。「わたしが外に出て何もできないあいだ、首都にいて信頼できる者にリチャーズの動きを監視してもらう必要があったのです」

「従兄弟に対するきみの忠誠心はじつに……たいしたものだ」低い声でグレゴールがいった。

バイは油断なくグレゴールを見た。「ありがとうございます、陛下」

「それにその素晴らしい思慮深さ。それも気づいているよ」

「それは個人的な事柄のようです、陛下」

「なるほど。まあ続けたまえ、ドノ卿」

一瞬ドノはためらった。「もう陛下のお手元に、機密保安庁のほうからわたしのベータでの医療書類が届いておりますか」

「今朝届いたばかりだ。少々遅れたらしい」

「わたしをつけていた優秀な機密保安官をお責めにならないで下さい。ベータ植民惑星は彼にはいささか手ごわかったと思います。それにベータ人が進んで資料を提供しないのは確かです。特にわたしがしないでくれと頼めば」ドノは穏やかに微笑した。「機密保安官が連中の妨害に抵抗したとわかって嬉しいです。イリヤンが引退してから、機密保安庁は昔の面影をなくしたなんて思うのはいやですからね」

片手に顎を乗せて聞いていたグレゴールは、その手の高さでそうだというように手を振った。

「記録をごらんになる時間があったのでしたら、わたしが現在完全な男性機能を持っていて、次のヴォルラトイェルの継承者としての社会的生物学的任務を遂行できることがおわかりでしょう。男性の長子というのが求められるからには、わたしは最も近い権利のある血縁として、また亡くなった兄が口にしていた考えに照らして、ヴォルラトイエル領の国守の地位を主張します。また国守の選択権も主張します。ついでに申し上げますと、従兄弟のリチャーズよりもいい国守になって、領地にも帝国にも陛下にも、より優れた奉仕ができると主張します。その証拠は、わたしが領地の仕事を過去五年以上にわたりピエールに代わって務めてきたことです」

「リチャーズに対して他にも何か告発するつもりかね」グレゴールは訊いた。

「いまのところありません。ひとつじゅうぶんに深刻な告発がありますが、いまのところ裁判に持ち出すほどの証拠がなくて――」ドノとスザボはちらりと目を合わせた。

「ピエールは機密保安庁に婚約者のフライヤー事故の調査を要求していた。その報告の要旨を読んだ記憶がある。きみのいうとおりだ。証拠はなかった」

ドノは同意しなかったが、それを暗に認めるようにかろうじて肩をすくめた。「それより軽いリチャーズの罪に関しては、そうですね、以前は誰も気にしませんでしたが、これからは気にするかもしれないと思っています。彼が不適格だと告発するつもりはありません――不適格だと思っていても。むしろ、わたしのほうが適格で権利もあると主張したいのです。そしてそれを国守たちの前に提起するつもりです」

「それで賛成票を期待できるのかね」

「たとえわたしが馬でも、リチャーズの個人的な敵からは多少の賛成票が得られると期待しています。その他は、進歩党に将来の選挙人として自分を売り込むつもりです」

「ふうん？」グレゴールはこれを聞いて目を上げた。「ヴォルラトイエルは伝統的に保守党の大黒柱だったね。リチャーズはその伝統を維持することを期待されていた」

「そうです。わたしの気持ちは昔馴染《なじ》みの後ろ楯に向いています。それは父の党だったし、その前は父の父も党員でした。けれども党員の多くはわたしに心を寄せるとは思えません。それに、現在は少数派です。人間、実際的でないと」

そのとおりだ。しかもグレゴールが注意深く皇帝として中立の外見を保っていても、進歩党が皇帝の密かな好みであることを誰も疑ってはいない。イワンは唇を噛んで考えた。

「きみの一件はまずい時期に、国守評議会に騒動を引き起こすことになりそうだね、ドノ卿」とグレゴール。「いまのところ、コマールのミラー衛星の修理の予算を強引に通すだけで、国守評議会に対するわたしの借りは目一杯に増えているんだよ」

ドノは真剣な口調で答えた。「陛下には中立以外に何もお願いいたしません。わたしの提出した動議を潰《つぶ》さないで下さい。そして話も聞かずに国守たちがわたしを追い払ったり、内密で聞こうとしたりしたら許可なさらないで下さい。わたしは公《おおやけ》の討論と公の投票が欲しいのです」

グレゴールは口許をゆがめてこの状況を考えた。「きみの一件はこの上なく奇妙な先例になりそうだね、ドノ卿。そのあとは、それに耐えていかねばならない」

「かもしれません。わたしの行動は古い規則そのものに則っていると指摘しておきましょう」

「そうかな……おそらくそのものではないだろう」グレゴールはつぶやいた。

バイが口をはさんだ。「申し上げてもいいでしょうか、陛下。これまで実際に国守の姉妹たちが銀河宇宙の医療施設におしかけたり、戻ってきて兄弟の後継者になったりすることを切望していたとしても、いままではとうてい起こりそうもないことでしたね？　先例になるにしても、珍しいうちだけで、それほど一般的になるとは思えません」

ドノは肩をすくめた。「わが惑星がコマールを征服するまでは、そういった医療に接する可能性はほとんどありませんでした。誰かが先鞭をつけねばならなかったんです。気の毒なピエールがあんなことにならなかったら、わたしだってやらなかったかもしれません」そしてちらりとグレゴールと目を合わせた。「といってもわたしに、その気がまるでなかったといえないのは確かです。わたしの一件を潰したり無視したりしても、解決にはならないでしょう。他はさておき、完全な法的処置を通すことで、国守たちが各自の仮定条件をしっかり洗い直し、これまで長いあいだ時代の変化を無視し続けてきたいくつかの法を合理化せざるをえなくなるでしょう。〈孤立時代〉からの法を改定も修正もせずに、銀河宇宙の帝国を運営することなんか考えられません」あの恐るべき陽気な流し目で、ドノの顔は突然輝いた。「いいかえれば、法にとってこれはいいことなのです」

ごくかすかな微笑をグレゴールは返したが、イワンはその気がないのに洩れた微笑だろうと思った。ドノはグレゴールと正々堂々と渡りあっている——率直に、恐れもなく、真っ向から。けれどもこれまでは、レディ・ドンナは常に傍観者だった。

グレゴールはドノをじっくり眺めて、鼻梁《びりょう》をちょっと指で押さえた。そして一拍おいて皮肉っぽく訊いた。「それで婚礼の招待も欲しいのかい」

ドノの眉がぴんと上がった。「そのときまでにヴォルラトイェル国守になれれば、出席するのはわたしの権利で義務です。もしだめなら——まあ、そのときのことです」それからほんのちょっと口をつぐんだあと物欲しそうにいった。「といってもこれまで、わたしはいつでもいい結婚式が好きでした。自分では三回しています。そのうち二回は悲惨なものでした。見守るほうがずっといいですね。〈あれはわたしじゃない！　わたしじゃないんだ！〉と繰り返し自分にいいきかせながら見守るんです。そんなことのあとでは、一人でいても一日幸せな気分でいられます」

グレゴールは辛辣《しんらつ》にいった。「たぶん、この次のきみのは違うだろうよ」

ドノは顎をぐいと上げた。「はい、ほとんど確実に、陛下」

グレゴールは椅子に深く寄り掛かって、目の前の一団を感慨深げに眺めた。そして椅子の腕木を指で叩いた。ドノは慇懃《いんぎん》に、バイは不安げに、スザボは無感動に、待っていた。イワンは話のあいだじゅう自分が透明ならよかったのに、さもなければあのいまいましいバーでバイに行き合わないか、そもそもドンナに会わなければよかった、あるいは自分が生まれなければよかったんだと思っていた。どんななりゆきになるにしても、斧が振り下ろされるのを待って、どっち側に身をかわそうかと考えていた。

ところが最終的にグレゴールのいった言葉はこうだった。「それで……どんな感じなのかい」

ドノの髭のなかで白い歯がきらめいた。「からだのなかで感じることですか。エネルギーが増しました。性欲も増しました。三十歳のときの感覚とは違いますが、十歳若返ったような気分です。少し短気になりました。さもなければ、まわりが変わっただけなのでしょう」

「ほう」

「ベータ植民惑星では、ほとんど何も感じませんでした。コマールに到着すると、そうですね、人々がわたしに与える場所が二倍近くに広がり、わたしに反応する時間は半分に減りました。ヴォルバール・サルターナのシャトルポートに着くと、その変化は驚くほど顕著《けんちょ》になりました。それはともかく、こういう結果をすべて運動プログラムで得たとは思えません」

「ふん。それで……きみの動議が否決されたら、またもとに戻るのかね」

「いまのところそんな予定はありません。食物連鎖の頂点からの眺めは、完全なパノラマを約束するものです。わたしは自分の血統を持つことを提案します。それは金をかけるだけの価値があります」

また沈黙が続いた。イワンにはみんなこの宣言を理解したのか、それとも頭脳が単純に排除してしまったのか、よくわからなかった。

「よし……」グレゴールが最後にゆっくりいった。

好奇心が増したようなグレゴールの眼差しにイワンは鳥肌が立った。〈そういうつもりだぞ、おれにはわかってるんだ……〉

「どうなるか見守ることにしよう」グレゴールは椅子に寄り掛かり、さっさとやれというようにもう一度指を小さく振った。「進めたまえ、ドノ卿」

「ありがとうございます、陛下」ドノは真摯《しんし》な口調でいった。

もう行けとグレゴールから促《うなが》されるまで待つ者はいなかった。誰も彼も賢明に、皇帝の気が変わらないうちに廊下に退出した。イワンは出口に行くまでのあいだ、グレゴールの好奇の眼差しが自分の背中を焼いているのを感じていた。

「そうだな」執事長にもう一度率いられて階下に降りていくとき、バイが明るい声でいった。「予想したよりうまくいったな」

ドノは横目でじろりと見た。「なんだ、わたしへの信頼をなくしてたのか、バイ。わたしは自分が望んだとおりに運んだと思っている」

バイは肩をすくめた。「いうなれば、おれはいつもの深みからちょっぴり出た気分なのさ」

「だからイワンに手伝いを頼んだんじゃないか。もう一度礼をいうよ、イワン」

「なんでもない」イワンは否定した。「ぼくは何もしてない」〈ぼくのせいじゃないからね〉なぜグレゴールが自分を謁見のリストに加えたのかわからなかった。こっちには何も訊かなかったじゃないか。もっともグレゴールはイワンの知るかぎり、マイルズと同じように何もないところから手がかりをつかみ取るタイプなのだ。この謁見でグレゴールがどんな解釈をしたのか、イワンにはさっぱりわからなかった。何をどう解釈したのか想像したくもなかった。

くぐもったブーツの足音を響かせながら、彼らは角を曲がって東の翼に入っていった。計算しているような気配がドノの目に見えたとき、イワンの頭にはちらりとレディ・ドンナの姿が浮かんだが、ほっとする感じとはほど遠かった。「ところで、このあと数日きみのお母さんの予定はどうなっている？」

「忙しいよ。とても忙しい。この婚礼のあれこれでね、ご存じのとおり。長時間のあいだ。仕事の場以外ではほとんど会ってないんだ。仕事場では母もぼくも大忙しだし」

「お仕事の邪魔をする気はないんだけど。もっと必要なことがあってね……日常的なものが。今度きみが仕事でお母さんに会えるのはいつ？」

「明日の晩、カリーンとマークの帰郷を歓迎する、マイルズの夕食会で会いますよ。マイルズから相手を連れてくるようにいわれて、あなたをぼくの客として連れていくといったら、彼は喜んでいたんだけど」イワンはこのあてがはずれたシナリオをむっつり思い出した。

「ほうっ、ありがとう、イワン！」ドノは即座にいった。「なんて気がきくんだろう。お受けするよ」

「ちょっと待って、それは以前の――あなたがまだ――きみのことがわかる前だ――」イワンは吐き出すようにいって、新しい体形に変わったドノを指さした。「いまとなってはマイルズだって喜ぶとは思えない。彼の座席表を台無しにしてしまう」

「まさか、コウデルカ家の娘がみんな来るのに？　そんなことないと思うよ。もっともあの娘《こ》たちの何人かは若い男を引き連れているんだろうけどね」

「それはよくわからないな。デリアとダヴ・ガレーニのこと以外は。それにもしカリーンとマークが――いやなんでもない。だけどマイルズは男女の比率を、安全なほうに傾けようとしていると思うよ。じつをいうと、このパーティはマイルズの庭園デザイナーを紹介するためのものなんですよ」

「え、なんだって?」とドノ。彼らは皇宮の東玄関ホールに着いたところだった。執事長は辛抱強く訪問客たちが外に出るまで、まるで透明人間のような押しつけがましさのない気配を上手に漂わせて待っていた。あとでグレゴールに報告するため、彼が一言も聞きもらさないのはイワンにはわかっていた。

「マイルズの庭園デザイナーのマダム・ヴォルソワソンですよ。この人はマイルズがのめりこんでいるヴォルの寡婦《かふ》なんだけど、ヴォルコシガン館に隣接する地所に庭園を作ってもらうために雇ったんです。ヴォルシス聴聞卿の姪御さんでね、ご参考までにつけ加えると」

「ああ。それなら資格はじゅうぶんだね。だけどなんという意外な話だろう。マイルズ・ヴォルコシガンがついに恋に落ちたって? いままでマイルズは銀河人がお気に入りだとばかり思っていたよ。このあたりの女なんか死にそうに退屈だって感じだったからね。もっともその恋が酸っぱい葡萄《ぶどう》ではなかったという確信はないけど。千里眼じゃないからね」ドノの微笑がきゅうに女っぽくなった。

「バラヤー人を気にいる銀河人になってきたってところが厄介な問題だと思いますよ」イワンはぶすっと答えた。「とにかくヴォルシス聴聞卿と夫人も見えるし、イリヤンとぼくの母、ヴォルブレットン夫妻、それにもちろんコウデルカ一家に、ガレーニとマークもね」

「レネ・ヴォルブレットンか」ドノは興味深そうに目を細め、スザボと目を合わせた。スザボは軽くうなずいた。「彼とはぜひ話をしたい。進歩党への架け橋だからね」

「今週はそうはいかない」バイはわざとらしい笑みを浮かべた。「ヴォルブレットンが家系図に見つけた厄介事のことを聞いてないのかい」

「聞いたよ」ドノは手を振って一蹴した。「われわれはみんな、多少の遺伝子的障害を持っている。まさにいま彼と覚書を比較するのは、なかなか面白いだろうと思うんだ。ああ、そうとも、イワン、どうしても連れていってもらいたい。それは完璧だ」

〈誰にとって?〉ベータの教育を受けているマイルズは、個人的にはヴォルのバラヤー男性として可能な程度に自由人だろうが、それでもイワンにはドノ・ヴォルラトイェルが食卓についているのを見て喜ぶとは思えなかった。

その一方で……それがなんだ、とも思う。マイルズがいま苛立っていることが他にあるとすれば、それはヴォルモンクリーフとザモリ少佐の問題だろう。敵を混乱させるいい方法といえば、標的を増やすことじゃないか。いずれにせよイワンにはドノをマイルズから護ってやる義理はなさそうだった。

それとも、マイルズをドノから、といったほうがいいか。ドノとバイがイワンを単なる司令部の大尉で、首都の社交および作法の領域の相談相手だと思っているのなら、もっといい相談相手は皇帝直属の聴聞卿本人ではないか。イワンが、いわば、ドノの気持ちを自分から新しい目標に移すことができれば、こっそり逃げ出せるかもしれない。〈うん、そうだとも〉

「そうだね、そう、わかった。でもこれがきみにしてあげる最後の好意だよ、ドノ。わかってるね」イワンは厳しい顔を見せた。

「感謝している」とドノはいった。

9

いまは自分が使っているが昔は祖父の居室だった部屋で、マイルズは古い丈の長い壁鏡に映った自分の姿を見て顔をしかめた。一番上等の茶色と銀色のヴォルコシガン館の制服は、今夜のパーティには大げさだろう。その服がほんとうにふさわしい立場でエカテリンをエスコートする機会は、皇宮とか国守評議会とかきっとそのうちあるだろうから、そのとき自分の姿を見て褒めてもらいたいと思っている。磨き立てた茶色のブーツを残念そうに脱ぎ捨てて、マイルズは四十五分前に着ようとしていた、清潔でプレスはきいているが地味な、聴聞卿のグレーのスーツに着替えようとした。そう、もうさっきほどぴんとプレスはきいていない。ベッドに置いたスーツの上に、もう一着の館の制服と以前の仕事で着ていた帝国軍の制服を二着放り出したからだ。

仕方なくまた裸になったマイルズは、もう一度自分の姿に不安そうに顔をしかめた。いつかそのうち、すべてがうまくいけば、この部屋のこの場所で、まったくごまかしのきかない裸の姿で彼女の前に立たねばならないのだ。

ふっとうろたえると、一階上の部屋のクローゼットに置きっぱなしになっている、ネイスミス提督のグレーと白の制服への郷愁が頭をよぎった。いや、イワンに野次《やじ》られるに決まっている。それどころか、イリヤンが何かいうかもしれない……辛辣《しんらつ》なことを。それに小提督のことを他の客に説明する気にはなりそうもない。マイルズはため息をついて、グレーのスーツをもう一度身につけた。

ピムが寝室のドアから覗きこみ、結構ですというのか、ほっとしたというのか、笑みを浮かべた。「ああ、もうお支度できてますね、マイロード。これはもうお片づけいたしましょう、よろしいですね」他の衣類をさっと持っていく早さを見て、マイルズは自分が正しい選択をした、というか自分にできうる最善の選択をしたのだとほっとした。

そして軍隊風の正確さで白シャツの襟の細い筋を上着の縁に合わせた。それから頭を前に垂れて頭頂部に白髪がないかと覗きこみ、最近発見していた二本の位置を確かめ、引き抜きたい衝動を抑えてもう一度櫛《くし》を入れた。〈こんな大騒ぎはもうじゅうぶんだ〉

そのあと急いで階下に降りたマイルズは、大食堂のテーブルの用意を再度点検しにいった。テーブルにはヴォルコシガン家のナイフやフォークと食器が輝き、ワイングラスが林立していた。わざと丈を低くした三つの優雅なテーブル・フラワーに負けないくらい、ナプキンが上品に見える。それなら花越しに顔が見えるし、エカテリンには花を楽しんでもらえるという戦術だった。十人の女性と九人の男性をどう座らせるかについては、マ・コスティとピムを相手に一時間ほどいろいろ話し合った。エカテリンはテーブルの上座のマイルズの右手に座らせ、カリーンは下座を占めるマークの右隣に。ここまでは異論なかった。イワンはエカテリンとカリーンから一番遠い中央で、彼のレディ・ゲストと並んで座る。他の人のパートナーにちょっかいをかけるのを防げる位置が望ましい――といってもマイルズはイワンにはそんな余裕はまったくないだろうと信じていた。

イワンがレディ・ドンナ・ヴォルラトイェルと短期間の華々しい情事に耽《ふけ》っていたころには、マイルズは傍観者として羨《うらや》んでいたものだ。振り返ってみると、その関係は二十歳だった自分の目に映っていたものよりは、レディ・ドンナのほうが慈悲深くてイワンはあまり優しくなかったのだろうと思うが、イワンがとびっきりの幸運に恵まれたのは確かだった。当時、息子の結婚相手にふさわしいヴォルの娘の候補者をたくさん抱えていたレディ・アリスは、その関係にはちょっぴり厳しかった。とはいえ何年間も縁結びについていらいらさせられたいまとなっては、レディ・ドンナもずっとましに見えることだろう。いずれにしても、人工子宮とさまざまな銀河バイオテクノロジーの到来によって、四十数歳でも女性の再生産計画にはなんの障害もなくなっている。六十数歳だろうと、八十数歳だろうと……。イワンはレディ・アリスとイリヤンに、半分血のつながった兄弟を提供してくれる計画があるのかどうか訊く勇気が果たしてあるだろうか。それともそんな可能性はまるで頭に浮かんでいないのだろうか。いつか適当な時期に、できたらイワンの口が食べ物でいっぱいのときに、それを指摘しなければならないな、とマイルズは思った。

とはいえ、それは今夜ではない。今夜は、あらゆることが完璧でなければならないのだ。

同じように顔をしかめたマークが食堂にふらりと入ってきた。彼もシャワーを浴びてきれいになり、注文仕立てのスーツを重ね着していた。黒の上に黒を重ね、さらに黒を重ねている。それは彼の短軀に驚くほど権威ありげな雰囲気を与えていた。マークはテーブルのそばにやってくると、座席カードを読んで、ひとつのペアに手を伸ばした。

「手を触れるなよ」マイルズは断固としていった。

「だけど、ダヴとデリアをヴォルブレットン国守夫妻と入れ替えれば、できるだけダヴをおれから離せるじゃないか」とマークは頼んだ。「彼だってそれが気にいらないはずないけどね。つまり、デリアの横にいさえすれば……」

「いや。レネはレディ・アリスの隣にしなければならない。これは特別なんだ。政治工作だよ。というかなんとしてもそうすべきなんだ」といってマイルズはうなずくように首を振った。

「きみのカリーンへの気持ちが真剣なら、ダヴとはつきあわざるをえない、わかるだろ。彼はあの家族の一員になるんだからね」

「あいつはぼくに……複雑な感情を持っていると思わずにはいられないんだ」

「何いうんだ、きみは彼の命を救ったんだぞ」〈他にもいろいろあるけどね〉「ベータから戻ってきてから、会ったのかい」

「一度だけ、三十秒ぐらいかな。カリーンを送っていったとき、デリアといっしょにうちから出てきたんだ」

「それで彼はなんていった?」

「こんにちは、マーク、って」

「つまはじきするような感じじゃないね」

「そのときの声音がね。あいつは抑揚《よくよう》のまったくない声を出すことがあるだろ」

「ああ、そうだね。でもそれで何かを推測なんかできないさ」

「だからそういうことを推測したんだよ」

マイルズはちょっとにやっとした。それにしてもマークはカリーンにどの程度まで真剣なんだろう。とりつかれているといいたいほどカリーンに心を傾けていて、二人とも性的欲求不満が真夏の舗装道路の熱気のように上昇している。ベータ植民惑星で二人のあいだに何があったのか、誰か知っているのだろうか。〈母上ならおそらく知ってるだろうな〉ヴォルコシガン国守夫人はイリヤンよりも優秀なスパイを持っているのだ。もっとも二人がいっしょに寝ているにしても、ピムがこっそり報告してくれたところでは、ヴォルコシガン館のなかではそれはない。

このとき当のピムが入ってきて、その脇にアリス叔母さんの顔も見えた。といっても叔母は横を通り抜けて食堂に入るとき、親衛兵士に軽く会釈《えしゃく》した。イリヤンが背後からゆっくり入ってきて、室内の人々に温和な微笑を向けた。引退した機密保安庁長官は黒い上着とズボンという非常にすっきりした身なりで、黒服がこめかみの白髪をきわだたせていた。二人の遅咲きのロマンスが花開いてからは、レディ・アリスは断固として、いささかみっともなかったイリヤンの普段着の改良に乗り出した。この粋な服装は、ときおり彼の眼差しを曇らす気がかりなぼうっとした表情をうまくごまかしている。イリヤンをこんなに無能にするなんて、まったくあんちくしょうはひどいやつだ。

アリス叔母さんはテーブルの上の準備を、訓練軍曹をも威圧するような落ち着きはらった態度で点検してまわった。そのうえで、「なかなかいいわね、マイルズ」といった。〈あなたにしては〉という言葉は口に出さなかったがわかった。「でも数が不揃いだわ」

「ええ、わかってます」

「ふん。では、もう仕方ないわね。一言、マ・コスティと話したいわ。ありがとう、ピム、自分で行けますよ」叔母は給仕用のドアからさっと身を翻《ひるがえ》して出ていった。階下に行けば準備が整っているのは叔母にもわかるだろうし、まえまえから進めていたうちのコックの引き抜き作戦を、ぼくの生涯で一番大切な夕食会の最中に展開するのだけは我慢してくれるだろう、とマイルズは思った。

「こんばんは、シモン」マイルズは以前の上司に挨拶した。イリヤンは真心をこめて手を握り、マークともためらいなく握手した。「今夜おいでいただけて喜んでいます。アリス叔母からエカ――マダム・ヴォルソワソンのことは話に聞いておいでですか」

「ああ、イワンからも二、三聞いているよ。肥溜《こえだ》めに落っこちたやつが金の指輪を持って戻ってきた、とかなんとか」

「まだ金の指輪ってとこまで行ってないんです」マイルズは悲しそうにいった。「だけど確かにそれは計画中です。あなたが彼女に会うのを楽しみにしていました」

「彼女がその人なんだね」

「そう願っているんですけど」

マイルズの熱の入った口調に、イリヤンの笑みは広がった。「うまくやれよ」

「ありがとう。ああ、一言おことわりしておかないと。彼女はまだ一年間の服喪中でね。アリスかイワンからその説明を――」

いいかけた途中でピムが戻ってきて、コウデルカの家族が到着し、予定どおり図書室に通したことを取りついだ。いよいよ真剣にホスト役を務めねばならない時間だ。

館を突っ切っていくあいだマイルズの背後を小走りについてきたマークは、大図書室の控えの間で立ち止まるとそこの鏡に姿を写してがっかりした表情になり、太鼓腹の上に上着を引き伸ばした。図書室では満面の笑みを浮かべたコウとドロウが待っていた。コウデルカ家の娘たちは書棚を漁《あさ》っていた。ダヴとデリアはすでにいっしょに腰掛けて、古い書物に頭を寄せあっている。

ひとわたり挨拶がすむと、合図を受けたロイック親衛兵士がオードブルと飲み物を運びはじめた。マイルズは何年ものあいだ、このヴォルコシガン館で行われる何千というパーティやレセプションでのヴォルコシガン国守夫妻のホスト役を見てきたが、それらの会のほとんどが、隠されていてもあからさまでも政治的意図のないものはめったになかった。この小さなパーティもその形式でうまくやれるはずだ。部屋の向こうで、マークはカリーンの両親にふさわしい心のこもった態度で接している。レディ・アリスが検閲から戻ってきて、甥に向かって軽くうなずいてから、イリヤンのところに行ってその腕に手を添えた。マイルズはドアのほうに耳を澄ました。

ピムの声と足音が聞こえるとマイルズの鼓動は早まったが、親衛兵士が案内してきた次の客はレネとターチャのヴォルブレットン夫妻だった。コウデルカの娘たちはすぐにターチャを迎え入れた。出だしはなかなか順調だ。ふたたび遠くの正面玄関から人の動く物音が聞こえると、マイルズはレネにレディ・アリスを引き合わせかけていたのをやめて、新しく到着した客を迎えに部屋を出た。今度こそヴォルシス聴聞卿夫妻とエカテリンが、やっと到着したのだ。ようし！

マイルズの目には教授と女教授の姿は灰色にぼやけ、エカテリンは炎のように輝いていた。エカテリンは地味なチャコールグレーの絹のイブニング・ドレスを着ているが、楽しそうに汚い庭園用の手袋をピムに渡しているところだった。目は輝き、頬にはほのかな血の色が差していて、非常に美しかった。そのクリーム色の胸で自分が贈ったバラヤーのレプリカのペンダントが温められているのを見て、マイルズはぞくっとしたが歓迎の微笑でごまかした。

「こんばんは、ヴォルコシガン卿」と彼女は挨拶した。「あなたの庭園で、バラヤー自生植物の最初の一本が育ちはじめたことをご報告できて嬉しいですわ」

「それはぜひとも、拝見しないといけませんね」彼はにっと笑ってみせた。抜け出して静かに二人で過ごすために、なんというすごいいいわけだろう。もしかしたらとうとう口に出す機会になるかも……いや、だめだ。まだまだ早すぎる。「ここで全員をご紹介したあとでね」マイルズが腕を差し出すと、エカテリンは手を添えた。彼女の温かい香りに彼は少し目眩がした。

図書室に近づくと、すでになかにあふれているパーティのざわめきにエカテリンはためらい、マイルズの腕に置いた手に力がこもった。彼女は一呼吸入れてから、マイルズといっしょに室内に入った。マークやコウデルカ家の娘たちとは面識があるので、すぐに気分をほぐしてくれるだろうと思って、マイルズはまずターチャに紹介した。ターチャは興味深そうに目を向けて、恥ずかしそうに挨拶の言葉を交わした。それからマイルズは大きな扉の前に彼女を連れていって、レネとイリヤンとレディ・アリスに紹介した。

マイルズはイリヤンの顔に賛成の色が見えるかどうか心配そうに窺《うかが》っていたので、まるまる三十年もあの恐ろしい機密保安庁を指揮してきた伝説の男と握手するとき、エカテリンが思わず恐ろしそうに瞬《まばた》きしたのをあやうく見すごすところだった。とはいえ彼女は震えもせずにそれに耐えた。自分の不吉な効果を意識していないらしい上機嫌のイリヤンは、マイルズが願っていたとおり賛嘆のこもった眼差しで彼女に微笑み返した。

さあいいぞ。あとはぞろぞろと夕食会の席につくときまで、それぞれ動きまわったり、飲んだり話したりしていればいいのだ。もうみんな来たのかな。いや、まだイワンが来ていない。そしてもう一人――マークを調べにいかせるべきだろうか――。

ああ、そんな必要はなさそうだ。ボルゴス博士が一人でやってきた。入り口から覗きこんだあとおずおずと入ってきた。マイルズが驚いたことに、彼はすっかりシャワーを浴びて櫛も入れ、完璧にふさわしいスーツを着ていた。エスコバール様式のスーツだとしても、実験室のしみなんかどこにもついていない。エンリークは微笑を浮かべて、マイルズとエカテリンのほうにやってきた。化学物質の匂いではなく、コロンの香りを漂わせている。

「エカテリン、こんばんは！」エンリークは楽しそうにいった。「ぼくの論文は受け取りましたか」

「ええ、ありがとう」

彼の微笑はさらに恥ずかしげになり、自分の靴に目を落とした。「気にいりましたか」

「とても印象的でしたわ。わたしの頭にはちょっと無理のようですけど」

「そんなことないと思いますよ。あなたなら論文の趣旨がつかめるだろうと……」

「それはお世辞ですよ、エンリーク」彼女はかぶりを振ったが、その微笑は、〈もっとお世辞をいってもいいわ〉といっていた。

マイルズは少々むっつりした。〈エンリーク？　エカテリン？　ぼくのことはまだ名前で呼んでいないんだぞ！〉それに彼女は肉体的な美しさを褒めたらきっとひるんで拒絶するはずだ。エンリークは、マイルズが見逃していた、彼女の心に届く防御のない道をたまたま発見したのだろうか。

エカテリンはさらにいった。「導入の十四行詩《ソネット》も理解できたと思いますわ、だいたいは。エスコバールの学術論文ではそれが普通の形式ですの？　とても魅力的ですわね」

「いや、ぼくが特別につけてみたんです」彼はちらりと目を上げて彼女を見て、またもう一方の靴に目を落とした。

「あれは、あのう、完璧に韻律《いんりつ》に合ってますわ。韻のいくつかはとても風変わりですけど」

エンリークは見るからににんまりした。

なんてことだ、エンリークは彼女に詩を書いて贈ったのか。そうか、なぜ自分は詩のことを思いつかなかったんだろう。明らかに自分には才能のない分野だという理由はともかくとして。それとも彼女は、きわめて巧みな戦闘降下計画でも読みたがるだろうか。ソネットか、ちくしょう。そういったもので自分が思いつくのは、戯詩《リメリック》だけだ。

背の高いねじりパンを思わせる恰好にからだをよじりながらエカテリンに笑い返しているエンリークを見つめて、マイルズはようやく事態を察してぞっとした。またしてもライバルか。しかも自分の家に入りこんできたやつが……！〈彼は客だ。とにかく弟の客なんだ。こいつは暗殺するわけにはいかない〉おまけにこのエスコバール人はたったの二十四標準歳なのだ——彼女にはほんの小犬に見えるはずだ。〈でも小犬が好きだったら……〉

「イワン・ヴォルパトリル卿」廊下のほうからピムの取りつぐ声が聞こえた。「ドノ・ヴォルラトイエル卿」イワンの連れとして許可していない名前を脳が理解する前に、マイルズはピムの声のみょうな震えに気づいて振り向いた。〈誰だって？〉

イワンは新しい連れとはっきり離れて立っていたが、その連れがなにかいった様子でいっしょに来たことは明らかだった。ドノ卿というのは顎鬚をスペード形にきっちり整えた中背の熱気にあふれた感じの男で、ヴォル様式の喪服を着ていた。その灰色の縁取りのある黒服がアスリート風の肢体を引き立てている。イワンは自分に何もいわずに、客のリストにない代わりの者を連れてきたのだろうか。こんな風にヴォルコシガン館の保安処置を破るなんて、もっとよくいって聞かせないと……！

マイルズはゆっくり従兄弟に近づいた。エカテリンはまだ自分の脇にいる——そう、じつは彼女の手を腕に抱えたままなのだが、彼女のほうでも手を引こうとはしていなかった。卿の位を持つヴォルラトイェルの一族にはみんな会ったことがあるつもりだ。残忍な領主ピエール《ル・サンギネール》の遠い子孫なのか、私生児なのか。そう若くはない。くそっ、あの刺激的な茶色の目にはどこかで会ったような気がするが……。

「ドノ卿、はじめまして」マイルズが手を差し出すと、しなやかな男はにこやかにそれを握った。一呼吸ついて次の呼吸までに、煉瓦《れんが》のように手がかりが落ちてきて、マイルズはなめらかにいいたした。「ベータ植民惑星に行っておられたのでしたね」

「そうなんです、ヴォルコシガン卿」ドノ卿の——これはレディ・ドンナだ、そうとも——黒い髭のなかで白い歯の笑みが広がった。

イワンはマイルズのおどろいた顔を期待したのに裏切られたといいたげな、がっかりした表情を浮かべていた。

「それとも、ヴォルコシガン聴聞卿と申し上げるべきでしょうか」ドノ卿はさらに言葉を継いだ。「新しい任官のお祝いをいう機会がなかったと思うのですが」

「ありがとう」とマイルズ。「友人を紹介させて下さい、マダム・エカテリン・ヴォルソワソンです……」

ドノ卿は真似事めいた、いささか熱狂的すぎる感じのわざとらしさで、エカテリンの手にキスした。エカテリンはあいまいな笑みを浮かべた。二人が社交儀礼を交わしているあいだに、マイルズの頭のなかは目まぐるしく動いていた。結構だ。明らかに、結局、以前のレディ・ドンナは兄ピエールのクローンを人工子宮のなかに詰め込んで帰ってきたわけではなかった。それに代わる、ピエールの推定相続人リチャーズに対抗する法的戦術は、息を呑むほど明白なものだ。〈遅かれ早かれ誰かが試みただろう〉それにこの結果を眺めるのはこっちの特権というものだ。「これからはじまる訴訟の幸運をお祈りしていいでしょうか、ドノ卿?」

「ありがとう」ドノ卿はまっすぐ目を合わせてきた。「もちろん、幸運には手加減できません。あとでもう少し詳しくご相談したいのですが、いいですか」「もちろんぼくは、評議会では父の代理人にすぎません。面白がっていた気持ちに警戒心がブレーキをかけた。自分自身を代表する聴聞卿としては、政党政治は避ける義務がありますし」

「それはよくわかっております」

「けれども、あー……おそらくイワンが向こうにいるヴォルブレットン国守に紹介してくれるでしょう。彼も評議会で係争中で、有意義な情報を交換できるでしょう。それにむろんレディ・アリスとイリヤン大佐もいますからね。ヴォルシス女教授もやはり非常に興味を持たれると思います。あの方のコメントは何ひとつ聞き逃さないことです。バラヤー政治史の著名な専門家ですから。さあなかへ進んで、イワン」マイルズは関心はないから行ってくれ、というようにあいまいにうなずいた。

「ありがとう、ヴォルコシガン卿」ドノ卿はすべてのニュアンスをくみ取ったらしく感謝をこめて目をきらめかせ、礼儀正しく通り過ぎた。

マイルズは隣の部屋に逃れて大笑いしたい発作にかられた。それともホロビッドで連絡したほうがいいか……。やにわに通り過ぎようとするイワンを捉まえると、マイルズは背伸びしてささやいた。「グレゴールはこのことをもう知っているのか」

「ああ」イワンは口の端で答えた。「それはまず最初に、きちんと面会したよ」

「よくやった。彼はなんて？」

「あててごらん」

「どうなるか見守ることにしよう、か」

「一発であたりだ」

「ふん」ほっとしてマイルズは、イワンにドノ卿を追わせた。

「なぜ笑っているの」エカテリンが訊いた。

「笑ってなんかいませんよ」

「あなたの目が笑っているわ。わかりますよ」

マイルズはあたりを見回した。ドノ卿はレネを捉まえて話し込み、レディ・アリスとイリヤンが物珍しそうにとりまいている。教授とコウデルカ准将は遠くのほうで話し合っていた。マイルズに聞き取れた言葉の端々から察して、軍隊の必需品調達における品質制御の問題らしい。マイルズはロイックに合図してワインを運ばせ、エカテリンを空いている片隅に連れていって、できるだけ言葉少なにレディ・ドンナ／ドノ卿と差し迫った相続の異議申し立てについて説明した。

「まあ、驚いた」エカテリンは目を丸くして、ドノ卿のキスの感触がまだ手に残っているかのように、左手を右手の甲に当てた。といってもドノ卿が人々を集めている一角をちらりと見ただけで、それ以上の反応をするのは抑えていた。集まったなかにはコウデルカ家の娘たちと母親もまじっていた。「このことを知っていらしたんですか」

「いやぜんぜん。つまり、彼女がリチャーズの打つ手を封じてベータ植民惑星に行ったことは誰でも知っていたけど、その理由がわからなかった。これですっかり納得しましたよ、馬鹿げた形ではあるけれど」

「馬鹿げている?」エカテリンは不満そうにいった。「わたしは大変な勇気が必要だったと思いますよ」彼女は飲み物に口をつけてから、思慮深い口調でいいたした。「それに怒りも必要でしょう」

マイルズはたちまち後退した。「レディ・ドンナは馬鹿な真似は容赦しない人です」

「ほんとうですか」エカテリンはみょうな目つきになって、部屋の片隅の新しい見もののほうにぶらぶら向かった。

マイルズがそれについていこうとすると、イワンがすでに半分になったワインのグラスを持って横にやってきた。マイルズはイワンとは話をしたくなかった。エカテリンと話したかったのだ。それでもマイルズは小声でいった。「まったくいい相手を連れてきたもんだよ。そこまでベータの好みにはまっているとは、まるで気づかなかったぜ、イワン」

イワンはマイルズを睨《にら》んだ。「きみは同情なんかしてくれないと、予想しておくべきだった」

「ちょっとはショックを受けたのか」

「シャトルポートで気を失いそうになったぜ。バイアリー・ヴォルラトイェルにはめられたんだよ、汚い野郎だ」

「バイは知ってたのか」

「むろん知ってたのさ。最初からぐるだったんだと思う」

ダヴ・ガレーニがふらりと通りかかって、ちょうどこの言葉を聞いた。ダヴがやっとデリアから離れたのを見て、将来の舅《しゅうと》のコウデルカ准将と教授がそこに加わった。マイルズはイワンに新しい来客のことを説明させた。イワンがドンナを夕食会に連れてきたいと主人役に許可を求めたときには、まるっきり何も知らずによからぬ歓迎作戦を立てていたことは、マイルズの想像どおりだった。やれ、やれ、イワンが彼女の変化に気づいた瞬間を、こっそり観察していたかった……！

「このわなは機密保安庁にとっても奇襲だったのかね」コウデルカ准将は、ガレーニ准将ににこやかに尋ねた。

「さあねえ。わたしの分野ではないので」ガレーニはぐいっとワインを飲んだ。「国内業務部の問題ですね」

部屋の向こう端にいる群れから聞こえた真珠《しんじゅ》のような笑い声に、二人の士官は振り返った。それはマダム・コウデルカの笑い声だった。それに呼応してほとばしったくすくす笑いが共謀したように静まり、オリヴィア・コウデルカが肩ごしに男たちのほうを振り返った。

「何を笑っているんでしょうか」ガレーニは不審そうにいった。

「たぶん、ぼくらのことを笑ってるんでしょうよ」とイワンは唸《うな》るようにいって、空になったワインのお代わりを探しにうろうろと立ち去った。

コウデルカ准将は室内を見つめてかぶりを振った。「ドンナ・ヴォルラトイェルがね、なんてこった」

レディ・アリスも含めて女性は全員、見るからに夢中な顔つきでドノ卿のまわりに群がっていた。ドノ卿は身振り手振りをまじえて、女たちに向かって低い声で長々としゃべっている。そしてエンリークはオードブルをむしゃむしゃ食べながら、牛のように恍惚《こうこつ》とした表情でエカテリンを見つめていた。アリスに置き去りにされたイリヤンは、マイルズが前に並べておいた挿絵入りの本草書をぼんやりとぱらぱらめくっていた。

夕食を出す時間だ、とマイルズは断固として思った。食堂ならイワンとドノ卿が年配の既婚夫人や配偶者たちの向こうで、若い女性たちから隔離される。マイルズは小声でピムに合図した。ピムはそれを伝えに階下に行き、すぐに戻ってきて正式に食事の用意ができたことを発表した。

人々はふたたびカップルごとに分かれて入り交じりながら大図書室を出て、控えの間から敷石のあるホールに抜け、あいだにあるいくつかの部屋を通り抜けた。マイルズがふたたびエカテリンに腕を貸して人々を先導すると、陰謀でも企んでいるような顔つきで大食堂から出てきたマークとイワンにばったり出会った。二人は回れ右して人々に加わった。きゅうに疑惑にかられたマイルズは、テーブルの横を通りながらそれを確認してぞっとした。一時間かけて戦術を練った座席カードが、並べ替えられていたのだ。

会話の糸口を適当に練習しておいた人々は、いまではテーブルの向こう端になっている。座席はまったくでたらめだ――いや、でたらめじゃないな、と彼は気づいた。優先順位が変わっているのだ。イワンの目的は、ドノ卿を自分からできるだけ遠くに置くことなのは明らかだった。イワンはテーブルの端のマークの横に席を占め、ドノ卿のほうはマイルズがレネ・ヴォルブレットンの席にするつもりでいた場所をあてがわれている。ダヴとドロウとコウは、揃ってマークからは遠いマイルズのほうに移動してきている。マークはしっかりカリーンを自分の右手に置いているくせに、エカテリンはマイルズのすぐ左にいるイリヤンのひとつ向こうの、テーブルの反対側に飛ばされていた。イリヤンのカードは動かす勇気がなかったと見える。これではマイルズは、イリヤン越しにエカテリンと話さねばならず、内緒話は不可能だ。

アリス叔母は少々困ったような表情でマイルズの右手に座り、イリヤンと向きあった。彼女は明らかに座席が替えられたことに気づいたのに、マイルズの最後の望みを裏切って何もいわず眉をぴんと上げただけだった。ダヴ・ガレーニはデリアとのあいだに未来の義母のドロウがいるのに気づいた。イリヤンはカードをちらりと見て、エカテリンを自分とダヴのあいだに座らせ、既成事実を作ってしまった。

マイルズは微笑を浮かべたままだった。十席向こうにいるマークには、遠すぎて〈あとで覚えていろよ〉という痛烈な目配せは届かない。それが狙いなのかもしれない。

といっても、マイルズの予想とは違うが、会話はテーブルを囲んでふたたびはじまり、ピムとロイックとジャンコフスキーが執事兼召使役を務めて、忙しく給仕しはじめた。マイルズは、エカテリンが恐るべき機密保安庁関係者にはさまれてストレスはないか気になって観察したが、彼女は親衛兵士がせっせと運んでくる素晴らしい食べ物やワインに落ち着いた楽しげな表情を見せていた。

コースのふたつめが出たところで、マイルズは食事に感じていた違和感がなんなのか気づいた。マ・コスティには詳しく書いたものを渡したはずなのに、これは二人で話し合ったメニューとはどことなく違っている。ある品目が……違うのだ。温かいコンソメの予定が、エディブル・フラワーで飾られた絶品の冷たくクリーミーなフルーツ・スープに変わっていた。エカテリンに敬意を表したのだろうか。酢とハーブのサラダ・ドレッシングの予定は、白っぽいクリーミーな素材のものに変わっていた。パンといっしょにまわされた、ハーブの香りのするスプレッドは、バターとは関係なさそうだ……。

〈虫の吐瀉物《としゃぶつ》。あのいまいましい、虫の吐瀉物を紛れこませたんだな〉

エカテリンも、ピムがパンをまわすころには、それに気づいていた。マイルズは睫毛《まつげ》を伏せてエンリークとマークをちらりと見たエカテリンのかすかなためらいでそれに気づいたが、彼女はまったく表情を変えずにパンにスプレッドを塗りつけて、しっかりと一口嚙みついた。そして自分が呑みこんだものが何か知っているような気配は、それ以外何も見せなかった。

マイルズは小さな香料入りの虫バターの塊を指さして困ったように眉を上げてみせ、それを食べないでもいいと伝えようとした。彼女は笑みを浮かべて肩をすくめただけだった。

「はあ?」二人のあいだにいるイリヤンが口に頰張ったままつぶやいた。

「なんでもありません」マイルズは急いでいった。「まったくなんでもありません」ぴょんと立ち上がって〈やめて、やめて、みなさんが食べているのは忌まわしい虫の吐いたものです〉と叫んだら、大事な客たちを……驚かすだけだろう。虫の吐瀉物は、なんといっても毒ではないのだ。誰もいわなければ知る由もない。彼は何もつけないパンを口に入れ、がぶりとワインを飲んで流しこんだ。

サラダの皿は下げられた。テーブルの四分の三離れた場所で、エンリークがナイフでワイングラスをチリンと鳴らすと、咳払いして立ち上がった。

「みなさんちょっとお静かに……」もう一度咳払いする。「今夜わたしはヴォルコシガン館のもてなしを楽しんでおりますが、みなさんもきっとそうだろうと思います――」テーブルのまわりから賛同のつぶやきが上がった。エンリークはにっこりして言葉を続けた。「わたしは感謝の印としてマイルズに――ヴォルコシガン卿に贈りたいものがあります」エンリークは無作法でなくいえたというように微笑した。「それには、いまがちょうどいいかと思ったのです」

マイルズは贈り物がなんであれ、恐るべき瞬間になるだろうと確信した。そして問いただすような目で末席にいるマークを睨みつけた。〈これがどういうことか、みんな知っているのか〉マークは〈見当がつかないよ、ごめん〉というように肩をすくめ、面白そうにエンリークを見つめたが、マイルズには安心どころではなかった。

エンリークは上着から箱をひとつ取り出すと、マイルズとレディ・アリスの席にとことこ近づいて二人のあいだに箱を置いた。向かい側のイリヤンとガレーニは、機密保安官の訓練で身についた偏執的に警戒する癖があるので緊張した。ガレーニはかすかに椅子を後ろに引いた。爆発物のような物じゃありませんよ、とマイルズはみんなを安心させたかったが、エンリークではなんともいえない。前にバター虫の仲間から贈られた箱よりも大きい。一年ほど前に馬に跨《また》がったことのない若い男たちのあいだで短期間はやった、あの鈍臭い、おしゃれ用の金の板の拍車ならいいんだが、とマイルズは思った。ぜんぜんそんなもの欲しくはないが……。

エンリークは誇らしげに蓋をあけた。それは前のときより大きなバター虫ではなく、三匹のバター虫だった。触覚を震わせながら折り重なっている虫の甲皮が、茶色と銀色にきらめいている……。レディ・アリスは身を引き悲鳴を呑みこんだ。イリヤンは彼女の様子を心配して立ち上がった。ドノ卿はアリスの横から興味深そうに身を乗り出し、黒い眉を跳ね上げた。

かすかに口をあけたマイルズは、前かがみになって麻痺《まひ》したようにじっと見つめていた。そうだ確かに、小さな厭わしい茶色の背中に明るい銀色ですりこまれているのは、ヴォルコシガンの紋章だ——うちの親衛兵士の制服の袖についている飾りを正確に模写したものが、レースのように細い銀色の線で退化した翅《はね》を縁取っている。館の色の複製は正確だった。ひとめで有名な紋章を見分けられるだろう。二メートル離れたところからでも、ひとめで見分けられるだろう。ピム、ジャンコフスキー、ロイックの三人が集まってマイルズの肩ごしに箱を覗きこんだので、ディナーのサービスがとどこおった。

ドノ卿はバター虫とマイルズの顔のあいだで、ちらちら視線を行き来させていた。「それはもしかしたら……武器なんですか」警戒する声で、彼は思い切ったように尋ねた。

エンリークは笑って、バター虫の新しい型について熱弁を揮《ふる》いはじめた。それは、スープやサラダ・ドレッシングやスプレッドの材料に上質の改良虫バターが使われているという、まったく無用な説明だった。マイルズが頭に描いていた、エンリークが虫眼鏡を覗きこんでちっちゃな絵筆を動かしている情景は、彼の説明で消え失せた。「その模様は、いやいや、もちろんくっつけたのではなく、遺伝子的に創られたものですから、次の世代にも受け継がれます」

ピムは虫を眺め、自分の自慢の制服の袖にちらりと目を向け、ふたたびこの生き物についている自分の紋章のけしからんパロディーを見つめた。それから心の裂けるような絶望的な表情をマイルズに投げかけた。その無言の叫びはマイルズには難なく理解できた。〈お願いです、マイロード、お願いします、あいつを連れ出していますぐ殺してもいいですか〉

テーブルの向こう端のほうから、心配そうなカリーンのささやきが聞こえた。「何が起こったの？　なぜ彼は何もいわないの。マーク、行ってみてよ……」

マイルズは椅子の背に寄り掛かり、できるだけ低い声で食いしばった歯のあいだからピムにいった。「あいつは侮辱《ぶじょく》する気はなかったんだ」〈ああいう形を披露しただけだ。父の、祖父の、そしてうちの館の紋章をあの繁殖力の強いごきぶりにつけるとは……！〉

ピムは怒りの燃える目に硬い微笑を浮かべた。アリス叔母は自分の席で凍りついたように動かない。ダヴ・ガレーニは首を傾げて目尻に皺《しわ》を寄せ、内心何を思っているのかわからないが口を半ばあけている。マイルズでもそれを訊く気にはならなかった。ドノ卿の様子はもっとひどかった。ナプキンを半分口に押し込み、顔を真っ赤にしてくしゃみしている。イリヤンは唇に指を当てて表情はほとんど変えていないが、その目のかすかな喜びにマイルズは内心辟易《へきえき》した。マークがやってきて箱のなかを覗きこんだ。そして血の気をなくし、警戒するように横目でマイルズを見た。エカテリンは口に手を当てている。マイルズに向けた彼女の目は暗く見開かれていた。

身じろぎもしない聴衆のなかで、マイルズが気になるのはたった一人の意見だった。

この人は長いあいだ、死んでも誰も悲しむ者のなかった夫の……どれほどの癇癪《かんしゃく》の発作に耐えてきたのだろうか。公《おおやけ》の場の、あるいは二人だけのときの、どれほどの怒りに。マイルズは、エスコバール人のエンリークについて、バイオ工学について、弟のマークの正気とは思えない事業の計画について、制服を着たヴォルコシガン吐瀉虫についてべらべらしゃべりたてたい気持ちだったが、その言葉を呑みこむと、瞬きして深呼吸をひとつしてから微笑を浮かべた。

「ありがとう、エンリーク。きみの才能には言葉を失ったよ。けれども、たぶん女の子たちはもう片づけたほうがよさそうだね。きみだって女の子たちを……疲れさせたくはないだろう」

マイルズは穏やかに箱の蓋を戻して、エスコバール人の手に返した。斜め前の席でエカテリンがそっと息を吐き出した。レディ・アリスは驚き感銘を受けたように眉を上げた。エンリークは嬉しそうに自分の席に戻った。席につくと彼は、自分の前の席のヴォルブレットン国守夫妻も含めてさきほどのショウが遠くでよく見えなかった人々に説明を続け、ヴォルコシガン・バター虫を披露した。これは実際に会話を止める効果があった。イワンだけがけたたましく笑ったが、マーチャから厳しく叱責されてすぐに笑いを呑みこんだ。

マイルズはさきほどまでのように、料理がなめらかな流れになって出てこないのに気づいた。彼はまだ立ちすくんでいるピムを手まねきして小声でいった。「次のコースを運んでくれないか」それから陰鬱《いんうつ》な低い声でいいたす。「まず確かめてからな」

ピムはさっと仕事の緊張に戻り、小声で答えた。「はい、マイロード。承知しました」

次のコースは茹でて冷やしたヴォルコシガン領のサクラマスで、バター虫のソースは添えられておらず、即席にスライスしたレモンが載っているだけだった。ようし。マイルズはとりあえずほっとした。

エカテリンはやっと勇気を奮《ふる》って同席者との会話の糸口をつかもうとしていた。機密保安庁の士官に、「今日はお仕事はいかがでした？」とは訊きにくい。そこでもっと一般的な切り出し方だと自分には思われたことに落ち着いた。「帝国軍でコマール人にお目にかかるのは珍しいですわね」とエカテリンはガレーニにいった。「そのお仕事を選んだとき、ご家族は賛成なさいましたの？」

ガレーニはほんのわずか目を見開いてから、目を細めてマイルズを見た。マイルズは遅ればせながら、食事の前にエカテリンに話しておいたことが肯定面ばかり強調して、ガレーニの家族の大部分はさまざまなコマールの反乱とその事後処理で死亡したということをいい落としたのに気づいた。しかもガレーニとマークの奇妙な関係は、どう彼女に切り出したらいいかいまだに思いつかない。このことをテレパシーでどう伝えようか苦慮しているうちに、ガレーニは簡単に答えた。「新しい家族は賛成しています」警戒してこわばっていたデリアの顔がほころんだ。

「はあ」足を踏み違えたのにエカテリンも気づいたらしい。それはその顔つきからすぐにわかったが、何がいけなかったのかはわからないようだ。エカテリンはちらりとレディ・アリスに目を向けた。アリスはまだバター虫の動揺がおさまらないらしく、むっつり皿を見つめていてエカテリンの無言の頼みに気づかなかった。

若い女が困っているのを見すごせないたちのコウデルカ准将が、急いで口をはさんだ。「ところで、マイルズ、コマールといえば、ミラー衛星の修理の予算案は評議会に出されそうかい」

ああ、完璧な話題だ。マイルズは昔の助言者にちらりと感謝の微笑を見せた。「ええ、そう思います。グレゴールはそれに全力投球していますよ、期待どおりに」

「よかった」ガレーニは思慮深げにいった。「それはあらゆる面で助けになるだろう」そして彼はエカテリンに向かって、気にするなというように軽くうなずいた。

気まずい瞬間は終わった。まわりの人々がほっとして、この糸口に従って政治的な話題にどう意見をいおうか言葉を切って考えを整理しているところに、エンリーク・ボルゴスの陽気な声が、恐ろしいほどはっきりとテーブルの上に漂ってきた。

「――利益は大きいよ、カリーン。きみとマークはベータに戻ったら、また天体《オーブ》にすごい旅行ができるぞ。いくらでも欲しいだけ入るさ、実際に」そして羨《うらや》ましそうにため息をついた。

「ぼくもいっしょに行く人がいればいいんだけどな」

〈超自然歓喜の天体《オーブ》〉というのはベータ植民惑星のもっとも有名かつ悪名高い歓楽ドームで、銀河宇宙で評判の場所だ。まっすぐジャクソン統一惑星に行くほど趣味が悪くなければ、医学的な監視もあり免許を持つ者から購入できるオーブの歓楽だけでも、じゅうぶんにびっくり仰天できるはずだ。カリーンの両親がその場所のことを聞いていないといいが、とマイルズはちらりと望みをかけた。マークがそこはベータの科学博物館にすぎない、というふりをすれば——。

コウデルカ准将はいままさに、口に入れた鱒《ます》を口いっぱいに含んだワインで呑みこもうとしているところだった。吹き出したしぶきは父の向かい側に座っていたデリアの近くまで飛んだ。この年齢の男が肺にワインを吸い込むのは、どういう場合であろうと危険だ。オリヴィアはためらいながら心配そうに父の背中を叩き、コウデルカは赤くなった顔をナプキンに埋めて喘《あえ》いだ。ドロウは椅子を少し引いて、テーブルをまわって夫に手を貸そうか、それとも末席のほうに行ってマークの首を締めようかためらっているようだった。マークには手の出しようがなかった。罪悪感から血の気が引き、脂汗を浮かべてありのままを口走りそうになった。

コウはやっと呼吸を取り戻して、喘ぎながらマークにいった。「きみはうちの娘をオーブに連れていったのか」

カリーンはすっかり慌てふためいて口走った。「それは彼の治療の一環だったのよ」

マークはさらに泡を食って、必死になっていいわけした。「クリニックの割引があったので……」

マイルズはかねがね、マークが義理の兄弟になる可能性があると知ったとき、ダヴ・ガレーニがどんな顔をするかその場にいて見たいものだと思っていた。いま振り返って見たいと思ったときにはすでに遅かった。ガレーニの凍りついたような表情を見たことがあるが、いまはそれほど……むっとしている様子もない。コウは呼吸を取り戻したが、いくらか過呼吸気味ですっかり安心できる状態ではなかった。オリヴィアは不安そうなくすくす笑いを呑みこんだ。正確に事態を理解したらしいドノ卿の目は輝いていた。もちろん彼はその場所をよく知っていて、過去の姿でも現在の姿でも経験しているのかもしれない。エンリークの隣にいる女教授は身を乗り出して、好奇心の窺える目でテーブルの端から端まで見回していた。

エカテリンはひどく心配そうだが驚いてはいないのにマイルズは気づいた。マークは自分の兄にはいえないような過去を、エカテリンには打ち明けてもいいと思ったのだろうか。それともエカテリンとカリーンは、そういう女同士の秘密を明かしあうほどすでに仲良くなっているのだろうか。すでにそうなら、エカテリンがお返しにカリーンに打ち明けていいと思ったマイルズに関する秘密はなんだろう。それを知る方法は何かあるだろうか……。

かなりためらったあとで、ドロウは腰を落ち着けた。あとで話し合いましょう、というような不吉で恐ろしい沈黙が漂っていた。

レディ・アリスはすべてのニュアンスを読みとっていた。けれども社交的な自制心が強いので、鼻白んだ様子は近くにいるマイルズとイリヤンにしかわからなかったはずだ。みんなが注目せざるをえないような口調で、やっとレディ・アリスが意見をいいはじめた。「婚礼の贈り物としてミラー衛星の修理をするという提案は、大変好意的に受け取られていて――マイルズ、あの動物が口にくわえているのはなに？」

マイルズはあっけに取られて〈あの動物って〉と訊こうとしたが、それを口にする前に、磨いた食堂の床の上を横切っていく複数の小さな足音がその疑問に答えた。かなり成長した黒白ぶちの子猫が同腹の黒猫に追いかけられている。ぶち猫は何かを口いっぱいに頬ばっているが、ウワーウワーと驚くほど大きな声を出して自分のものだと主張していた。広い樫《かし》の板を爪で引っ掻き、値のつけられないアンティークの手織り絨毯《じゅうたん》で引っかかり、爪を立ててひっくり返った。追ってきた猫はすぐにその上に跳び乗ったが、獲物を手放させることはできなかった。揺れる白い髭のあいだで昆虫の足が二、三本弱々しく動き、茶色と銀色の翅の甲皮が死にそうに震えている。

「ぼくのバター虫！」エンリークは恐怖の叫び声を上げると、椅子をぐいと引いて犯人の猫にかなりうまく飛びついた。「離せ、人殺し！」彼はめちゃめちゃになった虫を死の顎から取り戻したが、かえって痛めつけただけだった。黒猫は後ろ足で立って、狂ったように前足を振った。〈ぼくにも、ぼくにも、おくれよ！〉

〈うまいぞ！〉マイルズは子猫たちに、可愛いやつというように微笑みかけた。〈吐瀉虫にもやっぱり天敵がいたのか！〉そしてヴォルコシガン館の警備猫の緊急配備計画を練りはじめたが、ふとあることが頭に浮かんだ。すでに食堂にちょろちょろ走りこんできた虫を、猫が口にくわえているのだとすると――。

「ボルゴス博士、あの猫はどこで虫を見つけたのかな」マイルズは訊いた。「虫は全部閉じ込めてあると思っていたんだが。実際に」と彼は下座のマークに目を向けた。「そうするときみは約束したね」

「あー……」とエンリーク。どんな思考回路をエスコバール人がたどっているのかマイルズにはわからなかったが、結論に達したらしく頰がぴくぴく動いた。「ああ。すみません。実験室に行って調べてみないとわかりません」エンリークは何を請け合うでもない微笑を浮かべ、猫を自分の立ったあとの椅子に下ろすと、回れ右して食堂の裏階段のほうに急いで立ち去った。

マークは慌てていった。「ぼくもいっしょに行ったほうがいいと思う」そしてあとを追った。

マイルズは悪い予感が胸一杯に広がり、ナプキンを下ろして小声でいった。「アリス叔母さま、シモン、ちょっとぼくの代わりをして下さいませんか」マイルズは一旦立ち止まってピムにワインをもっと出すように命じてから、二人のあとを追った。もっともっと出せ。いますぐに。

マイルズが一階下の洗濯室兼実験室の入り口でエンリークとマークに追いついたとき、エスコバール人の、「ああ、まずい」と叫ぶ声が聞こえた。マイルズが怖い顔でマークの横をすり抜けると、エンリークはバター虫の家のひとつの、大きな仕切り箱の横にしゃがみこんでいた。仕切り箱はそれが載せてあった箱と床のあいだで横倒しになっていた。膜を張った上部は、潰《つぶ》れてゆがんでいる。なかではたった一匹だけ、片側の足を二本なくしたヴォルコシガンお仕着せバター虫がみじめにぐるぐる這いまわっていたが、壁面を越えて脱出することはできそうもなかった。

「何があったんだ」マイルズは厳しい声でエンリークにいった。

「逃げてしまった」と答えたエンリークは、床を這いまわって物の下を探しはじめた。「あのいまいましい猫どもが、仕切り箱をひっくり返したに違いない。代表の虫を選ぶために出しておいたんです。一番大きないいやつが欲しかったので。さっきこの部屋を出たときはだいじょうぶだったのに……」

「この仕切り箱のなかには、何匹虫がいたんだ?」

「全部ですよ、ひとつの遺伝子グループが全部。約二百の個体です」

マイルズは実験室のなかを眺めまわした。どこにもヴォルコシガンお仕着せバター虫は見当たらない。彼はヴォルコシガン館が実際に、どれほど大きく、古く、がたがたの建物であるかを思った。床の割れ目、壁の割れ目、虫が出入りする小さな裂け目はいたるところにある。床板の下、羽目板の後ろ、屋根裏の上、古い漆喰《しっくい》壁のなか……。

〈働き虫は〉とマークはいっていた。〈死ぬまでうろつくだけで、死んだら終わりだ……〉「女王虫は確保してあるんだろうね。きみの遺伝子資源は、あー、回復できるんだろう」マイルズは下を気をつけて見ながら、壁沿いにゆっくり歩きはじめた。あちこち目を走らせても、茶色と銀色の光は見えない。

マイルズは注意深く言葉を選んだ。「女王は動かないって保証したね」

「成熟した女王は動けない、それはほんとです」エンリークはまた立ち上がって手を振りながら説明した。「だけど未成熟の女王は、稲妻《いなずま》のように走れますよ」

マイルズはその答えをよく吟味した。といっても一秒とかからなかった。ヴォルコシガンお仕着せ吐瀉虫。ヴォルバール・サルターナじゅうに、ヴォルコシガンお仕着せ吐瀉虫が広がる。

機密保安官の技術のなかに、男の襟首をつかんで少しねじり、げんこつでちょっとしたことをやる、というものがある——正確に使えば、これは相手の血流と呼吸の両方を止める手だ。マイルズは新しい民間人の仕事についてからも、まだその技をなくしていないことがわかって、無意識に喜んでいた。彼は血の気を失ったエンリークの顔を自分の顔に引き寄せた。カリーンが息を切らして実験室の入り口に現れた。

「ボルゴス。明日の午後、ヴォルコシガン国守と国守夫人が館に足を踏み入れる少なくとも六時間前までに、きみはいまいましい吐瀉虫を一匹残らず、特に女王虫はかならず、回収して数を数えることになる。なぜなら、両親の到着する五時間五十九分前になったら、ぼくは害虫の蔓延《まんえん》を防ぐ駆除の専門家を呼ぶつもりだからだ。つまりあらゆる吐瀉虫を、一匹も残さず駆除するということだよ、わかったか。例外はないし、一切容赦しないぞ」

「だめ、だめ！」エンリークは酸素の切れた肺から、かろうじて泣き声を上げた。「いけないよ……」

「ヴォルコシガン卿！」エカテリンのショックを受けた声が、入り口から聞こえた。それは伏兵にスタナーで撃たれたような奇襲効果があった。マイルズは罪の意識からぱっと手を離した。エンリークはよろよろと立ち上がり、苦しげな大きな喘ぎを立てながら息を吸い込んだ。

「その手を離さないで、マイルズ、わたしのために」カリーンが冷たい声でいった。エカテリンの背後から大股に実験室に入ってくる。「エンリーク、この馬鹿。オーブのことをわたしの両親の前でいうなんて！　なんという考えなしなの」

「こいつのことがこれだけよくわかっていて、そんなことというのかい」気味の悪い声でマークがいった。

「それにあなたは――」カリーンの怒りの矛先《ほこさき》がマークに向いた。「だいたい、エンリークはどうしてそんなことを知っていたのよ――マーク」

マークは少しからだを縮めた。

「マークはそれが秘密だなんていわなかったし――ロマンチックに聞こえるかと思ったんだ。ヴォルコシガン卿、お願いだよ！　駆除業者は呼ばないで下さい！　女の子たちは全部回収しますとも、約束します！　とにかく――」涙がエンリークの目にあふれた。

「落ち着きなさいな、エンリーク」エカテリンはなだめるようにいった。「わたしにはわかってる」彼女はマイルズに疑わしげな目をちらりと向けた。「ヴォルコシガン卿はあなたのかわいそうな虫を殺す命令なんか出さないわ。いまに見つかるわよ」

「ぼくには時間の制限があるんだ……」マイルズは歯を食いしばってつぶやいた。明日の午後か夕方に、壁のなかから聞こえるあの小さな音はなんなのか、総督夫妻に説明している様子が目に浮かぶのだ。二人に知らせる仕事は、たぶんマークに押しつけられるだろう――。

「エンリーク、よかったらわたし、ここに残って探すのを手伝うわ」エカテリンが硬い声で名乗り出た。そしてマイルズに渋面を向けた。

それは心臓に打ち込まれた矢のようだった。うわっ。さあシナリオができたぞ。エカテリンとエンリークが英雄的に頭を寄せあって、悪者のヴォルコシガン卿の悪意ある脅威から〈かわいそうな虫〉を救い出そうとかがみこむ場面……。仕方なくマイルズは後退した。「夕食会のあとで」と彼は提案した。「みんなで夕食会のあと戻ってきて手伝おう」誰かエカテリンの横で虫たちを探して床を這いまわる者がいるとすれば、それは自分になるのだ、ちくしょう。

「親衛兵士もいっしょに」彼はこの知らせを聞いたときのピムの喜びを想像して内心辟易した。「いまはとりあえず、席に戻って礼儀正しい会話やなんかを続けたほうがいいだろう」マイルズはつけ加えた。「ボルゴス博士は用があるから別だけどね」

「ぼくが残って手伝うよ」マークがにこやかに提案した。

「なんですって」カリーンが叫んだ。「そしてわたしひとり両親のところに戻るの？　それに姉たちが――あれの結末を姉たちから聞くのは絶対にいやよ……」

マイルズは苛立って首を振った。「そもそも、なんだってカリーンをオーブなんかに連れていったんだ、マーク？」

マークは信じられないという目でマイルズを見た。「なぜだと思う？」

「まあ……そうだね……きみだって、あー、そこが、あー……ふさわしくないとわかっていただろうに。バラヤーの若いレディ……」

「マイルズったら、とんでもない猫っかぶりね！」カリーンは憤慨していった。「ネイスミスのおばあさまに聞いた話では、あなただって行ったことがあるって――何回もね」

「それは仕事だよ」マイルズはしかつめらしくいった。「どれほど驚くべき数の星間軍や工業スパイがオーブで摘発されたか知れない。ベータの保安隊もあそこを探っていることは信じたほうがいい」

「へえ、そうかい」とマーク。「そしてきみは連絡を待っているあいだに、ただの一度もサービスを試したことがないと、ぼくたちに信じろっていうのか」

その意味を吟味《ぎんみ》すると、これは戦術的後退の時期だとマイルズにはわかった。「さあみんな、もう行って夕食を食べるべきだと思うよ。でないと焼けすぎるか、乾くかしてしまうだろうね。それにマ・コスティに、自分のせっかくの作品を台無しにしたと怒られるだろう。そうしたらマ・コスティはアリス叔母さんのために仕事をするようになって、ぼくらはみな、またレディ・ミールを食べることになるぞ」

この恐るべき脅しは、マークにもカリーンにも効いた。そうだろう、しかもコックにあのおいしい虫バターのレシピを思いつかせたのは、いったい誰なのか。マ・コスティは絶対に自分から進んであんなことはしないはずだ。共同謀議の匂いがする。

マイルズは一息ついて、エカテリンに腕を差し出した。ちょっとためらい、心配そうにエンリークを振り返ってから、彼女は彼の腕を取った。そこでマイルズは全員を引き従えて実験室を出て、誰ひとりもらさずに食堂に戻った。

「茶色のしみはうまくすっかり片づきましたか、マイロード」ピムが気を使った小声で訊いた。

「あとで話すよ」マイルズは内緒で返事した。「次のコースをはじめてくれ。それにもっとワインを」

「ボルゴス博士をお待ちすべきですか」

「いや。彼は手が離せないんだ」

ピムは不安にかられたようにびくっとしたが、仕事をしに立ち去った。アリス叔母のエチケットはさすがで、それ以上のことは訊こうとせず、すぐに何気ない話題に会話を導いていった。叔母が口にした皇帝の婚礼の話題にほとんどの者がすぐに乗った。おそらく例外はマークとコウデルカ准将の気持ちだっただろう。二人は無言のまま目を合わせた。マイルズはコウに内々で、マークに向かって仕込み杖を抜くのがどれほど危ないことか警告すべきか、それともそれは善意というよりさらに傷つけることになるのか、迷っていた。ピムは、さっきの内緒の指示はぼくのことではないとマイルズがいう間もなく、マイルズ自身のワイングラスに並々とワインを注ぎ足した。なんてことだ。これでは……麻痺している状態のほうがましなような気がする。

エカテリンが楽しく過ごしているとは、マイルズにはとうてい信じられなかった。彼女はすっかり黙りこんで、ときどきボルゴス博士の空いた席に目を向けている。それでもドノ卿の言葉にはエカテリンは笑い声を立てた、二度も。以前のレディ・ドンナはほっとするようないい男になった、とマイルズは近くでつくづく眺めていた。ウイットがあり、エキゾチックで、国守領の後継者になる可能性もある……それに考えてみれば、情事の技術にはぎょっとするほど不公平な利点を持っている。

親衛兵士たちが、主菜の皿を下げた。主菜は大桶《おおおけ》製の牛ヒレ肉のグリルで、簡単な胡椒のソースだった。度が強く色の濃い赤ワインがいっしょに出た。そのあとデザートになった。凍ったクリーム状の象牙《ぞうげ》色の素材を山形に固めて、艶《つや》出しした新鮮な果物を豪華に宝石のように飾ったものだ。マイルズは、彼の目を避けて通り過ぎようとしたピムの袖をつかんで、身を寄せて一言いった。

「ピム、これはぼくが思っていたものか」

「どうしようもなかったのです、マイロード」ピムは用心していいわけをつぶやいた。「マ・コスティに、これを出すか何もなしか、どっちかだといわれましたので。ソースのことではいまだに激怒していて、あとで閣下とお話ししたいといっています」

「ああ。わかった。そうか。運んでくれ」

マイルズはスプーンを持って、勇敢にもひと匙《さじ》口に運んだ。エカテリンを除いて客はみんな、疑わしげに先例に倣《なら》った。エカテリンは、見るからに思いがけない喜びにあふれた顔で自分の皿を眺め、身を乗り出してテーブルの裾のほうにいるカリーンと笑み交わした。カリーンは、勝ち誇ったような不思議な目配せを返した。さらに悪いことに、デザートはとろけるようなおいしさで、たちまちマイルズの口のなかのすべての原始的な快感受容体にはまったような気がした。そのあと味覚には、甘くて強い金色のデザートワインの香りが榴散弾のようにはじけて、凍った虫バターを完璧に補完した。マイルズは叫び出しそうになったが、そのかわりに、硬い笑みを浮かべてワインを飲んだ。何はともあれ彼の夕食会はよたよたと進行していた。

グレゴールとライザの結婚が話題になったので、マイルズは素敵な軽く楽しい内緒話を披露した。領地の人々からの結婚のお祝いとして、マイルズは等身大の砂糖楓《かえで》で彫ったゲリラ兵を輸送する仕事を引き受けたのだ。この話でやっとエカテリンの微笑を勝ち取ることができた。今度は彼女の笑みはしっかり彼に向いていた。マイルズは彼女を外に誘い出すために庭園について まず何を訊けばいいか頭のなかでまとめていた。彼女は正しい道筋に立ちさえすれば輝くことができる、それは確かだ。この企みにアリス叔母を引き込んでおかなかったことを、マイルズはちょっと後悔した。そうすればもっと巧妙にできるのだが、最初の計画では叔母はここには座らなかったはずだから——。

マイルズの沈黙はほんの少し長すぎた。親切にもその沈黙を埋めようとしてイリヤンが、エカテリンのほうに顔を向けた。

「結婚といえば、マダム・ヴォルソワソン、マイルズはいつからあなたに求婚しているんですか。もうデートの約束はしたの？　わたしとしては、マイルズをじらしていろいろ考えさせたほうがいいと思うけどね」

冷たいものがさっとマイルズの脇の下に流れた。アリスは唇を噛んだ。ガレーニでさえぎょっとした。

オリヴィアは戸惑ったように顔を上げた。「それはまだ口にしないはずだと思ってたわ」

その隣の席のコウがつぶやいた。「黙っておいで」

まさにヴォルラトイェルらしい悪意のある無邪気さで、ドノ卿がオリヴィアに向かって尋ねた。「何を口にしないはずになっているんですか」

「あら、でもイリヤン大佐がいったのなら、だいじょうぶに違いないわ」オリヴィアは決めこんだ。

〈イリヤン大佐は去年頭脳を壊されたんだ〉とマイルズは思った。〈彼はだいじょうぶなんかじゃない。だいじょうぶなんてとんでもない……〉

オリヴィアの目がマイルズの目と合った。「それとも、もしかしたら……」

〈だいじょうぶじゃない〉とマイルズの無言の目が彼女にいった。

一瞬前までいきいきと楽しそうだったエカテリンの顔が、大理石の彫刻のようになっていた。それは瞬間的に通り過ぎる表情ではなく、執拗でかつ取り返しのつかない、天体地質学的に続くものに思われた。その重みはマイルズの心にのしかかり、押しつぶされそうなほどだった。〈ピグマリオンの反対だ、ぼくは呼吸している女を白い石に変えてしまう……〉マイルズはその寒々とした不毛の表情に見覚えがあった。いつかコマールで見たことがあり、彼女の美しい顔で二度と見たくないと思ったものだった。

マイルズの意気消沈に、酔いから来る狼狽《ろうばい》がぶつかった。〈この人を失うことなんかできない、できない、できない〉前進する力、前進する力と虚勢、それで以前は戦いに勝ってきたのだ。

「ええ、あー、へー、まったく、ええと、そのう、それで思い出したけど、マダム・ヴォルソワソン、さっきから訊くつもりでいたんです――ぼくと結婚してくれますか」

死のような静寂がテーブルを端から端まで包みこんだ。

エカテリンは最初は何も答えなかった。一瞬、その言葉が耳に入らなかったような感じだったので、マイルズはもう一度大きな声で繰り返す自殺的衝動に負けそうになった。アリス叔母は両手で顔を覆った。息を止めたにやにや笑いが病的に膨れ上がり、顔に広がるのをマイルズは感じた。〈違う、違う。いうべきことは――いうつもりだったのは……虫バターをまわしてくれませんか、って言葉だ。もう遅い……〉

エカテリンは目に見えるほど努力して喉の封鎖を開いた。言葉が唇から氷のかけらのようにひとつずつ震えながら落ちた。「なんて奇妙なんでしょう。いままでわたしは、あなたは庭園に興味がおありなのだと思っていました。あなたがそうおっしゃったから」

〈嘘をついたのね〉という言葉が、口には出さずとも雷のように轟《とどろ》いていた。

〈それじゃ、わめけよ。叫べよ。何か投げつけろ。ぼくを気がすむまで踏みつぶせ、それでいいんだ。そういう痛みならいい――それはやり過ごせる――〉

エカテリンが吐息をついた。マイルズの魂は希望に揺れたが、彼女は椅子を引いただけだった。半分口をつけたデザートの横にナプキンを置き、背を向けてテーブルから離れる。そして女教授の横でちょっとだけ身をかがめてささやいた。「ヴォルシス伯母さま、お先に失礼します」

「だいじょうぶなの……」と女教授がいったときにはエカテリンは大股に立ち去っていて、その言葉は何もない空間に漂った。彼女の足どりはドアに近づくにつれて早くなり、最後は走るようだった。女教授はちらりとマイルズに視線を返して、仕方なさそうに〈なんてことしたの〉というか〈なんて馬鹿なことを〉というように手を振った。

〈ぼくの未来がドアから出ていく。なんとかしろ〉マイルズがもがもが椅子から立ち上がると、椅子は大きな音を立てて倒れた。「エカテリン、待って、話がある――」

マイルズはドアから出るまでは走らなかった。ほんの一瞬立ち止まってドアをぴしゃっと閉め、二、三人の口出ししかけた者も締め出して、夕食会と自分たち二人のあいだを切り離した。マイルズは玄関ホールでエカテリンに追いついた。ドアから出ようとしたエカテリンはたじろいだ。もちろん安全施錠されているのだ。

「エカテリン、待って、ぼくのいうことを聞いて。説明するから」マイルズは息を切らしていった。

彼女は振り向いて、スープのなかにヴォルコシガンお仕着せバター虫が浮いているのを見たような、疑わしげな目を向けた。

「ぼくはきみと話をしなきゃいけない。きみもぼくと話をしないといけないんだ」マイルズは必死で要求した。

「そのとおりね」一瞬間をおき、唇を白くして彼女がいった。「お話ししなきゃならないことはありますわ。ヴォルコシガン卿、あなたに委任された庭園デザイナーの仕事はやめさせていただきます。この瞬間から、わたしはもうあなたに雇われてはいません。明日デザインと移植予定表をお送りしますから、あとを引き受けるデザイナーにお渡し下さい」

「そんなもの貰ってなんになるんです？」

「わたしに期待していらしたのがほんとうに庭園だったのなら、あなたに必要なのはそれだけですわ。そうでしょう」

マイルズは舌の上で可能な返事を試した。はい、といったらすぐに出ていく。だから、いいえだ。ちょっと待てよ——。

「両方欲しがったらいけませんか」彼は望みをこめていってみた。それからもっと強い口調でいった。「あなたを試していたわけじゃないんです。心のなかにあることを口には全部出さなかった。だって、ちくしょう、あなたはまだそれを聞く用意ができていなかったから。あのひどいティエンとの十年間から抜け出して、まだ半分も癒されていなかったし、ぼくにはそれがわかっていて、あなたにもわかっていた。それにあなたのヴォルシス伯母さまさえそれがわかっていた。それがほんとのところです」

エカテリンは頭をぐいとそらした。彼の言葉は的を得ていたのだ。といっても彼女は、まったく抑揚のない声でこういっただけだった。「もうドアをあけて下さいませんか、ヴォルコシガン卿」

「待って、聞いて下さい——」

「もうじゅうぶん、わたしをおもちゃになさったでしょ」と彼女はいった。「あなたはわたしの……虚栄心をもてあそんだ——」

「虚栄心なんかじゃない」マイルズは抗議した。「技術、誇り、活力——誰にだってあなたには捌《は》け口が必要なのはわかる。機会さえ——」

「あなたは自分の道を切り開くのに慣れていらっしゃるんです、ヴォルコシガン卿。どんなやり方でもあなたはできるんですよ」いまや彼女の声はおそろしく沈みこんでいた。「あんなに大勢の人の前でわたしを罠にかけるなんて」

「あれは突発事故なんだ。イリヤンは言葉が見つからなくて、ね、だから——」

「他の人は違うってこと？　あなたはヴォルモンクリーフよりもっと悪い！　彼の申し込みを受ければよかったんだわ！」

「えっ。アレクシが何を——つまり、いや、でも、でも——あなたが欲しいものはなんでも、ぼくはあげられますよ、エカテリン。なんでも必要なものは。それが何でも」

「わたし自身の魂を下さることはできません」彼女が見つめているのはマイルズではなく自分の内面のようだった。それがどんな情景なのかマイルズには想像できなかった。「あの庭園はわたしからあげる贈り物になったかもしれないのに。それさえもあなたは奪ってしまった」

エカテリンのその言葉はマイルズの饒舌を抑えた。なんだって。待てよ、いまその言葉は、何かとらえどころのない、だが非常に重要なものに昇華しようとしている——。

外で大きな地上車が車寄せの屋根の下に入ってくる気配がした。もう客はないはずなのだが。

門衛の機密保安官はどうしてピムに知らせもしないで、その車を通したのだろう。ちくしょう、いまは邪魔してもらいたくない。せっかく彼女が心を開きかけたか、少なくとも舌戦を開始しようとしたところなのに――。

と思ったとたんにピムが脇のドアから玄関ホールに飛び込んできた。「すみません、マイロード――お邪魔して申し訳ありませんが――」

「ピム」エカテリンの声は涙を抑えているのか嗄れて叫ぶようだった。「そのドア、あけて、い、い、い、い、い、い、わたしを出してちょうだい」

「はい、マイレディ！」ピムはたちまち気をつけをして、安全パッドに震える手を伸ばした。ドアがさっと開いた。エカテリンが頭を下げ前も見ずに突進すると、がっしりした白髪の男の胸のなかに飛び込んだ。驚いて受け止めた男は、派手なシャツと薄汚い着古したズボンを身につけていた。その胸から跳ね返されたエカテリンは、わけのわからないままその見知らぬ人の手で支えられた。その横に、皺のよった旅行着姿で、白髪のまじる赤毛をうなじで結んだ、疲れた表情の背の高い女が歩み寄ってきていった。「いったいぜんたい……」

「失礼、お嬢さん、だいじょうぶですか」白髪の男が嗄れたバリトンの大声でいった。そしてエカテリンを追って玄関のライトの外によたよた出てきたマイルズを見つめた。

「いいえ」エカテリンは喉を詰まらせていった。「わたしは――自動タクシーが欲しいだけです、お願いします」

「エカテリン、だめだ、待って」マイルズは息を切らしていった。

「いますぐ自動タクシーが欲しいんです」

「門衛が喜んで呼んでくれますとも」赤毛の女はよどみなくいった。コーデリア・ヴォルコシガン国守夫人、セルギアール総督夫人は――〈母上〉――ぜいぜいいっている息子をさらに不吉な目つきで見つめた。「そして安全に乗せてくれますよ。マイルズ、なぜこの若いご婦人にしつこくするの？」そしてさらに疑わしげに訊いた。「わたしたち、仕事かお楽しみの邪魔をしたの？」

三十年慣れ親しんだ相手なので、マイルズにはこの短い速記めいた言葉から真剣な質問をくみ取るのは雑作もなかった。〈もしかしたら、公式の聴聞卿の尋問がうまくいかない場面にぶつかったのかしら、それともあなたがまた個人的なへまをやらかしたところなの？〉エカテリンがどう取ったかはわからない。ひとつだけ明快なことは、エカテリンが二度と口をきいてくれなければ、国守夫人の風変わりなベータ風のユーモアのセンスを説明する折もないということだ。

「ぼくの夕食会なんです」マイルズはきしむ声でいった。「ちょうど終わるところでした」〈そして沈んでいくところだ。全員を当惑させて〉母に向かって、〈ここで何をしているんです？〉とは訊くまでもなかった。ジャンプ船が予定よりも軌道を早く離れて、両親が明日追ってくる大勢の随行員と別れて自分のベッドで寝るためにまっすぐ戻ってきたのは明らかだ。この重大で重要な、まったくきわどい出会いについても、何度リハーサルしたことだろう。「母上、父上、紹介させて下さい――ああ、行ってしまう！」

マイルズの背後の廊下から新たな雑音が入ったすきに、エカテリンは人影をすり抜けてゲートへ急いだ。このパーティはもうお開きだろうと賢明にも察したコウデルカ家の人々が揃って出てきたのだ。ところが、〈うちに帰ってから〉のはずの会話がここで突然はじまっていた。カリーンの声が抗議している。准将の声がそれにかぶせていう。「おまえも、もううちに帰るんだ。この家にあと一分だっていてはならない」

「また戻ってこないと。ここで働いているんですもの」

「もうだめだ、これからは——」

マークの困惑した声がついてくる。「お願いします、准将、マダム・コウデルカ。カリーンを叱らないで下さい——」

「わたしを止めることはできないわ、パパ」カリーンが熱弁をふるっている。

口論の声が廊下にわんわん響くなかで、コウデルカ准将の目が帰ってきた二人に止まった。

「あ——アラール！」と彼は怒鳴った。「お宅の息子がどういうことになっているか、気づいていますか」

国守は目をぱちくりさせて、「どっちの息子かい」と穏やかに尋ねた。

自分の身分を無造作に認めてくれる言葉を聞いたとき、マークの顔にたまたま光が当たった。自分の希望が鼠《ねずみ》花火のように潰《つい》えそうな混沌状態ではあったが、マイルズはマークの肥満でゆがんだ顔にぱっと畏怖《いふ》の色が浮かぶのを見て嬉しかった。〈ああ、兄弟さ。そうとも。だからこそ、みんなこの人に従っているのだ——〉

オリヴィアが母親の袖を引いた。「ママ」小声でせがんでいる。「ターチャと先に帰ってもいい？」

「ええ、いいわ。それはいい考えかもしれないわね」ドロウは前をじっと見たまま、他に気を取られた顔でいった。これからはじまる口論でカリーンに味方しそうな者を切り捨てたのか、それともただうるさいと感じただけなのか、マイルズにはよくわからなかった。

レネとターチャは戦火が収まっているあいだにそっと出ていけるのを喜んでいるようだったが、どういうなりゆきか夫妻にくっついてきたドノ卿はゆっくり立ち止まって陽気に挨拶した。「ありがとうございました、ヴォルコシガン卿。最高に記憶に残る夜になりましたよ」そしてヴォルコシガン国守夫妻に会釈すると、ヴォルブレットン夫妻を追って地上車のほうに行った。そうか、残念ながら、ドンナがドノになっても悪意ある皮肉は変わらないらしい……。

「あれは誰だね」ヴォルコシガン国守が訊いた。「なんだか、見たような顔だが……」

自分のしていることに夢中で他のものが目に入らないらしいエンリークが、針金みたいな髪を半ば逆立てて、大きな玄関ホールの裏口から入ってきた。片手に広口瓶をひとつ、もう一方の手には〈臭い棒〉としかマイルズにはいいようのないものを持っている。気分の悪くなるような甘ったるい匂いのものに浸した布を尖端に巻きつけた、魔法使いの棒のようなものだ。エンリークはそれを腰板に沿って振っていた。「ほら、虫ちゃん、虫ちゃん」と悲しげな猫なで声でいう。「パパのところにおいで、いい子は出てくるものだ……」そこで立ち止まり、心配そうにサイド・テーブルの下を覗きこんだ。「虫ちゃん、虫ちゃん……」

「さあて……あれは説明が必要だな」エンリークから目を離さずに国守はつぶやいた。

玄関の外で自動タクシーのドアの閉まる音がした。ウイーンとファンの回る音を立てて、それは夜のなかに永遠に遠ざかっていった。マイルズはじっと佇《たたず》んで、ホールの騒ぎのなかでその音が消えるまで耳を澄ましていた。

「ピム!」新しい獲物を見つけた国守夫人の声が少々険《けわ》しくなった。「マイルズの面倒を見てちょうだいと頼んだわね。この状態の説明をしてくれませんか」

考えている間があいた。単に正直にいおうという声でピムは答えた。「いえ、ご説明できません」

「マークにお訊き下さい」マイルズは冷淡にいった。「すべてを説明してくれますよ」うつむいたままマイルズは階段のほうに向かった。

「卑怯者《ひきょう》――!」通りすがりにマークは小声でいった。

残りの客たちが、あやふやな表情で入り交じって廊下に出てきた。

国守は用心深く訊いた。「マイルズ、酔っぱらっているのか」

三歩歩いたところでマイルズは立ち止まった。「いえ、まだです」と答える。父の顔は見返さなかった。「まだじゅうぶんとはいえません。ピム、いっしょに来てくれ」

マイルズは自分の部屋の忘却の淵《ふち》に向かって、一度に二段ずつ階段を上がった。

10

「こんにちは、マーク」ヴォルコシガン国守夫人のさわやかな声が、無意識の淵《ふち》に沈んでいようとするマークの無駄な努力に突き刺さった。マークは唸《うな》って、顔から枕をはずしかすんだ目をあけた。

そしてこわばった舌でどんな返事ができそうか試してみた。国守夫人。総督夫人。母上。まったく奇妙なことだが、母上というのが一番いいやすそうだ。「こんちあ、はあうえ」

母はさらに少し見つめてからうなずき、後ろについてきていたメイドに手を振った。少女はベッド脇のテーブルにお茶の盆を置き不思議そうにマークを見つめたので、マークはほぼ昨夜の服のまま寝ていたにもかかわらずベッドカバーを顔まで引き上げたい衝動にかられた。メイドは、「ありがとう、もういいわ」という国守夫人のきっぱりした言葉に、素直に給仕台を押して出ていった。

ヴォルコシガン国守夫人はカーテンを引きあけてまぶしい光を入れ、椅子を引き寄せた。

「お茶は」と訊いて、答えを待たずカップに注ぐ。

「ええ、たぶん」マークはよたよた起き上がり、枕を均《なら》してマグカップを置いてもこぼれないように整えた。紅茶はマークの好みどおりにくろぐろと濃く、クリームが添えられていて、口のなかのねばねばをさっぱりさせた。

国守夫人はテーブルの上に積まれた空の虫バター容器をうさんくさげに突ついた。顔をしかめたのは、その数を数えたからだろう。「まだ朝御飯はいらないだろうと思うけど」

「ええ。結構です」といっても耐えがたい胃痛はおさまってきていた。紅茶が実際に胃をなだめたのだ。

「マイルズもいらないっていってるわ。マイルズはヴォルの伝統を維持する必要があるという気になってきたらしくて、麻酔薬用のワインを求めたらしいわ。ピムの話だと、その効果はあったようね。いまのところは、何もいわずに壮大な二日酔いを楽しませているところ」

「ああ」〈幸運なやつだ〉

「でもね、そのうちには部屋から出てこないわけにはいかないわね。今夜までは声をかけるなって、アラールに助言されたけど」ヴォルコシガン国守夫人は自分の分の紅茶も注いで、クリームをかき混ぜた。「レディ・アリスは、お客が全員帰らないうちに競技場を離れたことで、マイルズにひどくご立腹よ。彼のしたことは恥ずべき不作法だと考えていらっしゃるの」

「まるで修羅場でしたよ」とはいえ、どうやらみんな生き延びられそうだ。残念ながら。マークはまた一口がぶりと飲んで口を洗った。「どうなったんですか……コウデルカ一家が帰ったあとは」マイルズはそうそうに出ていった。准将が慎みをなくして、母親の国守夫人をけしからんベータのポン引きというに及んで、マークの勇気も砕けてしまった。そしてカリーンは、救いようのない、無教養で、無知で、暗愚なバラヤーの野蛮人二人といっしょになんか、一メートルだって車に乗っていくもんですか、わたしのほうが先に歩いてうちに着くわよ、でなきゃ大陸の向こう端まで行ってしまうかもしれない、と宣言して玄関から飛び出していった。マークは虫バターの容器を一山抱えて自分の寝室に逃れ、ドアに鍵をかけた。ゴージとハウルが震える神経をなだめてくれた。

ストレスによる逆戻り、と療法士なら間違いなく呼ぶだろう。マークは半ば嫌悪しながら、半ばは自分のからだに責任を持たないでいる感覚を喜んでいたが、限界ぎりぎりまでゴージにやらせたので、もっと危険なもう一人を閉じ込めることになった。キラーが名前をなくすのはよくない兆候だ。胃が破裂する前になんとか意識を失ったが危ないところだった。いまはなんとかやり過ごしたのを感じるが、頭は朦朧《もうろう》として嵐のあとの風景のように静まり返っている。

国守夫人は話を続けた。「アラールとわたしはヴォルシス教授夫妻とお話しして、すっかり事情がわかったの――ところで、ずいぶん頭のいい女の人がいるのね。こんなことの前に知り合いになりたかったわ。そのあとお二人は姪御さんの様子を見に帰られたから、そのあとアリスとシモンを相手にもっと長いあいだ話し合ったのよ」彼女はゆっくり紅茶をすすった。「昨夜わたしたちの横を飛び出していった黒っぽい髪の若いレディは、義理の娘になるかもしれない人だと理解していいわけね?」

「もうそうならない、と思うけど」マークは憂鬱《ゆううつ》そうにいった。

「いやになるわ」国守夫人はカップを覗いて顔をしかめた。「マイルズがセルギアールにいるわたしたちに寄越したホロビッドは簡単な連絡ばかりで、そういうことは何にもいわないのよ。あのあと女教授から伺《うかが》ったことの半分でも知っていたら、あの人が出ていくのを自分で止めたんだけど」

「あの人が逃げたのはぼくのせいじゃない」マークは急いで指摘した。「マイルズが勝手に口を開いといて、自分で口にブーツを詰め込んだんだ」そしてちょっと考えてからしぶしぶ譲歩した。「ええと、イリヤンがその手伝いをしたってところかな」

「そうね。シモンはアリスから説明されたあと、かなり取り乱していたわ。それがマイルズの大事な秘密だといわれていたのに、忘れてしまったんだと心配してね。そんなふうにイリヤンを悩ますなんて、ほんとにマイルズには腹が立ったわ」目に険《けわ》しい光がきらめいた。

マークはマイルズの問題には自分のことほど関心がなかった。そこで用心しながらいった。「それで、あー……エンリークは迷子の女王をもう見つけたんですか」

「いまのところまだよ」国守夫人は椅子のなかでからだを動かし、当惑顔でマークを見た。「アリスとイリヤンが帰ってから、ボルゴス博士ともゆっくり話し合ったわ。あなたたちの実験室を見せてもらったの。あれがカリーンの仕事なのはわかったわ。ボルゴス博士に、女の子たちに対するマイルズの死刑執行命令は延期するって約束したら、かなり落ち着いてきたの。健全な科学者だってことはいえるわね」

「ああ、自分が関心を持ってるものについては明快なんだ。興味が少々、あー、偏《かたよ》っているだけのことですよ」

国守夫人は肩をすくめた。「わたしは思い込みの激しい男たちと、楽しい半生を過ごしてきたわ。あなたのエンリークもここに馴染《なじ》むと思うわよ」

「では……バター虫に会ったんですね」

「ええ」

平然とした顔だった。〈ベータ人だもんな〉こういう特徴がもっとマイルズに遺伝していればよかったのにとマークは思った。「それで、あの……国守はもうごらんになったんですか」

「じつは、そうなの。今朝目が覚めたときに、寝室のベッド脇のテーブルの上を一匹歩きまわっていたのよ」

マークはひるんだ。「それでどうしたんですか」

「わたしたちはグラスを女の子の上にかぶせて、パパが引き取りに来るまで放っておいたの。アラールったら気の毒に、靴を履くまで虫が靴のなかを探検しているのに気づかなかったのよ。そっちの虫はそっと始末したわ。残骸をね」

たじろいで黙りこんだあと、マークは望みをこめて訊いた。「それは女王じゃなかったでしようね」

「それはわからないと思うわ。最初のと同じ大きさに見えたから」

「うーん、じゃ違うでしょう。女王はすぐわかるほど大きくなっているはずです」

ふたたびしばらく沈黙が続いた。

「コウには一言助言するつもり。わたしはカリーンには責任があるの。それにあなたにも。べータ植民惑星であなたたち二人に、どんなことがいろいろと起こりうるか、わたしは完璧に理解していたのよ。楽しいことに、お互いの影響もあるしね」そしてちょっとためらってから、「カリーン・コウデルカを義理の娘に迎えることはアラールにもわたしにもとても嬉しいことよ、疑問に思ってるといけないから念のため」

「その逆なんて、思ったこともありませんよ。それはぼくの意図が名誉あるものかどうか訊いているわけですか」

「あなたの名誉は信じてますよ。それがバラヤーの狭い定義に合うものなのか、もっと広い範囲まで含むのかはともかくとして」国守夫人は落ち着きはらっていった。

マークはため息をついた。「とにかく、准将とマダム・コウデルカはすぐにもぼくに仕返しをすると思うんです」

「あなたはヴォルコシガンよ」

「クローンです。紛《まが》い物ですよ。安っぽいジャクソン統一惑星製の粗悪類似品《ノックオフ》です」〈おまけに狂ってる〉

「ものすごく高価なジャクソン統一惑星製のノックオフよ」

「まあね」マークは憂鬱そうに同意した。

かぶりを振った夫人の微笑は悲しげになった。「わたしはね、どんな障害があってもあなたとカリーンがゴールに到達できるように、喜んで手伝うつもりよ。でもそのためには、そのゴールがなんなのか手がかりをくれないとね」

〈この女に的を絞るなら、やり方に気をつけろ〉国守夫人にとって障害は、レーザー・カノン砲の前の蠅《はえ》同然なのだ。マークは狼狽《ろうばい》を隠して自分のずんぐり太った手を見つめた。希望とそれに伴う恐れが、マークの心のなかで動きはじめた。「ぼくの望みは……カリーンが望むことです。ベータでは、わかってるつもりでした。ところがここへ戻ってきたら、すっかり混乱してしまったんです」

「文化の衝突？」

「単なる文化の衝突ではないけど、それもひとつですね」マークは言葉を探して、カリーンがすべてだという自分の感覚を表現しようと努めた。「ぼくが思うに……カリーンは時間が欲しいんだと思うんです。自分自身になり、自分のいるべき場所にいて、自分が誰であるかを知るための時間が。他の可能性を全部取り除いて、ひとつかふたつの役割に急《せ》かされたり追いたてられたりするのはいやなんだ。妻というのは、ここで見られる形だと、かなり限定された役割でしょう。バラヤーは自分を箱のなかに入れたがっている、ってカリーンはいってます」

国守夫人は首を傾げて、その言葉を考えた。「カリーンは自分で思っているより賢いかもしれないわ」

マークはむっつり考えた。「その一方で、ベータではぼくが彼女の密かな悪だったのかもしれない。そしてここでは、ぼくはとんでもない迷惑の種なんです。きっとぼくが立ち去って一人にしてくれることを望んでいるんだ」

国守夫人は眉を上げた。「昨夜はそういう感じじゃなかったわね。コウとドロウはうちの玄関の柱から、あの子の爪を引き剝がさなきゃならないありさまだったわよ」

マークはかすかに顔をほころばせた。「そういうこともあるんだ」

「それにしても、ベータにいる一年間であなたの目標はどう変わったの？　カリーンの心の望みをあなたの望みに加えるということ以外に、ってことだけど」

「厳密には何も変わってない」マークはゆっくり答えた。「研ぎ澄まされたのかもしれない。焦点がはっきりしたというか、修正されたというか……治療中に、以前からずうっと正そうと思いながら諦《あきら》めていたことにたどりついたんです。それで結局、他のこともそれほど不可能ではないかもしれないと思うようになって」

彼女は励ますようにうなずいた。

「学校は……経済学の学校はよかったですよ。技術や知識を道具として身につけはじめています。いつも人真似ばかりしていたのが、ほんとうに自分が何をしているかわかるようになってきました」といって彼は横目で夫人を見た。「ジャクソン統一惑星のことは忘れていません。間接的な方法で、あのひどい虐殺者どもに貴族のクローン製造をやめさせられないかとずっと考えてきました。リリー・デュローナは寿命を延ばす治療を考えていて、それがクローンの脳移植と競合できるかもしれないんです。安全で、同じくらい効果的で、しかも安い。物理的には手を出すことができなくても、連中の顧客を引き出して、その事業を粉砕することはできる。多少余分な金が貯まると、ぼくはデュローナ・グループに投資して研究開発を支えてきたんです。それがうまくいったら、その事業の支配的株式を所有することになる予定です」といって彼は皮肉な笑みを浮かべた。「そのうえになお、誰もぼく以上の権力を持たないように、じゅうぶんな金《かね》が欲しいんです。金というものを一晩で手に入れるのではなく、着実に少しずつ手に入れる方法がわかりはじめているので、あの……このバラヤーで新しい農業事業を起こしてもだいじょうぶでしょう?」

「それにセルギアールでもね。アラールはセルギアールの移植者や駐留軍のあいだにあなたたちの虫を広める可能性はないかって、とても興味を持っているわ」

「あの人が?」マークは驚いて口をぽかんとあけた。「ヴォルコシガンの紋章をつけているのに?」

「うーん、真剣にアラールに売り込む前に、たぶんあの館のお仕着せは取ったほうが無難でしょうね」と国守夫人はいって、微笑を嚙み殺した。

「エンリークがあんな研究をしているなんて、気づかなかった」マークは謝るようにいった。「もっともエンリークがあれを贈ったときのマイルズの顔は、一見の価値がありましたよ。それだけでも作った甲斐があったほど……」思い出してマークはため息をついたが、改めてがっかりしたように首を振った。「だけどカリーンとぼくがベータ植民惑星に戻れないのでは、何にもならない。カリーンは両親に出してもらえなければ、金が払えず足止めを食うんです。ぼくがその費用を出すことはできるけど……それがいいことかどうかわからない」

「へえ」と国守夫人。「面白いわね。あなたは、彼女の忠節をお金で買ったとカリーンが感じるだろうって心配なの?」

「いや……よくわからない。カリーンは恩義ってことにとてもうるさいんですよ。ぼくは愛が欲しい。負債者ではなく。それはもしかしたら結果的に……彼女を別の箱に入れることになるんじゃないか、と思って。ぼくはカリーンにすべてをあげたいんです。でもどうしたらいいかわからない！」

奇妙な笑みを浮かべて国守夫人は口許を曲げた。「お互いにすべてをあげれば、対等な取引になるわよ。両方がすべてを勝ち取れるわ」

マークは当惑してかぶりを振った。「変な取引だな」

「それが最高よ」国守夫人は飲み終わったカップを下に下ろした。「さあてね。あなたのプライバシーは侵害したくない。でも覚えておいて、わたしに助けを求めても一向にかまわないのよ。それは家族としての関わりの一部なんだから」

「すでにたっぷりご恩になっています、マイレディ」

彼女の笑みがゆがんだ。「マーク、両親に払い戻すことはないのよ。そんなことできない。両親に対する負債はあなたの子どもの手で回収され、その子どもが次に渡すのよ。一種の継嗣限定相続ね。あるいはあなたが子どもを持たなければ、それは一般の人類社会に負債として残されるの。さもなければ、あなたが神を持ってるか神に所有されていれば、神の手に残されるのね」

「果たしてそれが公正なことなんでしょうか」

「家族の経済は、膨大な惑星の生産のなかでは勘定に入らないの。それは得るよりも与えることが多く、それでいて破産もしない唯一の取引で——むしろ与えることで、非常に豊かになるのよ」

マークはこれを受け入れた。それにしても、元親である兄は自分にとってどういう親なのだろうか。兄弟以上ではあるが、もちろん母親ではない……。「マイルズの手助けもできますか」「それはもっと難しいわね」国守夫人はスカートの皺《しわ》を伸ばして立ち上がった。「カリーンは生まれたときから知っているけどマダム・ヴォルソワソンのほうは、そういうわけにはいかないわ。マイルズのために何ができるかまるでわからない——かわいそうにとはいえるけど、自分で穴を掘って飛び込んだらしいし。自分で掘り返して出てこなきゃならないと思うわ。それが本人にとってもよさそうね」といって夫人は、マイルズの嘆願を聞いてすでに救済への道に一人きりで送り出したのだというようにうなずいた。〈立派な仕事を見つけたら知らせてね〉といって。国守夫人の考える母親の関心というのはときにはひどく苛立たしいものだと、出ていく彼女を見送ってマークは思った。

気がつくとマークは、からだがべたべたして痒く、用をたしてシャワーを浴びたい気分だった。それに、女王と子孫が壁のなかに巣を造って、これ以上ヴォルコシガン・バター虫を増やしはじめないうちに、エンリークを手伝って行方不明の女王を狩り出す、という抜き差しならない義理もある。とわかっていながら通信コンソールにふらふらと寄っていって、気をつけてそこに腰を下ろし、コウデルカの屋敷のコードを調べた。

そしてホロビッドに答える相手によって、准将か、マダム・コウデルカか、カリーンか、姉妹たちかの四種類の味付けをした短い言葉の列を必死になって考えた。今朝はカリーンは通話をしてこない。眠っているのか、すねているのか、閉じ込められているのか。両親の手で煉瓦《れんが》の壁のなかに埋め込まれてしまったのだろうか。もっと悪いことに、街路に放り出されたのでは？　待てよ、いや、それならいいんだ――ここに来て住めばいいんだから――。

せっかく口のなかで練習したのに無駄だった。〈この通話は受け取れません〉という悪意のある赤い文字が、ホロビッド盤の上に血で書いたなぐり書きのように浮かんで瞬いている。声紋認識プログラムがマークを排除するようにセットされていたのだ。

エカテリンは頭が割れるように痛かった。

昨夜のワインのせいに決まっている。図書室で出された発泡ワインとディナー・コースに合わせたそれぞれのワインも含めて、呆れるほど大量のワインが出たのだ。実際に飲んだ量はまったくわからない。グラスの中身が三分の二以下になると、ピムが怠りなくなみなみと注ぎ足してくれた。とにかく五杯は飲んでいる。七杯かしら。それとも十杯？　普段の限界は二杯なのに。

あの過熱した大食堂から倒れもしないで出てこられたのは不思議なくらいだ。といってもあのとき素面だったら、あんなことをする勇気があったかどうか――というかあんな不作法なことを。

エカテリンは髪に手櫛《てぐし》を入れ、首を撫でて、伯母のひんやりした通信コンソールの表面につけていた顔を上げて目を開いた。ヴォルコシガン卿のバラヤー風庭園のためのあらゆる計画やメモを、ここに理論的に整理して目次をつけてある。誰だろうと——そもそも何をしているのかわかるくらいの庭園デザイナーなら誰でも——これに従って順序よく仕事を完成できるだろう。出費の最終的な計算書もつけてある。このための掛け売り勘定は帳尻を合わせて終了し、サインをすませている。自分の人生からこのすべてを消し去るためには、通信コンソールで〔送信〕のキーを叩くだけのことだ。

エカテリンはホロビッド盤の横に置いた、金色の鎖のついた小さい精巧なバラヤーのレプリカに手を伸ばした。そして持ち上げて目の前でくるくる回してみた。通信コンソールの椅子の背に寄り掛かってそれをじっと見つめていると、見えない鎖で繋《つな》がれたようにこれにまつわるあらゆる記憶が蘇《よみがえ》ってきた。金と鉛、希望と恐れ、勝利と痛み……。彼女はそれがぼやけるほど目を細めた。

ヴォルコシガン卿がこれを買った日のことはよく覚えている。あのコマール・ドームのなかの、全身びしょ濡れになった馬鹿げた買い物の一日。彼の顔はユーモアでいきいきしていた。そして陰謀を企てた連中を打ち負かしたあと、ジャンプ点ステーションの診療所の一室でこれを貰った日のことも覚えている。〈仕事をたやすくしてくれたことに対する、ヴォルコシガン卿賞〉だといったとき、彼の灰色の目はきらめいていた。あの恐ろしい夜にエカテリンがしたことは、兵士が勲章を授けられる軍功よりずっとすごいことなのに、本物の勲章でなくて申し訳ない、とヴォルコシガン卿は謝った。これは贈り物ではない。もし贈り物なら、玩具にはふさわしくない非常に高価なものだから、彼の手から受け取った自分がとんでもない間違いをしたことになる。ヴォルコシガン卿は道化のようににやにやしていたのに、それを見ていたヴォルシス伯母は顔色も変えなかった。だからこれは、ご褒美《ほうび》なのだ。打ち傷や恐れや狼狽《ろうばい》した行動の見返りに、自分で手に入れたものなのだ。

〈これはわたしのものよ。手放さないわ〉顔をしかめてエカテリンは鎖を首にかけ、惑星のペンダントを黒いブラウスのなかにしまって、盗んだクッキーを隠す子どものような罪の意識は懐《いだ》かないように努めた。

昨夜は、もう一度ヴォルコシガン館に戻って、わずか数時間前に注意深く誇りを持って植えつけたスケリタムの根っこを地面から引き抜きたい、としきりに思った。といってもその炎のような思いは、真夜中を過ぎてしばらくすると燃え尽きていた。ひとつには闇のなかであの庭園にふらふら入っていったりしたら、間違いなくヴォルコシガン館の保安処置に引っかかるだろうと思ったからだ。ピムかロイックがエカテリンをスタナーで撃って、ひどく慌てふためくことになるかもしれない。かわいそうに。それにそのあとわたしを屋敷に運びこんで、そこでは……。夜明け近くには、あらゆる怒りも、ワインの酔いも、行き過ぎた想像もしだいに消え失せて、最後は声を忍ぶ密かな涙となって枕を濡らした。そのあいだ家のなかはずっと静かで、小さな秘密は保たれたように思われた。

だいいちあれを気にする必要なんかない。マイルズはスケリタムのことなんか気にしていない――昨夜は外に出て見ようともしなかった。あの醜い植物は、七十年たった盆栽を大伯母の形見として受け継いだときから十五年ものあいだ、いまでは形は変わったが、ずっと身近に持ち歩いてきた。スケリタムは人の死や結婚、十数回の引っ越しや惑星間の旅行にもめげず、バルコニーから投げ落とされて砕けたりまたもや死に遭遇したりしても生き続け、さらなる五回のワームホール・ジャンプにも、その結果の二回の移植にも耐えてきたのだ。わたしと同じくらい疲れているだろう。あとはあのまま、腐るなり乾ききるなり吹き飛ばされるなり、どんなにひどい運命にでも任せよう。少なくとも死をまっとうさせるようにバラヤーに連れもどしたのだから、もうじゅうぶんだ。あれとの関わりはもう終わり。永久に。

エカテリンは庭園の指示書を通信コンソールにもう一度呼び出して、移植後のスケリタムのかなり難しい水やりと肥料について付記を書きこんだ。

「ママ！」ニッキの甲高い興奮した声にエカテリンはすくんだ。

「ねえ、そんなに……どしんどしんしないで」エカテリンは固定椅子をまわして、息子に打ち沈んだ微笑を向けた。昨夜の大失敗の場にニッキを連れていかなかったことを内心ありがたく思っていた。ニッキがいたら、気の毒なエンリークのバター虫狩りに夢中になって参加しただろうけれど。とはいえニッキがいたら、置き去りにするわけにはいかないから立ち去れなかっただろう。しかもデザートの途中で連れ出そうものなら、とうぜん当惑して文句をいっただろう。母親として席に縛りつけられて、結果的にぞっとするほどぶざまな社交的責め苦に合わされても、耐えねばならなかったかもしれない。

ニッキはエカテリンの横に立ってぴょんぴょん跳ねた。「ねえ、ヴォルコシガン卿はいつヴオルコシガン・サールーへ連れていって馬に乗せてくれるのか、ゆうべ相談してくれた？　訊いてみるっていったでしょ」

伯母か伯父に家でニッキを見てもらえないときが何度かあって、そのときは庭園の仕事場に連れていった。するとヴォルコシガン卿が、気前よくヴォルコシガン館のなかを案内しようといってくれたり、近くに住んでいるピムの一番下の息子のアーサーを遊び相手に急遽呼んでくれたりした。マ・コスティに胃袋と心をつかまれたニッキは、短い言葉のいいつけをよくきき、ロイック親衛兵士とはゲームで遊び、カリーン・コウデルカには実験室で手伝いをさせてもらった。ある日仕事が終わったあとニッキを引き取りにいったとき、ヴォルコシガン卿が何気なくいったその招待のことを、エカテリンはほとんど忘れていたのだ。そのときエカテリンは丁《てい》寧《ねい》だがうさんくさげな相槌《あいづち》を打っただけだった。マイルズは、その馬はすごい年寄りで温和なやつだと保証したが、エカテリンが懐いていた疑問はじつはそんなことではなかった。

「あのね……」エカテリンはこめかみを撫でた。どうもそこが頭のなかで痛みを発射する透かし模様の錨のように思われる。〈気前よく……?〉あるいはそれも、いまではばれてしまった、密かにわたしを操ろうとするマイルズの作戦のひとつにすぎなかったのではないだろうか。

「ほんとに、あつかましくそんなことまでしてもらうべきじゃないと思うの。あの方の領地まですごく遠いんですもの。ニッキがそんなに馬に興味があるのなら、ヴォルバール・サルターナにもっと近い場所で乗馬を習えると思うわよ」

ニッキはいかにもがっかりしたように顔をしかめた。「馬はどうでもいいんだ。でもあの人はそこに行く途中で、ライトフライヤーの操縦を試させてくれるっていったんだよ」

「ニッキ、ライトフライヤーを飛ばすのはもっと大きくなってからよ」

「ヴォルコシガン卿がお父さんにやらせてもらったのは、ぼくより小さいときだったっていったよ。手が使えるくらいまで大きくなったら、いざってときのために操縦装置の使い方を知っている必要があるって、お父さんがいったんだって。お父さんの膝に乗って、出発や着陸を全部自分でやらせてもらったんだってさ」

「あなたはヴォルコシガン卿の膝に乗るには大きすぎるわよ！」わたしだってそうね、とエカテリンは思った。だけど彼とわたしがもし――やめなさい、それは。

「そうだね」ニッキは考えてそれを認めた。「とにかく、あの人は小さすぎるね。膝に乗ったら馬鹿みたいに見えるだろうな。でも彼のライトフライヤーの座席はぼくにぴったりなんだ！ピムが車を磨くのを手伝っているときに、ライトフライヤーの座席に座らせてくれたんだよ」ニッキはさらに飛び跳ねた。「仕事に行ったとき、ヴォルコシガン卿に訊いてくれる？」

「いいえ、だめだと思うわ」

「なぜだめなの」ニッキは少し眉をひそめてエカテリンを見た。「今日は行かないの？」

「ママは……気分が悪いのよ」

「そう。じゃ明日は？　ねえ、ママ、お願いだよ」ニッキはエカテリンの腕にぶら下がって、からだをねじって寄り添い、大きな目で見つめてにやっとした。

エカテリンはずきずきする額に片手を添えた。「いいえ、ニッキ。だめだと思うわ」

「ええー、なぜさ。ママ、そういったじゃないか。ねえ、ママ、きっとすごいよ。ママがいやなら来なくてもいいと思うな。なぜだめ、なぜだめ、なぜだめ。明日、明日、明日」

「明日も仕事には行かないの」

「そんなに具合が悪いの？　そんなふうに見えないけど」驚いたニッキは心配顔で見つめた。

「いいえ」ニッキが心配のあまり、悲惨な病気を並べはじめないうちに、エカテリンは急いでいった。ニッキは今年片親を亡くしているのだ。「つまりね……ママはもうヴォルコシガン卿のおうちには行かないの。やめたのよ」

「へえっ」ニッキはすっかり当惑した目つきになった。「なぜさ。あの庭かなんかを作るのが好きなんだと思ってた」

「好きだったわ」

「じゃ、なぜやめたの」

「ヴォルコシガン卿とわたしは……仲たがいしたのよ。あの、美学的な問題で」

「なに？　なんの問題？」その声には困惑と不信が入り交じっていた。そして反対方向にからだをねじり戻した。

「あの人が……わたしに嘘をついていたのがわかったの」〈マイルズはわたしには二度と嘘をつかないといったのに〉マイルズは庭園にすごく興味があるようなふりをしていた。ごまかしでわたしの人生の手配をしようとした――しかもヴォルバール・サルターナじゅうのみんなに話していた。わたしを愛していないようなふりをしていた。結婚してくれとはいわないと約束したくせに。嘘をついたのよ。九歳の男の子にわかる説明を考えなきゃならない。あるいはどんな年齢でも、男でも女でもわかるように、と正直な心が厳しくいいたした。〈わたしはまだ正気なんだろうか〉とにかく実際にはマイルズはわたしを愛しているとはいわず、ただ……ほのめかしただけだ。じつは、その問題にはまったく触れないように避けていたのだ。不当表示のごまかしだわ。

「ふうん」やっとニッキは、目を見開いて、黙りこんだ。

ありがたいことに女教授の声がアーチ通路から割り込んできた。「さあさあ、ニッキ、お母さんを困らせちゃだめよ。ひどい二日酔いなんだから」

「二日酔い？」ニッキは明らかに、お母さんと二日酔いという言葉を同時に組み合わせるのに苦労していた。「気分が悪いっていったよ」

「もっと大きくなればわかるわよ。その区別とか、それが同じだってことが、わかるようになるの。さあこっちにいらっしゃい」にこにこしながら伯母はニッキをしっかり出口に引っ張っていく。「さあ、さあ。ヴォルシス伯父さまが下に降りていらっしゃるかどうか、見てきてちょうだい。ちょっと前に、変な音が聞こえたんだけど」

ニッキは不安そうに背後をちらちら振り返りながら連れ出された。

エカテリンは頭を通信コンソールに押しつけて目をつぶった。

やがて頭のなかでかちりという音が響いたので、エカテリンはふたたび目を開いた。伯母が冷たい水の入った大きなグラスを下に置いて、頭痛薬を二錠差し出していた。

「今朝服《の》んだのよ」エカテリンはのろのろいった。

「その様子だともう切れているようね。その水を全部飲みなさい。どう見ても水分補給が必要だわ」

素直にエカテリンはそうした。それからグラスを下に置いて、数回目をあけたり閉じたりした。「あれはほんとうにヴォルコシガン国守と国守夫人だったのよね」それは実際に訊くというよりは、否定してくれと嘆願しているようだった。あの二人を押し退けるようにして玄関から必死で逃げ出したあと、自動タクシーで半分ほど戻ったところではじめて二人が誰なのか頭にひらめいてぞっとしたのだ。有名な、偉大なるセルギアール総督とその夫人。いったいなんの用があって、あんな時間に普通の人みたいな恰好で現れたのだろうか。あー、いや、いや。

「そうよ。いままで会ってゆっくりお話ししたことはなかったけど」

「それで……昨夜はゆっくりお話ししたの?」伯母と伯父は一時間近くも遅れて家に戻ってきた。

「ええ、素敵なおしゃべりをしたの。感銘を受けたわ。マイルズのお母さまはとても分別のある方だわ」

「じゃあ、その息子はなぜあんな……いえ、いいの」〈あーあ〉「あの人たちはわたしのことをヒステリーだと思ったに違いないわ。あんなに大勢の人の前で、正式な夕食会の席から立って出ていくなんてことがよくもできたものだわ……レディ・ヴォルパトリルもいて……ヴォルコシガン館なのに。あんなことをした自分が信じられない」ちょっとむっつり黙りこくったあといいたす。「彼があんなことをしたのも、信じられない」

ヴォルシス伯母は、何をとも、どの彼がとも訊かなかった。口をすぼめて冷やかすように姪を見ていた。「そうね、あなたにはどうしようもなかったと思うけど」

「ええ」

「結局のところ、あなたが出ていかなければ、ヴォルコシガン卿の質問に答えなければならなかったでしょうね」

「わたし……答えなかった……？」エカテリンは瞬《まばた》きした。自分の行動でじゅうぶんに答えになったのではないだろうか。「あんな状況で？　おかしいわ、伯母さま」

「彼は口から言葉が出たとたんにいい間違えたことに気づいていたわ。少なくともあのぞっとした表情から察して、それはたしかよ。それからあらゆることが次々に起こったのは、見えたでしょ。異常な早さで。でもわたしは不思議でならなかったの――あなたがいやだといいたかったのなら、なぜいわなかったの。この上ない、機会だったのに」

「わたし……わたし……」エカテリンは機知を集めようとしたが、羊のようにちりぢりに散らばっている気がした。「そんなことといったら……不作法でしょう」

ちょっと考えたあとで、伯母はつぶやいた。「いいえ、お断りします、っていえばよかったでしょ」

エカテリンは疲れた顔をこすった。「ヴォルシス伯母さま」ため息をついて、「伯母さまは大好きよ。でもいまは、お願いだから向こうに行って」

伯母は微笑して、エカテリンの頭のてっぺんにキスするとふらりと出ていった。

エカテリンは二度中断された物思いに戻った。そして伯母のいうとおりだと気づいた。自分はマイルズの質問に答えていない。しかもそれに気づきもしなかったのだ。

それにこの頭痛とそれに伴う胃の不快感が、ワインのせいばかりでないことに気づいた。死んだ夫のティエンは、諍《いさか》いになってもエカテリンに暴力を振るうことはなかったが、握り拳《こぶし》を壁に叩きつけるようなことは何度もあった。口論が終わるといつもそのあと数日間は凍りついた無言の怒りが続き、耐えがたい緊張とある種の悲しみに満たされて、互いに避けて通るには狭すぎる空間に二人で閉じ込められたような気分になる。たいていいつもエカテリンのほうが先に譲歩して殻を破り、夫に謝りなだめて痛みのおさまるような努力をした。たぶん、意気消沈というのがあの感情の呼び名だろう。

〈わたしは二度とあそこには戻りたくない。二度とあそこに行かせないで。

わたしがのびのびとしていられるのは、どこにいるときなんだろう?〉ここではない。伯母と伯父の情けという重荷が増え続けるばかりなのだから。もちろんティエンといっしょではない。自分の父といっしょでもない。では……マイルズといっしょなら? 彼といっしょにいるとき、ときどき深い安心感を感じたのは事実だ。瞬間的だったかもしれないけれど、深海のように静かだった。それなのにまた別の瞬間には、彼を煉瓦で殴りたいような気持ちになった。どっちがほんとうのマイルズなのだろう。もっといえば、どちらがほんとうのエカテリンなのだろうその答えが宙に漂い出ると、エカテリンは息ができないほど怖くなった。とはいえ以前には間違った選択をしている。自分が男と女の問題では判断力がない、ということは証明ずみなのだ。

エカテリンはまた通信コンソールに向かった。メモを取る。向こうに戻す庭園計画に説明のメモを書きたすべきだ。

〈これを送るだけで、じゅうぶん説明になるんじゃないの〉

エカテリンは通信コンソールの送信ボタンを押すと、よろよろと二階に上がって、服を着たままベッドに横たわりそのまま夕食まで眠った。

マイルズはかすかに震える片手に薄い紅茶のマグカップを握って、ヴォルコシガン館の図書室に大儀そうに入っていった。今夜はここの明かりでさえ明るすぎる。ここではなく、駐車場の片隅にでも避難所を見つけるべきなのかもしれない。でなければ地下室にでも。ワイン・セラーはだめだ――そう思うと身震いが出た。といってもベッドにいるのはもう飽き飽きだった。カバーを頭まで引き上げようと上げまいと。そんなことは一日でじゅうぶんだ。

きゅうに立ち止まったので、マイルズの手に生ぬるい紅茶がかかった。父が保安通信コンソールに向かっていて、母も三、四冊の本を象嵌《ぞうがん》のテーブルの上に置き、目の前に薄葉紙を何枚も散らかしていた。二人は顔を上げてマイルズに気づくと、ためらいがちに挨拶の笑みを浮かべた。ここで背を見せて逃げ出したら、おそらく無愛想すぎるだろう。

「こんばんは」とかろうじていって、マイルズはよろよろ二人の横を通り過ぎ、お気に入りの椅子を見つけて注意深くからだを沈めた。

「こんばんは、マイルズ」母が挨拶を返した。父はコンソールは切らずに、関心ありげな穏やかな眼差しで見つめている。

「セルギアールからの旅はいかがでしたか」マイルズは一分ほど黙っていたあといいたした。

「まったく何事もなくて、さいわいだったわ」と母はいった。「最後の最後を除くとね」

「ああ」とマイルズ。「そういうこと」そしてお茶のマグカップに目を落とした。

両親は思いやり深く数分間マイルズを無視していたが、いままでそれぞれ何をしていたにせよ、集中できなくなっているようだった。それでも、誰も部屋を出ていかない。

「朝食のとき姿が見えなくて寂しかったわ」国守夫人がとうとう口を開いた。「それに昼食も。夕食も」

「朝食のときはまだ吐いてましたよ」とマイルズ。「お見せするような姿ではなかった」

「ピムがそう報告してくれたよ」と国守。

国守夫人は元気づけるようにいいたした。「もう気分はよくなったの?」

「ええ。あれはなんの役にも立たなかった」マイルズはさらにだらりとして、足を前に伸ばした。「破滅した人生でいくら吐いても、破滅した人生には変わりがない」

「ふーん」国守は分別のある口調でいった。「そういうことをすれば、隠遁者になるのはたやすくはなるけどな。むかつくようなやつだと、たちまち人から避けられるから」

妻が目をきらりと光らせていった。「それは経験からいってらっしゃるの、あなた?」

「とうぜんだよ」国守はにやりと妻を見返した。

さらに静寂が続いた。両親は立ち去らなかった。ということは、ぼくはむかつくほどではないわけだ、とマイルズは思った。たぶん辟易《へきえき》するようなゲップでも出すべきなのだろう。

やっとマイルズは口を切った。「母上――あなたは女性だし――」

母は身を起こして、明るく励ますようにベータ人らしい笑みを浮かべた。「なに……?」

「いいんです」マイルズはため息をついた。そしてまただらりとなった。

国守は唇をこすりながらマイルズを見て考えている。「何か問題があるのかね。聴聞卿として聴聞をしなければならない、悪人でもいるのかい」

「いえ、いまはいません」マイルズは答えた。それからちょっと考えていいたした。「その連中にとってありがたいことにね」

「ふーん」国守は微笑を抑えこんだ。「おそらく、おまえは賢いんだろうね」ちょっとためらったあと、「昨夜、アリス叔母さんから夕食会の詳しい話を聞いたよ。論説つきで。叔母さんがくどくどいっていたのは、信じていますよ、とわたしから伝えて欲しいってことだった」父が叔母の口調を真似ているのがマイルズにはわかった。「昨夜逃げ出したようなやり方で、いままで負け戦から逃げ出したことはないんじゃないか」

ああ。そのとおりだ。両親が掃討作戦を引き受けてくれたのではないだろうか。「でも後衛とともに食堂に残っても、戦死する望みはありませんでしたよ」

父は眉毛をぱっと上げた。「そういう方法で、その結果の軍法会議を避けたってわけか」

「やましいことがあれば、人はびくつくもの」とマイルズは唱えるようにいった。

「わたしはいつだってあなたのゲリラ兵になるわよ」と国守夫人はいった。「あのきれいなご婦人が、あなたの求婚から悲鳴を上げて、少なくとも汗びっしょりになって、逃げ出してくる光景を見たときには、相当戸惑ったわ。もっともアリス叔母さまは、あなたがあの若いレディにほとんど他の選択肢を与えなかったんだっていってらしたけどね。出ていく以外なかったなんてひどすぎるわ。あなたを虫みたいに潰《つぶ》す以外には、ってことでしょうね」

マイルズは虫という言葉にたじろいだ。

「いったいどれほどひどい――」国守夫人がいいかけた。

「どんなにひどく怒らせたか、ですか。どうしようもなくひどかった、ようですよ」

「ほんとはこう訊こうとしてたのよ、マダム・ヴォルソワソンの以前の結婚がどれほどひどいものだったのかって」

マイルズは肩をすくめた。「ごくわずかしか見ていません。あの人がすくむ様子から察しただけなんです。ティエン・ヴォルソワソンって人は死んだあと誰も悲しまないような、陰険で野蛮な寄生虫だったらしい。残された連れ合いは髪をかきむしって、〈わたしは狂っているの、狂ってるの?〉と叫びたい気分になったようですね」彼と結婚さえしなければ、エカテリンにそんな疑問はわかなかったはずだ、ふん。

「ああ」とだいぶわかってきたというような口調で母はいった。「そういう人なの。そうね。

そういう古いタイプなら知ってるわ。ところでそういう人って、性差別の匂いをぷんぷんさせてやってくるの。その人が通ったあとに残した意識の混乱から抜け出すには何年もかかるわ」

「ぼくには何年もの余裕なんかない」マイルズは抗議した。「これまでだってなかった」そして父親の目にちらりと浮かんだ痛みを見て、ぎゅっと口を閉ざした。そう、いずれにせよ、マイルズの第二の人生の寿命は誰にもわからない。もしかしたら低温蘇生のあと、時計は巻き直されたのかもしれない。マイルズはいよいよだらりとなった。「そのひどさは、ぼくのほうがよくわかっていたんです。昨夜は飲みすぎていたので、シモンがいいだしたとき狼狽して……あんなふうにエカテリンに不意打ちを与える気はまったくなかったんですよ。あれはいわば、友軍砲火ってやつで……」

そしてちょっと言葉を切ってからまた続けた。「壮大な計画を立てていたんですよ。それですべてのことが、鮮やかな一撃で解決すると思っていたんです。あの人はほんとに庭園に情熱を持っていたのに、いい具合に夫からは見向きもされなかった。だから彼女が夢の仕事をはじめる手助けをして、それとなく経済的な援助もし、毎日彼女に会う口実を作れば競争のトップになれるんじゃないかって思ったんです。ヴォルシス家の客間に行ったときには、男どものあいだを息を切らして彼女のあとを追うようなありさまで——」

「その客間に息を切らして追っかけるために行ったの？」マイルズの母は優しく訊いた。

「違いますよ！」マイルズは苛立っていった。「うちの隣の地所に彼女を雇って庭園を作ってもらう相談をしにいったんです」

「それがあのクレーターか」と父がいった。「暗闇で地上車から見たら、何者かヴォルコシガン館に砲撃しようとして失敗したように見えたから、なぜ誰も報告してこなかったのか疑問に思っていたんだ」

「クレーターじゃありません。沈床園です。あそこには……まだ植木は何も植えてありませんけどね」

「とてもいい形よ、マイルズ」母はよどみなくいった。「お昼のあと、外に出てひとまわりして見てきたの。小川はほんとうにきれいだわ。山地を思い出したわ」

「それが狙いでした」マイルズは澄ましていって、〈……ゲリラめがけてセタガンダ軍が爆弾攻撃をしかけたあとかと……〉とぶつぶついっている父のほうは無視した。

それからマイルズは突然ぎょっとしたように、ぱっと座り直した。〈まったく植木がないわけじゃない〉「ああ、しまった！　彼女のスケリタムを見に外に行かなかったぞ！　ドノ卿がイワンといっしょに入ってきて――アリス叔母さまはドノ卿のことを説明しましたか――それに気を取られてるうちに、じきにディナーの時間になってしまったから、それっきり外へ出る機会がなかったんだ。誰か水をやったかな――。ああ、くそっ。彼女が怒るのも無理はない。重ね重ねぼくは間抜けだ――！」マイルズは絶望の水たまりのなかに溶けこんだ。

「では、ちょっと整理させてね」冷静にマイルズを観察しながら、国守夫人はゆっくりいった。「あなたは夫を亡くした貧しい女の人を、自分の足でもがきながら立ち上がらせて、黄金のような仕事の機会を餌としてぶら下げたわけね。単に彼女を自分に縛りつけて、他のロマンチックな可能性を断つために」

それはいかにも情け容赦のないむきつけないい方に思われた。「いや……それだけじゃない」マイルズは言葉を詰まらせた。「あの人にとっていいことをしようとしたんだ。やめるなんて思いもしなかった——庭園があの人にはすべてなのに」

国守夫人はゆったり座って、おそろしいほど思慮深い表情でマイルズを眺めた。これは母の注意を思い切り引いてしまうミスをしたということだった。「マイルズ……あなたが十二歳のころ、エステルハジー親衛兵士とやったクロスボール・ゲームの、残念な出来事を覚えている?」

もう何年も思い出したことはなかったが、そういわれると記憶がどっと蘇った。まだ恥ずかしさと怒りがかすかに残っている。その親衛兵士はヴォルコシガン館の裏庭で、よくクロスボールでマイルズの相手をしてくれた。ときにはエレーナやイワンも仲間に入った。あたりがゆるやかなので、当時のマイルズの砕けやすい骨にもあまり不安はなかったが、素早い反応とタイミングのよさが要求されるゲームだった。マイルズは本物の大人、つまりここではエステルハジー親衛兵士だが、大人相手の勝負にはじめて勝って大得意だった。そのときこそささやかれていた、相手がわざと負けてやったのさという言葉が耳に届いて、激怒でからだが震えたのだ。すっかり忘れていた。けれども許してはいない。

「気の毒なエステルハジーは、あなたを元気づけられると思ったのよ。あのときは、何か、もう忘れたけど、学校で傷つくようなことがあって落ち込んでいたから」と国守夫人はいった。

「彼がわざと負けたのだとわかって、どんなにあなたが怒ったかまだ覚えているわ。まさかあんなにいつまでもいい続けるなんてね。自分で自分を傷つけるんじゃないかと思ったわ」

「彼はぼくの勝利を奪ったんだ」マイルズは歯ぎしりしていった。「いんちきをして勝ったのと変わらない。おまけにそのせいで、それ以降の本物の勝利にも疑問を持つようになってしまった。かんかんに怒ってとうぜんですよ」

母は期待するように黙って座っていた。

マイルズははっとした。目を固く閉じても、あの怒りの激しさで頭が痛くなる。

「ああ。そうか」マイルズはクッションを顔に押し当てて唸った。「ぼくが彼女にしたのはあれなのか」

無情にも両親は言葉よりも厳しい沈黙を守って、マイルズに気を揉ませておいた。

「ぼくがしたのはあれか――……」彼は無念そうにうめいた。

いくら無念に思っても、いまさらなんの役にも立たない。マイルズはクッションをつかんで胸に押しつけた。「ああ。まったくだ。ぼくがやったことは、まさにあれだ。あの人は自分でそれをいっていた。庭園は彼女からの贈り物になったかもしれないのに、って。なのにぼくが彼女からうばってしまったって。それまで。だけど意味がないな、あの人は自分からやめたんだから……あのとき彼女は口論をしかけそうに思えたんだ。ぼくはとても嬉しかった、だってぼくと口論をしてくれれば……」

「おまえが勝つから？」国守が皮肉っぽく口をはさんだ。

「あ……そう」

「おや、おや」国守はかぶりを振った。「気の毒なやつ」マイルズはこの言葉を同情の表現だと間違えたりはしなかった。「この手の戦争に勝つ唯一の方法は、無条件降伏からはじめることだよ」

「それは変わることのない真理よ、覚えておいて」国守夫人が口をはさんだ。

「降伏しようとしたんだよ！」マイルズは必死になって抗議した。「あの人が捕虜を受け入れようとしなかったんだ！　踏みつぶされようとしたんだけど、そうしなかった。あの人は品がありすぎて、それに行儀がよすぎて、それに、それに……」

「賢すぎてあなたのレベルまで降りてきてくれないのね」国守夫人が察していった。「おやまあ。わたしそのエカテリンって人が好きになってきたわ。それにまだちゃんと紹介もしてもらっていないしね。〈紹介させて下さい――ああ、行ってしまう！〉なんて、ちょっとばかり……省略しすぎでしょ」

マイルズは母を睨《にら》んだ。けれどもそれも続かなかった。小さな声で彼はいった。「今日の昼過ぎに、彼女が庭園計画をすべて通信コンソールで送ってきたんです。そうするといったとおりに。彼女から新しい連絡が来しだい通信音が鳴るようにセットしておいたんですよ。ぼくはコンソールにぶつかってあやうく自殺するところだった。だけど、ただのデータ・パケットだった。個人的なメモさえなかった。何もないよりは……〈死ね、こんちくしょう〉とでもいってくれたほうがまだましだ」ちょっと言葉を切ったあと、マイルズは吐き出すようにいった。

「いま何をしたらいいんだろう」

「それは劇的な効果を狙った修辞上の質問なの、それとも実際にわたしのアドバイスが欲しいの?」母は辛辣《しんらつ》に尋ねた。「だってあなたがちゃんと注目するまで、無駄な息を使うつもりはありませんからね」

マイルズはむっとして返事をしようと口を開きかけたがすぐに閉じた。そして口添えを求めるように父を見た。父は手を開いて穏やかに母のほうに向けた。よく練習した相手とチームを組んで、こういうテレパシーで申し合わせたようなワンツー・パンチを繰り出すのはどんな気分なのだろうか。〈ぼくには決してわからないだろう。なんとかしないかぎり〉

「ちゃんと注目しています」マイルズはへりくだっていった。

「そうね……わたしがいってあげられる一番親切な言葉はへ、ま、を——やったのはあなただ、ってこと。謝罪の義務があるわ。謝罪なさい」

「どんなふうに? ぼくとはもう一言も話したくないことを、すごくはっきりさせているんですよ」

「顔を合わせるんじゃないのよ、マイルズ、いやねえ。だいいち、あなたはしゃべりまくったり、自分をよく見せたりしたい気持ちを抑えられないと思うわ」

〈ぼくの身内はみんなその点どうなんだろう、自分ではほとんどそう思っていないけど——〉

「通信コンソールの通話でもあつかましすぎるわ」と母は先を続けた。「ヴォルシス家に自分で出かけるなんて、もっとずっとあつかましいわ」

「こいつがやろうとしていたのはそれに違いないね」国守はつぶやいた。「ロメオ・ヴォルコシガン将軍の一人きりの突撃部隊さ」

国守夫人は黙ってというようにかすかに睫毛《まつげ》を伏せた。「何かもっと抑制のきいた方法だと思うわ」マイルズに向かってさらに続ける。「あなたにできることは、手紙を書くことじゃないかしら。短い簡潔な手紙よ。平謝りするのは苦手だと思うけど、努力したほうがいいと思うわ」

「それでうまくいくと思いますか」深い、深い井戸の底で、かすかな希望が明滅した。

「うまくいく、ってことじゃないのよ。その気の毒な女性に対して、これ以上愛だの戦争だのしかけることはできないのよ。あなたが謝罪のメモを送るのは、その人に対してもあなたの名誉に対しても義務があるからでしょ。それだけのこと。他のことは気にしないの」

「ああ」マイルズはひどく小さな声でいった。

「クロスボールか」父がいった。思い出したように。「ふん」

「ナイフは的に刺さっている」マイルズはため息をついた。「柄まで。ねじる必要はない」そして母をちらりと見ていった。「その手紙は手書きにすべきですか。それとも単に通信コンソールで送るべきですか」

「その単に、って言葉が質問の答えになっていると思うわ。あなたの悪筆がましになっているのなら、そのほうが感じがいいでしょうね」

「これだけは秘書に書き写させるわけにはいかないぞ」国守が口をはさんだ。「あるいはもっと悪いのは、命じて代わりに作文させることだな」

「まだ秘書は持っていません」マイルズはため息をついた。「秘書を雇うほどの仕事をグレゴールから貰っていないので」

「聴聞卿の仕事が増えるってことは、帝国じゅうに醜悪な犯罪が発生するということだから、おまえの仕事が増えるのはあまり好ましくないね」と国守。「もっとも、婚礼のあとにはいろいろ摘発されるのは確かだろう。おまえがコマールできっちり働いたから、ひとつだけは犯罪が減ったといってもいいだろうけどね」

目を上げると、父がわかっているというようにうなずいた。そうだ、セルギアールの総督夫妻が、コマールの最近の出来事について知っているべき人々のなかに入っているのはいうまでもない。もちろんグレゴールから、マイルズのマル秘聴聞卿報告のコピーが送られていて、総督は熟読しているのだろう。「ええ……そうですね。少なくとも、反逆者たちが予定どおりの行動をしていたら、あの日数千人の罪のない人々が殺されていたところでした。そうしたら祝典を台無しにしたと思います」

「ではおまえは時間を稼いだわけだね」

国守夫人はふっと思い出すような目になった。「それで、マダム・ヴォルソワソンは何を稼いだの？　あの人の伯母さまから、それに関わった目撃証言を伺ったわ。ぞっとするような経験だったらしいけど」

「帝国からの公式感謝状が送られるべきですね」マイルズは腹立たしさを思い出していった。

「それなのに、深い、深い機密保安庁の覆いのなかに埋められてしまったんだ。誰ひとり知ることはないでしょう。あの勇気も、冷静で賢い行動も、あんなすごい英雄的な判断さえも、ちくしょう、ただ……消されてしまったんです。不公平ですよ」

「いざとなったら、人は必要なことをやるものなのよ」と国守夫人。

「いいえ」マイルズはちらりと母を見上げた。「やる人もいるってことです。たいていの者は縮み上がるだけですよ。そういう連中を見たことがあるから、ぼくにはその違いがわかる。エカテリンは――決して縮み上がったりしないでしょうね。遠くでも行くし、スピードもある。彼女は……彼女ならやります」

「女の人の話か馬の話かはおいといて」国守夫人はいった。「ちくしょう、マークもほとんど同じことをいったっけ。マイルズの一番身近で大事な人たちは、みんな何を考えているんだろう。

「誰でも、縮み上がるような弱点を持っているのよ、マイルズ。致命的な弱さをね。人によって普通とは違う位置にそれを抱えているだけのこと」

国守と国守夫人はふたたび例のテレパシーめいた表情で顔を見合わせた。それはひどく当惑させられるものだった。マイルズは羨《うらや》ましさに身悶えした。

そこでマイルズはずたずたになった威厳のかけらをかき集めて立ち上がった。「失礼します。出かけないといけないので……植木に水をやりに」

土が固く剝きだしになった真っ暗な庭園を、懐中電灯を振り振り片手に持ったマグカップの水を手にこぼしながら歩きまわって、萎《しお》れた植物を見つけるまでに三十分はかかった。鉢のなかでは結構がっしり見えたスケリタムの根っこは、外に植えられるとぽつんと寂しげに見えた——何もない一エーカーの土地のなかの、親指ほどの大きさの命のかけら。それに当惑するほど弱々しく見える。もう枯れはじめているんだろうか。マイルズはカップの水をその上に空けた。赤っぽい土に水は黒いしみを作ったが、すぐに蒸発しはじめてたちまちあとかたもなくなった。

マイルズは、この植物が五メートルほどまで完全に成長し、中央の幹の大きさも形も相撲取りそっくりになって、巻き毛のような枝がコルク抜きの螺旋そのままに伸びる様子を想像してみた。そのあと四十歳か四十五歳になっている自分を想像してみた。木が成長した状態を見るためにはその年齢まで生きていなければならない。そのころ自分は、隠遁したわびしい独身者で、退屈な親衛兵士しか相手をしてくれない、しなびた病弱な偏屈者になっているのだろうか。それとも穏やかで優雅な黒い髪の女性と腕を組み、背後に五、六人の活動過多の子どもたちを引き連れた、ストレスはあっても誇り高い家父長になっているのか。たぶん……活動過多の傾向は遺伝子洗浄で落ち着くだろうが、両親にはそれはずるいと文句をいわれそうだ……。

〈平謝りか〉

マイルズはヴォルコシガン館の自分の書斎に引き返した。腰を下ろすといまだ誰も見たことがないようなとんでもない最高の〈平謝り〉を書くために、次から次へと下書きを書き直しはじめた。

11

カリーンはヴォルシス聴聞卿の玄関の手すりに寄り掛かって、派手な正面タイルの上のカーテンの閉まった窓を心配そうに見つめた。「きっと誰もいないのよ」

「だから行く前に通話を入れたほうがいいっていったでしょ」マーチャが突き放すようにいった。ところがそのときなかから、小走りの足音が聞こえてきて――もちろん女教授ではない――ドアがぱっと開いた。

「あ、こんちは、カリーン」とニッキ。「こんちは、マーチャ」

「こんにちは、ニッキ」マーチャがいった。「ママはおうちにいる?」

「うん、奥にいるよ。ママに会いたいの?」

「ええ、お願いするわ。あまり忙しくなければ」

「ええとね、庭いじりで汚れているだけだよ。なかまでずっと入って」ニッキは愛想よく家の奥のほうを指さして、また階段を駆け戻っていった。

不法侵入者のような後ろめたさを感じながら、カリーンは姉の先に立って玄関ホールからキッチンを通り抜け、裏口から外に出た。エカテリンは敷物に膝をついて、土を盛り上げた花壇の雑草を抜いていた。抜いた草は横の舗道の上に、処刑された囚人のように根のついたまま並べられている。西日に照らされて草は萎《しお》れていた。エカテリンは素手でまた一本緑色の死体を列の端にぱっと置いた。これは治療効果がありそうだ。カリーンは自分もいま何かを殺せればいいなと思った。マーチャではないけれど。

足音に気づいたエカテリンが目を上げると、その青白い顔にかすかな微笑が浮かんだ。移植ごてを土に突き刺して立ち上がる。「あら、いらっしゃい」

「お元気、エカテリン？」訪問の目的が見え透いてしまわないように、カリーンは庭をさし示しながらいいたした。「ここはきれいね」木にも塀にも蔓《つる》が垂れ下がり、小さな庭は都市のなかのオアシスのように見える。

エカテリンはカリーンの視線を追った。「わたしが趣味で作った庭なのよ。何年も前学生時代にここに住んでいたころにね。そのあとはヴォルシス伯母がやってくれたの。いまは変えたいところがいくつかあるけど……それはともかく」エカテリンは優雅な鋳鉄《ちゆうてつ》製のテーブルと椅子を指さした。「お座りにならない？」

マーチャはこれさいわいとすぐに椅子に座り、頬づえをついてやれやれというようなため息をついた。

「何かお飲みになる？　紅茶でもいかが」

「ありがとう」同じように座りながらカリーンはいった。「でも飲み物はいいわ、ありがとう」

この家にはそういう用をいいつける使用人はいない。だからエカテリンがキッチンに行ってきて客に出すものを自分で探さねばならないだろう。それに姉妹は平民階級の仕来りどおりにいっしょに行って手伝うのがいいのか、貧乏になった高位のヴォルの仕来りどおりに使用人がいないことに気づかないふりをして座っているのがいいのか、推理を働かせねばならないだろう。おまけに二人は食事をすませたばかりだったし、その食事もほんの少し食べただけなのにカリーンには胃のなかの重いかたまりに感じられた。

カリーンはエカテリンが座るまで待ってから、思い切って慎重に切り出した。「ちょっとお寄りしてみたのは——あのう、つまり、もしかしたらお宅に、何か連絡が来ていないかと思って……あのう、ヴォルコシガン館から」

エカテリンはよそよそしくなった。「いいえ。何か来るはずですか」

「まあ」なんなのよ、偏執狂のマイルズったらいまになっても、この人に何にもいってきていないの？　あの翌朝にはマイルズがエカテリンのうちの玄関先で、狂ったように被害救急対策にきりきり舞いしているさまを、カリーンは想像していたのだ。マイルズがそんなにうぶだというわけではない——だいいち、カリーンはマイルズが、少なくともロマンチックな状況にはかなり抵抗力があることを、これまでいつも感じていた。それは、一度も自分に関心を寄せたことがないからというわけではなく、カリーンは彼のような情け容赦のない人間には会ったことがないからだ。あれからあの人は、いったいどう過ごしているのだろう。カリーンの心配は膨れ上がった。「わたしが思ってたのは——もしかしたらと思って——あのう、わたしマークのことがとても心配なんです、おわかりでしょう。あれからもう二日近くたつわ。もしかしたらあなたが……何か聞いていらっしゃるんじゃないかと思って」

エカテリンの表情が和らいだ。「ああ、マーク。もちろんよね。いいえ、悪いけど何も」

誰もマークのことは親身に考えてくれない。マークの、努力の末にやっと手に入れた人格に内在するもろさや欠陥は、他の人々には見えないのだ。人々はマークがまるでマイルズと同じで、しかも決して壊れないとでもいうように、とんでもない圧力や要求をかけてくる……。

「うちの両親はヴォルコシガン館の者には、誰にも通話を入れてはいけない、あそこへ行くのもいけないってわたしに禁止してるんです」カリーンは硬い声で説明した。「この外出許可をくれるときにも両親に誓えっていい張ったんですよ。しかも密告役をつけて寄越したの」カリーンは、同じようなむっつり顔でだらりと座っているマーチャのほうに顎をしゃくった。

「あなたのボディガードになる気なんかないわよ」マーチャは抗議した。「わたしに何かいえる？　いえっこないわ」

「パパとママは——特にパパが——このことじゃ〈孤立時代〉そのままなの。頭が狂ってるんです。いつも大人になれっていってるくせに、なったらなったで、今度は止めようとするの。縮みこんでいろって。まるで十二歳のまま凍結しておきたいみたいだわ。でなきゃ人工子宮に戻して蓋を閉めたいのよ、きっと」カリーンは唇を噛んだ。「だけどもう人工子宮には入れないわ、ありがたいことに」

「そうねえ」とエカテリン。その声には同情しながら面白がっているような響きがあった。「少なくともそのなかにいれば無事ですものね。ご両親がそうしたい気持ちはわかるわ」

「自分で事態を悪くしているのよ、あなたは」マーチャは姉らしい批判的な口調でいった。「屋根裏に閉じ込められた猫みたいに大騒ぎしなければ、パパやママだってあれほど厳しくはしなかったでしょうよ」

カリーンはいーっとマーチャに向かって歯を剝きだした。

「それは両方あるでしょうね」とエカテリンは穏やかにいった。「子ども扱いされる立場よりも、人を子どものように行動させる立場のほうが楽だという保証は何もないわ。子ども扱いはとても腹の立つことね。そういう罠にはまらない方法を考え出すまでに、わたしはずいぶん時間がかかったわ」

「ええ、そのとおりね」カリーンは熱心にいった。「あなたはわかって下さるのね！　それで――どんな方法で相手を抑えられたの？」

「人に強いることはできないわ――相手がどんな人でも――どんなことでも、じつは強制はできないのよ」エカテリンはゆっくりいった。「いい子どもでいても、大人というご褒美《ほうび》は貰えないわ。無駄に……何年も過ごしながら、人からそういう敬意を払ってもらえるように努力するのよ。仕事の地位が上がるとか昇給するのと似ているわね。あなたがそれにふさわしいことをして、ふさわしく立派ならば。いえ、そうじゃないわ。あなたがしなきゃならないのは……つかむことだけ。つかんで自分で自分に贈りなさい、それでいいと思うわ。たとえば、〈あなたがそう感じるのは残念です〉っていって立ち去るの。でもそれは厳しいわよ」エカテリンは膝から目を上げて思い出したように微笑した。さきほどから膝の上で庭で汚れた手を何気なくこすっていたのだ。カリーンはみょうな寒けを感じた。ときどきエカテリンがひどく沈みこむことがあったのは、カリーンのせいだけではなかったのだ。この人は井戸にはまったように、世界の真ん中まで落ち込んでいきそうだ。マイルズでも、この人を意志や気まぐれだけで動かすことはできないだろう、とカリーンには断言できた。

〈立ち去るのはどんなに厳しいこと?〉「こんな近くに思えるのに」カリーンは親指と人差し指を数ミリまで近づけた。「わたしは家族と恋人のあいだで選ばなきゃならないのよ。それが怖くて、腹が立ってならないの。どうして両方を持ってはいけないの。それでは欲張りすぎってことかしら。それを脇に置いても、気の毒なマークを攻撃するのはひどい罪悪だわ――マークはわたしが家族にとってどんなに大切かわかっているの。彼は家族というものを知らずに大人になったから、ロマンチックに考えているけど、それでもね」

カリーンは苛立って庭園テーブルにタトゥーを打ち込むように平手で叩いた。「結局すべてお金の問題になるのよ。わたしが本物の大人なら、自分の収入があるでしょう。だから自分で立ち去れるわ。立ち去れることがわかっていれば、両親も手を引かねばならないでしょ。でもいまはわたしを罠にはめたと思っているわ」

「ああ」とエカテリンはかすかにいった。「それね。そう。それはとても現実的ね」

「ママは、目先のことしか考えてないってわたしを非難するけど、そうじゃないのよ! バター虫の事業は――いわば学校で勉強し直してるみたいなことで、一時的な損失は将来のほんとうに大きな利益のためなの。マークがツィッピスと分析したことをわたしも勉強したのよ。急いで儲ける計画じゃなくて、大々的に儲ける計画なの。パパとママにはどれほど大きな儲けか見当がつかないのね。わたしがマークと遊んで時間を無駄にしていたと思っているけど、じつは汗水垂らして働いていて、その理由も自分ではっきりしていたのよ。この一カ月間のお給料は、ヴォルコシガン館の地下室に株の形で預けてあるの。それなのにわたしには、いまあそこで何が起こっているかぜんぜんわからないのよ！」テーブルの端をぎゅっと握った指先は白く、言葉を切って息を継がねばならなかった。

「ボルゴス博士からも何も聞いていらっしゃらないんですね」マーチャが用心深い口調でエカテリンに訊いた。

「なぜ……何も」

「あの人、気の毒な気がするわ。だって喜ばせようと一生懸命だったんですもの。マイルズがほんとうにあの人の虫を全部殺さないといいけど」

「マイルズは虫を全部なんていってないわよ」カリーンは指摘した。「逃げ出した分だけよ。わたしとしては、マイルズが彼を絞め殺してくれたほうがよかった。あなたが止めたのが残念だわ、エカテリン」

「わたしが！」エカテリンは当惑したように口許をゆがめた。

「何よ、カリーン」マーチャは嘲《あざけ》った。「あの男が、あなたが異性愛のお稽古《けいこ》をした相手だとみんなにわかってしまったからなの？　ねえ、ベータの可能性をいろいろ考えると、じつは正式のやり方じゃなかったんじゃないの。この数週間に、そのへんのところをうまい具合にほのめかしておけば、あなたがマークといちゃついていただけだとわかって、ママとパパはひざまずいて感謝したでしょうに。もっとも、わたしにはあなたの男の趣味は疑問だけどね」

〈ベータでの可能性のどれを取ったかマーチャが知らなくても、わたしは傷つかない〉とカリーンはきっぱり思った。「でなければ、ほんとうに屋根裏に閉じ込められたかもしれない」

マーチャはまさかというように手を振った。「ボルゴス博士はすっかり怯えているわね。あの五分五分兄弟といっしょに、普通の人を釣りあう相手なしにヴォルコシガン館に入れるなんて、ほんとによくないわ」

「五分五分兄弟って？」エカテリンは尋ねた。

その嘲《ちょうしょう》笑的な言葉を聞いたことがあるカリーンは、それにふさわしく顔をしかめただけだった。

「あのね」マーチャにも当惑したような顔をするだけの慎みはあった。「みんながいっている冗談よ。イワンが教えてくれたの」エカテリンがなおもわからないという顔をしているので、マーチャはしぶしぶいいたした。「ほら——痩せとでぶでしょ」

「まあ」エカテリンは笑わなかった。ちょっと微笑んだだけだった。珍味を味見してその後味に疑問を持っているような表情だ。

「エンリークが普通だと思っているの？」カリーンは鼻に皺《しわ》を寄せて姉にいった。

「そうね……少なくとも、ヴォルバール・サルターナで見かける、おれは女への神からの贈り物だぞ、なんて顔してるヴォルとは違うわね。女を片隅に追い詰めて、際限なく軍事史や武器についてしゃべりまくったりしないもの。そのかわりに、生物学についてしゃべりまくるけどね。どうだかわかんないわよ。いい夫になる素材かもしれない」

「そうね、その奥さんがバター虫のような恰好でベッドに夫を誘ってもいいっていうのならね」カリーンは辛辣《しんらつ》にいった。そして指でアンテナを立てて、マーチャに向かって振り立てた。マーチャはくすくす笑っていった。「あの人は管理してくれる奥さんが必要なタイプだと思うわ。実験室で十四時間働けるようにね」

カリーンは鼻を鳴らした。「最初からリモコンを持ったほうがよさそうよ。確かにエンリークは、猫のザップが子猫を生むように生物学のアイディアを生み出すけど、そこからどれほどの利益を得てもみんななくしてしまうのは、ほとんど確実なのよ」

「子どもみたいに人を信じすぎる、って思う？　まわりが彼を利用するのかしら」

「いいえ、ただ夢中になりすぎるの。結局は、同じことだけどね」

エカテリンは遠くを見る眼差しになってため息をついた。「混乱が起こらないところで、何時間でも働きたいものだわ」

「あら」とマーチャ。「あなたは別よ。頭のなかから驚くようなものを引っ張り出す人たちの一人だわ」といって小さな落ち着いた庭を見回した。「家事なんかやるのはもったいない。あなたは絶対に研究開発よ」

エカテリンはゆがんだ笑みを浮かべた。「わたしには夫は必要ない、妻が必要だってことなの？　そうね、それは義理の姉のうるさい勧めとはちょっと違うわね」

「ベータ植民惑星に行ってみたら？」カリーンは憂鬱《ゆううつ》そうにため息をついて勧めた。

これは気分転換になる発想だったので、そこから会話ははずんだ。かすかな都市の騒音が塀やまわりの建物で反響して聞こえるなかで、斜めに射す日差しが草を這っていき、テーブルにひんやりした夕方の影が落ちた。

「あれはほんとうに、むかつくような虫だわね」しばらくしてマーチャがいった。「正気の人間なら、誰もあんなもの買わないわよ」

カリーンは改めていわれるまでもないことをがっかりして考えた。あの虫はよく働く。虫バターは科学的にいって完全な食品だ。市場はあるべきなのだ。世間の人は偏見が強すぎる……。

かすかな笑みで口許をゆるめてマーチャはいいたした。「でもあの茶色と銀色は完璧だったわね。ピムは飛び上がるんじゃないかと思ったわ」

「エンリークが何をするつもりか知っていれば止められたのに」カリーンはうめくようにいった。「びっくりするプレゼントがあるとかいってたのに、気にもとめなかったの――虫にあんなことができるなんて、知らなかったから」

エカテリンはいった。「ちょっと考えてみれば、わたしは気づいたかもしれないのよ。彼の論文をざっと読んだの。あんなことができる秘密は微生物の組み合わせにあるらしいわ」マーチャが不思議そうな顔になったのでエカテリンは説明した。「虫の腸内にはバイオ工学で作られた一連の微生物がいて、それが虫が食べたものを分解して変換する仕事をしているのよ。つまり、なんでも設計者が選んだものに変換するわけね。エンリークは将来の製品については十以上のアイディアを持っていて、食べ物だけでなく、環境の放射線清掃という物騒な応用とかもあって、すごいことになりそう……まあね。とにかく微生物の生態均衡を保つことが——エンリークは調整といっているけど——一番微妙な部分なの。虫たちは微生物の組み合わせに、自己集合させたり自動推進包装させたりしているだけなの。虫の外見はだいたい任意に変えられるはずよ。エンリークは美学に関心がぜんぜんないから、たくさんの虫の種類から一番機能的に能率のいい要素を取っただけのことよ」

「いかにもやりそうなことね」ゆっくりカリーンは身を起こした。「エカテリン……あなたは美学に関心があるでしょ」

エカテリンはなんとなく手を振った。「ある意味では、そうでしょうね」

「そうよ、あなたならね。あなたの髪形はいつもきちんとしてるわ。着ているものも、いつも他の人よりいいけど、お金をかけているわけじゃないと思うわ」

エカテリンは悲しそうに首を振った。

「あなたはレディ・アリスのおっしゃる〈的確な趣味〉を持っているんだと思うわ」カリーンは元気を取り戻しながらいった。「つまりね、この庭をごらんなさいよ。マーク、マークはお金を稼いだり契約したりできる。マイルズは戦術や作戦に長けていて、自分のやりたいように人々を籠絡するわ」そう、いつもってわけじゃなさそうね。彼の名前が出ると、エカテリンの口許が引き締まった。カリーンは先を急いだ。「わたしはまだ何ができるのかよくわからないの。あなたは——美を生み出せる、ほんとに羨《うらや》ましいわ」

エカテリンは感動した顔つきだった。「ありがとう、カリーン。でもほんとうはぜんぜんそんなこと――」

カリーンは手を振ってその卑下を打ち消した。「いいえ、聞いてちょうだい、これは重要なことよ。あなたはきれいなバター虫を作れると思う？　でなければ、バター虫をもっときれいにすることが？」

「わたしは遺伝子学者じゃないから――」

「そういう意味じゃないの。つまり、あの虫に変わるデザインができるかって訊いているの。虫を見ても食欲がなくなったりしないように。エンリークに使ってもらえるものを」

エカテリンは椅子の背に寄り掛かった。ふたたび眉をひそめ、熱中している色が目に表れている。「そうね……虫の色を変えて表面のデザインを変えるのは、とうぜん可能だわ。エンリークがあの……あー……ヴォルコシガン虫を作った早さからいって、彼にはたいしたことじゃないと思うの。消化管とか下顎とかの基本構造は変えられないけど、翅《はね》や甲皮はすでに機能を失っているんですもの。きっと好きなように変えられるわよ」

「そう？　それで」

「色は――自然界にある色がいいでしょう、生物らしい外見のために。小鳥とか、動物とか、花とか……火とか……」

「何か考えつく？」

「すぐに十以上のアイディアを出せるわ」エカテリンはにんまりした。「簡単すぎるほどよ。

まあ、どんな変化でもいまよりはましでしょうね」

「単なる変化じゃなくて。華麗なのがいいわ」

「華麗なバター虫」エカテリンは嬉しそうに口を半開きにして、目には今日の訪問ではじめてみせる心から楽しげな輝きがきらめいた。「さあ、それはやりがいがある仕事ね」

「ああ、やって下さる？　できる？　その気がある？　お願いよ。わたしは株主だから、マークやエンリークと同じようにあなたを雇う権限があるわ。とにかく、その資格は」

「なにいってるの、カリーン、わたしにお金を払う必要なんか――」

「とんでもない」カリーンは情熱的にいった。「あなたにお金を払わないなんて、絶対にだめよ。お金を払ったものこそ価値があるのよ。ただで手に入れたりしたら、軽く見て自分の権利を要求するわ。市場で支持されるまでがんばるのよ」カリーンはためらってから心配そうにいいたした。「あなたも株を持つことになるけど、いらない？　マ・コスティも製品開発の相談役として株を持ったのよ」

「確かに、マ・コスティは虫バターをアイスクリームに生かしたわね」マーチャが認めた。

「それにあのパンのスプレッドも悪くなかったわ。にんにくがよかったんだと思うけど。原料が何かを考えないうちはね」

「それじゃあなたは、普通のバターやアイスクリームの原料が何か考えたことある？　それに肉とか、レバー・ソーセージとか――」

「このまえの晩に出た牛ヒレ肉が清潔で素敵な大桶《おおおけ》製だってことは保証してもいいわ。コーデリア小母さんは他のやり方の肉は、ヴォルコシガン館では絶対に出さないもの」

カリーンはこの言葉をいらいらと手で払いのけた。そして、「エカテリン、その仕事にどれくらい時間がかかると思う」と訊いた。

「さあね——一日か二日でしょう。基本的なデザインには。でももちろんエンリークとマークに会って相談しなきゃいけないでしょ」

「わたしはヴォルコシガン館には行けない」カリーンはしょんぼりした。それから背筋を伸ばして、「ここで会うわけにはいかないかしら」

エカテリンはちらりとマーチャを見て、カリーンに視線を返した。「わたしはご両親の妨害をしたり、陰でこそこそするなんてできないわ。でもそれは確かに合法的なビジネスだわね。あなたがご両親の許可を貰えれば、ここでみんなで会うことはできるわ」

「たぶんね」とカリーン。「たぶん。一日か二日たって気持ちが落ち着けば……。最後の手段としては、あなたが一人でマークとエンリークに会う手もあるわね。でもできたら、わたしはここに来たいの。話す機会さえあれば、マークとエンリークを説得できることがわかってるから」といってカリーンはエカテリンに手を差し出した。「それでいい?」

エカテリンは面白そうな顔になって、手についた泥をスカートにこすりつけ、テーブルの上に身を乗り出して契約の握手をした。「結構よ」

マーチャが異議を唱えた。「パパとママはマークがここに来ると思えば、わたしにくっついていけと押しつけるのはわかってるでしょ」

「じゃ、自分は必要ないって説得すればいいのよ。とにかくあなたが来るのは一種の侮辱《ぶじょく》なのはわかるわね」

マーチャは返答がわりに舌を出したが、仕方なさそうに肩をすくめた。エカテリンの伯父夫婦が戻ったのかと思ってカリーンは顔を上げた。

開いたキッチンの窓から、いくつかの声と足音が聞こえてきた。それにもしかしたら、マイルズかコーデリア小母さんから、何かいってきたのかもしれない……。ところが驚いたことに、裏口から出てきたのはニッキと、ヴォルコシガンのお仕着せをきちんと着込んだピム親衛兵士で、まるで国守の検閲に備えているかのようにきりりと輝いていた。ピムの言葉が聞こえた。「――それはどうかな、ニッキ。でもいつでも息子のアーサーと遊びにうちのアパートに来てくれていいよ。じつは昨夜もきみのことを訊いていたんだ」

「ママ、ママ!」ニッキが庭園テーブルまで飛び跳ねてきた。「ねえ、ピムが来たよ!」

エカテリンの顔の表情はシャッターが下りるように閉ざされた。そしてひどく用心深い顔でピムを眺めた。「こんにちは、親衛兵士」まったく感情のこもらない声でいう。それから息子のほうをちらりと見た。「ありがとう、ニッキ。もう行っていいわ」

ニッキは名残惜しそうに振り返ったあと立ち去った。エカテリンは相手の言葉を待った。

ピムは咳払いして遠慮がちに微笑みかけ、略式敬礼のような恰好をした。「今晩は、マダム・ヴォルソワソン。お元気のようですね」それからコウデルカ姉妹に視線を向けて丁寧《ていねい》ではあるが不思議そうな顔で会釈《えしやく》した。「こんにちは、ミス・マーチャ、ミス・カリーン。これは……予想外でした」まるで練習ずみの挨拶を見直して修正しているような顔つきだ。

カリーンは、ヴォルコシガン館の誰とも話してはいけないという禁止命令は、直接の家族だけに適用されて親衛兵士には関わりがない、というふりをしてもいいかどうか必死で考えていた。そして期待をこめてピムに微笑み返した。きっとピムなら話してもかまわないのだ。いずれにしても、両親は自分たちの思い込みを他人にまでは強要しない——できないだろう。けれどもピムはそこで言葉を切ったあとかぶりを振っただけで、注意をエカテリンに戻した。

ピムは厚ぼったい封筒を上着のかくしから取り出した。その濃いクリーム色の紙にはヴォルコシガンの紋章を含むスタンプが——あのバター虫の背中そっくりに押されていた。そしてはっきりした四角い手書きの書体で、〈マダム・ヴォルソワソン〉とだけ宛名が記されている。

「マダム、ヴォルコシガン卿からこれをあなたのお手元に届けるようにいいつかりました。ご連絡が遅くなって申し訳ない、と申しております。排水のせいなんですよ。いやなに、主人はそんなことはいっておりませんが、偶然の出来事でいろいろ遅くなったのです」ピムは心配そうにエカテリンの顔を眺めて返事を待った。

封書を受け取ったエカテリンは、なかに爆発物でも入っているのではないかというような目で見つめた。

ピムは一歩引き下がって、格式張った会釈をした。誰も何もいわないのでちょっと待ってから、彼はまた略式敬礼をしていった。「お邪魔をするつもりはなかったのですが。お許し下さい。これで失礼いたします。ありがとうございました」彼は回れ右した。

「ピム！」思わずカリーンの口から洩れた一言は、悲鳴に近かった。ピムはびくっとして振り返った。「たったそれだけで、行ってしまわないでよ！　あちらはどうなっているの？」

「それは誓いを破ることにならない？」マーチャが客観的に批判するような口調でいった。

「わかった。わかった。じゃ、あなたが彼に訊いてよ」

「ああ、いいわよ」うるさそうなため息をついて、マーチャはピムに顔を向けた。「じゃ、わたしに教えて、ピム。排水ってどういうこと？」

「排水なんかどうでもいいの」カリーンは叫んだ。「わたしはマークが気になってるの！　それにわたしの株のことが」

「あらそう？　だけどあなたはママとパパに、ヴォルコシガン館の誰とも話すことを許さない、っていわれてるんだから、ついてないわね。わたしは、排水について訊きたいのよ」

この言葉を聞いたピムの眉が上がり、目はちかりと光った。彼の声にはわざとらしい無邪気さがあふれていた。「それを伺《うかが》ってまことに残念に思います、ミス・カリーン。まもなく准将は、わたしどもとの絶交を喜んで解かれると信じております。ところで、わたしは主人から、ぐずぐずだらないことをいってマダム・ヴォルソワソンを悩ませ、責任を感じさせたりしてはいけない、返事を待つとしつこくいうのもいけない、手紙を読むのを眺めて当惑させてもいけない、といわれています。これはほとんど主人のいった言葉そのままです。けれども、あなたがた若いご婦人と話をしてはいけないとは命じられていません。ここにいらっしゃるとは思っていませんでしたので」

「ああ」とマーチャは、いかにも嬉しそうにピムにいった。エカテリンの目には、それはなんだか感じが悪く見えた。「それではピム、あなたはわたしとカリーンには話せるけど、エカテリンには話しかけられない。そしてカリーンは、エカテリンとわたしとは話せるけど——」

「別にあなたとなんか話したくないけど」カリーンはつぶやいた。

「——あなたには話しかけちゃいけないわけね。そうすると、いまここではわたしだけが誰とでも話せる人間ってことになる。ほんと……素敵。ねえピム、排水についてぜひ話して。また詰まったなんて、いわないでよ」

エカテリンは封筒をボレロの内ポケットに滑りこませると、椅子の腕木に肘を乗せてその手で顎を支え、黒い眉をひそめて無言で聞いていた。

ピムはうなずいた。「そういうことなんです、ミス・マーチャ。昨夜遅く、大慌てで行方不明の女王虫の探索に戻ろうとしたボルゴス博士が——」ピムの唇はその名を潰《つぶ》すようにぎゅっと閉じた。「——二日分の収穫の虫バターを——あとで考えると四十ないし五十キロはあったと思うんですが——きちんと面倒を見ていらしたミス・カリーンがいらっしゃらなくなって容器からあふれはじめていたもんですから、博士はそれを全部実験室の排水管に流してしまいました。そこでなんらかの化学反応を起こして、その結果……固まったんです。軟らかい石膏のように。排水本管を完全に塞いでしまったので、館にいる五十人以上の人々が——総督夫妻の随員が昨日全員到着した上に、うちの親衛兵士たちと家族もいるので——かなり直接的で緊急の危機に直面することになりました」

マーチャは趣味が悪いのでくすくす笑った。ピムはしかつめらしい顔になっただけだった。

「ヴォルコシガン聴聞卿は」とピムは、伏せた睫毛《まつげ》の陰からちらりとエカテリンを見て続けた。「以前の軍務で排水管の経験は豊富だといわれて、困り果てた母上の嘆願に即座に応じて、問題の処置をするため突撃部隊を募集して先に立って地下室へ行かれました。結局ロイック親衛兵士とわたしが応募しました」

「あなたの勇気と、あー、万能さにはびっくり仰天だわ」マーチャはだんだん話に引き込まれながら、歌うようにいってピムを見つめた。

ピムは謙虚に肩をすくめた。「膝まである虫バターや木の根っこや、あー、排水管に流れ込んだいろいろのものをかきわけていくのは大変でしたが、同じように、膝の深さで渡っていかなきゃならない隊長に従っている以上、名誉にかけていやだとはいえません。といっても隊長はその仕事のことをよく知っていたので実際にはさほどの時間をかけずに片づき、家じゅうの者からたいそう喜ばれました。けれども今朝はあらゆる仕事の始動が遅れたので、マダム・ヴォルソワソンに手紙をお届けするのが思っていたよりも遅くなったのです」

「ボルゴス博士はどうなったの」マーチャは尋ねた。横でカリーンは歯ぎしりをし、拳《こぶし》を握り、貧乏揺すりをしていた。

「液体の水位《い》が上がるあいだ、あいつは地下室に逆さ吊りにしておいたらいいとわたしは勧めたんですが、それは不当にも却下されて、あとで国守夫人がヴォルコシガン館の排水管に流してもいいものといけないものについて、よくいって聞かせたんだと思います」といってピムはため息をついた。「奥さまはまったく優しくて親切すぎますよ」

これでどうやら結論に達したらしかったので、カリーンはマーチャの肩を叩いて小声でいった。「マークはどうか訊いてよ」

ちょっとした沈黙が続くあいだ、ピムはにこやかに通訳の言葉を待っていた。そしてカリーンは、マイルズのような主人とうまくやっていくには、ピムみたいなユーモアのセンスがなければならないのかもしれないと考えていた。とうとうマーチャが折れて不愉快ないい方で訊いた。「それで、あの太ったやつはどうしたの」

「マーク卿は」とかすかにその言葉を強めてピムはいった。「あやういところで大事には至りませんでしたが、やけ食いをして――」そこであけた口のまま言葉を切り、途中からいいかえた。「一昨夜の出来事の不幸な展開に見るからに落胆しておられましたが、ボルゴス博士を手伝って虫の巣の回復のために忙しく働いておられます」

カリーンには〈見るからに落胆〉という言葉を難なく解釈できた。〈ゴージが出てきたんだわ。おそらくハウルも〉ああ、まずいわ。いままでずっと、マークはブラック・ギャングの面面をとてもうまく部下にしてやっていたのに……。

ピムはなめらかに言葉を続けた。「ヴォルコシガン家のみなさんのためを思えば、ミス・カリーンにできるだけ早く戻っていただいて秩序を回復するのが一番だといってよいかと思います。准将のご家族の情報が入らないので、マーク卿はどう処理すべきかわからないご様子でしたが、ここでお会いできたのでそれもよくなりそうですね」彼はカリーンに向かってかすかに睫毛を震わせてウインクした。ああそうだ、ピムは以前は機密保安官で、それを誇りにしている。同時に両方向のことを考えるのは彼の場合は不思議ではない。ピムのブーツに両手でしがみついて、〈助けて、助けて！　わたしは頭のおかしな両親に軟禁されてるってコーデリア小母さんにいって！〉なんてことはいわずもがなのだ、とカリーンは気づいて満足した。情報は流れるはずだ。

「それに」とピムは同じように穏やかな口調でいった。「地下のホールに並んでいる虫バターの容器の山も、問題になりはじめています。昨日、メイドの上に倒れてきたんです。その若い女はひどく狼狽《ろうばい》しました」

黙って聞いていたエカテリンでさえも、その様子を思い描いて目を丸くした。マーチャはおおっぴらにくすくす笑った。カリーンは怒鳴りたくなるのを抑えた。

マーチャは横目でエカテリンを見て、少々思い切ったようにいいたした。「それで、痩せのほうはどうなの？」

ピムはマーチャの視線を追ってちょっとためらったあと答えた。「排水管の危機で生気を取り戻したのは一時的だったように思います」

ピムは三人のレディに軽く頭を下げて、マイルズの憂鬱《ゆううつ》な世界では、排水本管に詰まった五十キロの虫バターの処理でも多少は気が晴れるほどで、魂は地獄の暗黒のなかにいるのだと想像させた。「ミス・マーチャ、ミス・カリーン、ヴォルコシガン館でコウデルカご一家にまたお目にかかる日が近いことを願っております。マダム・ヴォルソワソン、これで失礼させていただきます。そしてわたしの不注意で不愉快な思いをなさったのなら、どうかお許し下さい。わたしの家とアーサーのことですが、ニッキはまだわたしたちを訪ねてくるお許しはいただけないでしょうか」

「ええ、もちろんです」エカテリンはかすかにいった。

「それでは、失礼いたします」彼は愛想よく額に手を当てて、家のあいだの狭い場所にある庭園の門からそそくさと出ていった。

マーチャは驚いたようにかぶりを振った。「ヴォルコシガン家ではどこであいう人を見つけるのかしら」

カリーンは肩をすくめた。「きっと帝国のおいしい上澄みを掬《すく》っているのよ」

「それは大勢の高位のヴォルがやってることだけど、よそにはピムみたいな人いないわ。それにマ・コスティだって。それに——」

「ピムはシモン・イリヤンがまだ機密保安庁の長官のころに、個人的に推薦されたって聞いてるわよ」とカリーン。

「ああ、そうか。ずるしたのね。それならわかるわ」

エカテリンの手があの魅力的なクリーム色の封筒が隠されているボレロにそっと触れたが、それを出して開かなかったので、カリーンはがっかりした。招待したわけではない客の前で読まないのはとうぜんだ。とすれば、そろそろ立ち去るころあいだろう。

カリーンは立ち上がった。「エカテリン、どうもありがとう。あなたは他の誰よりも助けになったわ——」〈うちの家族より〉という言葉は嚙み殺した。しぶしぶだとしてもマーチャはカリーンに味方してくれているのだから、わざと刺激するようなことをいうのは意味がない。「それに虫のデザイン変更は本気の本気よ。あなたのほうの用意ができたら、わたしに通話して下さい」

「明日には何かできるでしょう、お約束するわ」エカテリンは門まで姉妹を送って、二人の背後で扉を閉めた。

ブロックの端のあたりで、ピムが待ち伏せしていた。そこに駐車した地上車に寄り掛かって待っていた。

「あの方は手紙を読みましたか」心配そうにピムは尋ねた。

カリーンはマーチャを突ついた。

「わたしたちの前では読まないわよ、ピム」とマーチャはいって目をくるりとまわした。

「ふん。くそっ」ピムはブロックを振り返って、ヴォルシス聴聞卿の家の半ば樹木に隠された正面タイルを見上げた。「望みがあるかと思っていたのに——くそっ」

「それでほんとのところ、マイルズはどうなの」マーチャは彼の視線を追ったあと頭をつんとそらして尋ねた。

ピムはぼんやりうなじを搔いた。「そうですね、吐いたり唸《うな》ったりするのは終わりましたよ。いまは何も気を紛らすものがないので、独り言をいいながら館じゅう歩きまわっておいでです。行動に飢えている、という感じですね。排水問題に取り組んだときの様子は、まったく鬼気せまるものがありました。これはわたしの見た感じです、おわかりでしょう」

カリーンにはわかった。結局、マイルズがどこへ飛び込もうともピムはついていくほかないのだ。うちじゅうがマイルズの求婚を息を詰めて見守っているのも無理はない。カリーンは階下のひそひそ話を想像できた。〈たまらんね、われわれも全員同じように狂ってしまう前に、誰かあの馬鹿なちびを眠らせてくれないものかな〉ああ、そんなことはない。マイルズの部下はたいてい彼の魔力にすっかりとりつかれているから、おそらくそんなひどいことはまず口にしないだろう。それでもきっとそんな気持ちに違いないのだ。

ピムはマダム・ヴォルソワソンの家を監視するという無駄な努力を諦《あきら》め、姉妹を送っていこうといった。マーチャはあとで両親からしつこく訊かれるに違いないと用心したらしく、丁重にそれを断った。ピムの車は走りさった。密告役を従えて、カリーンは反対方向に歩き出した。

エカテリンはゆっくり庭園テーブルのところに戻って、もう一度座った。そして左側の内ポケットから封筒を取り出すと、ひっくり返してじっと見つめた。クリーム色の封筒にはかなりの重さと厚みがあった。裏の折り返しにはヴォルコシガン家の模様の封印が、厚い封筒の中央をややはずしてしっかりと押されている。機械で押したものではない。誰かが手でそこに押したのだ。彼の手。親指についた赤い色が窪みを埋め、模様からはみ出している。これは封蠟よりも正式な高位中の高位のヴォルの様式なのだ。エカテリンは指が触れたところに彼の移り香が残っていないかと思って鼻まで封筒を持ち上げてみたが、かすかすぎてよくわからなかった。

エカテリンは期待はずれにため息をついて、慎重に封筒を開いた。宛名と同じように、なかの紙も手書きだった。

〈親愛なるマダム・ヴォルソワソン〉と文面ははじまっていた。〈申し訳ありません〉〈これは十一番目の書き直しです。どの手紙も、変な韻を踏んだ文ですら、書き出しは同じでした。だからこれはそのままがよさそうです〉

エカテリンの意識はしゃっくりのように引っかかった。そのとき頭には、誰が彼の屑籠《くずかご》を空けるのだろう、それで口止め料は貰えるのだろうか、という疑問しかなかった。ピムかもしれないが、そうでない気もする。その考えを頭から追い払って、エカテリンは読み進んだ。

〈あなたは以前に、二度と自分には嘘をつかないでくれといいましたね。では、そうします。真実をいうのがいま最善のことでなくても、もっとも賢いことでなくても、そしてへりくだったお詫びとしてじゅうぶんでなくても。

絶対に自分では勝ち取ることも与えられることもないと思ったので、あなたを待ち伏せして捕虜にし、盗もうとしたのです。あなたはハイジャックできる船ではないけど、ごまかしと奇襲以外の計画は考えられませんでした。といっても夕食会で起こったようなとんでもない奇襲ではありません。陰謀を企んだ者が馬鹿者で自分の秘密の爆弾置き場を爆破してしまったので、空には意図があかあかと照り映《は》え、革命は時期尚早にはじまってしまいました。ときにはこういう事故で新しい国家ができることもありますが、吊るし首や斬首というまずい結果に終わることが多いし、人々は夜のなかに逃げ込んでしまうのです。あなたに結婚してくれますかと訊いたことは、お詫びできません。それが煙幕やがらくたのなかの唯一の真実だからです。でも、変な訊き方をしたのがたまらない気持ちです。たとえあなたに秘密にしておくにしても、あなたが一年間の服喪の休息を取るまで、少なくとも同じように他の人々にも秘密にするだけの礼儀は守るべきでした。でもあなたがその前に他の者を選んでしまうのではないかと、びくついていたのです〉

いったい、わたしが他のどういう人を選ぶと思ったのだろう。エカテリンは誰も欲しがってなどいなかった。ヴォルモンクリーフは問題外だ。バイアリー・ヴォルラトイエルは真剣なふりさえしなかった。エンリーク・ボルゴス？　やめてー。ザモリ少佐は、そうね、ザモリは親切な人だと思うわ。でも鈍感。

〈鈍感でないこと〉がいつから自分の相手を選択する第一基準になったのだろうか。マイルズ・ヴォルコシガンと出会った十分後からかもしれない。ひどい人だわ、わたしの趣味を破壊してしまうなんて。それに判断力も。それに……それに……。

エカテリンは読み進んだ。

〈だからぼくはあなたに近づく策略に庭園を使いました。故意に意識的に、あなたの心のなかの望みを罠にしたのです。この点ではお詫びどころではない。恥じ入っています。

あなたにはあらゆる成長の機会を与えられる値打ちがあります。そういう機会をあなたに与えることがぼく自身の望みと矛盾しなかったというふりをしたいのですが、それではまた嘘になります。だけど時を超えることができるのに、あなたが歩幅を制限されているのを見るのがたまらなかったのです。たいていの人生で、そういうことのできる極点は、ほんの瞬間的なものです。

あなたを愛しています。でもぼくが欲しくてたまらないのは、あなたの肉体だけでなくもっとずっと多くのものです。あなたの目の力、まだそこにないものを無のなかから引き出して形や美を現実の世界のものにする目を手に入れたいのです。あの荒涼たるコマールの時間の最悪の恐怖のなかでも屈伏しなかった、あなたの心の名誉をわがものにしたい。あなたの勇気と意志と、用心深さと落ち着きが欲しい。つまりあなたの魂が欲しいということだと思いますが、それは欲張りすぎですね〉

エカテリンは手紙を下ろして身震いした。そして深呼吸をいくつかしたあと、ふたたび手紙を持ち上げた。

〈ぼくはあなたに勝利を贈りたい。けれどもその基本的な性質からいって、勝利は与えられるものではない。自分で手に入れねばならないし、確率が悪いほど、そして抵抗が激しいほど、名誉は大きくなるのです。勝利は贈り物にはできません。

けれども贈り物は勝利になりうる、そうですね。これはあなたの言葉です。庭園はあなたの贈り物になっていたかもしれない。才能と技術と展望という持参金として。

いまではもう遅すぎるのはわかっています。でもいうだけはいいたかったのです、それはわが館にとって最も価値のある勝利になっていたかもしれない、と。

敬具

マイルズ・ヴォルコシガン〉

エカテリンは片手で額を支えて目を閉じ、二、三回大きく息を吸い込んで呼吸を取り戻した。それからまた座り直して、夕闇のなかで手紙を読み直した。二回も。返事を要求したり頼んだりしてはいないし、期待してもいないように思われる。よかった。いまは一行だって筋の通った文を紡ぎ出すことはできそうもない。この手紙に対して、彼は何を期待しているのだろう。ぼくは、ではじまらない文はどれも、でもとかけれども、という言葉ではじまっているような気がする。正直な手紙というだけでなく、自分をさらけ出した手紙だ。

エカテリンは汚れた手の甲で、熱い頬に目からあふれた涙を拭《ぬぐ》って水気をとばし頬を冷やした。そして封筒を裏返し、もう一度封印を見つめた。〈孤立時代〉には貴族が自らの忠節を申し立てるために、こういう模様を刻んだ印鑑を血で押したのだそうだ。その後、ぎざぎざの表面にこすりつける柔らかい顔料の棒が発明されて、さまざまな意味を持った流行色が調合された。ワインレッドと紫はラブレターに人気があり、ピンクと青は子どもの誕生を知らせるのに、黒は死の告知によく使われた。この手紙の顔料は最も保守的で伝統的な色、つまり赤茶色だ。

目を細くしてぼやけたものを見ているうちに、エカテリンはこの色の理由は、それが血だから、だと気づいた。マイルズはメロドラマを意識したのだろうか、それとも日常的な習慣で無意識にやったのだろうか。マイルズならメロドラマの可能性があることを、エカテリンは微塵も疑わなかった。じつは、彼は機会さえあればメロドラマに読み耽《ふけ》る人ではないかと疑いはじめていたのだ。とはいえ、その汚れを見つめてマイルズが親指を刺してそこに当てるところを想像していると、これは彼にとっては呼吸のように自然で根源的な行為なのだという恐ろしい確信が高まってきた。こういう目的のために高位のヴォルがよく使っていた印章のついた短刀さえも、きっと持っているに違いない。骨董品店や土産物店ではイミテーションの複製品を買えるが、それには柔らかいなまくらの刃がついている。いまでは実際に自分の手を傷つけて血の証明をする者はいないからだ。〈孤立時代〉のものだという鑑定書がある本物の印章つき短刀は、ごく稀に市場に出てくると何万マルクも何十万マルクもの値がつけられる。

マイルズはおそらくその短刀を手紙を開封したり、爪を掃除したりするのに使っているのだろう。

それにいったいいつどんな方法で、船をハイジャックしたことがあるのだろうか。その比喩をただの空想で入れたのでないことは、理由はないものの確信できた。

ふふっと力のない笑いが口から洩れた。またマイルズに会うことがあったら、こういってやろう。〈秘密作戦に参加した人は、即効性ペンタでハイになってるとき手紙を書くべきじゃないわね〉

けれどもほんとうに彼がどぎつい真実の暴露という病にかかっているのなら、〈あなたを愛しています〉ではじまる部分はどういうことだろう。エカテリンは手紙をひっくり返してそのあたりをもう一度読んでみた。四回も。堅苦しく四角いはっきりした文字が、目の前で揺れているように思われた。

だけど何かが欠けている、ともう一度すっかり読み直したエカテリンは気づいた。告白はたつぷり書かれているが、どこにも許しや赦免《しゃめん》や悔い改めを願う文面はなく、通話が欲しいとかもう一度会いたいとか頼む言葉もない。とにかくこちらからの返事の、とりつく島がないのだ。その短い終わり方も奇妙だった。どういう意味だろう。これが奇妙な機密保安庁の暗号なら、エカテリンは解読の鍵を持っていない。

　たぶん彼は、とうてい受け入れられないと思って、許しを請わなかったのかもしれない。それでは冷たい、乾いた土地が残っているだけだ……。それとも度し難い傲慢《ごうまん》さのために、許しを請うことができなかったのだろうか。誇りなのか、絶望なのか。どっちだろう。もっとも、その両方かもしれないと思った——〈現在売り出し中〉と頭のどこかで補足する。〈今週限定、一個の値段でふたつの罪を買えます！〉それは……なんとなくマイルズらしい気がした。

　エカテリンは昔のティエンとの苦々しい夫婦喧嘩を思い返した。あの喧嘩と仲直りのあいだにある恐ろしいほどの悪あがきをどれほど憎んでいただろう。何回それを避けようと努めたことか。結局いつかはお互いに許しあうつもりなら、いまそうして、胃の痛くなるような緊張の日々を取り去ればいいのだ。後悔したり現状回復したりする中間の足踏みを省いて、まっすぐに罪から許しに進む……。ただ前進し、実行するだけだ。けれどもティエンとはあまり進歩しなかった。いつも出発点にぐるりと戻っていたような気がする。だからたぶん、混乱は常に際限ない堂々巡りになって引き継がれるように思われたのだろう。たぶん二人とも厳しい真ん中の部分を通るときに、あまり骨身にしみなかったのだ。

　ほんとうに過ちを犯したのなら、どうやれば人生を続けられるのだろう。いまいるよくない場所からただちに一歩を進めて、先に進んで二度ともとの場所には戻らないのか？　ほんとうに戻ることなど、決してないからだ。時間は踵《かかと》の後ろから道を消していくのだ。

とにかくエカテリンはあともどりするのはいやだった。知識を減らすのはいやだし、小さくなるのはいやだ。こんなことをいわれなければよかったとは思わない——発作的に手紙を胸でぎゅっと握りしめたエカテリンは、そのあとテーブルの上で注意深く皺を伸ばした。エカテリンは胸の痛みをおさめたいだけだった。

この次マイルズに会ったときには、こんな苦痛をもたらす彼の質問に答えねばならないのだろうか。というか少なくとも、どういう返事をすればいいのかわかっているのだろうか。〈はい、永久に〉なんてのは問題外として、〈あなたを許します〉という以外の三つ目の立場のいい方があるのだろうか。エカテリンはたったいま、その三つ目の立場がどうしても欲しかった。

〈この手紙にはすぐには答えられないわ。できないだけのこと〉

バター虫。とにかくバター虫のほうはなんとかできる——。

エカテリンの名を呼ぶ伯母の声が、ぐるぐるまわりをしていた思考にシャッターを下ろした。夕食を取るため外出していた伯父と伯母が帰ってきたのに違いない。エカテリンは急いで手紙を封筒に入れてふたたびボレロの内ポケットに収め、両手で目をこすった。そして表情を、どんな表情でもいいから、顔に張り付けようとした。今の表情はまるで仮面のように感じられた。

「いま行きます、ヴォルシス伯母さま」エカテリンは呼びかけて移植ごてを手に取り、雑草をコンポストに運んでから家に入っていった。

12

イワンが朝のコーヒーの一杯目をすすりこんで制服の袖口を閉めているときに、アパートメントの玄関チャイムが鳴った。こんな時間に客かな。彼は戸惑った不思議そうな顔で、その呼び鈴に応えようと玄関に急いだ。

欠伸を手で押さえながらイワンがドアをするりと横に開くと、バイアリー・ヴォルラトイェルの顔が見えた。イワンはバイが足を踏み入れる前に、〈閉じる〉パッドを押してもう一度閉めようとしたが反応が鈍すぎた。残念ながら安全センサーが働いてドアは途中で止まり、バイの足は潰《つぶ》されずにすんだ。とっさにイワンは、ドアの端が丸いゴムになっていないでとんがった剃刀《かみそり》状の金属の縁でもついていればいいのに、と思った。

「おはよう、イワン」足の幅だけ開いたドアの隙間からバイがものうげにいった。

「こんな早くからいったい何してるんだ」イワンはうさんくさげに訊いた。

「こんなに遅く、さ」バイはかすかな笑みを浮かべていった。

そうか、それならいちおうは理解できる。じろじろ点検すると、バイの頬は無精髭で薄黒く目も赤くて、ちょっぴり気分の悪そうな顔つきだった。イワンはきっぱりいった。「きみの従兄弟のドノのことなんか、もう一切聞きたくない。帰ってくれ」

「じつをいうと、これはきみの従兄弟のマイルズのことなんだ」

イワンはすぐそこの、昔の大砲の砲弾から作った傘立てに立ててある儀式用正装の剣をちらりと見た。それをバイの靴にがつんと打ち下ろしたらひるむだろうから、その隙にドアを閉じてふたたび鍵を閉められるのではないだろうか。ところが傘立てはドアのところからはちょっと手が届かなかった。「おれの従兄弟のマイルズのことも、聞きたくなんかないよ」

「彼が知る必要のあることなんだぜ」

「そりゃよかった。じゃ、マイルズに話しにいけよ」

「いや……それはやめといたほうがよさそうだ。いろいろ考えあわせるとな」

イワンの研ぎ澄まされた糞検知器が赤く点滅しはじめた。いつもはこの時間に、脳のなかのこのあたりは働いていないのだが。「へえ？　どんなことだ？」

「いや、わかるだろ……デリカシーを……考慮して……身内の感情とか……」

イワンは唇でぶるぶると下品な音を立てた。

「……国守評議会の価値ある一票に影響する事実というか……」バイは落ち着いて続けた。

「ドノに影響があるのは、伯父のアラールの一票だ」イワンは指摘した。「厳密にいうとな。四日前にヴォルバール・サルターナに戻ってきているのさ。伯父に働きかけるんだね」〈そんな勇気があれば〉

バイはむっとしたように歯を剝きだした。「ああ、ドノから総督の壮大なる登場と、いろいろとごたいそうな退場があったことは聞いている。きみがどうやって無傷で破滅から逃れたのかは知らないけどね」

「ロイック親衛兵士に、裏口から出してもらったんだ」イワンは簡単にいった。

「ああ、そうか。もちろんとことん用心深いんだな。それはともかく、ヴォルコシガン国守が投票の十中八九は、息子の思慮深さに代議権を委ねていることは、周知のことじゃないか」

「そんなこと彼の問題だ。おれと関係ない」

「コーヒーはそれだけしかないのかい」バイはイワンの手のコーヒーを羨《うらや》ましそうに見つめた。

「ない」イワンは嘘をついた。

「じゃきみは親切だから、おれのためにもっと淹れてくれるよな。なあ、イワン、ごくあたりまえの人間性に訴えているんだぜ。おれはすごく長い退屈な夜を過ごしたんだ」

「ヴォルバール・サルターナのどこかに、きみにコーヒーを売ってくれるところが開いていると思うぜ。うちに帰る道筋にさ」たぶん剣は鞘に収めたままではないだろうが……。

バイはため息をついて、長話をする態勢でドア枠に寄り掛かって腕を組んだ。足は根を生やしたように動かない。「聴聞卿の従兄弟から、この二、三日うちに何か連絡があったかい」

「何も」

「それできみはどう思うんだ?」

「おれが何か思うべきだとマイルズが判断したら、きっとそういってくるさ。いつもそうだから」

バイは口許をにやりと上げかけたが、またまっすぐに引き締めた。「彼と話をしようとしてないのか」

「そんなにおれは阿呆に見えるか。あのパーティのことは聞いたんだろ。あいつ本人が潰して燃やしてしまったんだ。数日は使い物にならないだろう。ありがたいことに今回は、あいつの頭を水に浸けるのは伯母のコーデリアにやってもらえる」

その言葉を面白い比喩だとでも取ったのかバイは眉を上げた。「やれやれ。ドノの考えでは、マイルズの小さな失策は取り返しのつかないものではないそうだ。ドノはおれたちより女について的確な判断ができるはずだと思うけどね」バイは真顔になり、目は奇妙な陰りを帯びはじめた。「だけどもう、そろそろあぶなくなりそうなころあいだ、何もしなければ」

イワンはためらった。「どういう意味だ?」

「コーヒーくれよ、イワン。それに、きみに伝えようと思ってることは、絶対に、道ばたで話すようなことじゃない」

〈きっとあとで後悔するな〉しぶしぶながら、イワンは開扉パッドを叩き、横に下がって道をあけた。

イワンはバイにコーヒーを手渡してソファに座らせた。これはどうも戦術的な失敗になりそうだ。バイはゆっくり飲みさえすれば、この訪問をいくらでも引き伸ばせるのだ。「おれが仕事に出かけるところだったのを忘れるなよ」イワンはソファの前の座り心地のいい椅子に落ち着きながらいった。

バイはありがたそうにコーヒーをすすりこんだ。「手早く話すよ。いまでもおれが寝ないでいるのは、ヴォルの義務を感じてるせいなんだ」

早さと能率に気を取られているので、イワンはこの言葉を聞き流した。そして、もっと簡潔に話せというようにバイに手を振った。

「昨夜、アレクシ・ヴォルモンクリーフのうちに夕食に招《よ》ばれたんだよ」とバイは話をはじめた。

「そりゃきみには面白かっただろうさ」イワンは唸《うな》るようにいった。

バイは指先を振った。「興味があったのは最初だけさ。ヴォルモンクリーフの家で、アレクシの伯父のボリッツがホスト役だった。〈舞台裏の愛餐会〉と政治家が呼んでいるパーティのひとつだったんだよ。ドノが戻ってきたことを、ひとりよがりな従兄弟のリチャーズがやっと聞きつけて、噂の真実を調査しに急いで首都に出てきたらしい。そして何を警戒すべきかじゅうぶんに理解すると、そのう、近く行われる国守評議会の投票のために自らあれこれ手を尽くしはじめたってわけだ。ボリッツ国守は評議会内の保守党でかなりの層の投票に影響力があるから、そういうことだけは有能なリチャーズはボリッツに取り入りはじめたらしい」

「要点をいえよ、バイ」イワンはため息をついた。「そんなことがおれの従兄弟のマイルズとどう関係があるんだ？　おれにはなんの関係もない。現在軍籍のある士官たちは、政治をもて遊ぶことは控えるように訓示されているのは知ってるな」

「ああ、そうだね、よく知ってるよ。ところがたまたま、ボリッツの義理の息子のシガー・ヴオルブレットンとトーマス・ヴォルミュイア国守もそこに出席していたんだけどね、ヴォルミュイアはしばらく前にマイルズの聴聞卿としての仕事の範囲に少々引っかかったらしい」

「マイルズが閉鎖させたという、赤ん坊工場を作ったおかしなやつのことか。ああ、それなら聞いている」

「今度話を聞くまで、ヴォルミュイアのことはよく知らなかった。レディ・ドンナは幸せなころには、彼の妻とよく射的に出かけていたけどね。ああいう女たちは、まったくおしゃべりなものさ。それはともかく、予想どおり、スープが出るとリチャーズは宣伝活動をはじめて、サラダが配られるころにはボリッツ国守と取引を結んでいた。保守党への忠誠と引き換えにリチャーズに投票するという取り決めさ。というわけでそのあとの前菜からデザートまでの料理のあいだは、ワインとともに他の話題にいろいろ移っていったんだ。ヴォルミュイア国守が、聴聞卿裁定についての不満をたっぷり繰り広げたので、そこからきみの従兄弟が、いわば、食卓の話題にあがったのさ」

イワンは目をぱちくりさせた。「ちょっと待てよ。なんだってきみはリチャーズとつるんでいるんだ。この戦いでは、きみは味方だと思っていたよ」

「リチャーズはおれがドノをスパイしてくれてるんだと思ってるのさ」

「実際にそうなのか」バイアリーがこのことで漁夫の利を得ようとしているのなら、両手に火傷すればいいとイワンは心底から思った。

スフィンクスのような笑みがバイの口許に浮かんだ。「うむ、そうだな、彼には知る必要のあることだけ教えているのさ。リチャーズはおれをドノのキャンプに潜入させて、自分の狡賢《ずるがしこ》さを自慢しているんだ」

「きみが評議会議長に働きかけて、リチャーズがヴォルラトイェル館を手に入れるのを妨害したことは知らないのか」

「一言でいえば、ノーだね。それはうまくカーテンの陰に隠れてやったんだ」

イワンはこめかみを撫でながら、バイは実際にどっちの従兄弟に嘘をついているのだろうと考えた。これはイワンの想像力では手に負えない。この男と話していると頭痛がしてくる。バイが二日酔いならいいんだが。「先に進めよ。話をはしょって」

「そのあと提出されたコマールのミラー衛星修復予算について、保守党員にありがちな不満が交わされた。コマール人に払わせればいい、連中が壊したんだから、そうだろう、といったことだよ、いつものように」

「結果的にはコマールが払うことになるのさ。その連中は、われわれの税収がどれほどコマールの貿易に基盤をおいているか知らないのかね」

「へえ、驚いたな、イワン。そういうことにきみが注目しているとは知らなかった」

「いやべつに」イワンは急いで否定した。「それは常識だろう」

「コマールの事故の話をするうちに、またもや、われらがお気に入りの小聴聞卿の話が出て、わが友アレクシはつい自分の憤懣《ふんまん》を洩らす気になったんだ。あの美しいヴォルソワソンの寡婦《かふ》はアレクシの求婚を撥ねつけたらしい。いろいろ苦労して金もかけたのにな。バーバの高い料金とかね」

「ほう」イワンはにっこりした。「それはいい」彼女は誰でも拒絶しているのだ。マイルズの家庭内の悲劇は、それではイワンのせいではなかったのだ。そうかぁ！

「その次に、シガー・ヴォルブレットンがマイルズの先日の夕食会のいきさつを、尾ひれをつけて生贄《いけにえ》に捧げた。マイルズが不幸にもディナーの最中に公衆の面前でプロポーズしたあと、マダム・ヴォルソワソンが飛び出していったことまで、微に入り細を穿《うが》ってね」バイはちょっと首を傾げた。「シガーとドノの話を重ねてはみたが、とにかく、いったいあの男は何にとりつかれていたんだろうね。マイルズはもっと信頼のおける慇懃《いんぎん》な人間だと思っていたんだが」

「パニクっていたんだろ」とイワン。「絶対そうだと思う。おれはテーブルの反対の端にいたんだけどね」そしてちょっと考えこんだ。「どんな人間にもあることさ」そして顔をしかめる。「そもそもシガーはどこからその話を聞き出したんだ？　おれは絶対に洩らしていないぞ。ドノ卿が触れまわっているのか」

「いや、おれにしか話していないはずだ。だけどイワン、あのパーティには十九人もの人が出席してたんだぜ。それに親衛兵士と召使。それは街じゅうってことだな。繰り返されるたびにますますドラマチックに面白おかしくなっていくのは確かだと思うよ」

イワンはその様子が目に見えるようだった。それがマイルズの耳に入って、耳から湯気を噴き出すところが目に見える。イワンは鼻白んだ。「マイルズは……きっと自殺しちまうぞ」

「何をおかしなこといってんだ」バイはまた一口コーヒーを飲んで、ひどくうららかな顔でイワンを眺めた。「マイルズのコマールでの調査と、そこでのヴォルソワソン行政官の死と、そのあとのマイルズの寡婦に対する求婚と、マダム・ヴォルソワソンの芝居がかった――これはシガーのいい方で、ドノは、そんな状況にしては彼女はまったく堂々としていたといっていたけど――おおっぴらな拒絶に、五人の保守党ヴォル政治家の長年にわたるアラール・ヴォルコシガンに対する恨みが加算され、ヴォルモンクリーフ領の上等のワイン数本も作用して、ひとつの理論が誕生したんだ。そしてたちまちそれは酔っぱらいの平衡感覚で進化し、みるみるうちにうそっぱちの宣伝にまで膨れ上がった。うっとりする眺めだったぜ」

「ああ、くそっ」イワンはかすかにいった。

バイは鋭い目を向けた。「こんな話は予想ずみか。おやおや、イワン。予想以上に深刻なものなんだぜ。会話は想像できるだろ。おれはずっと聞いてなきゃいけなかったんだぜ。アレクシは、あのけしからんミュータントがよくもヴォル・レディに求婚なぞしたもんだ、と叫んでいる。ヴォルミュイアは、ヴォルコシガンの事件の最中に予定どおりに事故が起きて、ええと、夫が死ぬとはなんと都合のいいことか、とかいっている。シガーがいう、だけどぜんぜん告発されなかったぜ。するとボリッツ国守が、シガーが哀れな宿無しだといわんばかりの目で見て大声で叫ぶ。そりゃ、されないだろうさ――ヴォルコシガン家は三十年この方機密保安庁を膝下に従えてきたんだ。唯一の疑問はその女房とヴォルコシガンのあいだに共謀があったかどうかだなって。アレクシは飛び上がって――ほのめかしが気にいらなかったんだね――惚れた女の弁護をはじめた。あの人は無実だ、ヴォルコシガンが不作法にもついに手を出して求婚するまで、疑いも持っていなかったんだ、と宣言したもんだ。あの人が逃げ出したのが、その証拠だ！　証拠だ！——実際には三回いったんだけどね。そのころにはかなり酔っていたから——少なくともいまは自分の愛する夫を、マイルズが邪魔にして狡賢く片づけたことに気づいているはずだ。あの人は知ってるはずさ、そこにいたんだから。それにいまは、きっとおれの申し込みを考え直すつもりだろう、だってさ！　アレクシが馬鹿なのは知られているから、年配の連中は彼のいうことなんかまったく信じていなかったけど、一族の結束のために、その疑念は寡婦にぜひ伝えたいといっていたよ。そんなふうに話は続いたのさ」

「なんだよ、バイ。きみは連中を止められなかったのか」

「できるかぎりは落ち着かせようとしたさ。もっとも、きみら軍人の台詞じゃないが、正体はばらさないようにしてね。連中は自分たちの創り話にすっかり陶酔していたから、おれのことは気にとめてなかったんだ」

「そんな殺人の告発を突きつけられたら、マイルズはやつらを叩きのめすぞ。そんな馬鹿な真似は容赦しないと断言できる」

バイは肩をすくめた。「アラール・ヴォルコシガンの息子が告発されるのを見ればボリッツ・ヴォルモンクリーフは大喜びだろうけど、おれは連中に指摘してやったんだ。告発するには証拠が不十分だし、そんな理由では——なんだろうと——とても勝ち目はなさそうだなって。だめだ。告発には反証が出る。反対弁論でやり返されるだろう。偽りだと証明された告発には、法的な報復がつきものだ。告発なんてありえない、とね」

イワンにはそれほどの自信はなかった。そんな考えをほのめかすだけで、マイルズを痛めつけることになる。

「だけどウインクしあったり」バイは続けた。「ささやきあったり、くすくす笑いや冗談、ぞっとするような面白い逸話……そういう湯気みたいなものを誰が握り潰せるかい。霧を相手に戦おうとするようなものだ」

「保守党がそれを使った汚い戦術に乗り出すつもりだと思っているのか」イワンはぞっとしてゆっくりいった。

「おれの考えでは……ヴォルコシガン聴聞卿がなにかしら応急対策を立てるつもりなら、彼の情報源を総動員する必要がある。尊大な五つの舌は今朝はまだ眠っている。今夜になったら、またぺらぺら動き出すぞ。おれはでしゃばって聴聞卿閣下に作戦を進言なんかしないよ。いまじゃ大人物なんだから。だけど、いわば礼儀かな、早めの情報という有利さを贈ろうってわけだよ。それで彼が何をするかは、彼しだいだ」

「これは機密保安庁の問題じゃないのか」

「ああ、機密保安庁か」バイはだめだというように手を振った。「そりゃあ連中はこういうことの第一人者だ。だけど——これは機密保安庁の問題かね、え？　湯気だよ、イワン。湯気だ」

〈これは読む前に自分の喉をかき切るようなことで、たわごととは無縁なんだ〉とマイルズは怖気《おぞけ》を振るうような確信した声でいったのだ。イワンは用心して肩をすくめた。「そんなことおれにわかるかい」

バイのかすかな笑みは変わらなかったが、目が嘲笑《あざわら》っていた。「いやあ、まったくだね」イワンは時間を見た。あっくそ。「もう仕事に行かなきゃならない。でないと母にどやされるから」彼は急いでいった。

「そうだね、いまごろはレディ・アリスが皇宮できみを待っているのは間違いない」その言葉でころあいだと思ったのか、バイアリーは立ち上がった。「おれに婚礼の招待をくれるように、きみから頼んでくれないかな」

「おれなんか何も頼めないさ」とイワンはドアのほうにバイを押しやりながらいった。「ドノ卿がそれまでにドノ国守になっていれば、きみを連れていってくれるんじゃないか」

バイはわかったというように手を振って、欠伸をしながら通路を立ち去っていった。イワンはドアが閉まったあと額を撫でながらそのまま佇《たたず》んでいた。心乱れた従兄弟もいまごろはすっかり落ち着いているだろうと思って、イワンはバイの知らせをマイルズに伝える場面を頭に描いた。伝えたあと頭を押さえている自分の姿が浮かぶ。それともこっちがましだろうか。逃げ出す自分の姿。末はベータのオーブで、男性公娼をやっているかもしれない。ベータの男娼には女性の客が来るはずだ、そうとも。マイルズはそこに行ったことがあるのに、詳しいことはしゃべってくれなかった。でぶのマークとカリーンもそこに行ったことがある。それなのに自分は一度もオーブに行く機会がなかった、ちくしょう。人生は不公平だ、そういうことさ。

イワンは通信コンソールにかがみこんで、マイルズの私的コードを叩き入れた。ところが出てきたのは留守番プログラムの新しいやつで、ひどく格式張って、嘆願はヴォルコシガン聴聞卿に届きました、と大々的に宣言している。それなのにイワンの通話は繋《つな》がらない。そこで緊急の私的な用があるから通話をくれというメッセージを従兄弟に残して通信を切った。

マイルズはまだ起きてもいないのかもしれない。またあとでやってみよう、それでもまだ返事が貰えないなら今夜自分でヴォルコシガン館にマイルズに会いに出かけよう、と自分にいいきかせた。たぶん。彼はため息をついて通常軍服の上着を羽織り、その日の仕事をしに皇宮に向かった。


マークはヴォルシス家の玄関チャイムを鳴らし、不安そうに足踏みしながら歯を食いしばった。ヴォルコシガン館の外に出る機会を与えられたエンリークは、うっとりとあたりを見回している。背が高くて痩せてそわそわしている、脆弱な感じのエスコバール人の横にいると、マークはいつも以上に自分がうずくまった蟇蛙のように感じられた。こうやって連れだって歩くといよいよ滑稽に見えることをもっと考えるべきだった……おっ。エカテリンがドアをあけて、歓迎の笑みを浮かべた。

「マーク卿、エンリーク。お入り下さい」彼女は午後のまぶしい光のなかから、二人を冷たいタイル張りの玄関ホールに招じ入れた。

「ありがとう」熱烈な口調でマークはいった。「こういう便宜を計って下さってほんとにありがとう、マダム・ヴォルソワソン——エカテリン。ありがとう。ありがとう。どんなにぼくにとって重要なことかおわかりでないでしょう」

「あらまあ、お礼をおっしゃることないわ。カリーンの考えですもの」

「カリーンはここにいるんですか」マークは首を伸ばして彼女の姿を探した。

「ええ、カリーンとマーチャもほんの数分前にいらしたところよ。こちらへ……」エカテリンは右手の、本がぎっしり詰まった書斎に二人を案内した。

カリーンと姉は通信コンソールのまわりに置かれたきゃしゃな椅子に腰掛けていた。カリーンは美しくきりりと口を閉じていて、拳《こぶし》を握って膝に置いている。そして顔を上げてマークが入ってくるのを見ると、微笑が悲しげにゆがんだ。マークはさっと一歩前に出て止まり、カリーンと口のなかでつぶやいた。そして彼女の上げた両手をつかんだ。二人はしっかり握りあった。

「もうあなたと話してもいいと許可されたの」カリーンは苛立った顔で頭をぐいとそらしていった。「でも仕事の話だけ。なぜそんなにこだわっているのかわからないわ。わたしが逃げる気になれば、玄関から出て六ブロック歩くだけのことじゃないの」

「じゃ、ぼくは……何もいわないほうがいいね」しぶしぶ彼女の両手を放して、マークは一歩引き下がった。そして水を飲むように目で彼女を吸い込んだ。カリーンは疲れて緊張した表情だったが、からだは元気そうだ。

「元気なの？」今度はカリーンが探るように彼を見つめた。

「ああ、もちろん。いまのところはね」マークは恥ずかしそうに微笑み返して、漠然とマーチャを見た。「やあ、マーチャ。なぜここにいるんですか」

「わたしは密告者なのよ」とマーチャは妹と同じように迷惑そうなしかめっ面でいった。「馬が盗まれたあとに調馬索に見張りを置くのと似たようなものね。ベータ植民惑星までわたしをつけて寄越しても役に立つかどうか疑問だわ。少なくとも、わたしには役に立つけどね」

エンリークはマーチャの隣の椅子にきっちり座って、腹立たしそうな口調でいった。「マーク卿のお母さんがベータの天体調査隊の艦長だったことを、みんな知っていたかい」

「コーデリア小母さん？」マーチャが肩をすくめた。「もちろんよ」

「ベータの天体調査隊の艦長だ。それなのに誰もそれをいおうともしなかった！　調査隊艦長だよ！　なのに誰もぼくにいってくれないなんて」

マーチャは彼を見つめた。「それが大事なことなの？」

「大事なことなの？　大事なのかって！　きみたちみんな、とんでもないやつらだな！」

「もう三十年以上も前のことだよ、エンリーク」マークはうんざりしたようにいった。この二日というもの、これと大同小異のわめき声を聞かされてきたのだ。国守夫人にはまた一人エンリークという崇拝者ができたわけだ。真夜中の排水管事故のあとエンリークが国守夫人に帰依《きえ》したことで、ヴォルコシガン館のあらゆる国守夫人信者から彼の命は護られることになった。

エンリークは膝のあいだで両手を組み合わせて、思いのこもった眼差しで宙を見据えた。

「あの人にぼくの論文を渡して読んでもらったよ」

カリーンは目を丸くして訊いた。「読んで理解できたの」

「とうぜんさ。あの人はベータの天文調査隊艦長だったんだぜ、なんてこった！　調査隊の隊員がどういうふうに選ばれてどんなことをするのか、きみたち考えたこともないんだろう。ぼくが馬鹿げた誤解で逮捕されたりしないで、大学院の研究を優等で仕上げていたら、その候補者に入る望みを持てたかもしれない。単なる望みだよ。しかもベータ人の候補者を打ち負かすなんて問題外として、外世界人に開放される枠が特定の場所に限られていなければだけど」エンリークは情熱をこめて一息でまくしたてた。「あの人はぼくの論文を総督の目に留まるように推薦しようといってくれた。それにぼくの十四行詩《ソネット》はとても独創的だといってくれたよ。そのあと虫を捕まえながら頭のなかであの人を讃える六行六連体を作ったんだけど、まだ書きとめる時間がない。調査隊の艦長なんだぜ！」

「だけど……コーデリア小母さんは、バラヤーでは調査隊の艦長として有名なわけじゃないのよ」マーチャがちょっと考えてからいった。

「あの人はここでは無為に過ごしている。ここでは、あらゆる女性が無為に過ごしているんだ」エンリークはむっつり落ち込んだ。マーチャはくるりと向き直って、眉を上げげみょうな顔で彼を見つめた。

「それで虫の狩り集めはどんなふう？」カリーンは心配そうに訊いた。

「百十二匹までいったよ。女王はまだ行方不明だ」エンリークは心配事を思い出して鼻の横を掻いた。

エカテリンが口をはさんだ。「ありがとう、エンリーク。昨日さっそくバター虫の映像モデルを送ってくれて。おかげでわたしのデザイン実験が大幅に早まったわ」

エンリークは微笑み返した。「どういたしまして」

「それでは。たぶんわたしのデザインの発表に移るべきでしょうね。たいして時間はかかりませんから、そのあとそれについて話し合えますよ」

マークは短軀をひとつ残った回転椅子に沈めて、カリーンとの距離を悲しそうに見つめた。エカテリンは通信コンソールの固定椅子に腰掛け、キーを叩いて最初の映像を出した。それはバター虫の、二十五センチほどに引き伸ばされた総天然色の三次元映像だった。エンリークとエカテリン以外は一様にたじろいだ。

「これはもちろん、わたしたちの実益用バター虫です」とエカテリンは説明をはじめた。「いまのところ、マーク卿に時間が大事だといわれたので四つの変更案しか作ってありませんが、もちろんもっと作れます。次のは一番最初の簡単なものです」

糞茶色と膿白色の虫が消えて、もっと上品なモデルに入れ替わった。この虫の足と体はエナメル革のような黒色で、皇宮衛兵の靴のように輝いていた。黒い翅《はね》の甲皮の縁には繊細なレースのような細い縞がついている。甲皮は前よりも長くなっていて、ぴくぴく動く青白い腹が見えない。「おうー」マークは驚き感心していった。ちょっとした変化でこれほどの違いが出るとは。「いいな!」

「今度は、もうちょっと明るい感じです」

ふたつめの虫も足と体はエナメル革の黒色だが、甲皮は扇のようにもっと丸みを帯びていた。その丸い縁についた縞は、色が虹のように、中央の紫から青、緑、黄色、オレンジ色そして端の赤へと、しだいに変わっていく。

マーチャは身を乗り出した。「あら、このほうがいいわ。これはほんとにきれいだわ」

「次のはあまり実用的ではないと思うけど」とエカテリンは言葉を続けた。「可能な範囲で遊んでみたかったので」

ぱっと見たとき、マークにはそれは開きかけた薔薇《ばら》の蕾《つぼみ》のように見えた。今度は虫の体の部分はかすかな赤みを帯びた緑色で、艶《つや》のない緑色の葉っぱのようだった。甲皮はまるで花弁のようにいくつもの層が重なり、ピンクがかった微妙な薄黄色だ。腹もそれに合う黄色で、上の花に紛れるのであまり目を引かない。虫の足の曲がった角ととげとげは、強調されて小さな鈍い刺《とげ》になっていた。

「あら、あら」カリーンは目を丸くしていった。「わたしはこれがいい！　これに一票いれるわ」

エンリークは口をかすかにあけて、度肝を抜かれた顔だった。「驚いたね。うん、これもできるだろう……」

「このデザインはもしかしたら——一般にいわれるような——農場用とか飼育用の虫に向いているかもしれないわね」とエカテリン。「この甲皮の花びらは自分で食物をあさって自由に動く虫には、ちょっときゃしゃすぎて都合が悪いかもしれないわ。裂けたり傷ついたりしかねないから。でもこういうデザインを考えているうちに思ったんですけど、そのうちデザインはひとつではなくなるかもしれないわね。別の外見に、別の微小組織を組み合わせて」

「そりゃそうだ」とエンリーク。「確かに」

「じゃこれが最後です」といって、エカテリンはキーを叩いて映像を出した。

虫の足と体の部分は濃い艶のあるブルーだった。甲皮の半分が開いて、そのあと畳まれると涙の滴の形になった。甲皮の中央は鮮やかな黄色だったが、すぐに朱色がかってきて、そのあと明るく青い炎の色に変わり、やがてきらめく玉虫色に縁取られた暗く青い炎の色になった。腹はほとんど見えないが、濃い暗赤色だ。この虫は炎のようにも見えたし、夕闇のなかの松明のようにも、王冠から取り出した宝石のようにも見えた。四人は椅子からずり落ちそうなほど身を乗り出した。マーチャは手を差し出した。エカテリンはとりすました微笑を浮かべた。

「わ、わ、わ」カリーンがかすれ声でいった。「これこそ華麗な虫だわ！」

「ええ、あなたのご注文の虫はこういうのだと思うわ」エカテリンはつぶやいた。

エカテリンがホロビッド・コントロールに手を触れると、たちまち虫の静止映像に命が吹き込まれた。虫が甲皮を震わせると、火のなかから赤い炎が飛び散るように光り輝くレースのような翅が飛び出した。「この翅が正しい波長でバイオの蛍光を発するようにエンリークに考案してもらえれば、闇のなかで点滅させられるわ。群れになっていたら、ほんとにすごい眺めになるでしょう」

エンリークは身を乗り出して熱心に見つめた。「それはひとつのアイディアだね。それなら暗い場所でも捕まえるのがずっと楽になる……。だけどかなりのバイオ・エネルギーだから、バター生産に影響するだろう」

マークはこの華麗な虫の列が、薄闇のなかできらきら光ったり閃光《せんこう》を放ったり点滅したりするさまを想像した。とろけそうな気分だった。「それは宣伝費用だと思えばいいさ」

「どれを使ったらいい?」カリーンが訊いた。「わたしはあの花のように見えるのがすごく気にいったけど……」

「投票すればいいだろう」マークはいった。あのなめらかな黒いモデルに投票するように他の者を説得できるだろうかと疑問に思いながら。あれは紛れもなく暗殺者の虫だ。「株主の投票だ」と彼は慎重にいいたした。

「ぼくたちは美学コンサルタントを雇ったんだよ」エンリークが指摘した。「彼女の助言を入れるべきじゃないか」といってエカテリンのほうを見る。

エカテリンは彼に向かってちょっと肩をすくめた。「わたしは美学上のことしかわからないわ。バイオ遺伝子レベルではどの程度まで技術的な可能性があるのか、想像するしかないの。視覚的な影響力と改良に必要な時間を、考え合わせることになるかもしれないわね」

「結構的確に想像しているよ」エンリークは椅子を通信コンソールに引き寄せて、もう一度虫の映像を次々に出して眺めた。無表情になっていく。

「時間は大事よ」とカリーン。「時は金なり、時は……時はすべてだわ。わたしたちの目標は売れる製品を出荷して、首都で循環させて事業の基礎を固め、経営し、発展させていくことだわ。品質向上はそのあと手がければいいのよ」

「それに事業をヴォルコシガン館の地下室から出すことだな」マークはぼそりといった。「たぶん……たぶん、その黒いのが一番早いんじゃないかな」

カリーンはかぶりを振り、マーチャがいった。「だめよ、マーク！」エカテリンは無表情で椅子の背に寄り掛かっていて、検討しているような姿勢だった。

エンリークは華麗な虫の映像で止めて、夢見るようにため息をついた。「これがいい」エカテリンの口の端がぴくりと上がり、そして下がった。彼女がモデルを発表した順番は無作為ではなかったのだ、とマークは思った。

カリーンはちらりと目を上げた。「花の虫より早いと思う？」

「そうだね」とエンリーク。

「その提案を支持するわ」

「みんなほんとうに、あの黒いのは気にいらないのかい」マークは悲しそうにいった。

「あなたは投票で負けたのよ、マーク」カリーンがいった。

「まさか、ぼくは五十一パーセントを……ああ」カリーンとマイルズのコックに株を譲ったので、じつは支配株主の座をすべり落ちているのだ。あとで買い戻すつもりだったのだが……。

「華麗な虫だわね、ほんとに」とカリーン。そしていいたした。「エカテリンは、マ・コスティと同じように、喜んで株で支払ってもらうっていってるわ」

「いいえ、べつに大変な仕事じゃないから」エカテリンがいいはじめた。

「しっ」カリーンはきっぱりいった。「大変だからお払いするんじゃないわ。いいものだからお払いするのよ。創造的なコンサルタントの標準料金よ。精算して、マーク」

少々渋い顔で――この人を雇う価値がないというわけではないが、単にまた少し自分の制御力が削がれるのが内心不満だったのだ――マークは通信コンソールに近づいて受け取ったサービスに対して支払われる株券を作った。エンリークとカリーンに副署名をしてもらって、ハサダーのツィッピスの事務所にコピーを送り、正式にそれをエカテリンに贈った。

エカテリンは少し当惑したような笑みを浮かべて礼をいい、その薄葉紙を横に置いた。エカテリンがそれをままごとのお金だと受け取ったのだとしても、少なくとも彼女はままごと程度に仕事をしたわけではない。この人はマイルズと同じように、やらないか、全力か、のふたつにひとつしかない類の人間なのだろう。国守夫人なら、あらゆることを神の栄光のためにきちんとやるんです、というだろう。マークはもう一度その華麗な虫にちらりと目を向けた。エンリークが再度翅のきらめきを一巡させているところだった。いいなあ。

「ぼくらは」マークは最後のものほしげな眼差しをカリーンに向けていった。「もう失礼したほうがいいだろう」時間が重要だし、他のこともいろいろある。「虫狩りのおかげで何もかもそのまま中断している。研究開発は足踏み状態で……かろうじていまいる虫を飼っているだけだ」

「あなたの事業の浪費を整理する期間だと思えばいいわ」マーチャが同情のかけらもなく勧めた。「たらたら流出する前にね」

「ご両親は、今日はカリーンをここに来させてくれたんだろう。少なくとも仕事に戻るのは許して下さると思うかい」

カリーンは望みなさそうに顔をしかめた。

マーチャは口許をゆがめてかぶりを振った。「多少ゆるやかにはなってるけど、そんなに急にはだめよ。ママはたいしたことといわないけど、パパは……パパは立派な父親だってことにいつも誇りを持っていたでしょ。ベータのオーブと、それから、あなたはね、マーク、パパのバラヤー式マニュアルには書いてなかったのよ。きっと軍隊に長くいすぎたのね。といってもじつをいうと、デリアの婚約がおかしなことにならないようにパパはほとんど手を出していないの。そしてデリアは古いルールどおりにやっているわ。パパの知るかぎりはね」

カリーンは問いかけるように眉を上げたが、マーチャは詳しくは話さなかった。

マーチャが通信コンソールのほうをちらりと見ると、エンリークは華麗な虫が光を放ったりきらめいたりするのをうっとり見つめていた。「それはそうだけど――警備役の両親は、わたしにはヴォルコシガン館に行くことを禁止していないわ」

「マーチャ……」カリーンはささやくようにいった。「あなたはいいの？　じゃ行ってくれる？」

「うん、まあね」彼女は伏せた睫毛《まつげ》の下からマークを見た。「その株活動ってのにわたしも立候補してもいいかなって思って」

マークは意外に思って眉を上げた。マーチャか。実際的なマーチャがね。マーチャに虫狩りを任せたら、エンリークを六行六連体なんかと関係ない遺伝子コードの仕事に戻せるだろうか？　マーチャに、実験室の管理をさせて、補給品とその供給元の面倒を見てもらい、流しに虫バターを流さないように注意してもらう。マーチャがおれのことをサイズの大きい不愉快な太ったバター虫だと見なして、妹がペットにするのはまったく不可解だと思っているとしても、どうってことはない。少なくともマーチャが時間どおりに頭を働かすことができるのは、疑う余地のないことだ……。「おい、エンリーク」

「ん？」エンリークは顔も上げずにいった。

マークは近くに行ってホロビッドのスイッチを切り、マーチャの提案を説明した。

「ああ、いいとも。それは素敵だ」エスコバール人はおおらかに賛成した。そして頼むよというようにマーチャに微笑みかけた。

契約は成立したが、カリーンは姉と株を分けあうのに乗り気でないような顔つきだった。マーチャはその場からヴォルコシガン館にいっしょに戻るというので、マークとエンリークは立ち上がって別れを告げた。

「これからだいじょうぶかい」マークは小声でカリーンに訊いた。エカテリンはエンリークが持っていけるように虫のデザインをダウンロードするため忙しそうだった。

カリーンはうなずいた。「ええ。あなたは？」

「ぼくはがんばってる。いつまでこんなことが続くのかわかるかい。こんなごたごたが片づくまで」

「もう片づいているのよ」その表情は胸騒ぎするほど異様だった。「口を酸っぱくして話したけどわかってくれたとは思えないわ。やるだけはやったの。両親の家にいるかぎりは、どんなに馬鹿げていると思っても両親のルールに従うのが義務でしょう。わたしの遠い目標と矛盾しない他の場所に行く方法が見つかったらうちを出るわ。必要なら永久にね」その口許は厳しく決意は固そうだ。「あそこにそういつまでもいるつもりはないわ」

「ああ」とマーク。それがどういう意味か、何をしたいというのかはっきりわからなかったが、その口調は……不吉だった。自分のせいで彼女が家族を失うのではないかと思うと、マークはぞっとした。マークは生まれてからずっとそのために悲惨な努力をしてきて、やっと自分の家族を手に入れたのだ。准将の一族は理想的な安息所のように思えるのに……。「きっと……それは寂しいよ。そうやって飛び出してしまうと」

彼女は肩をすくめた。「そうでしょうね」

仕事の会合は終わった。最後のチャンス……。タイル張りの玄関ホールまでエカテリンが送ってきたので、マークはだしぬけに勇気を奮《ふる》って彼女にいった。「何かことづてはありませんか。つまり、ヴォルコシガン館に」出てくるときちょっと顔を見せたように、戻ったときにも兄が待ち構えているのは絶対に確かなのだ。

改めて警戒するようにエカテリンの顔から表情が消えた。そしてマークから目をそらした。ボレロの胸のあたりに手を触れる——マークにはプラスチックではない高価な本物の紙が柔らかい布の下でかさりと音を立てるのが聞こえた。マイルズに、彼が一生懸命書いたものがどこにしまい込まれているか教えたら、あのうぬぼれの鼻をへし折る効果があるだろうか、それとも手のつけられないほど舞い上がらせるだけだろうか。

「あの方におっしゃって下さい」やっと彼女が口を開いた。〈あの方〉が誰であるかはいうまでもない。「謝罪は受け入れました。でもお訊きになったことのお返事はできませんって」

マークは兄弟のよしみで何かいってやりたい気がしたが、エカテリンの痛々しいほどの抑制を見て気持ちがくじけた。そこで結局、おずおずと小声でいった。「彼はとても気にしています、おわかりでしょう」

彼女はこの言葉に仕方なさそうに軽くうなずき、寒々とした笑みをちらっと浮かべた。「ええ、わかっています。ありがとう、マーク」それでその話は終わりということらしかった。

歩道に出たところでカリーンは右に道を取り、他の者は左へ曲がってマイルズに借りた地上車で借りた親衛兵士が待っているほうへ向かった。マークは一歩下がってカリーンが遠ざかるのを見送った。カリーンはうつむいたまま大股に立ち去り、後ろは振り返らなかった。

検印
廃止

訳者紹介　東京女子大学文学部英米文学科卒。訳書にビジョルド「戦士志願」「自由軌道」「親愛なるクローン」「無限の境界」「ヴォル・ゲーム」「メモリー」「ミラー衛星衝突」他多数。

任務外作戦　上

2013年3月22日　初版

著　者　ロイス・マクマスター・ビジョルド

訳　者　小《お》木《ぎ》曽《そ》絢《あや》子《こ》

発行所　(株)　東京創元社
代表者　長谷川晋一

162-0814/東京都新宿区新小川町1-5
電　話　03・3268・8231-営業部
03・3268・8204-編集部
URL　http://www.tsogen.co.jp
振　替　00160-9-1565
工友会印刷・本間製本

乱丁・落丁本は，ご面倒ですが小社までご送付ください。送料小社負担にてお取替えいたします。

ISBN978-4-488-69816-4　C0197